DESTRANSIÇÃO,
BABY

DESTRANSIÇÃO, BABY

TORREY PETERS

Tradução
Luisa Geisler

TORDSILHAS

Nota sobre a tradução

O verbo "traduzir" vem de *traducere*, do latim: *trans* + *ducere*: conduzir através. O verbo em inglês tem etimologia semelhante: "translate", de *transladare*. Ao se traduzir, faz-se o *translado* entre culturas, idiomas e contextos. Ainda nessa imagem, é fácil pensar que a tradução é só o destino em relação à chegada, o inglês em uma margem, e o português na outra, no caso deste livro. No entanto, a tradução acaba sendo a travessia em si, a viagem, o processo, a leitura do texto como um todo.

Aqui, a pessoa que assumiu essa viagem sou eu, Luisa Geisler, escritora e tradutora literária, mulher cis branca e bissexual. Já traduzi de livros motivacionais a Daniel Keyes, George Orwell e Joyce Carol Oates. Este texto é a minha forma de convidar todo mundo a bordo para a sala de navegação por um instante.

Trazer *Destransição, baby* para o português foi uma tarefa difícil. Torrey Peters é uma autora de linguagem sem gratuidades e, neste livro, nem conteúdo, nem forma se importam muito com a maneira supostamente adequada de expressar uma ideia. Há sutilezas, marcas de época, expressões politicamente duvidosas, duplos sentidos a cada esquina – um exemplo está na personagem que usa a palavra "transgênero" e a que usa "transexual". As escolhas de Torrey guiaram as minhas, já que o papel de quem traduz não é suavizar o texto. Remover, mudar ou aliviar trechos seria como remover – mudar ou aliviar – a causticidade do original.

Em trocas de e-mail, a autora comentou que "não é tanto uma questão de gramática, mas principalmente de humanidade/ser pessoa"* e, em um contexto sobre Reese, "a ideia central não é tanto seguir 'as melhores práticas gramaticais trans', mas que Reese consiga zoar Ames com inteligência sempre que puder".** Torrey diz em diversas entrevistas que personagens em seus livros falam "do jeito que falo com minhas amigas".*** Essa foi a minha bússola.

Em relação à binaridade de gênero das palavras em nosso idioma, optei por mantê-la, já que Torrey a usa à sua maneira. A própria criança-sem-sexo tem um gênero nas expectativas de Reese e Katrina. Nenhum personagem ganha o pronome "*they*"; há oportunidades de usar "*Latinx*" pelas quais a autora passa reto. O próprio Ames gira uma chave binária: homem, mulher, sempre *he* ou *she* na voz narrativa. Num idioma que permitiria mais flexibilidade, existe uma escolha.

Claro, há debates sobre potenciais soluções para pronomes, como "@", "x", "e" e "u" – assim como vocabulários que parte do movimento trans começou a retomar (como "travesti"). No entanto, muitos desses usos ainda estão em nichos, e outros tantos, por mais que existam na escrita, não funcionam bem na oralidade. A decisão de usar saídas mais consagradas – ou saídas ainda dentro da norma formal do português – partiu de conversas com pessoas de diversas seções (e intersecções) do movimento LGBTQ. Muitas opções resultariam num acréscimo de uma camada de domesticação e de sentido que não está presente no original, além de correr o risco de alienar parte dos leitores. Em alguns casos, essa camada se torna obrigatória (por exemplo, ao tornar "*sex worker*" em "trabalhadora sexual"), mas evitei ir além e tomar decisões que a autora não tomou. Seria avançar para um território não coberto pelo mapa, em que eu precisaria de uma nova bússola de ideologias – inevitavelmente minhas.

Esta nota surge não só para situar o leitor nos desafios específicos desta tradução, mas também para agradecer a pessoas essenciais ao projeto.

---

* No original: "*It's is less a grammar question, than a personhood question*".
** "*The point is less a 'trans best grammatical practices' than Reese getting to cleverly mock Ames whenever she can.*"
*** Entrevista para a *Slate*. "What Stories of Transition and Divorce Have in Common". Lowder, Christina Cauterucci, J. Bryan, 21 jan. 2021. Disponível em: <https://slate.com/culture/2021/01/torrey-peters-detransition-baby-interview.html>. Acesso em: 15 set. 2021.

A própria autora, Torrey Peters, mostrou disponibilidade e gentileza sem tamanho. Pessoas amigas como Natalia Borges Polesso, Samir Machado de Machado e Tobias Carvalho não só prestaram apoio moral como trocaram ideias importantes. Agradeço a toda a equipe da Tordesilhas, em especial Luiza Lewkowicz – que entendeu de imediato os cuidados que a tradução deste livro requeria. Caio C. Maia, nosso leitor sensível, e Hailey Kaas prestaram consultoria com diversos termos, seguraram minha mão quando cogitei aliviar palavras, ajudaram a cavoucar a internet dos anos 2000 e responderam a mensagens no WhatsApp no meio da madrugada. Nossa preparadora, Cai Miranda, resolveu inúmeros anglicismos e saídas "com cara de traduzidas". São pessoas trans e profissionais brilhantes que transformaram os maiores abacaxis de linguagem em coquetéis. Todos os acertos são de Cai, Caio e Hailey.

Ao longo de uma viagem, ninguém quer ouvir o anúncio ruidoso de "olá, bom dia, você está no voo tal-e-tal com destino a...". Chamar a atenção para o trabalho e para as pessoas envolvidas seria mais próximo de avisar aos passageiros que a aeronave está cruzando os Andes, se você quiser olhar pela sua janela. A cordilheira é o que faz Santiago do Chile ser tão mais valiosa. Espero que tenha tido um passeio agradável com a *Destransição, Baby Airlines*. Volte sempre.

*Para todas as mulheres cis divorciadas que, como eu,
confrontaram um recomeço da própria vida
sem se envolver de novo com as ilusões do passado,
mas tampouco amargurando-se quanto ao futuro.*

Capítulo um

Um mês depois da concepção

A DÚVIDA, PARA Reese: será que homens casados eram, pura e simplesmente, tentações desesperadoras para ela? Ou será que, como mulher trans, as opções de homens disponíveis se resumiam àqueles que já tinham garantido uma esposa cis e agora poderiam "explorar" com Reese? A resposta fácil, aquela que todas as amigas defendiam, era chamar os homens de cachorros. Mas aqui está ela agora, saindo às escondidas com *mais um* dos bonitos e charmosos enganadores de esposas. Olhe só para ela, de vestido preto de renda na BMW estacionada, esperando-o voltar da farmácia aonde foi comprar camisinhas. E depois ela vai deixá-lo conhecer sua casa, desviar do olhar fuzilante da amiga com quem divide apartamento, Iris, e dar para ele na colcha floral gasta que o *último* sujeito casado lhe comprou para dar um ar mais feminino e safado ao quarto para quando ele escapulia da esposa.

Reese já havia diagnosticado seu problema. Ela não sabia ficar sozinha. Fugia da própria companhia, da própria solidão. Além de dizer como homens infiéis eram horríveis, as amigas também comentavam que, depois de dois términos grandes, Reese precisava de tempo para aprender a ser ela mesma e ficar consigo mesma. Mas ela não conseguia ficar sozinha com moderação. Se lhe dessem uma semana, ela começava a se isolar, cultivando uma pilha de cinzas de solidão que se acumulava exponencialmente, até que começava a sonhar em vender tudo o que tinha e sair à deriva num barco rumo a lugar nenhum. Como um desfibrilador para manejar a própria ressuscitação, ela entrava no Grindr, no Tinder ou o que quer que fosse – e aplicava dez mil volts no seu coração, perseguindo a aventura com o maior risco de drama e taquicardia que encontrasse. Homens casados eram os melhores para fugir da solidão, porque eles também não sabiam ficar sozinhos. Homens casados eram especialistas em estar junto, em não soltar o osso não importava o que acontecesse, até que a morte os separe. Com a desculpa de estabelecer os limites de "só um caso", Reese mergulhava superfundo, superforte. Dizendo para si mesma que seria só um casinho, ela se permitia realizar todos os fetiches com os quais o cara tivesse sonhado, desenterrava todas as mágoas secretas que ele carregava, rebaixando-se das formas mais luxuriosas, depravadas e insustentáveis – e então colapsava em ressentimento, tristeza e asco por aquilo ter sido apenas um casinho; afinal, ela não tinha sido corajosa e vulnerável o bastante ao mergulhar superfundo, superforte?

Ela se achava atraente, de rosto arredondado e formas cheias, mas não fingia que era de parar o trânsito; tampouco notava, com frequência, pessoas parando para admirar os frutos da sua mente. Mas com o tipo certo de homem, ela era puro brilhantismo para criar drama – que ela conseguia destilar e acender como combustível de foguete quando a solidão começava a gelar seus ossos.

O homem da vez era parecido com os anteriores. Um alfa bonito, casado, que a colocava na coleira no quarto. Só que esse era melhor, porque era um caubói-transformado-em-advogado HIV positivo. Ele tinha um gosto por garotas trans, e sua soroconversão aconteceu quando ele traiu a esposa com uma mulher trans, *e ainda por cima* a esposa ficou com ele, *e agora* ele estava repetindo a cena com Reese. *Ebaaa!*

— Você estava dando ou algo assim? — Reese perguntara no primeiro encontro.

— Não, porra — ele disse. — Os médicos disseram que eu tinha uma chance em dez mil de contrair o vírus com outra pessoa me chupando. Você imagina que tem dez mil boquetes acontecendo a cada minuto, mas aquele um em dez mil foi o meu. E, também, ela me pagou vários boquetes.

— Claro — disse Reese, que sabia que a explicação não era real, mas tinha concordado só para se certificar de que ele não tentaria ser passivo com ela. Menos de uma hora depois, eles estavam no quarto de Reese, ele confessando de quem pegara o HIV e onde. Menos de duas horas depois, Reese o convencia a falar sobre a decepção da esposa, sobre como ela não queria deixá-lo colocar uma criança na barriga dela, mesmo com o HIV tendo baixado a níveis indetectáveis. Ele descreveu o quanto ela odiava os tratamentos de fertilização *in vitro*, como a natureza clínica desse tipo de coisa a lembrava de novo e de novo do que ele havia feito para colocá-la na mesa fria de um médico em vez da cama marital quentinha.

— Eu estou sendo mais íntimo com você do que é meu costume — disse o caubói, parecendo surpreso consigo mesmo, ainda que apertasse os peitos de Reese. — Deve ser o poder da xana.

— Você até pode conseguir a minha xana — ela respondeu, deleitando-se e imitando o sotaque de caubói —, mas uma mulher boa vai escalpelar a sua alma.

— E não é? — ele repetiu o sotaque. Levou uma mão à nuca dela e puxou seu rosto para perto. Ela suspirou e amoleceu.

Seus olhos fixaram-se nele como se fossem de vidro.

— Vamos fazer assim — disse ele —, primeiro, eu vou virar dono da sua xana... — Ele pausou e, com a mão ainda na nuca dela, empurrou o rosto de Reese fundo no travesseiro devagar e com firmeza. — Aí a gente vê sobre a minha alma.

Agora ele desliza para dentro do carro, trazendo uma sacolinha de papel cheia de lubrificante e camisinhas, e um tremor de animação corre pelo estômago de Reese.

— A gente precisa mesmo disso hoje de noite? — ele pergunta, levantando a embalagem. — Você sabe que eu vou querer te engravidar.

Esse era o motivo pelo qual ela ainda o aguentava: ele entendia. Com ele, ela havia descoberto um tipo de sexo que era realmente perigoso. Mulheres cis, ela supunha, se esfregavam num frisson de perigo a cada vez que transavam. O risco, a emoção, de que poderiam engravidar – uma única foda para foder (ou abençoar?) suas vidas. Para as mulheres cis, Reese imaginava, o sexo era um jogo à beira de um precipício. Mas, até encontrar seu caubói, Reese nunca tivera o prazer daquele perigo em particular. Só agora, com o HIV, ela havia encontrado um análogo para aquilo que podia mudar a vida de uma mulher cis. O caubói podia comê-la e marcá-la para sempre. Ele podia comê-la e acabar com ela. O pau dele podia obliterá-la.

Sua carga viral era indetectável, ele disse, mas ela nunca pediu para ver exame nenhum. Isso mataria a doçura e o perigo da situação. Ele também gostava de se arriscar, insistindo para colocar algo nela, engravidá-la com uma semente viral. Fazê-la ser mamãe, seu corpo o anfitrião de uma vida nova, parte dela, mas, ao mesmo tempo, algo diferente, como uma eternidade materna.

— A gente concordou em sempre usar camisinha. Você disse que não queria carregar o peso na consciência — ela disse.

— Sim, mas isso foi antes de você começar a usar o anticoncepcional.

A primeira vez que ela chamou o PrEP, Profilaxia Pré-Exposição, de "anticoncepcional" foi em um restaurante chinês no Sunset Park, onde ele se sentia seguro de que nenhum dos amigos de sua esposa poderia esbarrar neles. A ideia surgiu na mente dela como uma piada, mas ele a olhou e disse:

— Porra, o meu pau ficou muito duro agora.

Ele gesticulou pedindo a conta, disse que ela não iria ao cinema naquela noite e a levou direto para casa para jogá-la de cara na colcha florida. Na manhã seguinte, ela mandou a mensagem erótica mais sexy – e também mais ostensivamente não sexual – de sua vida: um vídeo curto dela enfiando suas grandes pílulas azuis de Truvada num desses estojos clássicos para anticoncepcional estilo um-por-dia, em forma de concha de cor pastel. Dali em diante, as "pílulas anticoncepcionais" se tornaram parte da vida sexual deles.

Havia outro motivo, além do estigma, do tabu e da erotização, para Reese se sentir atiçada com o tipo particular de roleta-russa que eles faziam: ela realmente queria ser mãe. Queria isso mais do que tudo. Ela havia passado toda a sua vida adulta com gente LGBTQ, consumindo os relacionamentos radicais, o poliamor e os papéis de gênero que circulavam nesses grupos, mas mesmo assim sua imagem de mulher ideal nunca se afastara daquelas mães boazinhas de Wisconsin que tinham povoado sua infância. Ela nunca perdera o fervor secreto de crescer e se tornar uma delas. Imaginava na maternidade uma maneira de fugir da solidão e da carência, porque lhe parecia que mães nunca ficavam, de fato, sozinhas. Não importava que as experiências de amor incondicional materno e paterno – tanto a dela quanto as de seus amigos e amigas trans – sempre tivessem se revelado terrivelmente condicionais.

Talvez tão importante quanto isso, como mãe, ela se via, enfim, recebendo o caráter de mulher que suspeitava que as deusas de sua infância tomassem por obrigação natural. Ela já havia se encaminhado a isso uma vez. Estivera em um relacionamento lésbico com uma mulher trans chamada Amy – uma mulher com um bom emprego na área de tecnologia e que se transformara tanto em um estereótipo suburbano apresentável que, quando falava, você imaginava as palavras se desenhando com a fonte clássica das revistas de Martha Stewart. Com Amy, Reese havia chegado o mais perto de uma vida doméstica que ela imaginava ser possível para uma garota trans – a confiança e o tédio e a estabilidade que agora pareciam tão opacos quanto um sonho lembrado logo depois de acordar. Elas tinham até um apartamento em frente ao Prospect Park – o tipo de espaço claro e bem-arejado que evidenciava bom gosto e respeitabilidade robusta, tanto que a ideia de mostrar a casa às agências de adoção se tornara um dos menores obstáculos à maternidade.

Mas agora, três anos depois, com o hodômetro de Reese estalando na metade de seus trinta anos, ela começava a pensar no que chamava de Problema *Sex and the City*.

O Problema *Sex and the City* não era um problema só de Reese, era um problema para todas as mulheres. Mas, ao contrário de milhões de mulheres cis antes dela, nenhuma geração de mulheres trans havia chegado a solucioná-lo. O problema podia ser descrito da seguinte forma: quando uma mulher começa a se perceber envelhecendo, a missão de tirar algum sentido da própria vida se torna cada vez mais urgente. Uma necessidade de se salvar ou de ser salva, conforme as alegrias da beleza e da juventude vêm com cada vez menos efeito. Mas Reese argumentava que, na busca pelo sentido – apesar das mudanças trazidas pelo feminismo –, as mulheres ainda dispunham de apenas quatro opções principais para se salvar, as quais eram representadas pelos arcos narrativos das quatro personagens femininas de *Sex and the City*. Encontre um parceiro e seja uma Charlotte. Tenha uma carreira e seja uma Samantha. Tenha um filho e seja uma Miranda. Ou, enfim, expresse-se na arte ou na escrita e seja uma Carrie. Cada geração de mulheres inventava essa fórmula de novo e de novo, Reese acreditava, combinando e retorcendo, mas nunca, de fato, escapando dela.

Ainda assim, para cada geração de mulheres trans anterior à de Reese, o Problema *Sex and the City* era uma ambição. Apenas as mulheres trans mais raras, mais passáveis, mais bem-sucedidas tinham a oportunidade de confrontá-lo. O resto estava barrado de todas as quatro opções desde o começo. Sem emprego, sem amantes, sem bebês e, ainda que mulheres trans pudessem servir de musas, ninguém queria arte em que elas falassem por si. E, assim, as mulheres trans caíam numa espécie de Sem-Futurismo – e, apesar de certos outros grupos LGBTQ celebrarem a ironia, a alegria e os túmulos nos quais pessoas LGBTQ frequentemente acabam cedo demais, aquela disparada rumo a se tornar Sem-Futuro parecia muito mais glamorosa quando o belo cadáver deixado para trás era uma escolha voluntária e selvagem em vez de uma probabilidade estatística.

Quando Reese morava com Amy, ela própria aspirava ao Problema *Sex and the City*. Parecia radical, como mulher trans, luxuriar-se contemplando o quão burguesa ela gostaria de ser. Parecia ser um sucesso que ninguém escolhesse isso por ela. E aí Amy destransicionou e tudo foi por água abaixo.

Agora a falta de futuro começava a entrar de novo no horizonte, pelas beiradas. Agora Reese tirava sua alegria própria dos prêmios de outras mulheres e transformava vírus em bebês.

— Tá bom — diz ela, depois de andarem no carro por cerca de dez minutos.

— Tá bom o quê?

— Tá bom. Vamos ver se você consegue me engravidar.

— Sério?

— Sério. — Seu caubói começa a dizer algo, mas ela o interrompe. — Só que, se a gente vai fazer isso, você vai ter que começar a me tratar melhor. Você tem que me tratar como a mãe dos seus filhos.

Ele estende o braço para beliscar a lateral de Reese.

— "Mãe dos meus filhos"? Por favor. Você não quer esse título. Se eu for te engravidar, o que você vai querer ser é a adolescente de dezesseis anos da parte ruim da cidade. Você quer que todo mundo saiba que é porque você é uma piranha dada. — Ela se retorce, desviando do beliscão.

— Eu estou falando sério. Me trate melhor. Ele franze a testa, mas mantém os olhos na estrada.

— Tá. Tudo bem. Vou te tratar melhor. Vamos comer — ele diz, freando num sinal vermelho.

— Mesmo? — Eles estavam indo rumo à vizinhança dela, em Greenpoint, e, com frequência, ele se recusava a comer com ela naquela região. Ele conhecia gente demais que morava ali. Uma vez ela o forçou a ir a um buffet vegano do lado de casa, e ele mal fez contato visual o tempo todo. Em vez disso, seu olhar disparava para a porta sempre que alguém entrava. Depois, ela passou a deixar que ele a levasse de carro para o Sul da cidade, ou, às vezes, para o Queens. Nunca Manhattan, nunca Williamsburg, locais em que sua esposa tinha sua vida social.

Mas agora ela diz que ele pode comê-la sem camisinha e todas as regras vão para o espaço. Reese sente um momento de satisfação. Seu corpo é a maior das cartas na manga.

— Mesmo — responde ele. — Você podia dar um pulo em algum lugar e pegar alguma coisa pra levar.

Claro. Para levar. Com ele esperando no carro. Ela assente com a cabeça.

— Pode ser. O que você vai querer?

* * *

No restaurante tailandês, ela não pede nada para si. Ele ama curry com níveis de pimenta beirando o incomestível na Escala Scoville. Ela não. Ela vai comer alguma coisa em casa depois que ele for embora. Ela está olhando o Instagram quando seu telefone toca, um número que ela não reconhece, um código de área de fora do estado. Seu caubói usa o Google Voice para que as mensagens de Reese não apareçam na casa dele, no iPad que sua esposa às vezes pega emprestado, e o Google, com frequência, envia as chamadas por números estranhos.

Ela aperta o botão verde de atender e aproxima o telefone da orelha.

— Eu peguei curry verde com carne pra você, cinco estrelas de pimenta — ela diz, em vez de cumprimentar.

— Gentileza sua, mas não sei se você ainda lembra, eu sempre fui meio fresco para temperos. — Uma voz masculina. Morna e suave, mas nada do sotaque arrastado do seu caubói, que ele, de alguma forma, não perdera mesmo morando em Nova York há anos. Reese baixa o telefone, checa o número.

— Quem é?

O tom do homem muda, não exatamente se desculpando, mas convidativo.

— Reese. Oi. Desculpa, é o Ames.

Ela consegue ver seu caubói lá fora, dentro do carro, o brilho do telefone iluminando os óculos que ele só usa para ler. Ela vira de costas como se ele pudesse entreouvi-la através das janelas do carro, da vitrine do restaurante, por cima do barulho da cozinha e da conversa dos clientes.

— Por que você está me ligando, Ames? Eu achei que a gente tinha parado de se falar.

— Eu sei.

Ela espera, aperta os lábios. Consegue ouvi-lo respirar. Ela quer obrigá-lo a falar primeiro.

— Eu não estou ligando pra incomodar — ele prossegue. — Eu estava esperando conseguir uma ajuda sua.

— Uma ajuda minha? Eu não sabia que tinha sobrado algo de mim pra você pegar.

Ele pausa.

— Pegar de você? — Sua perplexidade parece honesta. Esse era o problema dele. Ele não enxergava o tanto que ele a havia levado a perder. — Talvez eu mereça essa. Mas eu juro que eu não estou ligando por causa disso. É quase o oposto.

— Eu estou num encontro. Minha comida já vai chegar. — Ela sabe que é vingativo dizer isso. Mas não consegue evitar. Ele a pegou de surpresa, e ela quer tanto retribuir o favor quanto provar que sua vida seguiu em frente.

— Posso ligar depois?

— Não, você tem até a minha comida chegar pra se explicar.

— Tem um homem nos olhando falar?

— Eu estou pegando comida pra levar. Ele está esperando no carro. — Um tamborilar de satisfação toca no peito de Reese. É óbvio que, por mais que Ames possa ter antecipado essa conversa, Reese o tirou dos eixos.

— Ok — ele diz. — Eu queria explicar com calma, mas vamos fazer do seu jeito. Lembra como você sempre quis ter um bebê comigo? Que a gente estava se planejando pra isso?

Algo de errado deveria estar acontecendo para ele ligar para falar desse assunto. Ele não era do tipo que machucava as pessoas para se divertir, e certamente sabia que uma pergunta dessas, feita de forma tão direta, iria feri-la. Ela se sente idiota por ter dito que estava num encontro.

— Você ainda gostaria? De um bebê, no caso? — A pergunta termina num tom elevado, como se ele estivesse com algum medo da sua própria audácia por tê-lo dito.

— É claro que eu ainda quero um bebê, porra — ela explode.

— É muito bom ouvir isso, Reese — ele diz. Seu tom é de alívio.

Ela o conhece tão bem que quase consegue imaginar o corpo dele relaxando.

— Porque aconteceu uma coisa. Mesmo depois de tudo, você é a pessoa em quem mais confio pra falar disso. Em nome de tudo que a gente teve, por favor, por favor, posso te ver? Eu preciso muito falar com você, muito mesmo.

— Você vai ter que me contar mais do que isso, Ames.

Ele exala.

— Está bem. Eu engravidei uma mulher. Eu vou ter um filho.

Reese não consegue acreditar. Ela não consegue acreditar que Ames ligou para contar que tinha conseguido a coisa que ela tão desesperadamente queria. Ela fecha os olhos, conta até cinco.

A garçonete atrás do balcão larga um saco de papel e gesticula que é o pedido dela. Mas Reese não percebe. Seu caubói, seu curry verde com cinco estrelas de pimenta, o anticoncepcional que ele vai lhe dar mais tarde – tudo se perdeu. Em algum lugar, de alguma forma, Amy fez o impossível: ela conseguiu um bebê.

* * *

Katrina está sentada na cadeira de rodinhas na frente da mesa de Ames. O momento tem um clima de inversão incomum. Visto que ela é sua chefe, é quase sempre Ames quem vai ao escritório dela e se senta na frente da mesa. A sala dela, conforme suas respectivas posições na hierarquia empresarial, tem o dobro da metragem quadrada da dele, com duas janelas de parede inteira, com vista para os dois edifícios vizinhos e, entre eles, um trecho do East River. Em contraste, o escritório de Ames tem uma só janela e vista para um pequeno estacionamento. Uma vez, no pôr do sol, ele viu uma criatura marrom trotando feliz pela calçada – e desde então afirma que era um coiote urbano. Cada um se alegra com o que tem.

Katrina revira uma série de documentos, pega uma pasta marrom e a atira na escrivaninha dele. A visita dela ao escritório de Ames o deixa tenso como um adolescente cujos pais entraram no quarto.

— Bom — diz ela. — É verdade. Vai acontecer. — Ele puxa a pasta. Ele tem boa postura e lhe lança um sorriso tranquilo. A pasta se abre para revelar impressões do site de uma clínica. — Minha gineco — diz Katrina, observando-o. — Ela deu seguimento com um exame de sangue e um pélvico. Ela confirmou o resultado do teste que eu fiz em casa. Sem fazer um ultrassom, ela não sabe definir com quantas semanas eu estou, então agendei um pra quinta-feira, não nessa, mas na outra. Quer dizer, eu sei que você talvez não saiba como se sente com isso, mas quem sabe vir junto possa te ajudar? Se eu estiver com mais de quatro semanas, a gente vai conseguir ver o bebê... ou, sei lá, o embrião?

Ele sabe que ela está examinando-o, buscando uma reação. Ele não conseguiu reagir depois do positivo do teste de gravidez. Ele sente a mesma dormência que sentiu naquele momento, só que agora ele não pode mais enrolar dizendo que quer esperar uma confirmação oficial antes de se envolver emocionalmente.

— Ótimo — ele diz, e tenta um sorriso mas receia estar fazendo uma careta. — Acho que é real, então! Em especial agora que a gente tem... — Ele procura uma frase por um instante, e arranja: — ... todo um dossiê de evidências.

Katrina se ajeita para cruzar as pernas. Ela está usando saltos plataforma casuais. Ele sempre nota suas roupas, em parte por admiração, em parte pelo hábito de acompanhar o que está acontecendo no mundo da moda feminina.

— A sua reação tem sido difícil de ler — ela diz com cuidado. — Não sei, eu achei que talvez se você visse algo definitivo eu conseguiria avaliar como você estava se sentindo de verdade. — Ela pausa e engole em seco. — Mas ainda não consigo. — Ele vê o esforço necessário que ela precisa fazer para reunir tanta assertividade.

Ele se levanta, dá a volta e se recosta na escrivaninha, bem na frente de Katrina, sua perna tocando na dela.

Ele vira as impressões. Há uma lista de resultados de exames, mas ele não consegue decifrá-los. Seu cérebro entra em curto-circuito quando cruza os dados que aparecem com clareza – ele será pai – com os dados que ele tem armazenados em seu coração: ele não deveria ser pai.

Três anos se passaram desde que Ames parou de tomar estrogênio. Ele aplicou sua última dose no trigésimo-segundo aniversário de Reese. Reese, sua ex, ainda mora em Nova York. Eles não se falam há dois anos, apesar de ele ter enviado um cartão de aniversário no ano passado. Nenhuma resposta. Ao longo do relacionamento, ela sempre falou com segurança a respeito de como teria um filho antes dos trinta e cinco. Até onde ele sabe, não foi o caso.

É apenas agora, três anos depois do término, que Ames consegue falar sobre Reese com casualidade, chamando-a de "minha ex" e seguindo adiante com a conversa. Porque, na verdade, ele ainda sente tanto a sua falta que falar dela e pensar nela continuam sendo práticas perigosas – do mesmo jeito que um alcoólatra não pode pensar muito em como gostaria de tomar só uma tacinha. Quando Ames pensa muito em Reese, ele se sente abandonado e fica bravo, melancólico e, o pior de tudo, envergonhado. Porque ele tem dificuldade de explicar exatamente o que ainda quer dela. Por um tempo, ele pensava que queria romance, mas seu desejo já perdeu qualquer tom erótico. Em vez disso, ele sente um tipo parental de saudades, da maneira que ele sentiu saudades e se sentiu traído por sua família biológica quando cortaram relações com ele nos primeiros anos da transição. Seu sentimento de abandono fisga um nervo mais fundo e mais adolescente do que um amor romântico rejeitado na vida adulta. Reese não havia sido apenas sua amante, ela havia sido algo como sua mãe. Ela o ensinara a ser mulher... ou ele aprendera a ser mulher com ela. Ela o encontrara num estágio inicial e plástico, uma segunda puberdade, e o moldara conforme seus próprios gostos. E agora ela havia partido, mas as marcas de suas mãos permaneciam, de modo que ele nunca poderia esquecê-la.

Ele não compreendera o quão pouco sentido fazia *como indivíduo* sem Reese até depois de ela começar a desligar-se dele, até que sua ausência se tornou tão dolorosa que ele começou, mais uma vez, a querer a armadura da masculinidade e, de maneira um pouco atropelada, destransicionou para vesti-la por completo.

Então agora, três anos tinham passado com ele vivendo mais uma vez em um corpo dependente de testosterona. Ainda que sem as pílulas ou injeções, Ames acreditava ter usado bloqueadores por tempo suficiente para atrofiar seus testículos até o ponto da esterilidade irreversível. Foi o que ele disse a Katrina quando transaram pela primeira vez, na noite da Bebedeira de Páscoa anual da agência. Ele disse que era estéril — não que havia sido uma mulher transexual com bolas atrofiadas.

Ames folheia os papéis na pasta marrom que Katrina lhe trouxe. Sob as impressões da médica há outras, que parecem vir de tópicos do Reddit.

— O que é isso?

Ela leva a mão à barriga. Está lisa, sem arredondamento algum, mas ela já se porta como uma grávida.

— Bom, eu sei que você disse que era estéril. Eu estava dando uma pesquisada, e a vasectomia é, tipo, 99% eficaz, mas eu achei uns sites com discussões de homens que ainda assim engravidaram mulheres…

Ele levanta a mão:

— Peraí. Eu nunca disse que fiz vasectomia.

O escritório dele, como todas as salas enfileiradas ao lado, tem apenas uma parede de vidro para separá-lo do corredor. É o último da fila, ao lado de uma alcova em que ficam escondidos a copiadora, o bebedouro, a cafeteira e uma pequena cozinha equipada com — graças a uma campanha recente do departamento de recursos humanos — apenas lanches saudáveis e orgânicos. O trânsito de colegas no corredor é constante ao longo do dia. Ele não consideraria seu escritório como o local perfeito para se expor como um ex-transexual.

— Não? Mas a gente não usa camisinha há meses, e esse tempo todo eu achei… O que você quis dizer, então? Tipo uma baixa contagem de sêmen?

— Eu tive níveis de testosterona muito baixos por um tempo. — Ele se esforça para manter uma voz casual, resistir ao nervosismo que o faz querer baixá-la. — E durante esse tempo meus testículos atrofiaram, e meu médico me disse que meu sêmen nunca voltaria a ser viável.

Quando Ames fez a primeira consulta para conseguir uma prescrição de estrogênio, encontrou um endocrinologista idoso e gentil, que havia passado a acolher pacientes trans não por causa de um interesse particular em questões de gênero, mas porque pacientes trans, em suas palavras, ficavam "tão felizes de vir me ver para o tratamento". A maior parte dos outros pacientes do médico sofria de desordens hormonais que os deixava emocionalmente voláteis. Depois de descobrir a gratidão trans, o endócrino lotou a agenda com tantas pessoas transexuais quantas conseguiu achar.

Ames, que nunca havia feito acompanhamento psicológico para pessoas trans e não tinha nada da papelada que os guardiões dos hormônios tendiam a requerer, passara as semanas anteriores à consulta se agitando com a possibilidade de o endócrino decidir que ele não era "trans de verdade", lhe negando os hormônios. Ao ouvir que o médico valorizava ser valorizado, Ames irrompeu em gratidão, e devidamente saiu com uma receita para estrogênio. Na consulta seguinte, o endócrino confessou:

— Talvez, na última consulta, eu tenha prescrito um pouco rápido demais. Eu deveria ter falado mais sobre esterilidade. — Ele contou a Ames que a esterilidade permanente se estabeleceria nos primeiros seis meses de terapia de reposição hormonal e recomendou um banco de sêmen.

No dia seguinte, Ames reuniu muita coragem e fez a ligação. Ele não queria pensar na ideia de ser pai, aquela última pluma na ponta do chapéu da masculinidade, mas se forçou a ligar mesmo assim. Uma recepcionista do outro lado da linha elencou valores anuais para armazenamento de sêmen semelhantes ao que ele pagava pela TV a cabo, o que lhe parecia um preço razoável para preservar a viabilidade de sua futura linha genética. A recepcionista pediu que aguardasse enquanto ela marcava uma data, e, com Vivaldi tocando na linha de espera, Ames se perguntou se deveria cancelar a assinatura da HBO para conseguir pagar o banco de sêmen. Ele não entendia completamente o imenso peso da paternidade e da sucessão geracional, mas entendia muito bem o quanto não queria cancelar a HBO.

Sem ponderar mais, ele desligou. Quando seus mamilos começaram a doer na primavera seguinte, ele imaginou que já fosse tarde demais de qualquer forma. Quanto mais seus mamilos doíam, menos ele sufocava com o pavor que acompanhava a ideia de ser pai. Agora, com Katrina sentada em seu escritório, pela primeira vez em muito tempo, ele tinha que pensar na possibilidade de ter gerado uma criança. Em breve, muito em breve, ele seria chamado para tomar algum tipo de decisão, que levaria a outras decisões, gerações de decisões causadas por essa decisão.

— Seus testículos atrofiaram? — pergunta Katrina, perplexa. — Mas eles me pareceram normais!

— Pois é — concorda ele. — Quer dizer, eles não são enormes nem nada.

— Não, não são enormes — afirma ela. — Mas são de bom tamanho! — acrescenta para encorajá-lo.

Do outro lado da parede de vidro do escritório, Karen, do departamento de arte, pausa no corredor para abrir uma barrinha de granola. Ames, de súbito, se dá conta de que ele e Katrina estão casualmente falando sobre suas bolas no meio de um dia de trabalho.

Os colegas haviam fofocado sobre Katrina logo que Ames entrara na agência: divórcio feio. Ela havia abandonado o marido alguns meses antes de Ames fazer a entrevista. Ela chorava na própria sala, contaram os colegas, e depois falava para a secretária não lhe encaminhar as chamadas do marido. Ele a traíra, explicou um deles. Não, não, ela teve um aborto espontâneo. Errado, disse um terceiro, eles tiveram problemas de dinheiro. A especulação ganhava um tom tanto lúrido quanto compulsório – ter uma chefe é tão comum que mal se nota como é estranho, ainda que a estrutura force um culto de personalidade ao redor até mesmo dos gerentes mais banais. Como subordinado, o sujeito precisa montar uma epistemologia de como foi que a chefe veio a se apossar da sua preciosa autonomia. Uma compreensão básica das mecânicas arbitrárias do capitalismo não satisfaz – o coração demanda uma explicação humana. Ou ao menos foi isso que Ames disse para justificar seu *crush* inicial por ela.

Ainda assim, ao longo daquele primeiro ano em que Ames trabalhou para Katrina, ela manteve sua vida particular desta forma: em particular. Em vez de falar de seu divórcio, Ames intuía. Ele notava a leve mágoa e exasperação que pendiam dela, a angústia quase adolescente e a disposição para testar ideias ruins, o que resultava num aspecto meio "ah-que-se-foda" com o seu trabalho e uma honestidade direta com seus empregados.

Ela desenvolvera uma suspeita visceral de narrativas comuns. Os anódinos clientes corporativos que visitavam a agência de vez em quando recebiam uma ou duas ideias um pouco mais sombrias e experimentais para suas campanhas de marketing on-line, enfiadas no meio da função convencional. Dadaísmo para a campanha da água sanitária Clorox. Desespero ciborgue para as pilhas Anker. Uma série de anúncios no rádio para as rações Purina em que Jon Lovitz mirava na nostalgia dos anos 1990 ao reprisar seu papel cult como o crítico Jay Sherman, fazendo resenhas negativas de diversos filhotes de cachorro. Isso a tornava boa em seu trabalho. Ames interpretava sua tendência a "renarrativizar" como algo induzido pelo divórcio.

Quando já estavam bastante envolvidos, depois de terem transado diversas vezes, ela trouxe o assunto à tona. Eles estavam na cama dele, de lado, um encarando o outro, ele apoiado em um cotovelo, ela com o rosto descansando em uma das fronhas verde-floresta, seu cabelo castanho e reluzente escorrendo da cabeça para o travesseiro e para a cama. A luz de cabeceira atrás dela iluminava os focos mais externos de seu rosto: por instinto, ele ainda prestava atenção em curvas de sobrancelhas.

— Sei que o pessoal no escritório provavelmente te contou do aborto — ela disse. — Eu fui idiota e falei disso com algumas pessoas. Contar qualquer coisa pra Abby é um erro. — Ele riu, porque, sim, Abby era fofoqueira. — Quando você se divorcia — ela disse depois de um momento —, todo mundo espera que você venha com uma história pra justificar a situação. Todas as minhas conhecidas que se divorciaram tinham uma história pra se explicar. Mas, na vida real, a história e os motivos reais divergem. Na realidade as coisas são mais ambivalentes. As minhas próprias razões são mais como um tom do que como uma série de causas e efeitos. Mas eu sei que as pessoas querem uma causa e efeito quando eu vou falar do divórcio, um *porquê* que seja claro.

— Certo — Ames disse. — Então qual foi o tom do seu divórcio?

— Eu gosto de chamar de o Tédio da Heterossexualidade.

— Sei. Você ainda padece do tédio da heterossexualidade? — Ames perguntou, gesticulando grandiosamente para o cenário pós-coito do quarto.

— Eu sofri um aborto espontâneo — ela respondeu em desafio, perfurando a ironia dele.

Ames se desculpou de imediato.

Katrina moveu um travesseiro e, quando se virou de volta para Ames, o rosto dela parecia... entretido?

— Olha só, você provou o que estou dizendo. Quando eu falei "tédio da heterossexualidade", você me desafiou, mas quando eu falei "aborto espontâneo", você se desculpou na hora. É por isso que o aborto é a história oficial do meu divórcio. Ninguém nunca contesta. Abortos são privados, então o meu aborto é um passe livre. Ele cria um divórcio em que o Danny não teve culpa: um pesar em que você perde algo que não consegue nomear muito bem. As pessoas imaginam que o luto criou um penhasco de tristeza entre um casal: culpa de ninguém. As pessoas supõem tudo. Ninguém nunca me pergunta como eu, de fato, me senti com o aborto.

— Como você se sentiu com o aborto? — Ames perguntou.

— Eu me senti aliviada.

— Aliviada?

— Isso. Eu me senti aliviada. O que fez com que eu me achasse uma psicopata. Eu li um monte de artigos em revistas femininas sobre abortos espontâneos e todos diziam que eu iria sentir pesar e culpa. Eles garantiam que não era minha culpa, que não era por causa daquela taça de vinho que eu bebi nem daquele sanduíche italiano imenso cheio de carne processada. Mas eu nunca achei que fosse minha culpa. Minha culpa era de não sentir culpa. Depois de um tempo me sentindo assim, comecei a me perguntar por quê. Por que eu me sentia aliviada? Aquilo me fez olhar com mais cuidado pro meu casamento. Eu estava aliviada por causa de uma coisa que eu não queria admitir: eu não queria mais ficar com o Danny, e, se a gente tivesse um filho junto, eu seria obrigada. O Danny foi um bom namorado de se ter quando eu era mais jovem, quando a gente estava na faculdade. Tipo, da mesma forma que um são-bernardo seria um bom cachorro de se ter caso você se perdesse nas montanhas. Um corpo grande e amável pra uma garota se esconder atrás. O Danny se adequava à ideia que herdei, talvez por ter crescido em Vermont, daquilo que um homem deveria ser. A gente ficava bem junto; tipo, eu sempre soube que qualquer foto do nosso convite de casamento iria parecer saída de uma revista. Então quando ele me pediu em casamento, eu aceitei, apesar de que a gente estava namorando por dois anos e acho que o sexo nunca tinha durado mais que quinze minutos, contando as preliminares, além do fato de que, quando a gente chegou ao terceiro mês da relação, eu tinha, sei lá como, acabado encarregada de lavar a roupa dele. Uma vez — ela seguiu —, eu brinquei que o meu casamento era um sutiã com enchimento: era bonito embaixo da blusa, mas você sabe que é só um efeito do bojo e, no fim do dia, mal consegue esperar pra arrancar aquela bosta. As minhas amigas riam, mas eu gelava, porque me dava conta de que, sem querer, eu tinha contado a verdade, e ela era horrível.

Ames escutava. Uma vez ela lhe dissera que gostava de como ele não parecia sentir necessidade de falar ou de dar conselhos quando ela estava pensando em voz alta.

Katrina tirou os brincos e os colocou na mesinha de cabeceira.

— O Danny e eu, a gente estudou na Dartmouth com um casal, o Pete e a Lia. Quando eles se mudaram de Seattle pra Nova York, eles fizeram um negócio de convidar outros amigos casados para assistir a *Cheers* e comer torta. Os casais eram o tipo de gente que gostava de fazer escalada e se descrevia como "amante da gastronomia". Todo mundo, exceto por mim, era muito, mas muito, branco. Assistir a *Cheers* era parte da ironia hipster esquisita deles. Todo mundo debochava daquela política sexual dos anos 1980, como se a gente fosse melhor que aquilo tudo, como se a gente tivesse avançado muito desde aquela época. O pegador Sam Malone e a aspirante a feminista, que era frígida mas, secretamente, louca por um pau, como é que era? Ai, não consigo me lembrar do nome dela.

— Diane — disse Ames.

— Isso, a Diane. Eu me lembro de uma noite, foi logo depois de eu perder o bebê... quando o programa começou, todos os homens meio que se enrolaram nas próprias esposas, e cada esposa se aninhou contente nos braços do seu marido. Esses casais de bichinhos. E, do nada, todos eles pareciam macacos catando piolho uns nos outros. Eu fiquei enojada. E o Danny, dava pra ver que ele estava jogado naquele sofá em L, abrindo os braços para eu poder me colocar neles como todas as outras esposinhas. Mas eu não fiz isso. Eu fiquei sentada, dura, do lado dele no sofá, com um palmo de distância entre nós. Os nossos amigos puseram *Cheers* e a gente assistiu a homens e mulheres dizendo coisas horríveis uns para os outros e riu como se não fosse o que a gente também fazia. Ou faz.

— Sim — disse Ames, assentindo com a cabeça.

— E, durante toda a sessão — Katrina prosseguiu —, o Danny ficava me olhando de canto com uma expressão magoada. Tenho certeza de que ele não sabia o que era pior: o que eu pensava ou o que todos os nossos amigos pensavam. Mas eu não me importei. Não tinha nada no mundo que pudesse me induzir a ligar pros sentimentos dele naquele momento. E naquele momento eu culpei Danny por me destruir. Por me transformar numa psicopata. Os meus pensamentos estavam focados nele como se eu estivesse dando facadas com as minhas ideias. De novo e de novo, me vinha uma frase: *se você não me irritasse, eu não estaria contente de ter perdido o bebê.*

"Eu não achava justo nem lógico, mas entendia que vinha me sentindo daquele jeito há muito tempo. Eu nunca tinha nem ousado colocar essas ideias em palavras. Foi só que alguma coisa a respeito da soberba daquela situação toda que liberou aquilo, ter que ser a macaquinha de colo dele enquanto a gente fingia ser evoluído."

Katrina cortou a própria história com uma risada sem alegria.

— E também, acho que foi nessa época que eu encontrei a coleção secreta de pornografia de asiáticas dele.

— Ele tinha uma coleção secreta de pornografia de asiáticas?

— Um monte no computador e uns DVDs tipo *Asiáticas do anal* ou qualquer coisa assim.

— Sei lá — Ames disse. — Se eu fosse uma mulher asiática e o meu marido tivesse uma coleção de pornografia de asiáticas, talvez eu me sentisse elogiada. Pelo menos quer dizer que eu sou atraente pra ele.

— Não quer dizer, não — ela disse. — Você não entende. Quer dizer que você começa a ter umas suspeitas formigantes de que, depois de tudo que vocês passaram juntos, anos aprendendo a ser adultos juntos, o homem com que você se casou talvez só esteja com você porque ele tem um fetiche por asiáticas... Apesar de eu nunca ter me sentido asiática o suficiente minha vida inteira. Ele nem conseguia me fetichizar direito.

— Como se chama esse tipo de homem? — Ames perguntou.

— Como assim?

Ele puxou os cobertores sobre o corpo, subitamente com frio. Teve a sensação de entrar às cegas numa tempestade de inverno e agora se descobrir sobre um lago congelado, mas com uma camada muito fina de gelo. Ele estava pensando numa palavra que conhecia de outro contexto.

— Tipo... há... um *tranny chaser*. Um travequeiro. Como se chama um cara que tem fetiche por asiáticas?

Ela o avaliou com um olhar estranho.

— Arrozeiro — ela disse com frieza. — Em Vermont, quando eu estava crescendo, as crianças viam meu pai e minha mãe... O jeito preferido deles pra me xingar era dizendo que meu pai tinha febre amarela.

De repente Ames notou que ela achava que ele estivera perguntando sobre si mesmo. Ela achava que ele queria saber qual era o xingamento que ele merecia por ter dormido com ela. Ele segurou um desejo esmagador de protestar horrorizado. De lhe dizer: *meu deus, não, eu nunca pensaria que transar com alguém seria o bastante para me dar um rótulo... Eu só realmente entendo o que é ser fetichizada. Eu entendo como é ter alguém que pensa que me desejar é humilhante.*

Mas, mesmo naquele momento, uma confissão dessas seria arriscada demais. E se a revelação de que ele já havia sido uma transexual significasse nunca mais ir para a cama com ela? E se significasse o fim da relação profissional dos dois? Não, era melhor esperar o momento oportuno.

* * *

De vez em quando, Ames examinava Katrina e imaginava como seria contar a ela. Como ela reagiria. Quando ficava sozinho, ele dizia a si mesmo que, talvez, quem sabe, ela até fosse curtir. Que talvez o motivo mais profundo de seu divórcio com Danny tivesse sido sexual. Que ainda que ela não fosse exatamente LGBTQ... ela tampouco estava totalmente interessada numa vida de casal hétero.

Falando sério, ela era maluca na cama. O sexo deles era mais selvagem do que ele havia imaginado na época do *crush*. Na primeira vez que se pegaram, ambos estavam bêbados e houve dinâmicas hétero bastante típicas. A primeira transa – que aconteceu duros de sóbrios, ao meio-dia, uma semana depois, quando ela tirou um dia para "trabalhar de casa" e o mandou, como seu funcionário, fazer o mesmo – já havia sido, decididamente, um pouco desviada.

Na cozinha dela, ela tinha aberto a geladeira e se inclinado para pegar algo. Seu corpo visto de trás, junto com a densa tensão sexual, o fez se afundar até ficar de joelhos e ele em parte beijou, em parte aconchegou o rosto naquela bunda com jeans apertado. Ela olhou de volta da geladeira, com uma expressão de quase preocupação, ao mesmo tempo que levava a mão para trás e pegava um punhado do cabelo dele.

— Tem certeza de que você fica bem com isso? — ela perguntou. — Se os gêneros estivessem trocados e um homem mandasse uma funcionária tirar o dia de folga e ir visitá-lo, eu ficaria indignada.

Ela estava com os dedos enrolados no cabelo dele enquanto perguntava, então ele não conseguiu afastar a cabeça e acabou respondendo para sua bunda, com a boca falando a dois centímetros da nádega direita como se fosse um microfone.

— Confia em mim, eu estou adorando — ele disse para a bunda. — Eu estou no paraíso. Eu sempre tive uma quedinha por mulheres mandonas. Transar com a minha chefe de verdade é tipo desbloquear um nível secreto de tesão. Você tem o meu consentimento ou o que for, só por favor me deixa ficar com a cara aqui.

— Você acha que eu deveria mandar mais em você nessa história, é isso?

Ele ergueu os olhos para ela, incapaz de acreditar na sorte que tinha. Encontrar uma mulher mandona que já estava literalmente no comando dele? Era como ganhar na loteria.

— Sim — ele disse. — Por favor.

— Certo. — Ela riu e se virou, de modo que o nariz dele ficou alinhado à sua virilha. — Me faz um PowerPoint sobre por que eu deveria deixar você ficar aí embaixo com a cara na minha buceta. — Ele fechou os olhos, inalou com alegria; nascia uma consciência reluzente de que essa brincadeira a excitava tanto quanto a ele, e isso começou a romper uma camada da calcificação que viera se encrustando em sua libido e, por extensão, em seu coração e, por extensão, em sua vida.

No dia seguinte, ela lhe enviou um e-mail quando ambos ainda estavam no escritório. *Sigo esperando aquele PowerPoint que discutimos. Quando será entregue?*

Ele não tinha certeza se deveria responder de forma aberta. Lá estava ele, com todas as suas credenciais LGBTQ secretas, e essa mulher hétero divorciada o havia pegado de surpresa. E isso, é claro, era excitante num grau tão insano que, por um segundo, ele pensou em procurar um banheiro vazio para bater uma. *HAHAHA*, ele respondeu com fraqueza.

Não, falo sério. Quero que você apresente seus slides para mim até o fim do expediente de terça-feira. Se atrasar, vou fazer você apresentá-los numa sala de conferências. A escolha é sua.

Essa coisa que ele tinha com Katrina – os jogos de poder, a emoção de escapulir no escritório e a forma explícita como flertavam – se alinhava num sexo muito, muito bom. Em sua vida anterior, Ames havia transicionado para viver como mulher antes de realmente ter tido uma transa muito boa, e ele não tinha certeza de que, após a destransição, poderia fazer um sexo bom de verdade. Metade dos casos que ele havia tentado como homem heterossexual tinham desconectado sua mente do seu corpo, tornando-o incapaz de demonstrar empolgação ou alegria reais mesmo enquanto executava todos os atos necessários, até que, mais cedo ou mais tarde, a parceira entendia a desconexão como indiferença e o deixava. Quando aquilo acontecia ele flutuava para longe, sem esforço, como nos filmes de naufrágio, aquela cena onipresente de quando o corpo do amante boia devagar para dentro do vazio oceânico. Mas não Katrina; para ela e seus joguinhos de mandar, ele estava ali na íntegra, elétrico, sonhando acordado mesmo quando estavam separados. Surpreendentemente, seu desejo não diminuiu ao longo dos cinco meses em que estiveram juntos. Talvez houvesse até aumentado, ficado mais selvagem:

natureza verdejante e indomável que tomava conta dos canteiros e caminhos cuidadosamente podados do comportamento adequado.

Ele suspeitava que, apesar de Katrina ser orgulhosa demais para admitir, eles vinham transando de um jeito que ela desejara por muito tempo, mas nunca antes soubera pedir. Que essa era a primeira vez em sua vida que ela experimentava os efeitos alucinantes do bom sexo – o tipo de sexo pelo qual você atravessa o país para roubar umas poucas horas com a pessoa, o tipo que depois o faz querer falar em comprar uma casa, ou morar juntos, ou só entrelaçar suas vidas em geral, de uma forma injustificada do ponto de vista logístico dado o curto período de intimidade. Em resumo, sua transa com Katrina era dessas que significam que, se um teste de gravidez volta positivo, ficar com a criança é uma opção perfeitamente plausível.

Mas havia dois porens: primeiro, ela não sabia que ele um dia havia sido transexual, e, segundo, depois de toda sua ginástica mental, depois de tudo que a transição e a destransição lhe haviam ensinado, a paternidade permanecia como a única afronta ao seu gênero que ele ainda não conseguia aguentar sem um rastejante senso de horror. Tornar-se pai pelo próprio corpo, como o pai dele havia feito, e o pai do seu pai antes disso, e assim por diante, o sentenciaria a uma vida inteira dedicada a manejar esse horror.

Meu deus, ele ficara em silêncio sobre tanto do seu passado, um passado confuso, de meias-palavras, tudo encoberto pelo pretexto de proteger o relacionamento do escritório. Era cansativo, ainda que o apagamento já tivesse se tornado uma forma automática de lidar com o seu passado.

Agora, em seu escritório, Katrina se move para frente na cadeira de rodinhas e pega a mão dele.

— Ames, me ajuda — ela diz com suavidade. — O que você quer fazer? Não estou pedindo que você decida por mim. Eu me surpreendi quando percebi que estou empolgada. Eu me sinto vulnerável dizendo isso, então, por favor, me dê alguma noção do que isso significa para você.

Ela encosta de novo na própria barriga. O bebê-que-ainda-não-é-um-bebê sob sua mão. Ele se lembra de ter ouvido que os batimentos cardíacos de um feto já são detectáveis na quarta semana. Ele se lembra de que ela já teve um aborto espontâneo. A dor silenciosa daquilo. É algo que machuca pensar, o que ela pode estar passando.

— Você me disse que era estéril e agora eu estou grávida — ela diz. — Agora a única coisa que você tem pra me contar depois da confirmação da minha médica, confirmação que *você* pediu, é que os seus testículos são atrofiados? Não é assim que a maioria dos homens reage quando descobre que é um pai em potencial.

Pai. Dito pela *mãe.* Ela solta a mão dele, pega a pasta marrom e examina ela mesma os papéis, evitando contato visual enquanto continua.

— Definitivamente, não foi assim que eu imaginei que você iria agir se realmente acreditasse que não era possível. Felicidade, medo, alegria, raiva, o que fosse. Mas o seu nível de surpresa é o de quem conseguiu uma reserva em cima da hora num restaurante lotado. Pode me explicar o que está acontecendo na sua cabeça?

Ames inspira. Espera. Então expira. Ela está aguardando. Esperando que ele diga algo, faça algo. Ele lembra a si mesmo de que agora ele é essa pessoa, alguém que toma decisões, que não apenas deixa que a vida aconteça a ele. Não era essa a grande lição da transição, da destransição? Que você nunca vai conhecer todos os ângulos, que enrolar é uma forma de se esconder da realidade? Que você só percebe o que quer e vai em frente? E que, talvez, se você não souber o que quer, você faça alguma coisa mesmo assim, e tudo vai mudar, e aí talvez isso revele o que você quer de verdade?

Então faça alguma coisa.

E talvez ele não pudesse ter escolhido um lugar melhor do que seu escritório para contar a ela – ele sempre imaginava que a cena aconteceria durante um jantar e que eles teriam que ficar no restaurante conversando a respeito disso. Mas com vista para a cozinha da agência? No trabalho? Este é o único lugar em que ela não poderia surtar, em que ela teria de ao menos fingir frieza.

Seu silêncio se estende. Enfim, Katrina vira a palma da mão como quem diz *o quê?*

Só diga.

Então ele diz.

— Quem me disse que eu era estéril foi o médico que me deu estrogênio. Eu tomei estrogênio e bloqueadores de testosterona por seis anos, quando eu vivi como mulher transexual. Ele me disse que eu iria ficar permanentemente estéril em seis meses. Então, por causa de meu passado como mulher, a paternidade é muita coisa para lidar emocionalmente.

— Espera, você viveu como o quê? — Toda expressão some do rosto dela.

— Eu fui uma mulher transexual. É por isso que eu achava que era estéril. — Ele levanta a mão para tocar seu ombro, acalmá-la. Ele está prestes a perguntar se pode lhe contar a história toda.

Katrina puxa o braço para longe do seu toque e a pasta com os relatórios de vasectomia e com o teste de gravidez voa na cara dele. Por instinto, ele salta para o lado. A pasta marrom passa raspando pelo seu ombro, se abre, e as folhas impressas caem para todo lado.

Ele quer acalmá-la, tentar tocá-la de novo – mas ela pula da cadeira.

— Eu não acredito. Eu estou me sentindo, meu deus, eu estou me sentindo...

Ela não parece conseguir falar e, em vez disso, aproxima as mãos da clavícula, como se para empurrar as palavras que ficaram presas ali.

— *Enganada*! Você me enganou. Por que você fez isso comigo?

Ele tem experiência suficiente em sair do armário para saber que insistir que não estava *fazendo* nada a ela apenas pioraria o momento. Em vez disso, ele luta contra o impulso de se abaixar e recolher as folhas para dentro da pasta. As páginas impressas do Reddit agora parecem mais gritantes, mais depravadas do que se ela tivesse espalhado todos os cinco meses de nudes e mensagens eróticas deles. Ainda assim, ele não se move. Ela está parada com um ombro para frente, como um boxeador, e, apesar de que seria totalmente fora do seu caráter, ele não tem certeza de que, caso ele se abaixe, ela não vá lhe acertar uma na cara. Mas então, de súbito, ela arregala os olhos e se vira.

Josh, do departamento de desenvolvimento de negócios, os encara pela divisória de vidro. Quando Katrina o pega boquiaberto, ele se inclina para a cozinha e pega uma maçã da fruteira de arame pendurada perto da porta. Mas ele não consegue se segurar e se volta mais uma vez para encarar o diorama do escritório pelo vidro. Faz uma expressão de *eita, porra* para Ames. Katrina encara Josh. Ela está visivelmente chateada, seu comportamento de chefe-no-controle ainda em boa parte desmontado.

— Olá, Josh — Katrina diz de forma curta através do vidro. Josh está tão fascinado pela cena que não parece notar essa quebra da quarta parede. Ela dá dois passos seguros, ignorando as folhas espalhadas, e abre a porta. Do corredor, vira a cabeça e fuzila Ames com os olhos. — Pode pegar essa pasta que eu derrubei — ela aponta para as impressões jogadas no chão — e trazer ao meu escritório daqui a uma hora? Eu estou atrasada para uma chamada. Mas a gente pode conversar melhor depois.

— Claro — diz Ames. — Mal posso esperar.

Ames se abaixa para recolher a papelada. Josh espera até Katrina ter dobrado no corredor, se apoia na porta escancarada, joga a maçã no ar, pega de volta e baixa um sorriso para Ames.

— Problemas românticos?

— A fonte da juventude ainda não parece ter secado pra você — observa Ames, dando uma espiada no rosto de Reese enquanto rumam a uma sombra protegida da brisa de transeuntes que absorvem o sol de abril no Prospect Park.

Ela tem a mesma aparência que tinha por volta dos vinte anos. Na verdade, está até mais suave – em seu vestido xadrez branco e lavanda, ela pavoneia o corpo em pera, que revistas femininas apontam como um formato que deve ser mascarado com roupas para equilibrar a silhueta, mas que Reese sempre valorizou de maneira estrondosa como uma marca de passabilidade descomunal.

O período de pele vampiresca levemente estrogenada de Ames havia atrasado a chegada de rugas e sulcos, mas, quando sua pele voltou a ser áspera e sua barba voltou a nascer, alguns pelos cinza começaram a se intrometer no meio dos mais escuros. Ele os aparara com cuidado naquela manhã. Tanto como um homem escondendo qualquer sinal de idade antes de ver uma ex pela primeira vez em anos quanto, confusamente, por um sentimento de competitividade ressuscitado, uma necessidade de se exibir como ainda uma beldade.

— Os seus níveis de estrogênio parecem ter diminuído — diz Reese, mas sem muito veneno, como se ela estivesse cansada demais para conversa mole mais do que tentando, de fato, feri-lo.

— Tem quem ache meus pés de galinha um charme.

Reese suspira.

— Não quero falar da sua aparência, Amy. Eu não vou fazer isso.

— Claro. Justo. — Ele ignora o "Amy". O nome não o ofende, é só um nome que ninguém mais usa. — Eu só queria que você soubesse que a sua aparência está ótima.

Reese dá de ombros e lambe a beirada do biscoitinho de sorvete que ele lhe trouxera.

O desinteresse o surpreende. Ele havia imaginado que o elogio importaria para ela.

— Ei — ele diz, forçando um tom de leveza —, eu estou me colocando numa posição vulnerável, admitindo como a sua aparência está ótima.

Ela lhe lança um olhar como se ele tivesse acabado de sair de uma espaçonave.

— Ah — ela diz, enfim —, entendi. Você estava me elogiando como homem. Você se acostumou com mulheres reconhecendo os seus elogios como se você fosse homem.

É verdade. Seus elogios tendem a ter, no mínimo, o efeito de fazê-lo ser notado.

Ela faz uma paródia grotesca, agitando os cílios como uma donzela e pondo a mão no coração.

— Oh, céus! Euzinha? Você acha mesmo?

— Está bem, Reese.

— Você tem sorte de que eu concordei em vir aqui. Eu não vou, ainda por cima, me fazer de adolescente apaixonada.

— Já percebi.

Eles haviam se conhecido em um piquenique nesse mesmo parque. Um piquenique de mulheres trans. Ele ainda tinha seu apartamento ao norte do Prospect Park. O apartamento em que tinham vivido juntos. Ao longo do tempo, suas memórias no parque com Reese foram substituídas por novas. Os lugares em que ele corria, em que lia à beira do lago ou olhava os pássaros – torcendo para ver um dos búteos-de-cauda-vermelha que faziam ninho ali, mas, com frequência, se contentando com um canário fugido da gaiola ou, na pior das hipóteses, um cisne. Mas ver Reese muda tudo, traz o passado de volta à tona.

Ele não entende se ela sugeriu encontrá-lo ali de propósito, para desequilibrar sua confiança. Ele consegue sentir a falta da intimidade que costumavam ter – apesar de que não tem certeza se aquela proximidade desapareceu para sempre ou só por um tempo, como uma criança brincando de esconde-esconde.

Uma gralha soa como uma dobradiça enferrujada nas árvores acima. Ele está prestes a pedir desculpas, a dizer que cometeu um erro e ir para casa quando ela lhe oferece o biscoito de sorvete. Pela primeira vez em toda a tarde, ela baixa a guarda e dá algo como um sorriso.

— Olha — ela diz. — Eu colaborei um pouco. Eu esperei com aquelas outras mulheres e deixei você me comprar sorvete como se a gente fosse só mais um casal hétero no nosso encontro hétero de domingo com a ideia tediosamente hétero de ir ao parque. Agora pega um pouco disso aqui, eu não quero tudo.

Ele dá uma mordida e ela puxa de volta.

— Mas vou te falar uma coisa — ela diz. — Você se mexe de um jeito diferente de antes.

— Me mexo?

— É, você sempre foi gracioso, mas costumava fazer muita questão de mover os quadris. Você era um menino lânguido que aprendeu a se mexer que nem mulher e que depois aprendeu a se mexer que nem menino de novo, mas sem formatar seu HD a cada vez. Você tem esse monte de bugs no seu jeito de se mexer. Eu fiquei te olhando na fila do sorvete... Você se arrasta como uma cobra.

— Uau, Reese. Não sei mais nem o que dizer.

— Não! É carismático. Lembra do Johnny Depp fingindo ser o Keith Richards bêbado fingindo ser um pirata doido? Não tem como não se sentir um pouco atraída, tipo: qual é a daquele ali? — Ela sorri para ele e dá uma lambida no sorvete, fingindo inocência.

— Eu tinha me esquecido de como é estar com mulheres trans — ele admite. — Que pra variar um pouco eu não sou o único que fica analisando a dinâmica de gênero de cada situação pra saber o meu papel.

— Então seja bem-vindo de volta — ela diz, parecendo bastante animada. — Você também deve ter esquecido de que eu ensinei tudo o que você sabe.

— Por favor. O estudante ultrapassou a mestra.

— Gata, por favor.

É como voltar para casa, aquele breve "gata". Algo mais quente e doce do que o sol de primavera aquecendo seu pescoço e o sorvete derretendo na sua língua. É assustador de sedutor, com ênfase em assustador. Se ele começar a buscar por aquele tipo de conforto, vai acabar fazendo papel de bobo.

O desejo de implorar por inclusão lhe dava uma pontada cada vez que ele via uma mulher trans na rua, no trem. Uma pontada de necessidade de ser reconhecido por ela. A maioria dos apóstatas deve se sentir assim – sejam amish, muçulmanos, ex-gays ou o que for.

Na época em que ele viveu como mulher trans, basicamente ninguém falava de destransição. O assunto era tratado como coisa de centros de conversão e manchetes de tabloides: *ele era homem, virou mulher, e agora voltou a ser homem!* O tema era chato – os motivos para destransicionar nunca eram complexos: a vida como mulher trans era difícil, então as pessoas desistiam.

Ainda pior: discutir a possibilidade de destransicionar dava esperança para o disparate de intolerantes fanáticos que queriam que as mulheres trans simplesmente destransicionassem (ou seja, que deixassem de existir de qualquer forma visível – e, portanto, de qualquer forma significativa).

Ele passou dois anos como mulher até encontrar uma pessoa que realmente destransicionara. Amy estava em uma festinha LGBTQ com Reese e seis outras mulheres trans. Elas tinham ocupado, na defensiva, um pequeno canto da sala – um setor assim automaticamente quarentenado pelo desinteresse dos gays, das mulheres cis e das pessoas transmasculinas. E então, mais uma vez, a conversa entre as mulheres trans era a mesma de sempre em festinhas LGBTQ: encontrar novas formas de reclamar de como "Nós estamos gostosas pra caralho, por que todo mundo está nos ignorando?". Era um assunto que, conforme as bebidas baixavam inibições e critérios, abria caminho para que elas começassem a montar casais e se pegar. Exceto que, naquela festa em especial, durante a metade dos monólogos sobre serem ignoradas, Amy não conseguiu deixar de notar que elas, na verdade, não estavam sendo ignoradas.

Um homem atarracado de trinta e poucos, com uma barba de uma semana, havia se aproximado e estava rindo e balançando a cabeça, como se entendesse do que elas estavam falando. Amy esperou que alguém dissesse: "Sai daqui, travequeiro de merda". Mas ninguém o olhava nos olhos. Em vez disso, as mulheres criaram espaço para ele com ar de concessão resignada. Era como se ele fosse uma aparição que todas viam, mas cuja presença nenhuma queria reconhecer – não porque o fantasma as assustava, mas porque ele tendia a interpretar qualquer atenção dada a ele como um convite para mais uma vez repetir a história vergonhosa de como ele tinha morrido praticando asfixia autoerótica.

Duas garotas obviamente hétero, que todo mundo percebia terem se vestido com meias arrastão para a festa *queer* e que tinham cerca de uma década a menos que o homem, trouxeram uma bebida para ele. Yaz, uma das mulheres trans, deixou seu interesse brilhar por um instante na direção da dupla, mas o retirou quando viu para quem elas estavam dando a bebida: um intocável tão patético e contagioso que até mesmo os decotes risonhos daquelas meninas ansiosas ao redor dele haviam sido rotulados como proibidos.

Enfim, Amy puxou Reese de lado.

— Quem é esse daí?

Reese acenou com a mão.

— Ai.

— Não. Me fala. Quem é?

— Acho que o nome dele é William agora. Ele destransicionou, mas ainda aparece pra sair com garotas trans de vez em quando.

— Sério? — Amy não conseguia esconder a curiosidade.

— Sério. Acho que ele ainda aparece no grupo de terapia e tal. Ele... — Reese não conseguia encontrar a palavra. — Situação triste.

Alguns momentos depois de William ir embora, Amy deu uma escapulida para segui-lo. Ela o encontrou a meia quadra de distância, fumando um cigarro.

— Você é o William? — ela perguntou.

William estava bastante bêbado. Bêbado demais para montar frases gramaticalmente corretas. Mas seu rosto brilhou pela atenção que ela lhe dava, de um jeito que doía só de olhar. Ela se fixava no seu cigarro em vez de no seu rosto. Tentava não prestar atenção em como seu corpo era mole, como parecia uma pupa. Isto foi o que Amy tirou da conversa: ele havia vivido como mulher trans por sete anos. Mas era difícil demais. Difícil demais. Ele não passava. Ele queria morrer. Ele ainda era uma mulher trans. Todo mundo conseguia ver, não importava o que ele fizesse, mas, já que ele não o dizia, eles também não podiam. Ele tinha um bom emprego agora. Distribuição de suprimentos médicos. Ele morava em Staten Island com duas garotas. Levara as duas para a festa essa noite e as ajudara a se arrumarem. Ele não tocara nelas, não precisa se preocupar. Só gostava de fazer parte do grupo das meninas. O cigarro girava em seus dedos, inscrevendo arcos vermelhos na noite enquanto falava. Amy se focava na brasa, como se ele estivesse escrevendo mensagens secretas só para ela. Quanto mais ele falava, mais Amy entendia o desdém educado e desconfortável que as outras mulheres trans tinham mostrado. Ela queria estar em qualquer lugar que não fosse ali o ouvindo. A pena que ela sentia oscilava à beira do precipício do nojo.

Quando a própria Amy destransicionou, ela se prometeu que nunca deixaria ninguém enxergá-la como ela havia enxergado William naquela noite. Nunca ansiaria por inclusão de mulheres trans. Ames não queria pena e rejeitava o nojo que elas sentiam. Mas, apesar da necessidade rígida de Ames por dignidade, de todas as fronteiras cuidadosas que ele armava para respeitar as diferenças entre o seu modo de viver e o das mulheres trans, elas o atraíam como o canto das sereias. Sempre que uma garota passava, o William dentro dele implorava para ser libertado, para correr rumo a ela implorando pateticamente que o notasse, para estender-se sob os raios de sol de qualquer resquício de atenção enojada que ela poderia lhe dar. A maneira óbvia de afastar a pena e o nojo das outras garotas havia sido a mais difícil – o momento de clareza do viciado: cortá-las de uma vez só. Porque é só ter um momento de indulgência, e você vira o William.

O passado é passado para todos, exceto para os fantasmas.

Exceto que, agora, ouça o chamado suave, sinta aquela dor: *gata, por favor*.

Uma cerca de arame temporária se ergue atrás do banco em que eles se sentaram no parque, lançando sombras que parecem escamas de peixe nos ombros e no rosto de Reese.

— Ok, papito, então você engravidou uma mulher — diz Reese. — Ainda estou esperando pra saber o que isso tem a ver comigo.

O "papito" indica que metade do trabalho de explicação já está feito: o insulto não faria sentido se ela pensasse que ele estava em bons termos com o conceito de paternidade.

— Por favor, Reese. Só seja educada.

— Papai — diz Reese. — É melhor já ir se acostumando a ouvir.

— Não precisaria se você me escutasse em vez de tentar me atingir!

Reese se afasta.

— O que eu tenho a ver com isso? Até onde eu estou vendo, eu não estou tentando te atingir. Eu estou me defendendo do que você vai esfregar na minha cara, do motivo pra você ter me chamado aqui.

— Você tem tudo a ver com isso! — A voz de Ames se levanta a um quase-grito exasperado, a ponto de um casal de universitárias que passava, talvez um pouco trôpegas, encará-lo, arregalar os olhos uma para outra e olhar para Reese com uma cara de *pobre mulher*. Sempre foi assim que Reese brigou com ele. Defesa preemptiva. Ames coloca as mãos no colo, com as palmas para cima. Alguns meses atrás, ele viu uma entrevista com a atriz Winona Ryder em que ela dizia que, com frequência, quando queria parecer inofensiva em seus filmes, ela punha as mãos no colo com as palmas viradas para cima, porque isso comunicava abertura e vulnerabilidade, um gesto ao qual Ryder creditava sua reputação de delicadeza. Ames vinha experimentando esse gesto desde então, em uma tentativa de neutralizar discussões, especialmente aquelas em que sua masculinidade parecia ameaçadora. Com cuidado, ele diz baixinho:

— Eu estou tentando te falar que quero que você pense na ideia de ser uma mãe pra esse bebê.

Na semana anterior, depois de Katrina lhe mostrar o teste de gravidez, ele foi para casa e ficou deitado na cama feito um leão-marinho apático, movendo apenas o dedo para, mais uma vez, ver o feed da única rede social de Katrina – o Instagram. Depois de passar uma hora olhando o rosto de Katrina, ele abriu a conta de Reese, como ainda fazia quando solitário ou angustiado, um hábito de que nunca conseguira se livrar. Se ele descesse o suficiente na linha do tempo, havia fotos dela da época em que moraram juntos – todas as fotos com ele haviam sido apagadas, é claro, mas, em muitas outras, ele sabia estar parado logo além da margem. Olhando uma foto dela usando orelhas de coelho numa manhã de Páscoa no apartamento deles, ele tentou prever sua resposta zombeteira se ele lhe contasse que era pai. Naquele exercício, ele se surpreendeu ao encostar, pela primeira vez em horas, num sentimento parecido com esperança. Fora apenas por intermédio dela e com ela que ele conseguira imaginar a ideia de ter um filho. Por que não de novo? Reese – a mulher trans com quem ele havia aprendido a ser mulher – veria sua paternidade e a anularia. Para ela, ele sempre seria uma mulher. Pelos olhos dela, ele quase conseguia se ver com um filho: talvez uma forma de tolerar ser pai seria ter a constante presença dela lhe garantindo que ele não era, de fato, *pai*. Essa possibilidade se encaixava com perfeição naquilo que ele de qualquer jeito queria: ser uma família com Reese mais uma vez, fosse como fosse. Então por que não como pais de uma criança? Será que era uma proposta tão maluca assim? Se Reese ajudasse a criar o bebê, todo mundo sairia com o que queria. Katrina teria de seu amante um comprometimento para com a vida em família, Reese teria um bebê, e ele, bem, ele conseguiria satisfazer as expectativas de ambas ao se tornar o que ele já era: uma mulher--só-que-não, um pai-só-que-não.

— O quê? Você quer que eu pense na ideia de ser uma mãe pra esse bebê? — Reese não está com as palmas das mãos para cima. — Isso não faz nem sentido.

— Faz sim. Me ouça. — Mas Ames também não está convencido por completo de que seu plano faz sentido, de que não é o pânico que está lhe colocando ilusões na cabeça. De que a maneira com que ele andara empurrando as peças de Katrina e Reese no seu tabuleiro de xadrez mental tinham uma conexão duvidosa com os movimentos reais que Katrina e Reese de fato podiam fazer.

Ele deu o retrato todo. Katrina queria que ele fosse pai. Se Ames não pudesse, na verdade, ser pai, Katrina não apreciava a ideia de ser mãe solo, e agendaria um aborto. Ames, de sua parte, queria ficar com Katrina e conseguia se ver tendo um filho, mas não como pai. Ele sabia, no entanto, que Katrina não tinha a mentalidade *queer* que permitiria tal distinção, e que, ainda que ele tivesse as melhores intenções, ela recairia nas expectativas padrão inerentes a um homem e mulher criando um bebê juntos. A não ser que ele conseguisse encontrar um jeito de fugir da força gravitacional da família nuclear. Qualquer que fosse o nome que ele desse ao seu cargo, ele acabaria sendo pai. Ele não precisava explicar isso para Reese. Ela sabia que não importava como você se identificasse: no final das contas, o mais provável é que você sucumbisse e se tornasse aquilo que o mundo vê em você.

— É aí que você entra — diz Ames dando poucas pausas para que Reese não possa interrompê-lo até que ele ponha tudo para fora. — Eu quero que você crie um bebê comigo e com a Katrina. Em três, a confusão vai bastar para romper a coisa de família. A Katrina não vai saber me ver como qualquer coisa que não seja um pai, mas você sim; e, falando por experiência própria, a sua visão, a sua forma de ver as coisas, é contagiosa. Juntos, talvez a gente possa ser uma família que funcione.

Reese não diz nada.

— Pensa bem, Reese. Você iria poder ser mãe. Você iria poder criar um filho. Como a gente sempre quis.

— Eu vou me levantar e ir embora — Reese enfim diz. — Você enlouqueceu. Eu achei que não tinha como me chocar mais com as suas transformações cuzonas, mas nem eu teria imaginado que você iria voltar pra mim propondo que eu virasse bígama. Sério, que porra é essa?! — Mas ela não se levanta para sair. Ela não se move de maneira alguma.

Ele respira fundo, esperando que ela diga não, que ela diga que nunca criaria um filho com ele, que ela bata a porta na cara da melhor oferta que ele jamais teria para pôr na mesa. Se ela não aceitasse dele a maternidade, ela nunca aceitaria nada.

— É isso que você pensa de mim? — Reese continua depois de um instante. — Que eu iria aceitar uma maternidade de segunda? E, no meio-tempo, por que caralhos essa outra mulher iria carregar um bebê pra uma mulher trans e um ex-transexual? Quem é essa pessoa? O que tem de errado com ela?

— Não tem nada de errado com ela. Eu nem sei se ela estaria aberta à ideia. Eu nem sugeri.

— Meu deus, você veio falar comigo *antes*? Seu psicopata.

— Ela pode dizer não! Você pode dizer não!

— Quem é ela?

Então Ames dá os detalhes, como quando você se apresenta a um novo conhecido: no que você trabalha, de onde você vem e em qual bairro mora, se for de Nova York, e, talvez, se você estiver realmente disposto, sua idade. Para apresentar Katrina, Ames relata as variáveis como: chefe dele na agência de publicidade; é de Vermont, mas mora em Nova York desde a graduação; tem um apartamento de dois quartos no Brooklyn; tem trinta e nove anos; já teve um aborto espontâneo. Mas, depois de repetir esses fatos, Ames sente que não disse nada importante, nada que capture uma parte de Katrina, ou o motivo pelo qual ele acha que ela compartilharia a criação de um bebê.

Um cachorro saltita na direção de Reese, interrompendo a explicação. Reese lhe faz carinho e o dono se desculpa. Recuperando o foco no que estava prestes a dizer, Ames tenta dissipar da sua mente os recortes de momentos, opiniões e impressões que eram específicos à sua intimidade com Katrina e que obscureceriam o grosso da estrutura de quem ela era, de modo a descrevê-la como uma pessoa desconhecida sem paixão poderia vê-la.

— Quando eu conheci a Katrina — ele diz —, ela me pareceu meio sem sal. Talvez fosse porque era minha chefe, e isso fazia parte da distância profissional. Mas, conforme comecei a conhecê-la, eu comecei a ver essa falta de sal como um disfarce, ou um mecanismo de defesa. Mas não algo conivente ou intencional. É mais como se ela tivesse acumulado um monte de camadas de esquisitice ao longo da vida, tendo crescido em Vermont, deixado o marido, e simplesmente tendo uma personalidade idiossincrática; então, como se ela tivesse vergonha e não quisesse que as pessoas notassem, ela encobre isso gostando de comida gourmet e fazendo pilates ou sei lá. Mas, por baixo dessas camadas, ela é selvagem. Nada convencional. Ela poderia topar.

— Como é a aparência dela? Eu quero imaginar — Reese diz.

Ele pensa em sacar o telefone e mostrar uma foto, mas não quer entrar numa situação em que Reese vá se comparar ou avaliar a aparência de outra mulher.

— Ela tem altura média e é meio delicada. Tem uns dedos do pé bem bonitinhos.

— Pervertido! Isso não me ajuda a visualizar. Ela é loira? Você gostava de loiras.

— Não, ela tem cabelo castanho, liso. Ela é mestiça, na verdade. A mãe é chinesa e o pai é judeu. Mas ela ficou com o sobrenome do pai, Petrajelik, e é cheia de sardas no nariz, então ela passa como branca com gente branca. Em

Vermont, ela cresceu cercada de gente branca, então diz que tomou um susto quando foi pra Amherst e os outros asiáticos a reconheceram como asiática na hora.

Reese ri. É claro que essa seria a situação. A mesma história, mudando só a minoria: não importava o quanto ela passasse como cis entre as cis, nunca acontecia de ela passar como cis entre mulheres trans – elas haviam treinado a vida inteira para ver sinais e características de transexualidade, e a mera esperança ditava que elas veriam esses sinais em Reese.

— Ótimo, então eu já tenho algo em comum com ela — diz Reese. — Somos *quase* mulheres cis brancas.

Ames tivera mais que uma ou duas conversas com Katrina sobre raça, e Katrina sempre expressara certo desalento quanto à questão da passabilidade.

— É, vocês duas passam. Mas eu não sei se ela tem a aspiração que você tem. Quase o oposto: eu imagino que ela sente que ela perde algo por passar como branca.

— Ela viveu a infância toda em Vermont?

— Sim. Não só em Vermont, mas tipo, na Vermont profunda, rural. Eles só foram ter televisão quando ela já era adolescente.

— Primitivo.

— Ela adora cultura pop, do mesmo jeito que filhos de pais que não deixam comer doce adoram açúcar. — Ames achava que as histórias da infância de Katrina pareciam tiradas de um romance cautelar pós-hippie. Uma dessas histórias em que tipos idealistas acabam morrendo de fome numa comuna em algum canto, coroas de flores murchando para revelar uma sombria natureza humana se escondendo por baixo.

No estilo clássico de uma descendente de primeira geração, a mãe de Katrina, Maya, havia montado uma rebelião dupla contra os pais imigrantes. Em primeiro lugar, Maya insistira em se tornar artista, e, em segundo, numa aula de História da Arte, ela conhecera um garoto judeu do Brooklyn chamado Isaac e mais tarde insistira em se casar com ele. Antes da faculdade, os pais sionistas de Isaac o haviam despachado para viver num kibutz em Israel por um ano. Aos dezoito ele se voluntariou para o serviço militar israelense, o que quase o fez perder a cidadania estadunidense. Em menos de um ano, ele se viu participando das incursões ao Líbano que viriam a ser conhecidas como a Operação Litani de 1978, um evento que, para a imensa decepção de seus pais, o desiludiu quanto ao sionismo e, no processo, quanto à religião no geral.

Ele voltou para casa com sinais do que hoje chamaríamos de estresse pós-traumático, convencido de que sua temporada na terra prometida o havia transformado em algum tipo de fazendeiro. Essa convicção permaneceu com ele ao longo do seu romance com Maya, durante o qual ele largou a faculdade para fugir com ela e, enfim, gastou a herança de sua avó materna para comprar um terreno em Vermont. Àquela altura, nunca tendo estado tão próximo de ser fazendeiro, ele se mudou com a esposa grávida para longe dos olhares repreensivos da família dela e foi morar numa fazenda ventosa em vinte acres de montanhas de granito, não muito longe da fronteira com New Hampshire, prometendo transformar o alpendre dos fundos em um estúdio de arte cheio de luz para o trabalho dela.

Depois de um par de temporadas ruins tentando plantar vegetais e vendê-los a restaurantes e feiras da região, Isaac conheceu um homem que o apresentou ao sistema dinamarquês de criar pele de vison. Então Katrina viveu a maior parte da infância numa fazenda de vison, em que suas tarefas diárias incluíam alimentar centenas de esquivos predadores ribeirinhos empilhados em viveiros de sessenta por vinte centímetros com uma mistura de purê de carne e peixe seco.

— Pele é um negócio nojento — Reese diz. — Eu tenho sorte de nunca ter tido dinheiro pra comprar um casaco de pele, porque esse tipo de barbarismo cru é meio sexy. Eu não conseguiria não sair me exibindo.

— É nojento, sim — Ames concorda. — Ela tem uma foto no Facebook, da oitava série ou por aí, de quando ela tirou a pele de um vison na frente da turma toda como projeto de Ciências. A foto foi feita pelo jornal estudantil. É tipo uma garota bonitinha e desajeitada sorrindo na frente de uma sangueira vermelha.

— Que horror — diz Reese, com animação. — Não me espanta que ela finja ser normalzona agora.

Entre as histórias de infância de Katrina, a de que Ames mais gostava era a de quando um filhote de urso negro atravessou uma janela telada e entrou na casa quando a família estava fora. O urso fez um estrago pela cozinha, quebrou duas garrafas de vinho tinto e então marchou pelas poças, deixando pegadas vermelhas por todo o tapete branco e pelo sofá cor de creme, clássicos dos anos 1970. Isaac chegou em casa e, enfurecido com os danos à sua propriedade, pegou um atiçador da lareira e saiu pela casa, convencido de que poderia vencer um urso em combate. Maya, por outro lado, chegou com Katrina num desses cangurus para bebê e aplaudiu, deliciando-se com a situação.

A pele de vison nunca foi um negócio lucrativo para Isaac como os criadores haviam prometido, de modo que o casal passara por alguns períodos de dureza ao longo da infância de Katrina. Em duas semanas, Maya havia vendido o sofá marcado de patas para algum casal rico de Nova York, que tinha uma estação de esqui nas redondezas e o deixou exposto em posição de honra, usando-o como o assunto perfeito para provocar a admiração de amigos. Na verdade, a venda do sofá foi tão lucrativa que Maya forjou uma pata de urso, abriu outra garrafa de tinto e estendeu a rota do urso por duas outras cadeiras, que ela logo vendeu.

— Quem diria — diz Reese. — Quando eu me torturava pensando em quais mulheres você iria amar em vez de mim, uma caipira judia chinesa criadora de vison não era o que eu imaginava. Minha imaginação pra estereótipos fracassou.

— Também não tenho certeza de que ela ficou feliz que eu a tenha escolhido.

— Então por que ela te aguenta, que mal lhe pergunte?

— Minha beleza áspera de homem, é óbvio.

Reese dá uma risadinha. Ele ainda é bonitinho demais para o seu próprio bem; o nariz um dia perfeito da rinoplastia agora quebrado, mas ainda delicado, e aqueles olhos azuis claros que, em fotos antigas, teriam saído com o branco vazio, uma daquelas cores que requerem uma evolução da tecnologia fotográfica para poderem ser registradas em filme.

— E ela é minimamente *queer*, essa mulher?

Ames havia pensado bastante sobre isso.

— Não acho que ela se interesse pelo mundo LGBTQ em si, mas é algo mais de se sentir ambivalente com a própria heterossexualidade. Eu sei que essas duas coisas não são iguais. Ela se sente atraída por corpos masculinos, disso eu tenho certeza. — Ele gesticula dobrando o pulso para indicar seu corpo, agora sem curvas, de maneira semi-irônica. — Mas talvez não por homens em geral. Ela diz que muito do que ela gosta em mim tem a ver com como eu sou diferente dos outros homens com quem ela esteve. Acho que talvez o que a atraia seja o meu gênero, os traços de não masculinidade que eu tenho: comigo ela pode estar com uma pessoa LGBTQ sem nem se dar conta, sem nunca ter que desencavar qualquer atração por mulheres. Mas agora que ela sabe que eu era uma mulher transexual, ela age como se isso fosse o único motivo para eu ser como sou. Tudo de que ela gostava em mim de repente virou frágil. Ela não está sabendo lidar.

De fato: não está. Ela tem recusado suas chamadas e fala com ele apenas o bastante para manter as aparências no trabalho. Poucos dias depois de ter lhe contado, ele a notou encarando do outro lado da mesa na sala de conferências, os olhos quase desfocados, do jeito que se encara algo para decifrar uma ilusão de ótica. Ele reconhecia o que ela estava fazendo: ela o estava transformando em mulher na sua cabeça, um exercício que ele mesmo fizera várias vezes, mas ao contrário – o feio método com que sua odiosa visão involuntariamente desmontava o rosto de uma mulher trans e remodelava suas partes para arrancar a feminização visível e enxergar o que houvera antes da transição. Seu cérebro era um merda, porque aquele exercício acabava triplicando sua própria insegurança. E, dado como era fácil e automático fazê-lo, mesmo sabendo o quanto aquilo era horrível, ele imaginava com que frequência as outras pessoas, que não tinham a sua sensibilidade, faziam isso com ele próprio.

Ele supunha que sua opinião a respeito do que Katrina poderia ter de *queer* predisporia Reese a, no mínimo, não a odiar. Ele achava que falar de maternidade a poria num humor mais suave, e agora colocava a cereja no bolo mencionando momentos secretos de desconforto de gênero ou de homossexualidade confusa: os temas favoritos de Reese.

— Entendi — Reese diz quando ele termina. — Então está tudo de ponta cabeça para ela, né? Recém divorciada, agora grávida. Ela é meio esquisita e não tem certeza do que quer. Ela está se questionando. E por isso você acha que ela poderia muito bem deixar você convidar outra mulher pra criar o bebê dela junto com vocês?

— Falando assim parece sinistro — Ames responde. Mas ele de fato apresentou o argumento num tom sinistro, em apelo às sensibilidades de Reese. Discutir um bebê que ela desesperadamente desejaria amar e criar é menos doloroso quando feito do jeito que Cruella De Vil discute filhotinhos.

— Por favor. Você me vem com as ideias mais fodidas — Reese diz. — Você é tão estranho e indireto, mesmo quando estava brincando de casinha comigo, e com certeza nessa sua história de se fazer de cis. Mas eu entendo por que você acha que vai funcionar. Você dá a ideia enquanto ela está confusa e tentando achar uma maneira nova de enxergar o mundo. Né? Não é esse o seu plano?

— Não! Eu realmente quero fazer do jeito certo. Eu quero ser bom pra ela. Eu acho que isso dá a ela todas as opções... uma opção a mais, na verdade. Se ela quiser criar o bebê sozinha, eu vou pagar pensão e fazer o que puder. Se ela quiser abortar, é óbvio que eu vou dar o meu apoio. E, enfim, se ela me quiser como pai, eu vou dizer sim e propor que você entre na nossa vida.

— Ah — diz Reese. — Mais uma vez, a Reese é o seu plano C.

— Eu estou fazendo o melhor que posso, Reese. Não posso forçar a Katrina a fazer nada. E nem quero. Mas a situação a que eu totalmente me oponho é o resultado em que ela faz um aborto e aí me odeia e você segue me odiando também. A opção em que todo mundo me odeia, que, sendo franco, é a que me parece mais provável. Essa eu quero evitar.

Reese riu pelo nariz.

— Esse é o pior resultado só pra você. Talvez pra nós o ideal seja nos vermos livres de você.

— E você vai abrir mão de mais uma chance de ser mãe.

Reese se retrai de leve e não responde.

— Reese — Ames continua —, desculpa por não poder te prometer nada. Mas eu estou pedindo que você considere uma opção em que vai ser mãe.

— Eu estou aqui. Estou ouvindo você, mesmo que seja uma merda imensa. Mas agora — Reese coloca dois dedos na camisa de Ames —, eu tenho umas perguntas. Me diz a verdade. Você ama a Katrina?

— Eu quero o melhor para ela. Com certeza não quero que ela se machuque.

— Responde a minha pergunta, Amy.

— Amo. Eu amo a Katrina. A gente não diz a palavra "amor" um pro outro. Mas eu a amo. — Ele não parece conseguir olhá-la nos olhos e, em vez disso, espia para cima, para as folhas farfalhando no alto.

— Segunda pergunta. Você ainda me ama?

Isso era Reese sendo Reese ao máximo. Perguntar uma coisa dessas num momento em que ela tinha a maior das vantagens: quando ele tinha acabado de expor seus sentimentos por outra mulher.

— Sim e não. Em alguns dias eu ainda te amo, em outros dias não.

Reese esperou, sentindo que havia mais. Então ele lhe deu toda a verdade que aguentava dizer.

— Mas os dias em que não te amo… eu tenho que me esforçar para fazer esses dias acontecerem. Os dias em que eu te amo não me custam nada. Você foi a pessoa mais importante da minha vida por tanto tempo, e aí… aí tudo deu errado e a gente só desapareceu um pro outro. Quando eu penso em criar esse filho com você, é como se fosse algum tipo de redenção. Porra, quem sabe se um dia a gente vai voltar a funcionar romanticamente um com o outro? Do jeito que tudo desmoronou, eu tenho medo de criar esperanças.

Mas, se a gente não está destinado a ser amante, não quer dizer que não está destinado a ser família. Eu tenho vontade de chorar toda vez que eu me lembro de como ficaram as coisas entre a gente. Eu achei que ia passar, mas não passou; só mudou. Se a gente não tentar de novo, vai ser como se o nosso tempo juntos... não tivesse só acabado, mas como se ele nunca tivesse acontecido.

— Foi você que desapareceu, Amy. Olha pra você.

Ele se apressa para completar a frase logo depois do comentário, com medo de perder o momento.

— Mas é por isso que eu estou tentando ver isso como uma oportunidade. Sabe? E se a gente pudesse transformar esses anos juntos em algo novo? Todo o nosso passado ia poder servir de base pra uma coisa duradoura.

Reese enche as bochechas de ar e sopra um pequeno *pfff*. Ela balança a cabeça, quase como se maravilhada, e, então, um sorriso súbito abre o seu rosto.

— Quer saber, Amy? Eu acho que o melhor jeito de me vingar de você é dizer sim pra essa oferta, e aí ver você de camarote se debatendo pra dar um jeito. Então vai se foder, meu amor. Sim, eu vou pensar.

— Pensar.

— Sim, vai perguntar a essa Katrina se ela quer dividir a criança dela, que ainda nem nasceu, com uma transexual. Ela com certeza vai te assassinar pela sugestão, e eu vou ganhar parte do crédito sem arriscar ir pra cadeia. Se você ainda estiver vivo daqui a uma semana, aí a gente vê.

Ames fecha as duas mãos com força.

— Então você aceita?

— Eu já disse que sim. — Sua voz entrega sinceridade demais, e ela se preocupa que Ames possa ouvir a esperança nua que já a amarra. Ele não diz mais nada, então ela lhe dá um tapa na coxa, solta uma risada curta e nervosa e depois descansa o rosto nas palmas das mãos e murmura, sobretudo para si mesma. — Na verdade, talvez seja *esse* o jeito mais trans de me engravidar.

Capítulo dois

Oito anos antes da concepção

Reese tinha vinte e seis anos na primeira vez que um homem bateu nela – como um homem às vezes bate numa mulher: não necessariamente para feri-la, mas para mostrar-lhe algo. O golpe, um gancho de mão aberta, a pegou justo quando ela abria a boca para insultá-lo. Ela não viu a mão chegar. Sua cabeça saltou para trás. Sua visão tremulou. A surpresa virou dor, e a intensidade da força a surpreendeu.

— Sério? — ela perguntou baixinho.

Ele tensionou os músculos de novo, como se para mostrar que sim, sério. Se ela tivesse que repetir aquela cena toda de novo, ela teria cuspido nele. Mas seu corpo, que não gostava de dor, a traiu, e, sem pensar, ela se encolheu e soltou:

— Desculpa.

Satisfeito, ele relaxou os ombros.

O gosto de cobre gotejava fino de um corte no lábio e escorria entre os dentes. Ela examinou a linha do ferimento com a língua, mãos pendendo imóveis nas laterais do corpo, quieta como um animal petrificado frente a um predador.

Em algum lugar longe de seu corpo traiçoeiro, uma parte furtiva da mente calculava sua vantagem. Ela já via a dúvida se reunindo no rosto dele, o arrependimento e a preocupação de que talvez houvesse batido com força demais. Friamente distanciada, via como aquilo se desenrolaria: ela o faria sofrer por isso. Arrancaria as lascas da sua autoimagem de homem calmo, estoico e seguro, de alguém que está sempre no controle da própria vontade, incapaz de ser provocado. Ela o faria sentir culpa, ela o faria duvidar, ela insinuaria abuso. Quando a parte animal de seu corpo se acalmasse, quando a dor se transformasse em memória, ela imaginou que cutucaria a própria ferida, de maneira quase voluptuosa, seu troféu de uma vitória sinistra. Ele se chamava Stanley, um homem rico de quase quarenta anos que não gostava de cachorros. Não gostar de cachorros era uma das coisas que Reese decidira ser importante no caráter dele. Quando ela falou o nome à sua amiga Iris, ela disse que não existia um único Stanley que prestasse. Que aquele nome era uma maldição que pais lançam em um filho para garantir que o garoto se torne um merda quando crescer. Reese sabia que seu Stanley era um merda. Reese o desejava, mas não diria que gostava dele. Ela gostava dos seus ciúmes, do seu comportamento controlador, de como ele a mandava se vestir. Ela gostava de se ver pelos olhos dele: vulnerável, frágil, tendendo às qualidades mais exasperantemente femininas – ele debochava dela por ser obcecada pela própria aparência, por sua volatilidade, sua qualidade sonhadora e suas visões altamente subjetivas e associativas sobre como o mundo funciona. Ela gostava de como ele a chamava de puta e depois lhe comprava presentes caros. Acaricie a perna dele, peça um vestido, seja xingada de piranha patricinha, vá comprar o vestido. Ela gostava de como ele havia se apaixonado por ela e do quanto ele se ressentia pela própria paixão. Ela sabia que, quanto mais ele a rebaixava, mais ela o havia prendido. Assim, provocar sua raiva se tornava um prazer melífluo e perigoso. As amigas dela o odiavam.

Apenas Iris, a festeira de cabelo loiro maravilhoso, que, com frequência, passava dois ou três dias sumida trepando e fumando cristal, realmente entendia por que Reese continuava indo mais e mais fundo com Stanley.

— Eu quero enlouquecer os homens — Iris disse com sua malícia costumeira. — Eu quero que eles sofram. Eu quero que um homem me ame tanto que ele me mate. Eu quero morrer porque sou amada demais pra ele tolerar minha existência.

Reese não queria morrer. Comparada a Iris, Reese sentia que estava só atuando num tipo de psicodrama – *Fisher-Price*: Meu Primeiro Homem Abusivo. Enquanto isso, Iris tinha tempo *só* para homens abusivos. Iris tinha olhos de boneca e um riso bem praticado de Marilyn Monroe. Ela havia estudado Letras na Brown University antes de transicionar, mas, desde então, se recusava a ler qualquer livro e, em vez disso, apresentava vagas ambições nas quais poderia seguir sendo um objeto: ser descoberta e virar uma estrela de cinema, tornar-se a personificação de uma música da Lana Del Rey. Na ressaca de metanfetamina, ela evocava outras imagens, batizadas com o terror da falta de serotonina e com uma insistência quase orgulhosa em descrever suas ações na voz passiva: *ser cafetinada; ter a buceta penhorada; ser detida por dias num semicativeiro deliroide entre homens sem rosto que me viciassem, que me possuíssem, que me fodessem até eu não conseguir mais andar, cujas vidas dependessem do meu corpo.*

A forma sonhadora como Iris falava do que deveria ser horrível deixava Reese com inveja. Antes de Stanley, os jogos sexuais de Reese haviam apenas flertado com a ideia de posse e, sozinha com seu massageador Hitachi, imagens das histórias de Iris faziam participações especiais em suas fantasias. Mãos na garganta. Tapas na cara. O poder de recusa abandonando seu corpo. Mas, para Iris, Reese dizia pouco além de "uau". Um dia, Reese lhe perguntou se ela precisava de ajuda para se afastar desses homens. Como resposta, Iris abriu um sorriso e disse: "Não é assim". E, pela primeira vez na vida, Reese, a mulher trans que não tinha ido para a faculdade, muito menos para a Brown, se deixou envergonhar por seus pudores, segurando seu rosário, comportada, imaginando o sensacionalismo de um episódio de *Law & Order: SVU* sobre tráfico sexual em vez de o que fosse que Iris tirava, emocionalmente ou de outra forma, dos homens com quem sumia. Seu tom era o mesmo tom de preocupação desinformada que as pessoas cis mais velhas usavam com Reese quando descobriam que ela era transexual: "Ai, puxa, sua vida realmente não deve estar indo bem". A resposta sempre as surpreendia: "Fui eu quem escolhi. Eu quero isso. Isso faz com que eu me sinta bem". O que quer que Iris tirasse, ela o tirava porque havia algo ali que ela queria, e, se ela o compartilhou com Reese, foi por ter sentido que, espreitando em algum lugar impronunciado, Reese desejava algo semelhante. O mínimo que Reese poderia fazer era ser honesta, não fingir que não entendia o caos que separava o que se pode desejar e o que se pode dizer.

Considere por um momento as próprias feridas de Reese: ela conheceu Stanley em um site com a palavra "travas" no nome. Durante aquele período de sua vida, Reese só namorava homens que conhecia em sites de fetiche. Ela desdenhava das garotas trans que desdenhavam de travequeiros. É idiota eliminar cada um dos homens que chegou à conclusão de que ele deseja seu corpo. É uma marca de inexperiência pudica pensar que ser fetichizada e objetificada não é a coisa mais tesuda que acontece no quarto.

As práticas de namoro de Reese prescreviam que os únicos travequeiros a se evitar eram as mulheres criptotrans, aquelas que querem ser mulheres mas se reprimem tanto que não conseguem aguentar a ideia, e que então vivem suas fantasias por meio de você. Você consegue sentir quando está com uma criptotrans. Ela precisa evacuar você, sua condição de pessoa,

53

usar você e fantasiar que ela está sendo fodida mesmo enquanto te fode. Você é só um corpo por meio do qual ela vive de forma indireta. É a coisa mais alienante no mundo. Como se você fosse uma peça de roupa. É como ser psiquicamente transformada numa luva. Reese fugia ao menor sinal de uma criptotrans. Ela só queria que elas se transformassem em mulheres e deixassem de ser homens esquisitos.

Mas qualquer outro travequeiro? Por que se incomodar com garotos no OkCupid que não sabem nada da vida, que se assustam com o menor tiro, se dar o trabalho de convencê-los de como é sexy uma garota com pinto, quando há milhares de homens por aí que já sabem disso e entre os quais você pode só escolher? Quer uma estrela de cinema? Dá pra achar uma (apesar de que vai ser uma celebridade meio B se você estiver disposta a satisfazer a curiosidade de um cara sobre como seria dar a bunda para uma garota trans; caso contrário, vai ser uma celebridade meio C). Quer um herdeiro da indústria de tecnologia que vai mostrar a você o iate? Ótimo! Os que têm barco a motor são os melhores, porque homens com veleiros que vão fazer com que você puxe umas cordas e se imagine como uma Jackie O descolada é levar a autoilusão aspiracional longe demais. Quer uma foto ambulante do Bruce Weber com um tanquinho tão bem definido que parece estar sempre iluminado lateralmente? Aqui estão alguns modelos masculinos, guarde um para mais tarde. A única coisa que não vai arrumar é um sujeito decente que leve você para casa no jantar de Dia de Ação de Graças, mas também é impossível arrumar isso num site que não seja de fetiches, então pelo menos aproveite o sexo de qualidade.

Quantas garotas Reese conhecia que, para provarem a si mesmas que poderiam ser iguais a qualquer outra mulher, acabavam peneirando milhares de homens em sites de relacionamentos hétero, buscando um único que não fosse horrível – uma tarefa que até as mulheres cis acham um pavor? E quantas vezes Reese havia ouvido falar dessas garotas que desperdiçavam horas, dias, semanas, meses, tentando encontrar um dos homens não horríveis, um dos que estariam dispostos a experimentar com uma mulher trans, só para enfim acabar no quarto dele, de pé, exposta, usando apenas uma merda de lingerie de renda como armadura, enquanto ele avaliava as proporções de quadris magros para ombros largos que ele nunca tinha visto, e aí murmurava nervoso que aquilo não era para ele?

De jeito nenhum. Essa merda é muito mais traumática do que se deparar com um travequeiro. Vá para um site de fetiches para homens que já sabem que querem uma garota trans e selecione um dos decentes dentre os muitos que imploram por você. Em questões do coração, Reese tinha uma única diretriz absoluta: você não escolhe com quem fode, escolhe entre os que querem foder você.

Ela encontrou Stanley no mais vergonhoso de todos os sites vergonhosos de fetiches – um site cuja tecnologia, para não falar do design, não era atualizada desde a era da Web 1.0, mas no qual ela sempre conseguia achar todos os tipos de sujeito que não sabiam o suficiente sobre o mundo LGBTQ para procurar em outros lugares pelo tipo de garota trans submissa que tinham visto em pornôs, mas nunca nos bares que frequentavam.

No primeiro encontro, ele se exibiu levando-a a um dos restaurantes de Jean-Georges Vongerichten. Ele escolheu uma garrafa de tinto de Bordeaux numa seção separada do menu, em que os preços eram tão altos que pareciam vergonhosos e tinham que ser enfiados no fim do cardápio, como os anúncios para dominatrixes nas páginas finais de jornaizinhos gratuitos. Depois de um período de blá-blá-blá apropriado, ela fez sua pergunta de abertura padrão:

— Então, me conta da sua experiência anterior com garotas trans.

— Eu sempre gostei de garotas trans, mas minha experiência foi só com acompanhantes — ele respondeu, então pausou. — Eu já tive coisas mais contínuas com acompanhantes, mas no fim das contas isso sempre fazia eu me sentir mal.

— Você não gosta de pagar por sexo?

Ele piscou.

— Não, eu não me importo em pagar por sexo. — Então, sem se afetar, de maneira que ela não entendeu se era uma piada, ele acrescentou: — O que você acha que é este jantar? — Sem parecer registrar a expressão horrorizada de Reese, ele continuou: — O problema pra mim com as acompanhantes trans é que todas elas querem uma vagina. A maioria das que eu conheci trabalhava pra juntar dinheiro pra cirurgia. Isso fazia eu me sentir mal. Eu gosto de ver aquele volume na calcinha e todas elas queriam se livrar dele. Foi por isso que eu entrei naquele site. Eu imaginei que qualquer pessoa que estivesse se chamando de crossdresser ou falando em "feminização" já teria, provavelmente, se entendido com o próprio pau. — Ele partiu um pedaço de pão com as mãos e o enfiou na boca.

Reese continuou encarando, sem conseguir formular uma resposta. Ele disse:

— Então, você me fez uma pergunta direta sobre a minha sexualidade e o meu passado sexual. Eu te dei uma resposta direta. Sua vez. Não se faça de recatada. Você quer ter vagina?

Ele tinha olhos azuis num grande rosto sem sal, cabelo bagunçado, e estava vestido como se fosse sair numa revista para ricos minimalistas que se interessam por observar aves ou alguma outra atividade pouco vigorosa para se fazer na natureza – uma jaqueta impermeável da Barbour com muitos bolsos por cima de um suéter de gola alta cheio de trabalhados. Quando se encontraram na rua, ela brincou que estava esperando um cara de Wall Street de terno.

— Esses são os vendedores. Os banqueiros. São caras que querem dinheiro — ele disse com desdém. — Eu represento os compradores. Os caras que já têm dinheiro. Eu posso aparecer no trabalho de sunga se eu quiser.

Até mesmo Reese sabia o suficiente do mundo financeiro para reconhecer que isso era uma simplificação suspeita, mas parecia tanto uma fala de *O sucesso a qualquer preço* que Reese apenas disse "uau". E ela nem sequer tinha certeza se o uau era porque ele a havia impressionado com sua confiança ou porque ela nunca tinha ouvido um clichê sendo declamado com tão pouca ironia por alguém que acabara de se apresentar.

— Às vezes eu quero — Reese disse. — Quando fiz dezoito anos, ganhei um dinheiro que minha avó me deixou. Era uns dois terços do que eu precisava para ir fazer a cirurgia na Tailândia. Em vez disso, eu gastei tudo numa viagem de carro com um namorado e me mudei pra Nova York. Aí eu consegui um emprego numa creche, depois num restaurante, e me dei conta de que seriam anos até eu conseguir pagar a cirurgia trabalhando de garçonete, então eu me esforcei pra me acostumar com a ideia de que eu tenho um pênis, mas que é um pênis de mulher. É basicamente assim que eu penso hoje em dia. Ajuda eu ter crescido assistindo a pornografia trans. Eu já vi bem mais mulheres trans sendo comidas do que mulheres cis, então acho que eu internalizei a ideia de que mulheres trans com pau são as mulheres mais femininas e mais gostosas de todas.

— Gostei — Stanley disse, e sorriu pela primeira vez. — Eu consigo te ver como uma dona de casa gostosa de Nova Jersey. Quero te enfiar numa legging justinha, tão apertada que você não vai conseguir esconder o pau.

Reese realmente gostava de usar leggings, mas o interesse dele em seu pênis tão cedo no encontro queria dizer que ela ainda não iria lhe dar a satisfação de dizê-lo. Ela se perguntou se ele havia se confundido. Ela havia posto com clareza no site que ela era estritamente passiva.

— Você sabe que eu não sou ativa, né?

— Quê? Claro que sei. Não quero isso.

— Ok, é que você estava tão interessado nas minhas partes.

— Eu me interesso por todos os aspectos decorativos de uma mulher.

Referir-se à genitália de Reese como algo apenas decorativo era uma coisa objetivamente cuzona de se fazer. Mas, em vez de ficar ofendida, ela se sentiu excitada.

O garçom parou ao lado da mesa para completar a taça de vinho de Reese e ela sem saber corou, incerta do que ele tinha escutado. Enquanto isso, Stanley dizia:

— Eu gosto de vestir mulheres. Controlar mulheres. Nunca é só faz de conta. — O garçom colou a garrafa no lugar e se afastou com o máximo de discrição.

— Espera, o que não é faz de conta? — Reese perguntou. Ele lançou a ela um olhar afiado.

— Você precisa escutar melhor. A coisa de ser dominante. Isso é quem eu sou por natureza. Eu não preciso dessa história de protocolos e sei lá o quê. Quero que a subjugação seja real. Mas a única forma politicamente aceitável de subjugar uma mulher é a financeira. Porque as próprias mulheres querem essa subjugação. Uma das coisas de que eu gostava nas acompanhantes trans era a facilidade com que eu podia comprá-las.

Fazia muito tempo que ela descobrira que a maior parte das vezes em que um cara falava em ser dono dela lhe dava um tesão de derreter o estômago. Mas, naquele momento, ela tinha quatrocentos dólares na conta: a tela do seu telefone estava rachada como uma teia de aranha, ela precisava de uma passagem de avião para visitar a mãe, e, assim como os itens de que ela precisava não eram sensuais, a ideia de trocar subserviência por eles não era tão sensual assim. Não era culpa dela que as pessoas pagavam milhões para esses babacas do mundo financeiro enquanto ninguém queria contratar uma garota trans sem diploma. Ela tinha uma piada, do tipo que é engraçada porque é verdadeira, que gostava de fazer sempre que conhecia uma mulher trans: "Então, qual dos três empregos de transexual é o seu? Programadora, esteticista ou prostituta?". Sempre torcia para que a resposta fosse prostituta, porque as prostitutas eram as que tinham bom senso de humor.

— Ser subjugada é divertido na cama — Reese devolveu para Stanley.

— As mulheres não querem isso em nenhum outro lugar, especialmente não garotas trans e pobres que não têm escolha.

Ele ficou sombrio e a mandou se sentar direito, dizendo que ela tinha má postura. Ela obedeceu, sentindo-se autoconsciente e humilhada – mas não do jeito divertido – e resolveu apenas pedir uma salada, já que era óbvio que aquele encontro seria o último entre eles. Ela não conseguiria bancar se dividissem a conta, mas queria deixar clara a sua falta de obrigação.

Quando a comida chegou, ele criticou seu uso dos talheres.

— Você não pode vir num bom restaurante e comer que nem uma porca. Ninguém te ensinou? — Ele segurou o garfo na mão esquerda com os dentes voltados para baixo. — Viu? Assim.

— Eu sei comer. Eu trabalho como garçonete.

— Não num lugar onde eu comeria.

Ela o fuzilou com o olhar. Mas quando tentou usar o garfo com os dentes para baixo, não conseguiu. Não porque ela não tivesse a capacidade de comer assim, mas porque Stanley pretendera humilhá-la e conseguira, e isso a desorientara. Ao tentar pegar um pedaço de salmão em lascas de sua salada, ela o desfiou em pedaços pequenos demais para espetar com o garfo. Ela corou, baixou os talheres e tomou um gole d'água.

— Ah, só come do seu jeito normal. Isso é vergonhoso de ver — Stanley disse. — Mas você precisa praticar etiqueta. A não ser que você queira que eu corte a comida pra você, aí você pode comer de colher. — Depois de rebaixá-la o bastante, ele ficou mais amistoso, enfiando pedaços de filé na boca de forma conspícua, os dentes do garfo para baixo.

A caminho da saída, ele enroscou um braço súbito ao redor dela e lhe deu um beijo bizarro na lateral do rosto, mais uma narigada do que qualquer outra coisa, e então pressionou cinquenta dólares em sua mão, dizendo:

— Está tarde, pega um táxi. — Reese hesitou, e então enfiou a nota no bolso, esperou chegar o carro que ele chamara para levá-lo para casa e foi caminhando para a estação de trem. Nem pensar que ela gastaria cinquenta dólares no que poderia ser uma passagem de metrô de dois dólares e vinte e cinco centavos, com só uma baldeação no meio.

Na manhã seguinte, ela acordou com um vale-presente da Amazon de quinhentos dólares, enviado para o e-mail que ela usava em suas contas nos sites de fetiche. Ele o havia mandado com um bilhete: *Vi que você não pegou um carro para casa, mesmo quando lhe dei dinheiro para isso. Eu não estava pagando pelo prazer da sua companhia, mas, já que parece ser isso que você quer de mim (apesar de seu pequeno chilique dizendo o contrário), te enviei o que acho que você vale. Compre umas leggings para me agradar e faça o que quiser com o resto.*

Ela colocou o código no site e pensou em fazer como havia feito com a nota de cinquenta: comprar as leggings mais baratas que achasse, para poder ficar com o resto. Mas, olhando as opções, decidiu que foda-se, quando leggings inesperadas surgem em seu caminho, vá até o final, escolha a rota Lululemon, a marca mais cara que ela conhecia. Ela clicou no botão "comprar" e disse em voz alta: "Eu odeio esse homem". Mas, visto que a opção de não comprar leggings nem sequer surgiu na sua mente, o calor que a tomou não era apenas de ódio.

Ela respondeu com um print do recibo, e ele escreveu de volta uma hora depois. *Nossa, essa foi fácil. Eu não tive nem que me esforçar para transformar você em puta.*

Eu não trepei com você ainda, seu merda, ela respondeu.

Ele respondeu com um segundo vale-presente da Amazon do mesmo valor, além de uma reserva para sexta-feira às sete e meia em um *steakhouse* e as instruções: *Vista as leggings. Sem aquecer.*

— Caralho, eu odeio esse homem — Reese disse, de novo em voz alta, enquanto obedientemente marcava a data em seu calendário. Antes do encontro, depilando as pernas em sua banheira apertada, ela desceu a mão e esfregou sem muito propósito seu clitóris coberto de creme de depilação, e repetiu a frase.

Se é possível foder de raiva, então o que eles tinham era um flerte de raiva, com longas preliminares de raiva. Numa semana particularmente fria em janeiro, ele alugou um quarto no Ritz-Carlton Battery Park, perto do escritório dele. Depois de a instalar no quarto, ele pegou todas as roupas dela, deixando apenas um maiô e os roupões do hotel, de forma que ela congelaria se saísse. Ela passou quatro dias contemplando o frígido rio Hudson, alimentando-se com o serviço de quarto e esperando que ele viesse dar um pulo, nos intervalos, para transar com ela (ou, dependendo das restrições de tempo, para afundar o rosto dela num travesseiro com uma mão e gozar nas suas costas com a outra), excitada e ressentida o tempo todo. À noite, ela convidava amigas para beber garrafas de vinho que botava na conta do quarto, mas seguia as regras e não pedia que lhe trouxessem outra coisa para vestir.

Stanley tinha uma esposa, como não poderia deixar de ser. Mas a esposa se internou num hospital para tratar uma depressão mais ou menos na época em que Reese estava voluntariamente presa em concubinagem no Ritz. Essa hospitalização – ou, em específico, o tratamento subsequente – precipitou uma série de conversas entre Stanley e sua esposa sobre objetivos de vida e logo um súbito divórcio. Em vez de um longo processo de separação, ele prometeu à ex-mulher uma quantia suficiente para comprar uma casa em Portland, onde a irmã dela morava. Em poucas semanas, a esposa havia embarcado na Trilha do Oregon. Stanley contou a Reese que entraria com mais força em investimentos mais arriscados para compensar o gasto imprevisto. Da mesma forma, ele também lhe disse que ela deveria ir morar no apartamento dele, já que ele não queria mais pagar o aluguel dela – como vinha fazendo desde a terceira semana juntos.

Durante sua infância em Madison, Wisconsin, Reese quis muito um melhor amigo, alguém que lhe pertencesse e a quem ela pertencesse. O começo da sua infância foi uma sequência monogâmica de melhores amigos até algum momento em meados da puberdade, quando os garotos foram informados – em forma de exclusão social – que estar em dupla como melhor amigo de alguém tão feminino era um claro e vergonhoso indicativo de viadagem. Mais tarde, Reese "renarrativizou" seu desejo infantil. Não é que ela quisera um garoto encantador e confiável como melhor amigo; ela quisera um garoto encantador e confiável como parceiro sexual, romântico e de vida, e apenas usava o rótulo de "amigo" por ser a única palavra que lhe estava disponível. Ela encontrou encantadores várias vezes, mas confiáveis não passaram por seu caminho. Por isso, ela sentia certo conforto na possessividade de Stanley, no pressuposto de que ela pertencia a ele e de que ele podia instalá-la no apartamento dele como quem instala uma pia nova. Seu comportamento controlador confirmava o quanto ele a queria. Qualquer um que precisasse dela tão de perto, que presumisse o direito de saber onde ela estava a qualquer momento, quem ela via e o que ela vestia, seria alguém que não iria embora tão fácil, alguém com quem ela poderia contar, não só *apesar* mas *por causa* do fato de ela ser trans. Dessa vez ela havia encontrado um confiável, apesar de não tão encantador.

E foi assim que – tendo saído de um restaurante e aceitado uma nota de cinquenta de um homem que, como ela vinha dizendo para si mesma, tinha cara de ser um babaca que comprava ingressos para o Burning Man pelo dobro do preço – Reese se deparou consigo mesma entrando em um closet vazio no quarto de Stanley. Esses três metros quadrados de piso iluminado por lâmpadas de halogênio embutidas eram todo o espaço físico do mundo sobre o qual ela tinha domínio completo: e até aquele espaço na verdade era de Stanley. Ela encarou os cabides vazios e pensou em como realmente tinha de aprender a se impor, porque nesse relacionamento em forma de guerra ela tinha perdido não apenas a primeira batalha, mas também todas as suas armas. Enquanto ela pensava nessas coisas, Stanley apontou para um espelho que havia pendurado recentemente atrás da porta do closet e disse:

— E agora você pode passar horas encarando o seu próprio reflexo feito a periquita que você é.

Apesar das fodas de ódio que levaram a um flerte de ódio que construiu um relacionamento de ódio, seis meses se passaram antes de Stanley enfim bater em Reese e rasgar seu lábio. A questão dos motivos, no entanto, é delicada. Por que naquele momento, e não em tantos outros?

Até um advogado medíocre conseguiria estabelecer certos fatos básicos: Stanley comprou para Reese um par de botas de grife particularmente caro, e ela, sabendo que ele ficaria furioso, trocou por outro par que preferia. Então, numa tentativa de enganá-lo, ela comprou uma falsificação barata das primeiras botas, que tentou fazer passar como o item autêntico. Stanley reconheceu a falsificação de imediato e entendeu a tentativa de fraude como um insulto. Quão burro ela pensava que ele era para não notar a diferença entre essas botas frouxas, pouco mais do que meias, compradas na internet e enviadas da China, e as botas Lowland acima do joelho, desenhadas por Stuart Weitzman, botas de camurça que lhe haviam custado oitocentos dólares e que ele mesmo escolhera e comprara para ela? Já não era ruim o bastante que ela tivesse trocado o presente? E aí ela fingiu que não tinha trocado, como se pensasse que ele era burro demais para saber o que ele tinha em mãos? Não. Vá se foder. Tapa na cara dessa puta.

Mas relacionamentos têm um jeito de se tornarem perversos, e amantes – ou, na verdade, combatentes – desenvolvem seu próprio idioma de agressão: o Incidente das Botas era ainda mais complicado do que parecia. Na verdade, Stanley já sabia que Reese iria odiar as botas quando as escolheu. Ele as comprou por aquele exato motivo – para gastar dinheiro em um artigo de luxo pelo qual ela nunca poderia pagar sozinha, mas de que ela também não poderia desfrutar, de modo a ver o conflito que tal compra geraria nela. Ele as comprou para demonstrar a Reese um simples cálculo de poder: ela desfrutava da vida de classe alta, mas sua dependência dele para aquele estilo de vida o transformava no árbitro final do que ela colocava em seu corpo.

Como objetos, as botas eram lindas: primorosamente costuradas em uma camurça macia e cinza como pele de peixe-boi, forradas com cetim sobre uma sola de borracha cuidadosamente moldada, com pequenos *SW* impressos embaixo, de modo que, quando você andava por aí, seus passos imprimiam as iniciais do designer. Contudo, uma vez bem ajustadas em um par de pernas, as botas assumiam uma segunda função, mais socialmente carregada. Com sua combinação incompreensível de altura até as coxas e solas baixas, elas pareciam ter sido desenhadas para que modelos impossíveis exibissem como suas pernas se recusavam a terminar – mesmo usando o que poderia ter se passado como a segunda metade desleixada de uma fantasia de elefante. As pernas de Reese, em contraste com as de uma supermodelo, faziam apenas uma viagem curta e truncada naquelas botas, um breve trajeto que chegava a seu fim definitivo no beco sem saída da disforia corporal. Gigi Hadid usava esse tipo de bota sem salto que ia até as coxas, mas os mais quadrados dos lutadores de *lucha libre* também. Stanley sabia qual dos dois seria a imagem que a dismorfia cruel de Reese refletiria de volta para ela em seu espelho de periquita.

 Ainda assim, sabendo que Reese era uma cadelinha de grifes, Stanley esperava que ela ainda fosse tentar usar um par tão caro de botas. Porém! Em uma virada dramática que Stanley não esperara, Reese retornou o insulto.

 Em seu próprio cálculo passivo-agressivo, Reese nunca quis que Stanley fosse enganado pelas falsificações. Ela sabia que ele reconheceria com facilidade a diferença entre as botas de marca e a imitação barata. Ela queria mostrar que ele era tão descartável para ela quanto ela para ele, que ela sabia qual era a dele e que se ele fodesse com ela de um jeito que ela não achasse, no mínimo, sexy e divertido, ela pegaria o dinheiro dele e mentiria na cara dura. Essa declaração inesperada de seu poder, que eles dois entenderam ser comunicada como insulto segundo as regras de sua inimizade ritualizada, é a razão de ele ter dado o tapa nela.

 Entretanto, de um jeito que os dois sentiam, mas nenhum conseguia admitir por completo, a saga inteira das botas que levou ao tapa foi um tipo de ostentação. Sob tudo aquilo, havia o próprio senso de feminilidade de Reese. O motivo pelo qual ele bateu nela invertia tudo o que os dois queriam que fosse verdade: Stanley bateu em Reese porque ela queria que ele lhe batesse.

 Ela queria parar de brincadeiras, apanhar de uma forma que afirmaria, de uma vez por todas, o que ela queria sentir a respeito de sua feminilidade: sua delicadeza, seu desamparo, sua beleza revoltante. Afinal de contas, *toda mulher adora um fascista*. Reese passou a vida inteira observando mulheres cis confirmando seu gênero por meio da violência masculina. Assista a qualquer seriado feminino no canal Lifetime. Veja qualquer recreio em qualquer escola. Ou só observe os heterossexuais do seu bairro bebendo em um bar. Ouça as mulheres se definindo por meio da dor ou se enraivecendo contra a ideia de serem assim definidas, o que ainda coloca a dor bem debaixo do holofote. Ouça o estranho som de satisfação quando elas falam a respeito dos homens que as feriram – o subtexto não dito de que isso aconteceu *porque eu sou mulher*.

A dignidade silenciosa de se dizer *ai* sempre que um homem pega um pouco mais pesado – reivindicando que você é mulher, portanto delicada e passível de se machucar. Uma garota pode ter o dobro de tamanho de um homem – aquele *ai* lembra a ele de que ele é homem e ela é mulher. Uma vez, Catherine, uma amiga de Reese, estava caminhando para casa bêbada com o namorado quando ele tentou flertar com ela empurrando-a em um arbusto. Ela saltou de volta daquele arbusto como uma fera raivosa: cuspindo, arranhando, brigando. Pelo resto do relacionamento deles, ele dizia: "Cuidado, a Catherine é *agressiva*", e Catherine estremecia, entendendo que seu reconhecimento como mulher estava em risco todas as vezes. Uma boa mulher, ela ouvia no subtexto, teria ficado no arbusto e chorado. Ah, se ao menos algum homem empurrasse Reese num arbusto, ela saberia o que fazer.

Qualquer um que tivesse compartilhado uma parede de hotel com Reese e Stanley poderia atestar que não era a primeira vez que ele a agredia. Ele levou o cinto à bunda dela já no segundo encontro e lhe disse que não pararia até que ela chorasse – lágrimas caíram depois de seis cintadas, ela soluçava depois de oito e, vinte minutos depois, estremecia num orgasmo tectônico.

Alguns anos antes, Reese poderia ter achado que aqueles jogos eram extremamente pervertidos, titilantes e muito além do terreno sexual da maioria das mulheres – ela pensava que o desejo por violência no sexo era algum tipo de dano resultante de ela ser trans. Então, quando ela tinha uns vinte e três anos, assistiu a *Belle de jour*, o filme de Catherine Deneuve, e reconheceu sua própria sexualidade no desejo secreto da grã-fina Belle de ser maltratada e abusada como uma vadia. O que queria dizer que a linha de masoquismo que existia em sua sexualidade não era mais pervertida que um filme de cinquenta anos atrás, que dividia espaço nos letreiros com histórias de amor estreladas por Doris Day. Reese se deu conta de que tudo na sua sexualidade era banal. Sexo à beira do abuso é banal. E, quando se trata de gênero, o consentimento transforma tudo em fingimento, o que desvalorizava a violência consensual no cálculo de afirmação de gênero de Reese.

Em livros antigos que lera, Reese se lembrava das mulheres dizendo que se seu marido não bate em você, ele não te ama, uma noção que a horrorizava como feminista, mas que se encaixava com uma lógica perfeita numa das reentrâncias escuras de seu coração. E, sim, feministas liberais – em especial as da variedade que odeia pessoas trans – fariam a festa em cima dela. Reese imaginava que elas a acusariam de misoginia, de ser um homem em segredo, um cavalo de Troia vestindo lingerie de puta que queria recapitular, sob um disfarce de mulher, todos os estereótipos abusivos que elas, na segunda onda, haviam tentado relegar ao passado. Mas quer saber? Ela não criava as regras do ser mulher; como qualquer outra garota, ela as havia herdado. Por que pesava nela o fardo de sustentar políticas feministas impecáveis que mal a serviam? O *The New York Times* estava sempre publicando colunas de feministas famosas que incisivamente descartavam seu estatuto de mulher. Que seja. Ela estaria do lado de cá, apanhando, cada soco uma pequena ilustração do seu lugar em um mundo que criava e atribuía gêneros sem ligar para o nome que você lhes desse. Então, sim, Stanley, pode vir. Bata em Reese. Mostre a ela o que é ser mulher.

Por anos, Reese teve uma regra: não namore outras mulheres trans. Era uma regra hipócrita. Se qualquer outra pessoa a tivesse determinado como inapta para um relacionamento por conta do seu gênero, ela teria gritado transfobia. Mas, em seu próprio coração, a ideia de namorar outra mulher trans a repelia. Ela entendia, mas não queria admitir, que a repulsa falava de seu próprio autodesprezo. Em vez disso, explicava para si mesma dizendo que era hétero, no sentido etimológico da palavra: atraída pelo diferente. Não importava qual fosse a diferença – apesar de que, em geral, fosse a masculinidade para sua feminilidade, porque os homens sabiam fazê-la se sentir feminina, e se sentir feminina a excitava; mas ela imaginava que estaria aberta a outros tipos que pudessem fazer o mesmo. No entanto, nunca alguém exatamente como ela. Ninguém deveria ser tão vulnerável assim para outra pessoa.

Com outra mulher trans, ela imaginava que saberia a localização exata de cada costura; ela conseguiria desfazê-la com um mero corte, e vice-versa. Mas, céus, Reese não conseguia tirar os olhos daquela trans bebê ali com Felicity. Ela encarava de uma forma que ameaçava custar todo seu ar blasé de garota trans veterana. Ela encarava como o mais óbvio dos travequeiros reprimidos. Não conseguia evitar. Era como se o conceito de espaço se dobrasse de forma que todas as linhas de fuga só podiam dar direto no rosto daquela garota. Somente seu histórico a poupava de ser vista como algum tipo de predadora sexual. Nenhuma sapatão naquele piquenique mensal de mulheres trans suspeitaria de lascívia; um punhado delas havia tentado a sorte com ela e, apesar de ela não ter explicitado sua regra, as outras mulheres intuíram a ideia geral e a fofoca se espalhou.

Ainda assim, ver essa garota a fazia banhar-se numa sopa fragrante de seus próprios feromônios. E ela sabia por quê. Era algo ainda mais tabu e transfóbico de se admitir do que sua regra, algo que ela nunca deveria dizer, porque o que ela via ao olhar para aquela garota era, talvez, um garoto. Mas um garoto específico. Essa garota era a cara de Sebastian. Os mesmos olhos de lago congelado, as mesmas maçãs do rosto retas. Se ela tivesse tirado uma foto dessa garota e a postado na internet, os algoritmos de reconhecimento facial do Facebook a marcariam como Sebastian ou como o husky siberiano de alguém. Talvez ela fosse um pouco menor e mais magra que Sebastian, mas enquanto Reese a observava falar, ela via metade dos gestos de Sebastian e três quartos de suas expressões.

Montes de cogumelos cônicos pululavam na extensão de grama entre Reese e a garota. Elas estavam distantes o suficiente para que Reese não pudesse ouvi-la, mas seu cérebro preenchia o vácuo com o sotaque norueguês encaracolado de Sebastian.

Ao seu lado, Iris disse:

— Mais um ano de hormônios e ela vai ficar muito bonita. — Ela havia notado o silêncio de Reese e seguido seu olhar. — Será que a gente devia se sentir ameaçada? — A garota usava calças cinzas justas, botas de motociclista na altura do tornozelo e uma jaqueta de feltro grande e longa: o uniforme de um oficial militar europeu dos anos 1930 com um gosto pela androginia. Era uma roupa difícil de acertar e a garota a usava bem, apesar de Reese não conseguir decifrar se a mistura de estilos refletia um excelente gosto em moda ou um estágio tão inicial da transição que ela ainda não tinha um guarda-roupa totalmente feminino.

Nem Iris, nem Reese haviam estado em um piquenique de mulheres trans fazia um tempo. Ambas haviam azedado de aconselhar garotas em início de transição ou de aguentar os dramas delas, seus namoricos, seu tom geral de "oh, céus, oh, vida". Mas Reese estivera procurando por um motivo impreterível para fugir de Stanley por algumas horas em um sábado, e Iris estivera para baixo a semana toda e queria ir a algum lugar em que fosse vista com adulação, o que as trans bebês providenciavam com alegria sempre que ela conseguia ser amistosa em vez de ficar pelos cantos reclamando com Reese.

Tanto Iris quanto Reese tinham a sensação de si mesmas como anciãs trans; apesar de ainda nem terem chegado aos trinta, elas eram, em idade trans, muito mais velhas do que até mesmo aquele trio que acabara de passar os quarenta, sentadas juntas numa toalha xadrez, conferindo seus reflexos no telefone, cheias de autoconsciência, mas com uma paradoxal falta de discrição.

— Para de encarar — Iris disse quando Reese não respondeu. — Todo mundo vai saber que você está com inveja.

— É muito pior do que inveja. Eu estou com um *crush* esquisito. Que vergonha — Reese disse, ainda encarando.

— Há, há, morta — Iris disse, sem rir. Ela passava tanto tempo no celular que suas falas haviam começado, sem ironia alguma, a se parecerem com mensagens de texto. — O Stanley vai adorar saber.

Reese não queria pensar em Stanley naquele momento.

— Quem dera eu estivesse me sentindo ameaçada ou invejosa. É tão mais fácil se sentir invejosa de outra garota trans, em vez de atraída por ela. Você não acha? — perguntou Reese. — Ao menos, a inveja é o tipo de problema de personalidade em que você pode trabalhar.

— Menina! — disse Iris.

Mas, debaixo daquela encenação para Iris, o tipo de conversa que Reese conseguia ter no piloto automático, seus pensamentos estavam esquisitos e idiotamente esperançosos. Ela havia conseguido o que queria de Stanley. Havia provado para si mesma, para o mundo, que sabia ser uma boa namoradinha. Ela precisava ir adiante. *Eu vou me apaixonar por essa garota*, Reese decidiu de súbito, e a frase pareceu estranhamente verdadeira.

Sebastian havia sido um estudante intercambista da Noruega, alto, com uma cabeça cheia de cabelos loiros bagunçados, um corpo longo e ombros de nadador, que ele tinha conquistado, óbvio, nadando. Para ser mais específica, Sebastian havia estado na equipe campeã de revezamento da Universidade de Oslo, mas sido suspenso das atividades de natação competitiva na Noruega por um ano quando seu teste deu positivo para uso de drogas depois de um show da Christina Aguilera. As normas de gênero em todas as culturas são diferentes: na cultura escandinava, pelo visto, não há problema nenhum em um rapaz hétero curtir Christina Aguilera.

Uma garota que ele conhecia, que trabalhava para os produtores, lhe contou para qual bar Xtina e seu grupinho iriam depois do show, e lá ele conheceu uma das dançarinas – uma estadunidense alta chamada Tiff, que falava com um sotaque texano que Sebastian achou tanto intoxicante quanto difícil de entender. Tiff parecia estar cansada da vida de turnê e queria ver a cidade. Para impressioná-la, Sebastian e um amigo propuseram lhe fazer uma fogueira num parque industrial, agora cheio de neve, que ficava na área das docas ali perto, para que pudessem ficar aquecidos e ver o mar. Para impressioná-la ainda mais, eles arranjaram outro amigo que trouxesse cocaína. Quando a polícia chegou, tendo sido naturalmente alertados sobre uma fogueira de dois metros de altura nos lotes vazios perto da água, todos foram detidos – mas os policiais pareceram não querer se dar o trabalho, então os liberaram. No dia seguinte, e não por coincidência, todo mundo no time de natação de Sebastian foi submetido ao teste de drogas. O dele deu positivo tanto para maconha quanto para cocaína.

Se ele deixasse a universidade de modo oficial, teria que completar o serviço militar obrigatório de nove meses – provavelmente guardando a fronteira com a Rússia ao Norte, tarefa que, conforme seu irmão mais velho relatara, consistia em garotos entediados ocasionalmente atirando balas de tanque em cervos perdidos, com essa rotina se repetindo toda santa longa noite ártica de vinte e três horas. Em vez de passar o inverno transformando ruminantes em obras de Jackson Pollock, seu técnico de natação descobriu para ele um programa de intercâmbio na Universidade de Wisconsin, onde ele poderia treinar com um dos melhores times nos Estados Unidos e voltar como um nadador mais rápido que quando partira.

Patty, outra garçonete no restaurante em Madison em que Reese trabalhava, trouxe Sebastian. O lugar era um restaurante um tanto brega, típico do Meio-Oeste, parada obrigatória em épocas de campanha eleitoral, em que aspirantes a presidente posavam para fotos comendo legítimas tortas do centro dos Estados Unidos. Fora de época eleitoral, Sebastian se destacava entre os clientes do lugar. Ele usava um casaco de pele de nútria e uma testeira, o que, sendo aquele um dia quente de setembro, talvez fosse a única coisa mais esquisita e chamativa que sua própria beleza. Entre a roupa e o sotaque, Reese não conseguia sacar se ele era gay. A primeira coisa que ele lhe disse foi: "As suas calças são idiotas", o que estabelecia que ele era um cuzão, mas não iluminava a questão da sexualidade.

Sob o aventalzinho de garçonete em que ela guardava uma caderneta, ela usava uma calça jeans justa com uma estampa de pele de cobra, que ela achava dar a impressão de uma figura mais curvilínea.

— O seu cabelo é idiota — ela disparou de volta, sem pensar, e então, atrapalhada: — ... com esse *mullet* aí.

— O que é *mullet*? — ele perguntou.

— O que tem na sua cabeça.

— Hum. — Ele se virou para Patty e sacou de um bolso gigante no casaco um joguinho digital barato com uma tela de LCD. — Vamos continuar. Eu vou dar play aqui. — No seu sotaque dava para ouvir o sopro do *puh* e o leve bater de sua língua contra a parte de trás dos dentes superiores no *lay*. (Cerca de um ano depois, trabalhando como garçonete em Manhattan, Reese descobriu os contornos de seu próprio sotaque de Wisconsin, depois de várias vezes oferecer *zuco* de *laranja* aos clientes.)

Para o desalento de Reese, Sebastian voltou ao restaurante no dia seguinte, sem Patty, e se sentou em uma das mesas de Reese.

— Qual é o melhor doce daqui? — ele perguntou.

— Não sei. Talvez a torta de limão — ela sugeriu.

Ele pediu duas fatias e, quando ela pôs os pratos na sua frente, ele empurrou um para o outro lado da mesa e disse:

— Come comigo.

— Eu estou trabalhando — ela respondeu.

— Não tem quase ninguém aqui — ele completou. — E eu estou tentando me desculpar.

As calças dela não eram idiotas, ele explicou, eram lindas, e algumas garotas eram tão lindas que isso o deixava com raiva, e ela era uma dessas garotas, e ontem ele estava fora de si de tão chapado e então dirigiu a raiva para as calças dela.

— Às vezes — ele confessou —, eu passo por uma garota, e ela é tão linda que eu só grito "puta merda".

Ela ficou tão surpresa que se sentou com ele.

— Ah! Isso explica por que tanta gente tem gritado "puta merda" pra mim. Eu achei que era por outra coisa.

— Porque você costumava ser menino, né?

De imediato ela se levantou, pronta para dizer "puta merda" ela mesma.

— Eu gosto — ele disse com suavidade, como se não tivesse notado que ela saltara em pé. — A minha primeira era que nem você. Mas mais velha. Eu tinha quinze anos, ela tinha vinte e sete.

— Isso é ilegal.

— É diferente na Noruega. E, de qualquer forma, eu sempre fui alto e disse que tinha vinte anos.

— A gente não está na Noruega.

— Eu sei — ele disse. — Eu acabei de comprar um Chrysler LeBaron. — Ele furou a torta de limão com os dentes do garfo para enfatizar o que queria dizer. A quebra de assunto a confundiu.

— Um o quê?

— Um Chrysler LeBaron. — Ele apontou o garfo coberto de chantili para fora da janela. Estacionado na frente do restaurante havia um carro do começo da década de 1990, um Chrysler LeBaron vermelho, conversível, com a capota abaixada. — Todo mundo me disse que não é um carro muito bom, mas parece tão americano... que nem os que eu via na televisão, em Kristiansand, quando eu era criança... e foi tão barato. Eu nunca poderia ter um carro assim na Noruega.

Ela encarou o carro, completamente perdida. Ela não tinha carro, mas, mesmo se alguém lhe oferecesse um LeBaron, ela não tinha certeza se iria querer.

— Quer dar uma volta comigo? — De súbito ele parecia um garotinho com o rosto animado, e Reese teve um momento para contemplar como o charme e o carisma têm a ver com o jeito que alguém fala, com os padrões e pausas, e como um sotaque pode, subitamente, amplificá-los. — Diz que sim, *please*? — De novo, aquela passagem estranha do *p* para o *l* que Reese notou antes. — Eu tenho um conversível americano e eu preciso de uma garota americana bonita no banco da frente.

Ela assentiu sem pensar muito no que estava aceitando, apenas feliz de estar na categoria de garota americana bonita.

— Mas depois do trabalho. Às sete.

Duas semanas depois, ela estava sentada no mesmo banco enquanto ele dirigia em direção ao Oeste no LeBaron, passando pelas Badlands de Dakota do Sul. Ele não havia gostado muito mais das regras do time de natação de Wisconsin do que das regras da Universidade de Oslo e achava que Madison era tão embrutecedora quanto o prospecto de noites eternas na fronteira russa.

Ela vinha chupando o pau dele desde o primeiro encontro, mas só tirou a calcinha na sua frente em um motel na saída da cidade de Wall – lar da rede de atrações de beira de estrada Wall Drug – porque já tinha se convencido de que estava apaixonada por ele e de que, portanto, teria de fazer isso mais cedo ou mais tarde. Ele não a chupou de volta. Depois, na escuridão, de conchinha com ele, ela se permitiu um choro silencioso por ter sido fraca e dado ouvidos ao langor daquelas transexuais mais velhas no grupo de apoio. Elas haviam aconselhado que ela esperasse mais antes de fazer a cirurgia, sendo que ela já tinha planejado uma viagem para a Tailândia para se comprar uma buceta com o dinheiro que a sua avó lhe havia deixado para a faculdade – à qual ela também não foi. Ouvindo perto de sua orelha a lenta respiração de Sebastian, uma mão inerte vindo por baixo do corpo dela para descansar nos seus peitos e a outra descansando na parte mais larga de seus quadris, ela pensou que preferiria muito mais ter uma buceta do que o saldo bancário que ia lentamente diminuindo.

Quando já haviam visto a Califórnia e voltado ao Leste, ignorando a entrada de Wisconsin para chegar em Nova York, ela havia deixado as dúvidas de lado e cultivado a fantasia de uma vida com ele. Ela seria sua esposa. Na Noruega um homem podia se casar com uma mulher transgênero, que seria reconhecida como mulher de acordo com quanto tempo fazia desde que ela fora, nas palavras do site que Sebastian lhe mostrou, "irreversivelmente esterilizada". Mas Reese também estava quase sem dinheiro, e a notícia de que a bolsa de natação de Sebastian tinha sido cancelada chegou por e-mail quando estavam em algum lugar da Pensilvânia. Em Nova York eles dormiram em Astoria, no sofá de uma garota trans que Reese conhecia de um blog no LiveJournal. No dia seguinte, Sebastian vendeu o LeBaron nos classificados da Craigslist para pagar por uma passagem de volta para a Noruega.

Seus planos eram vagos. Ele ia resolver o problema com o serviço militar e depois mandar dinheiro para que ela voasse para Oslo.

— Não vai ser mais que três meses — ele calculou. Mandou que ela arrumasse um emprego como garçonete de novo. Nove dias depois, tendo distribuído vinte e seis currículos, ela conseguiu um no East Village, a uma hora de distância do sofá em Astoria, pelo qual já havia começado a pagar aluguel às outras garotas trans. O restaurante a queria um turno por semana. Mas uma garçonete ali conhecia o gerente de uma academia que estava prestes a abrir em Chelsea, e ele precisava de alguém para cuidar da creche dentro da academia.

Ela se candidatou ao emprego sem explicitar que era trans, a primeira vez que havia escondido sua identidade num contexto de trabalho. Ela não queria dar trela ao pânico transfóbico quando se tratava de estar com crianças. Conseguiu o emprego sem qualquer incidente. Assim, começando às cinco da manhã na segunda-feira, Reese deu por si sentada em uma sala de cores primárias brilhantes, repleta de jogos, um castelo de espuma com piscina de bolinhas, um canto para desenhar e pintar, e todo tipo de brinquedo. Alto-falantes escondidos tocavam música de fundo da *Vila Sésamo*. O dia inteiro, o conde, aquele muppet roxo e vampírico que sofria de uma obsessão quase sexual por números inteiros, cantava do seu amor – "UM! Heh-eh-eh-eh, DOIS! Heh-eh-eh-eh!" – enquanto as mães entravam e deixavam suas crianças por uma hora ou duas durante as aulas de spinning ou as corridas na esteira. Nos cantos da sala, câmeras supervisionavam e transmitiam tudo que acontecia ali para canais de circuito fechado, aos quais as mães podiam assistir de diversos ângulos nos canais um e dois das telas de LCD montadas nos equipamentos de exercício.

Na segunda semana, duas mães que eram amigas vieram no mesmo horário, cada uma passando a Reese uma bebê de seis meses, uma bolsa com fraldas e uma mamadeira com leite materno.

— Se ela começar a chorar — cada mãe disse sobre sua respectiva filha —, é só dar a mamadeira.

Até aquele momento, as crianças mais jovens com que Reese havia lidado na creche já estavam aprendendo a caminhar, e agora, de súbito, ela se descobria guardiã de duas bebês. Nenhuma das mães pareceu duvidar das credenciais de Reese – uma moça numa creche? Uma academia de tamanho luxo deve ter conferido o histórico dela, certo? Ótimo, aqui está um bebê!

Reese teve um momento inicial de pânico quando se esqueceu qual mamadeira era de cada garotinha. Ela imaginou as mães lhe assistindo nas câmeras de segurança enquanto suavam nos elípticos. Então teve um estalo. Os corpinhos suaves em seus braços, a forma como riam e faziam barulhinhos, foram gatilho para algum tipo de transe profundo movido a oxitocina. Ela sentiu que sabia o que fazer por instinto, sabia quanto de leite materno dar a cada menina para que não ficasse enjoada, sabia quando precisava fazê--las arrotar, sabia quando cada uma precisava ganhar colo, quando cada uma poderia ser colocada de volta no carrinho. As mães voltaram e encontraram as filhas dormindo, alimentadas. Elas disseram cheias de empolgação que Reese tinha instintos maternos naturais, e juntas começaram a perguntar na secretaria qual era o cronograma de Reese, planejando suas atividades para corresponderem com os turnos dela, então contando às outras mães de bebês a respeito da morena alta e materna. Em poucas semanas, Reese foi soterrada de crianças em seus turnos e de ofertas para trabalhar como babá no tempo livre, de modo que a coordenação precisou escolher entre contratar uma segunda pessoa durante os turnos dela ou mudar as políticas para não informar mais em que horários ela trabalhava.

Ao fim de três meses em Nova York, Reese tinha um fac-símile da sua vida dos sonhos feito por um gênio maligno: cercada de crianças, com um homem que prometera cuidar dela. Exceto que as crianças não eram suas, e o homem vivia a um oceano de distância e quase não ligava mais.

Quando ela e Sebastian de fato falavam, com frequência ele estava bêbado. Cada vez mais aterrorizada, ela segurava sua necessidade de perguntar sobre a passagem de avião, sobre o plano, sobre seu amor. Quando ela enfim deixou algo escapar, numa chamada de baixa qualidade feita com um cartão para ligações internacionais comprado em um mercadinho de terceira, a frase saiu ressentida, mal pensada e muito diferente do primeiro movimento da meticulosa partida de xadrez que ela planejara para colocá-lo de volta nos eixos.

— Você nunca vai me levar pra Noruega, né?

— Eu tenho uma teoria — ele respondeu.

— Do que você está falando?

— Eu tenho uma teoria — ele repetiu e, quando ela não disse nada, continuou. — A minha teoria é que a única coisa de que eu gosto é destruir a minha própria inocência. Eu não tenho mais inocência pra destruir com você.

Em apenas três meses lidando com rapazes em Nova York, ela aprendera a reconhecer a grandiloquência de um homem apaixonado por si mesmo, herói de seu próprio filme particular – e o filme de Sebastian, para estabelecer um caráter libertino, incluía um caso com uma mulher transexual.

— Que porra isso quer dizer? Eu deveria achar isso uma tragédia?

— Quer dizer que eu não posso trazer você pra Oslo.

Ela sabia que isso estava para acontecer. Mas, ainda assim, a pressão em seu peito dificultou a respiração, e, quando ela enfim falou, foi porque algo dentro dela havia se rompido.

— Eu te esperei — ela disse por cima dos chiados da ligação. — Você prometeu.

— As minhas promessas não valem nada. — Ele parecia triste. — Eu quero ter uma família um dia. Que é algo que eu acho que você não pode me dar. — Quanta crueldade, ser acusada de não ter a coisa que ela mais desesperadamente queria, uma coisa que ela tinha certeza de que Sebastian poderia lhe dar com facilidade. Ela soltou um gemido grave, mas, mesmo em seu luto incipiente, odiou o tom da sua voz e se segurou. Ela precisava de um momento sem guarda, um momento de dor real. Mas, em vez disso, o medo de que sua voz não passasse a chocou o bastante para que ela voltasse a fazer o que sempre fazia: empurrar os sentimentos para baixo do tapete. Tornar-se fria.

— A gente pode resolver isso — ela disse, com a voz mais estável que conseguia. — Eu sei que pode. Eu te amo. Você me ama. Só me diz do que você precisa.

— Não — ele disse. — Eu só... Você não é o tipo de pessoa de se ficar pra sempre.

Ela sabia que, em poucos momentos, a guilhotina da tristeza desabaria sobre ela, decepando-a de seu próprio orgulho e de qualquer coisa que pudesse manter o desespero sob controle. Ela imploraria, choraria. Mas isso ainda não havia acontecido. A sentença não fora executada, e seu senso de orgulho próprio, em seus últimos momentos, permaneceu rebelde: diga qualquer coisa, não importa quão idiota, não vá abaixo chorando.

— Pelo visto eu não devia ter tirado a calcinha — ela soltou, então desligou e esperou que a agonia do coração partido a atingisse, pensando nas mil outras maneiras, mais cortantes ou mais suplicantes, que ela poderia ter se despedido.

O piquenique de mulheres trans ocupava uma clareira num morro do outro lado da Casa de Piqueniques no Prospect Park. Mulheres trans têm um jeito de ser sempre inconscientemente vigilantes, e Reese admirava que as organizadoras do piquenique tivessem escolhido um morro com uma vantagem militar, o tipo de morro em que um general teria tomado posição: árvores em três lados, com uma vista dos gramados abaixo, assim como de qualquer rota que um pedestre pudesse tomar para aproximar-se. Qualquer um que chegasse para o piquenique seria visto e identificado, muito antes de subir ao topo, em meio aos pais de classe alta do Park Slope que se amontoavam nos fins de semana. Ninguém chegaria de fininho para surpreender as transexuais. O que não quer dizer que os próprios passantes não se surpreendessem. Entre muitos outros exemplos, Reese via isso na linguagem corporal de um par de garotos adolescentes que vagava ali perto. Quando os dois espiaram declive acima para o grupo de mulheres estendidas em toalhas passando potes de plástico umas às outras, eles subitamente se aproximaram para confirmar a situação e depois se separaram rindo.

Quando Reese lhes deu as costas, ela encontrou Sebastian-Só-Que-Mulher olhando para ela. Um raio percorreu o corpo de Reese. Ao longo dos últimos anos, ela havia rebaixado Sebastian da posição de amor real para a de um casinho adolescente, e seus próprios sentimentos deixaram de parecer trágicos para se mostrarem imaturos. Mas o rosto quase familiar plantava dúvidas a respeito dessa revisão, sugeria que o rebaixamento fora uma atitude defensiva que ela tomara para se poupar. Sebastian-Só-Que-Mulher sustentou o olhar de Reese por um instante ou dois, os traços quase conhecidos oscilando de um franzir de testa incerto para algo amistoso que poderia até ser um sorriso, um leve aceno de cabeça, antes de se voltar para as mulheres que estavam com ela. Iris bateu no joelho de Reese, chamando sua atenção.

— Eu conheço a Felicity — Iris indicou com um aceno de cabeça para a latina bonita que sabe-se lá como viera de skate em um vestido maravilhosamente branco e que, naquele momento, estava fazendo Sebastian-Só-Que-Mulher rir. — Quer ir lá conversar? Quer que eu te apresente?

— Não, claro que não — Reese respondeu. — Eu perdi o controle da minha heterossexualidade, não da minha dignidade.

Iris ri pelo nariz.

— Até parece que você tem dignidade. Você teve que sair escondida da casa do Papai para vir aqui.

Reese achava natural não trazer Stanley para festas ou espaços LGBTQ, por motivos subculturais que lhe pareciam complicados mas óbvios. Ela tinha medo das coisas que ele poderia dizer, do seu grande corpo e do seu estilo de guarda-florestal nesse oceano de jeans *queer* pretos rasgados no joelho; o jeito que ele ocuparia espaço, faria decretos, e seria, de maneira geral, um *gatilho*. Mesmo se Stanley ficasse de boca fechada, algo que ele nunca mostrara muito interesse em fazer, seria como levar um búfalo para tomar banho de piscina numa casa suburbana. Sim, o búfalo poderia muito bem ficar na parte rasa, pastando contente. Mas, ainda assim, ninguém iria se atirar e brincar na piscina.

Reese se virou de volta para Iris, que baforava fumaça por cima do ombro e segurava o cigarro do seu jeito particular, com o braço quase reto e dois dedos estendidos, como se tivesse esperança de passá-lo para outra pessoa.

— Vamos cortar a tentação pela raiz — Reese disse. — Vamos sair desta bosta de parque e ir pra um bar hétero. Algum lugar em que a gente possa ficar chapada com a testosterona do ambiente.

— Tipo o quê, um boliche?

— Sei lá. Pode escolher um lugar, eu não ligo.

— Tá — Iris concordou. Mas, em vez de se mexer para recolher suas coisas, Iris se levantou e saltitou até Felicity. Ela se inclinou para dar os beijinhos de olá, estendendo uma mão suave enquanto a outra mantinha o cigarro a distância. Mas, sempre que podia, Iris lançava um sorriso discreto mas malevolente para Reese. O charme de Iris tinha uma quinta marcha que ela dificilmente se dava o trabalho de engrenar, que ela só usava para criar confusão.

— Reese, Reese — Iris chamou depois de um minuto, como uma anfitriã num jantar dos anos 1950. — Vem aqui, tem uma pessoa que você *precisa* conhecer.

Felicity e Sebastian-Só-Que-Mulher ficaram olhando enquanto Reese se levantava, de modo que ela não teve tempo para se ajeitar, arrumar as roupas, acomodar o cabelo ou fazer basicamente qualquer coisa que não fosse caminhar até o grupinho delas da forma mais casual possível para dizer "oi" feito a pessoa mais sem graça do mundo, porque o que mais se poderia dizer depois de uma entrada como aquela, dolorosamente laboriosa? Ela não poderia nem enfiar uma faca no coração de Iris, porque, apesar de ao menos ser mais interessante, poderia deixar uma primeira impressão desagradável.

Felicity, que Reese já havia encontrado algumas vezes, a cumprimentou com um preguiçoso "oi, menina", que Reese devolveu, antes de estender uma mão mole, mas não mole demais, para Sebastian-Só-Que-Mulher.

— Reese — ela disse.

— Amy — disse Amy, e puxou de leve a mão de Reese. — Senta com a gente.

Reese recolheu a saia sob si e se sentou ao lado de Amy. As mulheres na toalha estavam fazendo um joguinho, um desses exercícios de conversa para passar o tempo entre conhecidos a quem você quer transmitir uma imagem de abertura espirituosa, mas com quem não pode arriscar mais que uma abertura oblíqua. As regras: escolha três itens de uma dessas lojas que têm de tudo, de modo a causar o máximo de desconforto no operador de caixa.

Um exemplo dessa conversa:

— Uma coleira de cachorro, aqueles balões compridos que as pessoas torcem em formato de bichos em aniversário de criança e um tubo de KY.

— Pseudoefedrina, uma faca de cozinha e barbante.

— Camisinhas, uma pá e uma caixa de isopor.

— Eles não vendem pás nessas lojas.

— Vendem sim!

— De onde você é? Montana? Em Nova York não vendem.

— Uma daquelas menores então, de jardinagem?

— Não.

— Tá, então eu vou entrar com uma pá e comprar as outras coisas.

— Isso não está nas regras. Se dá pra trazer coisas de fora, tem coisas bem mais perturbadoras do que uma pá.

Quando o jogo chegou em Amy, ela disse:

— Eu acho que a gente não está realmente tirando vantagem das regras. Tipo, tudo o que vocês disseram sugere sexo ou homicídio, que, sim, é bem perturbador de uma forma escandalosa e generalizada. Mas eu acho que seria um desconforto muito maior se você conseguisse deixar alguém triste com a própria vida. Eu encontraria a vendedora com o ar mais cansado e solitário, e aí eu compraria um pote imenso de sorvete com cookies, umas cartelas de remédio pra emagrecer e a revista feminina que tivesse a matéria de capa mais triste, tipo: "Como arrumar um emprego que não seja degradante", ou "Como não seguir sozinha anos depois do término", ou "Orgasmos: será que um dia você vai tê-los?" Você teria que encontrar a pessoa certa, mas, se conseguisse, seria devastador.

Opa, Reese pensou, *essa é das minhas.*

Quando a conversa se voltou para um grupo de punks livrescas em quem Reese não tinha interesse, ela deixou a atenção vagar. Quando ela se conectou de volta, Amy estava apontando para um amontoado de edifícios ao Sul, que subiam acima das copas das árvores ao redor do gramado. Ela morava em um deles. Reese nem se incomodou em perguntar o que Amy fazia. Ela já conhecia a equação: jovem trans branca mais apartamento na frente do parque igual a um emprego na área de tecnologia.

Reese mal prestava atenção ao que Amy dizia. Ela tinha os mesmos maneirismos de Sebastian, mas sua voz, seu jeito de falar, eram monótonos e típicos do Meio-Oeste, sem as pausas carismáticas e os floreios do sotaque de Sebastian. O fantasma de Sebastian desaparecia enquanto ela falava e, quando ela caía em silêncio, ele voltava como se puxado por um elástico. Então, de súbito, a conversa se separou. Iris e Felicity se levantaram, caçando para ver quem poderia ter trazido cerveja numa mochila, e Amy e Reese ficaram sozinhas.

— Eu vi você me olhando — Amy disse, de forma ousada na opinião de Reese. — Você parece familiar, a gente já se conhece? Talvez a gente se conheça da internet?

— Não — disse Reese, sem pensar. — Eu iria me lembrar.

Amy sorriu, sem saber se tinha recebido um elogio.

— Você é assustadoramente parecida com alguém que eu conhecia — disse Reese.

— Quem era ela? — Amy perguntou. E, de súbito, a armadilha que Reese sem saber montara para si mesma entrou em ação. Não havia como admitir que ela estivera pensando em um garoto. Confissões assim traumatizam uma trans bebê. *Foda-se*, Reese pensou. *Vou flertar pra sair dessa; é o que eu quero de qualquer jeito.*

— Uma ficante antiga — Reese disse e olhou de maneira intensa para Amy, cujo rosto contra a luz permanecia um tanto sombrio com a auréola em torno dos seus cabelos. — Uma das melhores que eu já tive.

Amy riu de leve, então apertou os olhos para checar se Reese estava tirando com a cara dela. Reese não indicou nada, apenas sustentou o olhar.

— Tá — Amy disse depois de um momento, com um leve aceno de cabeça, como se aceitando uma oferta. — Que bom.

Elas trocaram mensagens a semana toda, e era como se Amy a estivesse enforcando durante o sexo – um pequeno sufocamento rumo à morte entre a dopamina de cada notificação. Em uma noite em que Stanley saíra para jantar com amigos e Reese sabia que ele estaria na rua por horas, ela convidou Amy para visitá-la. Reese ignorou a pergunta nos olhos de Amy, que flutuavam pelo luxuoso apartamento masculino, e apenas a guiou até a cama de Stanley, tirou a roupa dela e usou seus dedos e brinquedos para fazê-la gozar.

Mais tarde, Amy observou:

— Você tem uma lareira no apartamento?

Reese entendeu que Amy estava fazendo uma pergunta que não conseguiria fazer de forma direta.

— Ele paga por tudo.

— Ele?

— O meu namorado. Ou seja lá o que ele for.

— Se ele não é o seu namorado, o que ele é?

— Geralmente um merda.

Amy riu, imaginando que o insulto de Reese havia sido afetivo; cuidando para manter uma distância diplomática entre suas próprias esperanças e a prioridade que imaginava que Reese ainda dava ao namorado em questões de amor. Mas Reese não revelava qualquer emoção.

Amy deteve o riso, subitamente protetora.

— Ele é um merda?

— Sem a menor dúvida.

— Por que você não termina?

Reese deu de ombros. Ela fingira, em parte, uma atitude de exaustão perante a vida e perante Stanley para impressioná-la, mas com a pergunta o cansaço congelou em emoção verdadeira.

— Pra onde eu iria?

Num desses saltos insanos que só se dão no início de um *crush* devastador, Amy soltou:

— Vem morar comigo!

Reese se virou, inclinou a cabeça, então levantou o queixo de Amy na sua direção.

— Você já está imaginando o caminhão de mudança? Você é lésbica mesmo, hein?

Amy e três de suas amigas, todas mulheres, lidaram com a mudança com a precisão militar de uma extração de refém. Esperaram Stanley sair para trabalhar, chegaram com um caminhão alugado, tiraram os pertences de Reese do closet dele e os levaram para a casa de Amy antes do meio-dia. Reese e Amy já tinham feito duas refeições juntas em seu novo lar antes de Stanley sequer descobrir seu novo estado civil.

Reese roubou o liquidificador de Stanley quando foi embora. Disse a si mesma que ela merecia, e que ele também. Aquele pequeno furto acabou sendo a ofensa sobre a qual ele litigou seu subsequente jorro de mensagens de texto, áudios e e-mails: que ganância a dela, como ela era mimada, como ela usava as pessoas, as destruía e, por fim, roubava seus eletrodomésticos.

Depois as mensagens pararam. Mesmo anos após o colapso do mercado financeiro, volta e meia um tremor secundário ainda reverberava para derrubar mais uma empresa. Dessa vez, havia sido a de Stanley.

Capítulo três

Seis semanas depois da concepção

Capítulo tres

Seis semanas después de concebir

As ondas do lago Michigan arrebentam ao lado da Lake Shore Drive, sob a paisagem urbana de Chicago. A água rebate no concreto e volta às ondas novas, rolando abaixo e acima delas, uma jogando a outra violentamente ao ar e, então, caindo suavemente. Mesmo de dentro do táxi, com as janelas fechadas, Ames consegue sentir o cheiro da água, o ar ionizado que o deixa num agradável estado de alerta, como acontece perto de cataratas ou depois de uma tempestade súbita. Ciclistas costuram para evitar os respingos que o vento joga sobre o calçadão. Dois windsurfistas rasgam por dentro do imenso cais naval, o Navy Pier, se segurando contra as rajadas com tanta força que precisaram baixar as velas, agora mais alinhadas ao horizonte do que perpendiculares. Um deles perfura rumo à entrada do canal, aonde chegam as cristas mais íngremes, pega a primeira grande onda e se lança a quatro metros de altura, pairando por um instante como uma pipa. Ames fica tão surpreso e impressionado com a manobra que grita e agarra o braço de Katrina, esquecendo-se de que, ao longo da última semana, toda conversa que não estivesse ligada estreitamente a questões de trabalho acabou numa tristeza desconfortável ou em recriminação.

— Desculpa — ele diz, sua mão se afastando. — Mas você viu aquilo? O cara usou a vela como asa quando pulou da onda.

Katrina se recusa a dirigir a atenção para o lago, e todo o peso da angústia dela é trazido de volta a Ames. Ele exala devagar pelo nariz.

O táxi vira na avenida Michigan e começa a entrar na cidade, abrindo caminho pelo mais próximo de algo luxuoso que Chicago tem para oferecer. Seus clientes escolheram um bistrô saindo da Magnificent Mile que propagandeia seu próprio cardápio como "*cuisine* de Wisconsin", uma mistura moderna dos *supper clubs* da era da proibição, conceito que só faz sentido como o tipo de comida que, na cabeça das pessoas de Chicago, estava faltando aos nova-iorquinos. Ames cresceu no Meio-Oeste, entre as caçarolas de Saint Paul, o que ele imaginava ser o motivo da sua baixa tolerância à modéstia típica dos seus conterrâneos. Naqueles cantos, as pessoas achavam que você estava sendo pretensioso caso estudasse História da Arte antes de se formar na área de Administração, ainda pior se mudasse de nome e começasse a aplicar estrogênio. O ressentido complexo de inferioridade do Meio-Oeste. Da última vez que havia visto sua tia, quase uma década antes, ele lhe oferecera café passado na prensa francesa, e ela bufou que um Folgers solúvel já estava de bom tamanho. Ela não precisava de nada delicado ou estrangeiro.

— Que bom — ele disse —, porque aqui é só largar água fervida no pó e esperar cinco minutos.

Depois ele transicionou, e desde então eles não se falaram. No sistema de valores da sua tia, era possível que mudar de gênero fosse ainda mais esnobe do que fazer café na prensa francesa.

Agora, o táxi vaga pelo trânsito ao redor da Water Tower Place. Ames arrisca um olhar para Katrina, que está encarando um outdoor gigantesco de mulheres vestindo Victoria's Secret.

— Estou feliz que a gente vai jantar junto — ele diz, inane, como se, ao acompanhá-lo em uma viagem de trabalho, ela tivesse aceito um convite para um encontro.

— Você que organizou as coisas da viagem — Katrina nota.

— Quer dizer, eu sei que é de trabalho, mas eu ainda amo viajar com você. Lembra quando a gente passou um fim de semana em Montreal? — Eles tinham passado quase todo o tempo juntos na cama.

— Sim — Katrina concorda. — Eu só fui porque você me enganou. — O motorista o espia no retrovisor.

Por um momento, Ames se lança à procura de algo que seja realmente terrível de se dizer a ela, mas não consegue pensar em nada, e a vontade se acalma. Ela não merece. A semana anterior, com ela tão distante, lhe mostrou o quanto ele precisava da sua companhia, como era grande o lugar que ela começara a ocupar em seus hábitos emocionais. No trabalho, ele ficou fazendo manobras nos últimos dias para passar tempo com ela em situações que não pudessem degringolar em cobranças para que ele se decidisse sobre a gravidez.

Seus esforços haviam sido facilitados pelo projeto em que estavam trabalhando, mais uma das estranhas ideias de marketing de Katrina: criar um aplicativo retrô, como um Tamagotchi dos anos 1990, para uma empresa de seguros de animais de estimação. Afinal, o que deixaria tutores de animais de estimação mais alarmados com a saúde dos bichos do que criar um jogo que demonstrasse todas as formas horríveis em que Fofinho poderia sucumbir? Eles teriam que contratar programadores de fora para criar o aplicativo, a um custo considerável, então Katrina e Ames foram a Chicago para convencer os clientes a toparem uma abordagem mais simples, possível de ser realizada dentro da agência, de modo a aumentar o lucro do projeto.

Ames havia feito um esforço estupidamente grande para montar o acordo, que culminava na viagem. Em seu tempo livre, para evitar se perder em seus próprios pensamentos, ele havia passado quase todos os minutos de vigília digerindo as complexidades do mercado de seguros de bichos de estimação, entendendo os clientes das empresas que competiam naquela arena digital, e seduzindo as contrapartes dele no departamento de marketing da seguradora – tudo por uma oportunidade de mostrar a Katrina como ele era uma pessoa confiável e capaz de proteger a reputação e os interesses dela, coisa que, ele esperava, talvez criasse uma situação em que houvesse um momento oportuno para ele propor seus planos sobre a gravidez.

No jantar com os clientes, ela o surpreende pedindo duas garrafas de champanhe. Ela começa a encher e esvaziar o próprio copo muito mais rápido do que ele jamais a viu fazer, chilreando com animação sobre como o progresso no acordo precisa ser celebrado. Com apenas duas taças, as bochechas e orelhas de Katrina já coraram e seus olhos rápidos ganharam brilho.

Ela está falando com os clientes – o estrategista de marketing e o assistente-chefe de desenvolvimento de negócios da seguradora de bichos de estimação – com mais animação do que Ames viu a semana toda. Os homens, falando quase em uníssono, explicam que moram em um subúrbio chamado Naperville. Eles moram no mesmo bairro, seus filhos frequentam a mesma escola e suas esposas já eram amigas antes – uma delas até deu um emprego à outra.

— Ah, que fofura — Katrina diz. — Aposto que vocês vão de carro juntos.

Os homens pensam a respeito e o Desenvolvedor de Negócios concorda, sem muita certeza: sim, talvez seja mesmo fofo. Para Ames, o atípico entusiasmo teatral de Katrina, assim como seu pedido do champanhe, demonstra uma tentativa de acobertar um estresse emocional além do que ele esperava – ela parece estar à beira de fazer algo imprevisível – mas nenhum dos dois homens nota. Em vez disso, eles se maravilham com o lado divertido que essa mulher, antes totalmente voltada para os negócios, tirou de seu cofre e trouxe para o jantar. Ela evita fazer contato visual com Ames, e, quando ele consegue pescar sua mirada, o castanho em seus olhos brilha de volta vítreo e profundo, em vez de mostrar a astúcia costumeira que ele espera de seus relances.

Os aperitivos chegam: diversos tipos de empanados fritos e uma tábua de queijos, na qual há uma pilha de queijo coalho típico. O garçom, com a mesma gravidade que usa para indicar um *brunost* norueguês, anuncia que esse é aquele queijo que range quando você morde.

Katrina enfia alguns pedaços na boca e mastiga de boca aberta, mordendo com os molares.

— Ah, vocês ouviram? — ela pergunta. O Desenvolvedor de Negócios se aproxima do seu rosto para escutar.

— Sim! — ele diz, com mais surpresa do que Ames sente ser apropriado para ouvir alguém mastigando. — Dá pra ouvir quando eu faço também?

Ames poderia ter pensado que Katrina estava imitando uma anfitriã bêbada desesperada para que sua festa seja divertida, se não fosse pelo fato de que ele lhe fez uma careta e que, em resposta, um olhar de quase angústia cruzou o rosto dela, só para ele. Um momento depois, ela se acoberta.

— Olha só, Ames! Olha o barulhinho! — ela diz. Ames obedece e se inclina para perto da boca do sr. Marketing. O homem morde. Sai o pequeno rangido flatulento.

— É — Ames concorda —, faz barulho!

Ames tenta conversar sobre os prós e contras de se programar a versão on-line do aplicativo em Flash, mas Katrina não para de interromper com perguntas pessoais para os homens. Enfim, Ames desiste e tenta fazer conversa fiada com o Desenvolvedor de Negócios a respeito de onde Ames havia crescido, de como seus avós tinham ido a *supper clubs* de verdade no Norte de Wisconsin – uma experiência culinária semelhante a esta, mas toda marrom: carne e batatas e molho de carne e carpetes beges e café instantâneo e mesas de carvalho manchadas de gordura.

Quando o garçom passa, Katrina pede uma garrafa de vinho.

— Qualquer um que seja branco e bom — ela instrui.

A garrafa vem e outra taça se esvazia: ele fica tão surpreso com a encenação que é só quando a comida chega que ele se pergunta se a bebedeira é um sinal que ela quer que ele interprete. A grávida botando álcool para dentro. Até mesmo o Desenvolvedor de Negócios está começando a notar que o consumo de vinho atingiu um nível bastante alto para um jantar desse tipo. Ele cobre a taça com a mão quando o garçom se aproxima para reenchê-la.

— Bom, é, eu provavelmente deveria parar — Katrina diz, acenando uma mão preguiçosa e gesticulando para que o garçom complete o copo. Ela está bastante bêbada a essa altura, olhos brilhantes, bochechas coradas, já começando a beirar o desleixo. — Mas Ames está no controle da viagem, então ele vai se certificar de que eu vou chegar bem em casa.

— Ainda assim — Ames diz com diplomacia —, você não quer estar de ressaca amanhã.

— E como caralhos você sabe o que eu quero?

A anfitriã divertida arranca a máscara. Atrás está a própria Katrina, olhando diretamente para Ames pela primeira vez na noite com sua ferocidade costumeira, incapaz de esconder a fúria súbita. O Desenvolvedor de Negócios e o sr. Marketing encontram algo para examinar na comida em seus pratos. Katrina aponta uma colher coberta de molho para Ames, mas se dirige a todos os outros.

— Ele está se esquecendo de que eu sou chefe dele.

Ames faz uma cara de *que porra é essa?* O projeto dela, sua reputação de gênia esquisita que fecha negócios improváveis: é isso que ela está em processo de explodir. Ela está ferindo mais a si mesma do que a ele.

Escolhendo palavras com cuidado evidente, o sr. Marketing diz:

— O Ames tem sido ótimo nesse projeto.

— Ótimo, ótimo — junta-se o Desenvolvedor de Negócios. — Eu não achava que uma pessoa conseguiria entender o setor de seguros para bichos de estimação tão rápido, e ainda sendo engraçado a respeito disso.

— Isso. A gente está muito contente.

— Verdade — diz Katrina. — O Ames é muito encantador. Eu me surpreendo a toda hora em como a vida dele foi *rica*. Ele parece se sentir em casa com *todo tipo de gente interessante*. — Seu tom vibra de malícia. — Ele tem um histórico bem *diferenciado*.

Ames quer chutá-la por baixo da mesa, mas ela está sentada longe demais. Ele logo se dá conta de que ela está muito bêbada, além de muito chateada. Ele também já fez coisas parecidas quando a pressão do desconforto de um evento social se desviava para um monólogo interior cada vez mais recursivo, até ele estar prestes a atacar qualquer um ao seu redor.

Mas os homens não mordem a isca do passado de Ames. Eles mesmos são homens interessantes.

— Bom, ele me encantou — diz o Desenvolvedor de Negócios.

— Idem — concorda o sr. Marketing.

— Pois veja — diz Katrina.

— Está bem — diz Ames, esforçando-se para terminar o momento. — Alguém quer sobremesa?

— Transexuais — Katrina diz, ignorando-o.

Ames suspira e passa um dedo pelo topo do nariz, a parte que um dia fora quebrada.

— Você vai fazer isso? Agora?

— Perdão? — pergunta o sr. Marketing.

— Transexuais — repete Katrina. — O Ames tem um *histórico* com *transexuais*.

O Desenvolvedor de Negócios não consegue se segurar:

— Você gosta de transexuais?

Ames subitamente enxerga Reese como ela era quando moravam juntos, como ela ficava quando achava que ninguém estava olhando: o gatinho do delineador borrado no fim do dia, fiapos de cabelo ladeando o rosto desde um rabo-de-cavalo agora frouxo, o relaxamento da sua postura de dançarina em palco depois de ela trancar a porta e desmoronar no sofá.

— Sim — Ames concorda, e limpa a boca com um guardanapo. — Eu gosto de transexuais. — Há um desafio no fundo da sua voz.

— Não — diz Katrina. — Não é isso que eu estou dizendo, eu estou dizendo que...

O sr. Marketing baixa o copo com um baque, fazendo a água respingar, e Ames se encolhe. Ames está juntando forças para se retirar de cena, mas talvez não rápido o suficiente. Ele está bravo e não sabe se consegue aguentar nem mesmo a menor demonstração de transfobia desses homens.

— Olha, escuta — o sr. Marketing diz, não se dirigindo a ninguém em particular. — Eu sou casado há quinze anos, e ninguém nunca me perguntou sobre os genitais da minha mulher. Quem fizer isso pode esperar levar um soco na boca, e eu imagino que o Ames faria o mesmo por qualquer que seja a mulher que ele ama. — Ele termina a declaração com um aceno de cabeça masculino.

Ames, com os dedos apertados amassando um guardanapo, tinha se preparado para algo completamente diferente. Ele precisa de um momento para entender o que está acontecendo, um momento para definir as diversas implicações pelas quais deveria filtrar o que o homem quis dizer. O que Ames não teria dado, durante tantos anos, para ouvir um homem hétero cis de classe média comparar uma mulher trans com a *sua própria esposa*, e mais ainda: para defender a mulher trans? Agora, tarde demais, tal homem apareceu, bem a tempo de ferir outra mulher da qual Ames gosta. Esse homem encontra os olhos de Ames em reconhecimento de homem para homem: *as mulheres que amamos são sagradas e nós as defenderemos.* Do outro lado da mesa, Katrina se remexe na cadeira, e Ames vê um tremor em seu rosto. Uma parte dela deve entender que aquele momento entre homens a exclui, sempre a excluirá – mas o pior de tudo é que uma parte dela também deve entender que, naquele momento, ela não é a mulher que Ames, ou qualquer outra pessoa, está vendo como candidata ao amor protetor.

— Você não está ouvindo o que eu estou dizendo — ela interrompe. — Eu estou dizendo que o seu amiguinho Ames aqui costumava ser uma porra de um transexual.

Reese sabe que Ames foi a Chicago com Katrina. Ele lhe contou que falaria com Katrina a respeito do plano, aquele com o qual Reese concordou, em algum momento dessa viagem de trabalho. Ela fica checando o telefone a toda hora e, ainda assim, não tem notícias dele. O estresse da situação começa a alcançá-la, e, quanto mais tempo se passa, mais implausível ela parece. Será que compartilhar uma maternidade é algo que ela, de fato, quer? Ou será que ela está tão desesperada que aceitaria qualquer migalha que lhe fosse atirada? E se é esse o caso, lhe parece improvável que uma mulher cis aparentemente bem-sucedida vá se contentar com tão pouco. Para se distrair, Reese tem passado bastante tempo com seu caubói.

Mas, como já era previsível, seu caubói ligou para adiar o encontro da noite. Num impulso de última hora, Reese decidiu ir ver a apresentação semanal de sua amiga Thalia no Dynamite, um entre diversos barzinhos LGBTQ do North Brooklyn que são geridos pela mesma família de héteros suspeitos. Thalia era uma drag queen que virou transexual, uma das primeiras a se converter no Grande Iluminismo Drag, quando um quórum significativo de divas do Brooklyn saiu do armário como trans, começou a aplicar estrogênio e renunciou ao seu passado de homem gay: ato cujas consequências as levaram à misandria, já que os twinks desesperadamente lindos que costumavam dormir com elas pararam de mostrar interesse. Thalia tem uma apresentação chamada *Controlando a raiva*, em que ela toca um *dubstep* tropical para deixar todo mundo tranquilo, então interrompe suas vibrações de tranquilidade de hora em hora com sessões de perguntas e respostas, se propondo a dar conselhos de vida aos vários twinks que formam sua *fan base*, agora sexualmente indisponíveis, então os xinga pela sua idiotice com arengas profundas e profanas. Reese se sentia segura de que, para ela, essa era a forma mais divertida de se passar uma noite de terça.

  Nessa noite, um dos twinks pergunta sobre a divisão de tarefas em um relacionamento – o twink descobriu que, em seu relacionamento com um macho dominante, ele faz uma parte muito maior do trabalho doméstico, então será que ele poderia usar argumentos feministas para reivindicar uma parcela mais igualitária das coisas da casa? Thalia responde que não, que ele é uma bichinha molenga e que, em meio à falta de verdadeiros ativos dominantes, é melhor que ele comece a esfregar o piso se quiser manter o seu homem feliz. No entanto, Thalia acrescenta, a premissa inteira da pergunta deve ser rejeitada, porque não existe algo como um puro macho ativo – todo mundo mais cedo ou mais tarde quer ter algo enfiado na bunda, porque essa é a natureza de se ter uma bunda –, e, quando chegar o momento em que as coisas forem verdadeiramente igualitárias na cama, elas também o serão no trabalho doméstico. Os twinks dão risadinhas alegres, mas Thalia os repreende e exige que lhe deem moedas para ela poder ir lavar roupa, porque os pais dela cortaram seu dinheiro por ela ter gritado com eles no telefone. Para enfatizar, ela balança o baldinho de gorjeta do pedestal que também é a cabine do DJ, de onde ela reina, então entra em um de seus temas favoritos: seus pais. Seus pais são boas pessoas que sofrem há muito tempo, ela conta aos twinks reunidos, e essas boas pessoas que sofrem há tanto tempo ainda a sustentam aos vinte e nove anos de idade, porque ela é uma pirralha mimada que nunca teve um emprego – um show semanal num bar LGBTQ não conta –, o que é vergonhoso para ela. E o que ela faz para retribuir a generosidade dos pais? As palavras saem ao microfone com tamanha acidez que o som estala com as consoantes, e ela pausa por um momento antes de imitar um discurso público ultrajado para responder sua própria pergunta. Ela muda de gênero! Só para paralisá-los e confundi-los! E agora ela grita com eles no telefone e desliga na cara deles se eles a chamam no masculino! É isso que eles ganham por sustentar uma criança com tendências artísticas! Mas o que mais eles esperavam? Eles por acaso achavam que podiam simplesmente deixar o filho usar calças capri sem que houvesse consequências?

  — E sabem qual é a pior parte? — Thalia exige de seus twinks. — A pior parte é que a maioria dos pais consegue, mais cedo ou mais tarde, ter um momento de redenção, quando os filhos viram pais e reavaliam a própria infância com olhos de pai ou mãe e admitem, arrependidos: *papai sempre soube o que era melhor pra mim. E mamãe era tão generosa! Tão gentil! E também tão linda e jovem!* Mas não os meus pais — Thalia conclui com uma risada. — Porque, depois de tantos hormônios, agora eu sou estéril! Eu roubei a redenção deles!

Os garotos bonitos em bermudinhas desfiadas, todos alinhados no bar, riem. Thalia aperta os olhos para eles de forma teatral.

— Do que é que estão rindo? Se vocês estão aqui me ouvindo — ela adverte —, provavelmente quer dizer que vocês *também* são uma decepção pros pais de vocês! Se vocês gostam dessa minha coisa toda e não entraram aqui do nada vindos da rua, há uma probabilidade alta de que vocês *também* sejam uns degenerados que nunca vão dar um neto pros seus pais. — Thalia cospe o chiclete em um gesto de irritação, então segue à pergunta seguinte sem se abalar.

Ela deu um vale-bebida para Reese, e Reese ri com alegria em cada um dos seus sermões, bebericando a Corona gratuita. Reese adora os pais de Thalia, ou ao menos a imagem que Thalia passa deles. Reese sente empatia por eles. Eles cometem todos os erros clássicos de pais de trans, mas, ao contrário dos pais de Reese, parecem verdadeira e profundamente amar a sua filha, por mais que a achem desconcertante e confusa. Reese empatiza: Thalia é profundamente amável e talentosa e mimada e capaz de raivas inexplicáveis – o que faz com que ela seja uma das garotas mais cativantes que Reese conhece. Por casualidade, Thalia também é uma das musicistas mais talentosas da cidade, apesar de recusar quase todas as ofertas para se apresentar, como a *prima donna* que é – a generosidade de seus pais a permite evitar o trabalho de formiguinha das performances pequenas, que músicos menores aceitam em primeiro lugar para poder comer e, em segundo, para ganhar fãs. Ainda assim, apesar de Thalia raramente se apresentar, metade dos twinks que a seguem gosta tanto de sua música que se contenta em vê-la gritando com eles num bar porque é o mais perto que conseguem chegar de ouvi-la cantando.

Os talentos de Thalia explicam apenas uma parte do profundo afeto que Reese tem por ela. Reese conhece muita gente talentosa – metade das mulheres trans no Brooklyn vive em um estado de perpétua pré-celebridade, esperando um merecido reconhecimento que nunca virá. Não, mais do que apenas achar Thalia cativante, Reese secreta e orgulhosamente a vê como sua filha trans. Reese não fala disso a quase ninguém, pois teria horror de assumir crédito em público por como Thalia havia se tornado uma pessoa equilibrada, por mais que, lá no fundo, Reese acredite merecer uma parcela considerável desse crédito.

Elas se conheceram nos primeiros meses da transição de Thalia, justo quando ela entrava no desabrochar completo de sua segunda puberdade, justo quando as mudanças em seu corpo começavam a aparecer, justo quando, a cada noite, o momentoso pêndulo das variações de humor estrogênicas pendia ao desespero, justo quando Thalia entrava no período da transição em que chorava por causa da Lua e quebrava espelhos em autodesprezo e se apaixonava – amor real, amor presente – pela primeira vez. Quantas noites Reese havia sentado com ela para oferecer conselhos, tanto severos quanto carinhosos, enquanto Thalia se contorcia como uma tartaruga sem casco, sua pele mole, carente de armadura, ferida pelas novas humilhações da vida como transexual? Quantas vezes Reese havia ido ao apartamento de Thalia e lhe dado colo enquanto ela chorava, tentando aconselhá-la sem dizer como agir nem soar condescendente nem criar uma hierarquia na amizade, porque, por mais que Reese quisesse chacoalhar Thalia e mandá-la crescer logo e parar de resmungar, Reese a admirava e admirava todas as habilidades e sonhos que ela nutria – aqueles mesmos sonhos e esperanças dos quais a própria Reese já desistira. E há algo mais materno que isso? Esperar que sua filha tenha as oportunidades que você nunca se deu – ou que ninguém nunca deu a você?

Relacionamentos de mãe e filha entre drag queens e homens gays têm uma longa linhagem como fenômeno nova-iorquino, como qualquer LGBTQ que reverentemente assistiu a *Paris is Burning* te contará com um sorriso no rosto. Reese sabe que o papel de mãe ainda tem alguma energia entre as garotas negras e latinas adjacentes ao mundo do *ballroom* – garotas cujas famílias as rejeitam quando elas ainda são jovens e inexperientes, que precisam de conselhos e de amor e de umas conversas mais duras de vez em quando. Mas não é assim com as garotas brancas que Reese conhece. Estas, ao contrário das adolescentes procurando família no *ballroom*, com frequência ainda não perderam seu senso de direito, e não toleram que as digam o que fazer, não aceitam uma hierarquia explícita de mãe e filha, em especial não de uma trava só um pouco mais velha que elas, cujos próprios erros se esmagam uns aos outros como camadas de um bolo desmoronando. Reese criou algumas poucas filhas trans ao longo dos anos, e todas as maternidades foram tácitas: as garotas precisam, *querem* uma mãe, mas não a aceitariam caso se dessem conta do que está havendo. E Reese, por mais que reclamasse dessas garotas ingratas, também precisava delas – ansiava pela oportunidade de educar alguém, de cuidar e acalmar com o amor mais suave e altruísta de que dispunha.

Mas, claro, sua primeira filha trans – Ames – também fora sua amante lésbica. Amy. Uma filha que Reese havia criado para amá-la também como esposa, com todas as insólitas dinâmicas de poder que isso implica, dinâmicas tão confusamente sexy e dolorosas e gratificantes e constrangedoras que o resto da sociedade criou o tabu do incesto para evitá-las. Quando sua filha/amante destransicionou para tornar-se um filho, ele estranhamente a fez passar por todos os estágios de raiva, fúria e traição dos quais Reese havia ouvido falar de inúmeros outros pais quando suas filhas transicionaram pela primeira vez. Então seria mesmo de se surpreender que, quando Ames voltou para a vida dela, ele o fez com a intenção de transformá-la em mãe? Reese havia pegado Amy tão jovem em sua condição de mulher, na maleabilidade de sua incipiência, e a maternidade sempre fora um código do amor delas. Não apenas duas mulheres apaixonadas, mas mãe e filha.

Thalia balança de leve em seu pedestal de DJ. Uma dancinha que tanto zomba quanto cede à tranquilidade brega do *vaporwave* que ela acabou de colocar.

Tantas são as filhas de Reese, e aqui está ela, ainda sozinha.

Como Reese poderia não sentir afinidade pelos pais de Thalia? Aquelas boas pessoas de classe média – ele médico, ela professora – que se doem de preocupação por sua filha e não têm ideia de que Reese existe? Que não podem saber que há uma mãe nas sombras, planejando e se preocupando com eles? Ela quer abraçar os pais de Thalia. Dizer a eles que tudo vai ficar bem.

De súbito, Reese tem que sair do bar. Ela tem um medo terrível de começar a chorar – dar pena às garotas trans de vinte e poucos com as quais está sentada seria a maior das mortificações. Agarrando a bolsa, ela escapa para a rua. Ninguém se dá conta. Atrás dela, Thalia, carismática como sempre, joga de volta para a audiência os pedacinhos de papel em que escreveram suas perguntas, então aumenta o volume em outro mix faceiro de *dubstep* numa mostra de irritação que pode ou não fazer parte da performance.

Na calçada, do lado de fora do bar, Reese tenta filar um cigarro de um rapaz bonitinho que ela acha ter cara de um Vin Diesel levemente feminino, mas que nem a nota até que ela lhe dirige a palavra, fixado em dois garotos esguios que se apoiam um no outro perto da porta. Distraído, ele lhe dá um cigarro e, voltando a si, o acende para ela como um cavalheiro.

— A minha filha está se apresentando lá dentro — Reese lhe diz.

Ele espia Thalia pela janela de vidro escurecido, então olha de volta para Reese.

— Você deve estar orgulhosa — ele diz, indo na dela.

Os dois garotos esguios voltam para dentro, e o Vin Diesel levemente feminino os olha com uma expressão de perda, sem saber como foi que se comprometeu a jogar um papel de coadjuvante numa encenação transexual de mãe neurótica.

— Vai lá com os seus amigos — Reese lhe diz. Ela solta um fio de fumaça do lado da boca e acena a ponta do cigarro na direção em que escaparam. Ele acena com a cabeça, grato, e sai atrás deles.

Poucos instantes depois, Thalia sai do bar.

— Meu deus, eu precisei fugir das trans bebês ali dentro. Uma delas estava reclamando de como uma mulher cis *olhou* pra ela numa loja. Isso é o quanto ela está ferida, ela não suporta que *olhem* pra ela. Dois olhos a avaliando são um *trauma*. Não aguento. — Tamanha é a explosão de garotas em transição dentro e ao redor do mundo drag do Brooklyn, e tamanha a ignorância dessas garotas sobre a história da sua própria transexualidade, que Thalia, que está tomando hormônios há menos de dois anos, já se encontra forçada a assumir um papel materno. Seu tom evidencia a maneira como uma mãe adolescente se exaspera com crianças, tendo ela mesma acabado de ser uma. Sem pedir, Thalia pega o cigarro dos dedos de Reese e traga com força. Reese ri.

— Esse é o momento.

— Que momento?

— O momento que você disse que a sua mãe nunca teria. Quando uma filha finalmente tem as suas próprias filhas e começa a entender que a mãe era quem sabia das coisas.

Thalia exala e devolve o cigarro a Reese, que o recusa.

— Não fica se achando — Thalia diz. — Uma mãe se achando é muito irritante. Me lembra de contar isso pra minha mãe da próxima vez que eu ligar pra ela. — Ela dobra um joelho, vira o corpo com bom equilíbrio para apagar o cigarro na sola do sapato e joga a bituca na sarjeta. Seus cílios se curvam luxuriosos ao redor dos olhos mesmo quando ela não usa rímel, mas hoje ela usa em peso, fazendo a íris cor de âmbar contrastar brilhante e sobrenatural, iluminada como está pela luz laranja dos postes de vapor de sódio. Muitas pessoas pensam que o desejo mais profundo de uma mulher trans é viver em seu gênero real, mas na verdade o que ela mais quer é estar sempre em boa iluminação. Em geral, isso quer dizer evitar o clarão alaranjado nada lisonjeiro dos postes de rua. Ainda assim, Thalia, com seus cachos escuros e pele lisa, está resplandecente como uma celebridade grega sob os tons de fogo.

Nas memórias de infância de Reese, a noite tinha um tom preto-azulado diferente do que na vida adulta. E, mais tarde, ao voltar para visitar Madison depois de anos, ela descobriu que essa mudança na noite não era uma ilusão do tempo e da memória, mas um fato histórico. Como a maioria das cidades nos Estados Unidos, Madison havia trocado a iluminação branco-azulada das lâmpadas incandescentes e de vapor de mercúrio pelo alaranjado do vapor de sódio. Isso não só economizava eletricidade, mas, visto que um truque no olho humano percebe a luz laranja como mais forte e, portanto, mais reveladora que a mesma quantidade de lúmens de luz branco-azulada, as cidades instalaram lâmpadas de vapor de sódio ao longo dos anos 1990, tomados de pânico com a teoria dos "superpredadores", como um método de impedir o crime nas ruas. Como se uma pessoa pudesse confortavelmente estuprar, matar e roubar sob a privacidade de uma luz azulada, mas fosse curvar-se a uma vida de igreja e evitar palavrões se iluminada pelo estranho olhar público das lâmpadas laranja-amareladas de vapor de sódio. Nas fotos da primeira infância de Reese, as cidades brilhavam como estrelas, mas agora elas queimam num laranja em combustão aos céus, as chamas lambendo o firmamento enquanto cidades inteiras se engolfam numa conflagração noturna, eternamente incinerando, ardendo, escaldando todos os que forem pegos nos cadafalsos das chamas. E no centro sua filha, Thalia, rainha do fogo.

— Acho que estou precisando da minha injeção — Reese diz a Thalia. — Eu estou me sentindo muito grandiosa e melancólica e velha. É sempre sinal de que eu estou hormonal. Estava pensando aqui em como a noite agora é de uma cor diferente do que costumava ser.

— Eu tenho de mudar a música — Thalia diz, puxando Reese de leve pelo braço. — Para de ser esquisita e volta pra dentro.

E esse, Reese reflete, é o outro motivo para ser mãe, de qualquer forma que a maternidade vier em seu caminho: para que, quando você estiver velha e sozinha e sentindo pena de si mesma, sua filha revire os olhos ao drama e traga você de volta para dentro, onde é mais quente.

Depois do desastre no jantar com o Desenvolvedor de Negócios e o sr. Marketing, Ames coloca Katrina, bêbada, num táxi, entrando com ela apesar de seus protestos.

— Eu não vou te deixar sozinha. Não importa o que você diga pra mim ou sobre mim — ele insiste. Ames tinha dois motivos para ficar com ela: ele queria se certificar de que ela estava segura, e o motorista parecia desconfortável em receber uma mulher bêbada no seu carro sem acompanhante. Agora Katrina está jogada contra a janela do táxi, uma mão na cabeça. — Eu nem gosto de seguro de bicho de qualquer forma — Ames enfim diz ao silêncio de Katrina.

Ela não muda de posição.

O carro segue devagar pelo trânsito, quadra por quadra. Turistas e grupos de adolescentes atravessam desviando dos veículos como se estivessem jogando *Frogger*.

— Você bebeu assim pra me punir ou pra punir o bebê? — Ames pergunta conforme o carro entra na Lake Shore Drive.

Katrina levanta a cabeça, despertando de uma tontura. Se não houvesse todo aquele barulho da rua, Ames imagina que ouviria o girar de engrenagens de uma mente calculando o insulto mais lesivo. Mas, em vez disso, ela se cobre com o casaco e começa a chorar de leve.

— Eu não sei — ela soluça depois de um minuto. — Eu não queria te expor. Também não quero te machucar. Eu não sei o que eu estou fazendo. Você deveria estar cuidando de mim. Eu não deveria estar sozinha.

A volatidade dessa mudança de humor o pega de mau jeito. Ele vê a delicadeza da forma de Katrina no casaco dela, como o tecido se pendura no subir e descer dos seus ombros, apenas um pouco mais largos que a extensão do antebraço de Ames.

— Não, Katrina — ele protesta, mas é um protesto fraco. — Eu também não tenho certeza do que fazer. Quer dizer, eu estou tentando montar um plano.

— Por que você precisa de um plano? Por que você não pode só me amar e ser quem eu achava que você era?

— Eu sou quem você achava que eu era. Tudo que eu fiz... É o meu passado que me fez quem eu sou.

— Não. — Ela esfrega os olhos com força e borra o rímel que colocou para o jantar. — Eu achei que eu te conhecia, mas não conheço. Eu confiei em você. Eu me abri pra você e contei de mim. Contei como eu ando vulnerável. Mas você não fez o mesmo. Você poderia ter me contado a qualquer momento. Mas, em vez disso, você me *traiu*. Você se escondeu de mim. E só agora que eu estou grávida, quando pelo seu próprio bem você não pode mais mentir, você está disposto a dizer a verdade.

Ela esfrega o rosto e balança a cabeça, como se tivesse ouvido algo de que não gosta.

— A culpa é minha. Eu ainda quero ouvir você tentar.

— Como assim?

Ela o encara, então olha para o assento à sua frente.

— Eu quebrei tantas regras... regras minhas, e até maiores. Eu transei com alguém que *trabalha* pra mim. Eu disse pra mim mesma que não teria problema, porque a gente tinha algo tão especial. Eu me deixei levar. Mas acontece que eu estava me iludindo. Eu não te conheço. Não conheço nada de você. A pessoa que eu achei que você era – essa pessoa não apenas teria compartilhado o passado dela, mas com certeza não teria me deixado esperando por uma semana, porra.

— Eu estou tentando.

Mas ela balança a cabeça.

— Eu estou divorciada. Estou grávida. Tenho trinta e nove anos. Sabia que médicos chamam a gravidez acima dos trinta e cinco de "gravidez geriátrica"? Tenho que tomar uma das maiores decisões do meu futuro e estou uma bagunça, e não confio em mim mesma, e nem aprendo com meus erros... Sabe qual é a pior parte?

— A gente não precisa se concentrar na pior parte — Ames lhe diz.

— A pior parte — ela continua, ignorando-o —, a pior parte é que eu sinto saudades de você. — Com o lábio inferior para fora, ela está tentando segurar qualquer mostra de emoção e fracassando. — E o meu juízo é ruim a esse ponto! Mesmo agora, eu sinto tanta saudade de você que só quero que você minta pra mim! Quero que você me diga que vai ficar tudo bem, que você vai me amar, que você *quer* ser pai e estar na minha vida. Mas eu sei que seria mentira. Se você mentiu sobre algo tão fundamental antes e me tratou com tanta crueldade por causa das suas próprias merdas... como poderia não ser mentira?

Ele estende uma mão.

— Eu não sei. Também estou desesperado. O que eu posso fazer?

— Nada.

Ele balança a cabeça.

— Vamos começar pequeno. E se eu prometer te contar tudo que você quiser saber?

Ela olha para a palma aberta da mão que ele oferece. Um momento se passa. As sombras giram como um ponteiro de segundos a cada poste na rua. O zumbido dos pneus soluça compassado sobre os reparos no asfalto de Chicago. Incerta, ela pressiona o indicador no centro da palma da mão dele, que se curva ao redor do seu dedo.

— Eu diria que você provavelmente ainda está mentindo, mas eu iria querer ouvir.

— Vem aqui — ele diz, puxando sua mão. — Vem aqui, por favor. Senta no meio e se apoia em mim em vez de na janela. — Ela hesita, se remexe para abrir o cinto de segurança com a mão livre e desliza para o assento do meio, e então ele passa o braço ao redor dos seus ombros e a puxa para perto.

Ele acorda na cama de Katrina, seu nariz quase encostando numa mecha de cabelo brilhante que havia se desviado do travesseiro dela e invadido a zona desmilitarizada que ele decidira marcar no centro da cama. Quatro garrafas plásticas de água gratuitas, cujo conteúdo ela havia posto para dentro para se proteger da ressaca, estão atiradas e espalhadas na mesinha de cabeceira. Ela ronca, terna. Em silêncio, ele arruma os lençóis, atravessa o corredor até seu próprio quarto e pega as quatro garrafinhas de água que o hotel lhe havia deixado.

Ela está entreolhando para ele com sono quando ele volta para colocá-las ao lado das vazias.

— Mais água pra você — ele diz.

— Merda. — Ela se senta na cama e coloca uma mão na nuca, então tateia passando pelas garrafas vazias para checar o horário no telefone. — Ai, merda. Ai, merda, cacete. Ontem à noite foi um desastre. Desculpa, Ames.

— Foi mesmo.

— A gente tem uma reunião com eles na quinta. Você acha que a gente consegue resolver isso antes?

— Não sei. Você me expôs na frente deles. O que tem pra consertar?

Katrina franze o nariz.

— É, mas eles ficaram do seu lado.

Ele se senta na cama ao lado dela. Em voz baixa, ele diz:

— A Abby está gerindo o projeto na agência. E o Josh está fazendo o contrato. Se eles contarem pra algum dos dois o que você disse... bom... — ele pausa. — Você vai basicamente ter contado à empresa inteira que eu era transexual.

O rosto de Katrina desmorona.

— Ai, meu deus. Ai, que merda. Mas eles provavelmente não vão contar, né? Quer dizer, por que é que eles fariam isso?

Ames dá de ombros.

— Vai saber o que eles vão fazer. — Ele quer acrescentar que ela realmente ferrou com ele, mas ela parece saber. Katrina geme.

— Dá pra resolver, Ames. A gente ainda consegue.

— Quem sabe. Talvez não. Mas talvez não tenha problema a longo prazo. Talvez a gente esteja quite agora.

Mesmo com o remorso da ressaca ela não entra no jogo e ergue os olhos para ele por trás de uma cortina de cabelo.

— Eu estou me sentindo horrível, mas não sei se ficar comparando nossos crimes vai levar a algum lugar.

— Bom, então o quê? O que fazemos agora?

Ela tensiona o corpo.

— Café da manhã, com foco no "café". Aí montamos uma estratégia. Temos um dia antes de encontrar os dois de novo.

— Eu quis dizer sobre a gente. Não só o trabalho. O que é que vamos fazer sobre a gente? — Ele coloca a mão sobre as cobertas onde acha que está a dela, mas pega no seu pulso. — Você ainda quer que eu explique tudo? Esse era o plano de ontem à noite. Eu quero mostrar que eu posso te deixar entrar na minha vida.

Ela faz uma careta:

— Mais água.

Ele tira a mão do pulso dela para lhe passar outra garrafa. Ela bebe metade num gole só, então seca a boca.

— É, vamos ver isso também. Mas não antes de comer e tomar café.

Depois do desjejum, eles se sentam na praia da Oak Street. O vento mudou de direção desde a noite anterior, uma brisa de verão vinda do Sul que acalmou a agitação do lago. O ar tem um cheiro totalmente diferente. Katrina está presa no estupor de sua ressaca. Ames pensa que agora é um momento tão bom quanto qualquer outro para lhe contar da transição. Ela o olha plácida, seus sentimentos passados a ferro pelo peso da dor de cabeça. Ele lhe conta sobre como se vestia de mulher quando era mais jovem. Sobre como tinha tentado fazer que fosse uma coisa ocasional. Sobre como seus pais ficaram um ano sem falar com ele quando ele enfim começou a tomar hormônios. Sobre o quanto se sentira impotente como mulher trans. A exaustão de se saber vulnerável. De ver criaturas bizarras e estapafúrdias na televisão e se dar conta de que elas eram reflexos dele próprio, vistos no espelho torto das impressões que o mundo tinha sobre mulheres trans. Ele conta da coragem que lhe custava, todos os dias, só para ir ao mercadinho da esquina – das preparações só para sair de casa: se maquie, mantenha os ombros para trás, caminhe com um livro imaginário equilibrado na cabeça, os quadris sob a coluna mas ainda balançando, e mantenha seu escudo emocional firme e polido. O golpe frio de medo quando algo pequeno acontecia – por exemplo, um adolescente segue você até em casa e diz, com apreço: "Ei, linda, quem foi que te fez?". Um acosso estranho para ser um elogio, que sugere o quanto o garoto chegou perto de descobrir algo verdadeiro – algo que, se você retrucar, ele vai ouvir no timbre da sua voz. E você teme que ele vá ficar constrangido e, com isso, violento.

Esse recitar de fatos e memórias, apesar de parecer cativar Katrina, até agora foi totalmente insatisfatório para Ames; ele mal começou a margear a contradição de se saber trans, mas ter destransicionado. É como tentar explicar a própria infância em poucos minutos. Tudo soa como um clichê. Tudo acaba se reduzindo a estereótipos.

Ele se sente aliviado quando ela faz um leve desvio na conversa, se afastando da história. Ela sugere, como pessoas cis ingenuamente fazem, sentindo-se dignas de parabéns por terem uma cabeça aberta, que agora as pessoas trans estão começando a aparecer em todos os lugares, que talvez o gênero não importe mais tanto. Em sua resposta, ele não consegue segurar um pouco de seu ar defensivo a respeito do assunto.

— Acho que é o oposto — ele diz, ríspido demais. — É justo pelo fato de questões de gênero serem tão incrivelmente importantes que as pessoas transicionam.

— E pra você, ainda é tão importante? — ela pergunta.

— Sim — ele admite. — A coisa da paternidade está provando que eu acho que sempre vai ser.

— Então, mesmo tendo destransicionado, você ainda se considera transgênero? — A pergunta dela não é cruel; é uma investigação. Ela reconheceu uma informação relevante.

— Não acho que seja algo que dê pra deixar pra trás.

Ela o fita, apertando os olhos sob a luz do sol.

— Então por que você destransicionou?

Ele pega um punhado de areia, a sente correr pelos dedos.

— Você quer os fatos concretos ou o motivo abstrato?

— Os fatos concretos.

— Duas coisas aconteceram que estavam ligadas. Eu me convenci de que eu não conseguiria proteger e satisfazer a pessoa que eu amava, que também era uma mulher trans, enquanto eu mesmo fosse trans. A outra coisa foi que eu apanhei na rua e ninguém me ajudou. Foi a gota d'água. Viver como mulher trans parecia simplesmente difícil demais depois disso.

— Em Nova York?

— No Brooklyn. Mas não do jeito que você pensa. Foi um cara rico, branco. Em Williamsburg. Ele estava de calça cáqui. Ele fugiu numa SUV da Audi.

Katrina o olhou de ponta a ponta, como se buscasse feridas ou evidências, como se ele houvesse dito que aquilo tinha acabado de acontecer.

— Então você cansou de ser trans?

— Eu cansei de *viver* como trans. Cheguei a um ponto em que eu achei que não precisava mais suportar essas histórias de gênero pra satisfazer o meu senso de quem eu sou. Eu *sou* trans, mas eu não preciso *agir* como trans.

Ames poderia fazer essa fala sem nem pensar. Quantas vezes havia tentado explicar sua destransição para outras mulheres trans? Tentado acalmar o senso de traição implícito na cautela que demonstravam?

Na formulação de Ames, mulheres trans sabiam o que mulheres trans eram, elas sabiam como *ser*, mas não sabiam como *agir*. Todas as lutas internas ao movimento trans na internet, todas as discussões com gente cis: tudo aquilo era só para definir o que queria dizer *ser* uma mulher trans; dizer o que ela *era*. Mas, quando você é uma mulher trans, não tem quase nada por aí que diga como viver de verdade.

Em seu último ano vivendo como mulher – o ano em que Ames deixou de se sentir tão furioso sobre como as pessoas cis tratavam as pessoas trans e começou a ficar triste e contemplativo a respeito de como as mulheres trans tratavam umas às outras –, ele bolou um termo próprio, não muito bonito, para as mulheres trans de seu convívio, que haviam começado a transição lá por 2010. Ele as chamava de jovens elefantes. Hoje em dia Ames não se sentia no direito de dizer muita coisa sobre mulheres trans, mas se você tivesse perguntado naquele ano, ele lhe teria contado sobre jovens elefantes.

Em 2002, guardas da reserva de animais Hluhluwe Imfolozi, na África do Sul, caçaram e derrubaram uma gangue de três elefantes jovens que haviam começado a perseguir, estuprar e matar rinocerontes por diversão. A gangue de elefantes estuprou e matou sessenta e três rinocerontes até que os guardas a alcançaram. Em Serra Leoa, outro bando de elefantes destruiu um vilarejo de trezentas pessoas, achatando as casas de barro e vime e matando uma senhora idosa que tentara espantá-los. Um deles, recém-crescido, prendera a mulher na terra com um joelho e lentamente atravessara uma presa em seu peito, com maliciosa precisão. Perto do fim da guerra civil no Norte da Uganda, camponeses Karamojong começaram a espalhar petiscos envenenados como retaliação aos ataques dos elefantes legalmente protegidos do parque Kidepo, perto dali, que haviam derrubado as casas nos vilarejos mais próximos para se embebedar com as frutas fermentadas que os Karamojong usavam para fazer vinho. Talvez os moradores não precisassem ter se incomodado. Desde meados dos anos 1990, noventa porcento das mortes de elefantes machos em reservas da África do Sul se atribuíam a assassinatos por outras gangues errantes de elefantes paquidermicidas, um aumento de mil e quinhentos porcento na violência de elefante contra elefante ao longo das últimas décadas.

Ames descobriu tudo isso em um ensaio chamado "Elephant Breakdown" – colapso elefante –, publicado no periódico científico *Nature*, em que um grupo de renomados especialistas em comportamento de elefantes argumentavam que o caráter e a frequência anormais de ataques e violência entre elefantes não mais poderiam ser explicados pelo raciocínio tradicional, que aludia aos altos níveis de testosterona em machos jovens ou à competitividade por território ou recursos escassos. Não, os comportamentalistas argumentavam que essa geração de elefantes sofria de uma forma de estresse crônico, um trauma da espécie inteira, que levou a um colapso completo e ainda em progresso da cultura elefante.

A causa é simples: durante toda a sua longa história, os elefantes viveram em estruturas sociais intricadamente ordenadas. Os jovens aprendiam qual era seu lugar e o que constituía comportamento saudável em anéis sociais concêntricos de cuidadores – mãe biológica, tias, avós, amigos –, relacionamentos que poderiam durar uma vida inteira: setenta anos ou mais. Exceto se orfanados, eles não se afastam mais que cinco metros de suas mães nos primeiros oito anos de vida. Quando um elefante morre, os membros de sua família entram em luto e seguem ritos específicos. Eles conduzem vigílias de semanas ao lado do corpo, cobrindo-o com folhas e esfregando as trombas nos dentes inferiores da carcaça, um gesto de saudação entre elefantes vivos.

Essa geração *millennial* de elefantes é uma geração órfã. Ao longo das últimas décadas, os humanos assassinaram, mutilaram ou exilaram uma geração inteira de elefantes mais velhos, que poderia ter outorgado às novas linhagens as competências sociais, familiares e emocionais necessárias para lidar com seus próprios sete mil quilos de músculo e osso, atravessados por memórias intoleráveis de dor, trauma e luto.

Quando os guardas-florestais na África do Sul enfim alcançaram e abateram os três elefantes responsáveis pelos ataques aos rinocerontes no parque, pesquisadores examinaram os cadáveres e determinaram que todos os três haviam sido transportados para dentro da reserva anos antes. Eram três machos adolescentes que, na época, haviam sido descobertos acorrentados aos corpos de seus familiares mortos ou moribundos – uma prática que caçadores costumam usar para que os guardas-florestais encontrem e lidem com os filhotes, assim como pescadores jogam peixes jovens de volta para a água. Uma vez levados para um novo local, uma savana sem nenhum ancião, os três elefantes traumatizados encontraram uns aos outros, uniram-se pela conexão de mágoa e luto, e armaram vingança contra si mesmos e o mundo.

 Ames, depois de explicar a condição dos jovens elefantes, fez a seguinte metáfora: mulheres trans são jovens elefantes. Somos muito mais fortes e mais poderosas do que entendemos. Somos sete mil quilos de músculo e ossos forjados de fúria e trauma, armados com lanças de marfim e com rostos únicos na natureza, vivendo em pastagens cheias de humanos que podem ou não querer nos matar. Com nossa força, podemos facilmente destruir umas às outras. Mas somos uma geração perdida. Não temos anciãs, não temos grupos estáveis, ninguém que nos ensine a enfrentar a dor. Nenhuma matriarca para mandar as jovenzinhas se controlarem ou para exibir seus próprios longos anos, bem vividos e felizes. As mulheres trans dessa geração mais velha morreram de HIV, pobreza, suicídio e repressão, ou desapareceram em meio à medicalização patologizante ou à necessidade de esconder sua vida – e isso se tiveram a sorte de serem brancas. Só o que elas deixaram para trás foram vozes exaustas, dispersas, para contar às jovens raivosas e desorientadas quando e como a dor poderia acabar – para nos contar que estaremos perdidas quando revidarmos com nossa força considerável ou usarmos os frágeis cacos das nossas conexões sociais para ostracizar, punir e retaliar aquelas que exibam seus traumas.

 — E aí a gente vira o que a gente vê. E como não? Quantos elefantes jovens e órfãos você já viu agindo de outro jeito?

Katrina coloca a mão sob a pequena cascata de areia que desliza pelos dedos dele.

 — Eu sei que o meu conhecimento sobre pessoas trans é basicamente só o detrito que flutua pelo zeitgeist. Mas, tipo, eu assisti a umas temporadas de *RuPaul's Drag Race*. E, no programa, elas ficam o tempo todo falando de mães e se chamando de mães. Tipo, vendo de longe, eu sempre achei que papéis maternos eram parte da cultura trans.

 Ames não esperara que Katrina o questionasse a respeito do seu próprio conhecimento trans. Ele havia esquecido como a cultura havia mudado, mesmo nos poucos anos desde que ele destransicionara. Caitlyn Jenner e Laverne Cox em capas de revista, gente hétero falando de *RuPaul* como costumava falar de *Survivor*. E, claro, a maternidade trans sempre havia sido a obsessão pessoal de Reese.

— Sim — ele admite. — No *RuPaul*, são latinas que a gente vê falando disso. A mesma coisa para mulheres trans de cor. Elas tiveram mães.

Katrina ri.

— Espera aí, eu ignorei a sua autopiedade sobre como era uma merda ser mulher, mas agora você está me dizendo que tem pena de si mesmo por ter sido uma mulher branca?

Em questões de raça, Ames fingia uma casualidade oposta à sua tendência real, que era de evitar o tópico. Dentre as duas raças de Katrina, ele frequentemente acabava apelando para a branca sem se dar conta, e, algumas vezes, ao longo do relacionamento, ela lhe havia lembrado de que, na verdade, ele não estava falando com uma pessoa branca que nem ele. Nesses momentos, como agora, uma onda de defesas subia à beira das suas emoções.

Em geral, a história do elefante amaciava bem as pessoas. Quando ele fala de novo, é sem plano algum:

— Tem razão. Eu tenho o mau hábito de falar "mulheres trans" quando eu quero dizer "mulheres trans brancas", de onde se vê que eu mesmo era uma mulher trans branca; esse hábito é crônico entre as trans brancas. Não estou dizendo que é mais difícil pras brancas, de forma alguma. Estou dizendo que as brancas que eu conhecia... a geração em que eu entrei quando transicionei, o meio social que basicamente inventou a noção de reclamar na internet... era uma tribo de mulheres sem mãe, sem habilidades sociais ou de sobrevivência, inclinadas à destruição, ao suicídio e a romantizar a sua própria abjeção. Quer dizer, não importa qual slogan cafona eu possa ter fingido ser minha ideologia, no fundo eu tinha vergonha de ser que nem elas e da vida frustrada que eu levava. Mesmo as mulheres brancas que sobreviviam e conseguiam amadurecer não queriam ter de ser mães no meio de tudo isso, e de todo modo as brancas imaturas eram raivosas e cheias demais de si para aceitar alguém como mãe. Deus sabe que todas as mulheres trans latinas que eu já conheci tomavam o cuidado de se definir como mulheres trans de cor, não só como mulheres trans... E eu não culpo elas por enfatizarem a diferença. Imagino que as mães negras por aí possam se ofender que eu inclua as filhas delas entre os elefantes órfãos.

Katrina dá de ombros e trata o eufemismo com outro eufemismo:

— É possível. — Mas, fora isso, ela só pergunta: — Então o que você fez?

— Eu parei de ser elefante. Virei outra coisa.

Ela ainda segura um punhado de areia do qual parece ter se esquecido, apertando um olho para Ames sob a luz do sol.

— Mas não tem como um elefante parar de ser elefante. Ou, mais exatamente, não tem como uma mulher só parar de ser mulher. Eu não poderia parar de ser mulher só porque é difícil... não que eu fosse querer, mesmo que pudesse.

— Eu sei. Esse é o meu problema.

— Então você pensa em retransicionar?

— Você levaria uma jovem elefanta traumatizada de volta ao lugar onde os caçadores mataram a mãe dela?

Ela deixa a areia cair, mas torrõezinhos marrons se prendem na beira da sua manga.

— A resposta certa não deveria ser que as elefantas uma hora acabam crescendo e sossegando o facho?

— É. Um dia os jovens elefantes viram elefantes adultos. E, depois, mais cedo ou mais tarde, eles também têm filhos, e com sorte tratam as crianças direito e têm a oportunidade de reconstruir o matriarcado.

Uma ficha cai para Katrina, e ela recolhe as mãos num gesto de defesa.

— Isso é o seu jeito de falar da gravidez?

Ele suspira.

— É. É difícil pra mim. Estou com um pouco de medo. Eu falo meio de canto quando eu estou com medo.

A brisa traz uma fumaça de carvão. Dois homens debatem em espanhol sobre qual é a melhor forma de se montar uma grelha nas pedras à beira do lago, enquanto suas famílias jogam futebol na grama ali perto. Lá embaixo, as ondas vêm à praia e um casal apresenta a filha à água. A mulher usa um maiô vermelho. Ela se inclina sobre a filha, apontando conchinhas e algas de água doce. A menina usa um chapéu branco para se proteger do Sol. Um homem observa mais ao lado, protetivo, preparado para saltar em ação caso qualquer coisa venha do lago ou da costa para ameaçar sua esposa ou sua filha. A cena poderia ser usada num documentário ou num comercial para ilustrar um momento feliz em família. É demais para Ames, como se naquela hora o mundo tivesse escolhido fazer piada dele.

Depois de um instante de silêncio, Katrina fala, sem muito ensejo:

— Eu e a Diana estávamos conversando. A Diana é a minha amiga que você conheceu no jantar do NYF Advertising ano passado. Ela é louca por bebês e está tentando fazer umas escolhas. A gente estava falando que parece que todas as nossas amigas em comum que engravidaram agem como se elas tivessem tido certeza de tudo na gravidez. Como se a natureza simplesmente fizesse com que elas sentissem essa certeza. Como se você não tivesse na verdade de decidir nada. Você só ganha um tipo de instinto de mamãe urso que te mostra o que fazer. Eu não me sinto assim. Meu instinto materno ainda não se ativou. Eu não sei o que fazer.

Ela ri, sem alegria; encara com intensidade demais uns jardins de flores que estão longe, piscando para mandar as emoções de volta pra dentro.

Ele molha os lábios, pausa, e diz:

— O que você está pensando em fazer?

Katrina mostra as palmas das mãos, desamparada.

— Eu estava esperando ouvir alguma ideia de você. Mas já que você não consegue fazer isso, eu tenho que pensar em terminar a gravidez. Não está parecendo que você vá ser pai. Ou o que for.

— Não.

— Não?

— Não, por favor, não termina a gravidez. — Ele está enrolado com as palavras, tentando dar alguma aparência de coragem. — É o que eu estou dizendo. Você não tem de ser uma mãe solo. Eu não sei se eu consigo ser pai... mas, tipo, eu consigo ter um filho.

Katrina larga a pedra com a qual vinha brincando. Ela o encara com dureza.

— Qual é a diferença?

Ele ainda não consegue encontrar a coragem de lhe contar da sua proposta a Reese. Sua própria enrolação o envergonha, e ele se senta direito, como se uma boa sustentação física pudesse lhe dar boa sustentação psicológica.

— Não, mas tipo, acho que se vou fazer isso, eu preciso estar de volta na comunidade trans, ou ao menos ter outras pessoas trans envolvidas. Eu preciso estar com pessoas que entendem onde eu estive.

— Do que você está falando?

Ames inclina a cabeça num recato involuntário.

— Bom, eu falei com a Reese.

— Com quem?

— Lembra a garota de quem eu te contei antes? A Reese? Minha ex? Quando eu reclamava que eu não sabia viver, ela fazia pouco caso e dizia: "Eu vou viver e agir que nem milhões de mulheres que vieram antes de mim: eu vou ser mãe". O nosso plano era nos tornarmos mães. Criar um filho. Acho que, se ela participasse da criação do nosso bebê, eu conseguiria.

— Como madrinha ou algo do tipo? Não acho que eu teria problema com isso.

— Bom, eu estava pensando em um papel mais próximo. Como outra mãe, algo assim.

Katrina prende a respiração, como quem contempla a água antes de mergulhar do alto. Há muita turbulência debaixo daquela calmaria, mas Ames não percebe e continua, deixando as palavras tropeçarem afora:

— Acho que ela vai amar uma criança mais ferozmente do que qualquer outra pessoa que eu conheço. Vai ser difícil, porque ela é trans, e eu sou... — Ele procura a palavra e a abandona. — Sou como você sabe que sou... mas ela é o tipo que transforma as durezas da vida em dureza própria, formando um escudo para as pessoas que ela ama. A criança vai estar mais segura com ela do que no meio de uma fortaleza. E eu acho que a gente poderia fazer isso com ela... quer dizer, criar um filho. Tenho tentado sentir e ver o que eu quero, e eu quero estar com você, Katrina. Tenho medo de que, se você terminar a gravidez, o nosso relacionamento termine junto. Então eu quero ter um filho com você. E com a Reese, eu poderia participar sem ser visto como pai. Talvez só com ela.

Katrina pisca. Alguns fios de cabelo se libertaram do rabo de cavalo e agora balançam com a brisa. Ela engole antes de falar.

— Você está, tipo, literalmente maluco. — O tom dela beira o choque. — Tipo um sociopata ou sei lá. Ninguém iria acreditar que você me pediria isso. Ninguém *vai* acreditar. — Ela não parece brava. Ela parece estar falando consigo mesma.

— Só pensa na ideia.

— O que é que eu sou, um tipo de útero ambulante pra você? Você já viu uma grávida? Você acha que eu escolheria passar por isso só pra ajudar você a dar um bebê pra sua ex? Você tem algum respeito pelo meu corpo? Você me valoriza, pelo menos um pouco?

Ames tenta se acalmar, se lembrando de o quanto ele de fato se importa com ela.

— Katrina. Por favor, me escuta: eu vou te apoiar como eu puder. Mas você não está sendo explorada. Você de fato tem o poder. Se você disser que é não, é não. Você me diz o que fazer, e eu faço. Mas você me pediu honestidade a semana toda... você queria que eu te dissesse o que eu acho que funcionaria, e eu disse.

Katrina o encara com um estranho fascínio. Então, com um gesto súbito, ela dispensa o fascínio, deixa o momento de lado como se guardasse um cartão de visitas de alguém para quem ela sabe que nunca vai ligar.

Naquele exato momento, o telefone de Ames toca. É o Desenvolvedor de Negócios. Ele vira a tela para mostrar a Katrina.
— Atendo?
— Sim, melhor atender.

Na quinta-feira, os representantes da empresa de seguro de bichos de estimação assinam um contrato para acrescentar funcionalidade web ao aplicativo. Ninguém menciona o comportamento de Katrina no jantar nem a revelação que fez enquanto estava bêbada. Apenas uma vez, possivelmente, Ames pega o Desenvolvedor de Negócios o olhando com escrutínio. Num intervalo, Katrina lhe diz:
— Talvez fique tudo bem? Talvez eles tenham achado que eu só estava bêbada.
Para Ames, parece mais um desejo do que uma hipótese, mas coisas demais começam a roubar sua atenção, então ele concorda e pouco a pouco começa a ceder àquela mesma linha de pensamentos. *Vai ficar tudo bem. Esses caras não ligam, né? E daí se ligarem?*
Eles viajam de classe executiva no avião de volta, sentados um ao lado do outro. Katrina esfrega o braço dele de uma maneira amistosa e distraída que ele não consegue desvendar, então ele dá tapinhas na mão dela de um jeito avuncular que, imediatamente, perturba a ele próprio. No aeroporto de LaGuardia, quando ele pergunta se ela quer dividir um táxi, ela recusa.
— Preciso de um pouco de espaço. Preciso que você me dê um pouco de tempo pra mim mesma. Eu te ligo quando quiser conversar de novo.

É segunda-feira quando ela volta a abordá-lo, chamando-o para seu escritório. O fim de semana de silêncio foi agonizante. Ela não se senta atrás da escrivaninha. Em vez disso, ela fecha a porta e se empoleira em uma cadeira ao lado dele.
— Ames, eu pensei sobre a situação e... — Katrina começa, mas a solenidade, o senso de portento, se quebra, porque uma mecha de cabelo escorrega e se gruda no seu gloss. — Uh, essa é a minha punição por retocar a maquiagem antes de te chamar. Tiro pela culatra! — Ela está visivelmente nervosa, solta a mecha e a ajeita atrás da orelha. — Enfim, o que eu ia dizer é que eu contei pra minha mãe.
— Tudo?

— Sim. Quer dizer, eu não podia contar pros meus amigos, e eu não podia mais ficar com isso preso.

Ames assente com a cabeça. Então, de uma forma que nem mesmo o teste de gravidez ou a conversa com Reese fizeram, a gravidez se torna real para ele. Não é mais um segredo dos dois. Não é mais só deles e das pessoas com quem ele havia compartilhado. Estava um passo mais próximo de se tornar público. Um fato conhecido. Conhecimento coletivo. Ele era *pai* de uma criança.

— Minha mãe é uma pessoa que eu sabia com certeza que estaria do meu lado, mesmo eu tendo muito medo do julgamento dela — Katrina diz. — Eu estava esperando que ela dissesse pra eu correr de você. Acho que eu até queria ouvir isso. Alguém pra transformar você em vilão, pra eu não precisar fazer isso. Mas quer saber? Ela nem julgou tanto. Quem diria? No final das contas, a minha mãe sabe um pouco sobre ser mãe.

Ames não havia nem ao menos considerado que Katrina poderia contar para a mãe. Ele havia passado tanto tempo sem contar nada para a sua própria que tinha se esquecido de que um ato assim era possível, ou sequer permissível. Mas é claro que Katrina contou para a mãe. Em diversos momentos no passado ele estivera no sofá, só um pouco fora do ângulo da câmera do celular, enquanto ela fazia chamada de vídeo com a mãe. E ele havia escutado, em primeira mão, a conversa entre duas mulheres que tinham tamanha familiaridade com a vida uma da outra que falavam quase em código: apelidos, alusões, piadas internas.

Quando Katrina estava na faculdade, Ames sabia, o pai dela caiu de uma escada. A queda resultou em uma lesão cerebral traumática. Ele passou três semanas em coma e então acordou como um homem mais raivoso e impulsivo. Maya cuidou dele ao longo de um ano que Katrina descrevia com uma careta dolorida, então o deixou, apesar de eles nunca terem se divorciado oficialmente. Na vida de solteira, Maya desabrochou, mudando-se para os arredores de São Francisco, onde criou um nicho como designer de interiores na primeira bolha imobiliária, oferecendo, à moda do sofá com pegadas de urso, toques de decoração inesperados. Sua reputação sobreviveu à crise financeira e, no momento em que milionários da tecnologia compravam a região de ponta a ponta, o nome dela chegou a uma das mais proeminentes senhoras Google, que queria redecorar sua casa de férias em Montana. Depois disso, Maya passou a ter tanto trabalho quanto era capaz de aceitar. Quando ligava para Katrina, era normalmente sob pretexto de mostrar algum artigo que encontrara, perguntando para a filha se dessa vez era estranho demais ou se ela fora longe demais. Na primeira chamada que Ames entreouviu, a questão era um conjunto de vestidos antigos que Maya havia reaproveitado como decorações de parede, e ele ficou tão curioso sobre como exatamente isso funcionaria que quase se inclinou para dentro do ângulo de visão da câmera e se revelou um bisbilhoteiro incorrigível.

O cabelo de Katrina volta a se prender no gloss. Dessa vez, ela pega um elástico do pulso e o amarra para trás, enquanto continua falando. Katrina encontrou a própria avó só uma vez, ela conta. A avó nunca se sentira confortável falando em inglês sobre coisas íntimas. Ela não gostava de ter uma neta que se parecia mais com o pai americano e que falava apenas como ele.

— Não sei o que ela disse pra minha mãe nessa vez que a gente foi visitar. Mas eu sei que a visita foi curta — diz Katrina.

Quando Katrina contou à mãe que estava grávida no fim de semana que passara, Maya começou a chorar e, de início, Katrina achou que ela estava chateada com a situação. Mas não era isso. Maya estava chorando porque não conseguia parar de se lembrar das coisas que sua própria mãe lhe havia dito quando ela ficara grávida de Katrina. A criança ainda por nascer, filha de Isaac, esse homem suspeito, não seria bem-vinda na família, intimou a mãe de Maya. A frieza e o desdém que a mãe de Maya havia mostrado por Isaac seriam transmitidos também à filha dele.

— Sabe, minha mãe nunca me pressionou para ter filhos — diz Katrina. — Mas no telefone dessa vez ela disse que queria ser avó. Que ela sempre sentiu culpa do quanto eu tinha perdido por não ter uma avó e que fantasiava, com frequência, sobre ser a boa avó que eu nunca tive. Eu nunca me dei conta de que isso era algo que ela queria tanto. Eu fico impressionada de que ela só tenha me incomodado de leve sobre isso durante todo o meu casamento com Danny.

— Desculpa — Ames diz.

— Na verdade, a minha mãe estava chorando no telefone, e aí eu comecei a chorar. E a gente estava chorando pela mesma coisa: que eu tinha e não tinha uma avó.

Ames assente com a cabeça. Ele teve uma avó, que para ele não fedia nem cheirava. A família dele era uma corrente da qual ele escolhera se soltar para poder respirar, então ele não se identificava tanto com a história de Katrina – mas não era hora de dizer isso.

— Eu pensei no que você estava falando sobre se redimir e entendi que eu sentia a mesma coisa. Que eu tinha uma chance de conectar a minha mãe e a minha criança, de reatar a linha materna que o meu nascimento interrompeu.

Ames não consegue evitar um impulso abrupto de se sentar ereto, agora selvagemente acordado.

— Então você vai ficar com a criança?

— Bom, aí que está. Eu estava falando com a minha mãe. Sobre você e o que você propôs. Sobre essa mulher, a Reese. Sobre a minha carreira, o meu dinheiro e os meus compromissos, e o que eu quero num relacionamento e, bom, tanta coisa. A gente ficou falando por horas, uma ouvindo a outra... e sabe o que ela disse?

Katrina não espera por uma resposta de Ames, mas segue em frente:

— Isso vai soar meio doido, mas, de alguma forma, apesar de eu ter quase quarenta anos, quando a minha mãe aprova alguma coisa, ela faz que aquilo pareça possível, tipo, não rebelde, sabe? Tipo, quando você quer fazer uma maluquice na adolescência e se dá conta de que a sua mãe também acha uma boa ideia e, do nada, aquilo se torna possível?

— Katrina — Ames interrompe e coloca a mão no peito para se acalmar. Ele acha que vê aonde Katrina quer chegar e não consegue definir o que mais aliviaria sua ansiedade súbita: suas suspeitas estarem certas ou estarem erradas. — Eu sei que você é excelente com apresentações dramáticas, mas, por favor, o suspense está me matando.

— A minha mãe, bom, depois de a gente ter falado de tudo, ela disse, tipo: "A coisa que eu mais aprendi te criando, com meus acertos e erros, é que a melhor forma de ser mãe é fazer isso com o maior número possível de mães ao redor". Você me deu um número de opções pra escolher, e o negócio é que, com toda honestidade... e se a gente pudesse escolher todas elas ao mesmo tempo? Eu quero a minha carreira, quero me comprometer e construir algo com você, e uma criança é um jeito maravilhoso de se fazer isso, é um jeito testado e aprovado pelas gerações anteriores. Ao mesmo tempo, você quer que essa Reese seja parte da sua família, e ela quer ter um bebê e um propósito e ser respeitada como mãe; e a minha mãe quer ser avó; e eu e você poderíamos ser bons pra uma criança, eu acho, e todo mundo quer se redimir de alguma forma.

Ames espera, e Katrina o olha de esguelha:

— Então — ela diz —, eu só estou repetindo a pergunta da minha mãe, como, tipo, uma questão a ser explorada... Mas, durante a sua vida no, ahn... no mundo LGBTQ, era comum as pessoas terem crianças numa família que fosse... como se chama? Um trisal?

Capítulo quatro

Oito anos antes da concepção

Os *poppers* bateram. Águas-vivas roxas cresceram e pulsaram no fundo das pálpebras de Amy. Ela só teve tempo de colocar a boca de volta no pau macio de Reese antes que seu constante monólogo interior, aquele aparato complicado que processava todos os sinais crus do seu corpo para criar um significado tolerável, parasse pela primeira vez na sua vida. Algum componente crítico da consciência se retirou como uma agulha se levantando de um disco que ainda gira na vitrola. Nenhuma palavra. Nenhum pensamento. Só hidrantes abertos de informação crua, não processada, jorrando direto dos sentidos de Amy. O tempo se tornou um peixe escorregadio nessa correnteza.

Fragmentos de noções atomizadas começaram a coagular. Frações de palavras se formaram, como poeira cósmica que vai se aglutinando por sua fraca gravidade, formando moléculas de gás, pressionadas contra outras moléculas, a pressão gravitacional aumentando, até uma mudança: fusão, calor, luz – e Amy caiu num clarão de volta a uma linguagem interior, às palavras e à possibilidade de raciocínio. As águas-vivas roxas afundaram de volta às profundezas. Sua visão clareou. Onde ela estava?

Ah. Ali: chorando com o pau de Reese na boca. Tremendo. Quanto tempo fazia que ela estava chorando? Ela não queria chorar, ela queria beijar o pau lindo que descansava na sua língua. Ao longo do último mês, ela estivera obcecada com Reese; tudo que Amy queria era ficar mais e mais perto dela. Chegou ao ponto em que a frase "eu quero te devorar" ganhou tons de literalidade – a incorporação digestiva sendo o único ato que Amy conseguia imaginar que a aproximaria mais de Reese do que o sexo. Uma hora antes, Amy havia assistido a Reese escovar os dentes, seu longo cabelo castanho solto e seu braço disparando pra lá e pra cá com tanta força que os peitos dela chacoalhavam de um lado a outro sob a camisola fina. Amy decidiu que aquilo era a coisa mais sexy que ela já tinha visto, roubando o pódio das outras cinquenta ações de Reese que Amy havia decidido, no mesmo dia, uma após a outra, serem a coisa mais sexy que ela já tinha visto. Sob as emoções simultâneas de tamanho desejo por Reese, da felicidade de tê-la de fato e do medo de que algo pudesse acontecer com ela ou consigo própria e arruinar tudo, seu estômago borbulhava com uma forma virulenta de paixão.

Misturadas com essa doença apaixonada, endurecendo o sabor sacarino, flutuavam gotas de incerteza. A confiança que ela sentia em Reese era vacilante. Ou, na verdade, o fato era que ela não confiava em Reese por completo, que ela não conseguia relacionar com precisão a Reese que conhecia com a Reese a respeito de quem ouvira histórias. A expressão "sequência de distúrbios de personalidade" lhe havia sido dita a respeito de Reese por duas pessoas diferentes. Amy não conseguia definir se aquelas palavras haviam sido repetidas só porque eram um jeito pseudopsicológico de falar mal dela que soava bem a ouvidos LGBTQ ou se a frase havia surgido de forma independente ambas as vezes porque, pelo visto, descrevia Reese tão bem. Fosse como fosse, o consenso geral quando Amy recebeu Reese para morar em seu apartamento uma semana depois de se conhecerem tinha sido: 1) Sim, é exatamente assim que Reese opera, e 2) Menina, cuidado.

A primeira pessoa a usar a expressão a respeito de Reese havia sido um homem trans chamado Ricky, em quem Reese tinha dado o fora quando ela começou a ficar e depois foi morar com Stanley, o sujeito rico do mundo financeiro que ela tinha largado para ficar com Amy.

— Eu não sei bem qual seria o diagnóstico da Reese — Ricky disse a Amy, quando ela se ofereceu para ajudá-lo a consertar sua moto, o que consistia, sobretudo, em lhe passar ferramentas; Amy era ideal para a tarefa porque sabia o suficiente sobre motores e ferramentas pra bancar a assistente, mas também entendia que ficar admirando um boy trans enquanto ele consertava uma moto era validação de gênero para ambos. — Mas tem que ser toda uma sequência de distúrbios de personalidade.

— Fala sério — Amy se queixou. — Só diz que não gosta dela, não fica se fazendo de psiquiatra.

Ricky hesitou. Ele havia posto a moto, algum tipo de Honda dos anos 1970, de pé no cavalete central, no meio de uma calçada em Bushwick. Pedestres davam passos largos por cima dos painéis que ele tinha removido e espalhado.

— A Reese tem um monte de qualidades maravilhosas — Ricky disse —, mas eu provavelmente sou a pior pessoa para listar porque… dói no meu orgulho dizer isso, mas… eu fui idiota suficiente pra deixar que ela quebrasse meu coração como se não fosse nada. Não vou continuar falando se você estiver enrolada demais com ela pra ouvir.

— Por favor, fala.

— Ela é tão incrivelmente encantadora quando ela quer — Ricky disse, agachando-se junto à corrente —, mas ela tem poucos amigos próximos. Tem aquela alcoólatra, a Iris, em quem eu confio menos do que nela e, fora isso, só quem mais estiver encantado com ela num dado momento. Sociopatas e mentirosos patológicos são apaixonantes assim. Eles te leem, te processam, sacam suas inseguranças e aí dizem tudo que você quer ouvir, porque, enquanto eles te desejarem, eles também acreditam. Mas cedo ou tarde tudo desmorona, e você se dá conta de que não era verdade. Coloca um soquete de oito milímetros na chave de um quarto pra mim?

Amy encaixou o soquete e passou a chave para ele. Ela notou que ele pegou a corrente sem se preocupar em sujar as mãos de graxa. Tão masculino. Da última vez que ela o vira, ele tinha um desses cabelos de tigela irônicos que as pessoas LGBTQ adoram por algum motivo inexplicável. Tendo ela mesma usado aquele corte quando criança, Amy não conseguia afastar as associações infantis: a memória desbotada de se sentar na cadeira do barbeiro com um avental estampado com balões ao redor do pescocinho, cabelo caindo em tufos das laterais da cabeça sob o zumbido do aparelho de barbear, enquanto o barbeiro a chamava de "carinha" e a mãe se animava ao redor dizendo: "Bonitão!". Ainda assim, ela sempre elogiava os cortes de tigela, porque transformara a apreciação entusiasmada do estilo LGBTQ numa parte importante de sua abordagem social, independentemente de suas verdadeiras opiniões. Mas desde que ela vira Ricky pela última vez, graças a deus, ele havia tirado a tigela e deixado o cabelo e a barba com o mesmo comprimento, algo que Amy podia elogiar com animação muito mais genuína.

— A Reese não te fala a verdade — Ricky concluiu. — Ela fala o que você mais precisa ouvir. Coisas que você achava que ninguém nunca entenderia em você… ela vê essas coisas e te fala. Ela fala que aquilo que você mais gostaria de ser é exatamente o que ela ama em você. É intoxicante pra caralho. É que nem beber validação de uma fonte psicoativamente sedutora. Ela ama ser essa fonte. Ela ama ser a coisa de que você tanto precisa. Ela acredita no que diz, de verdade, mas só no momento em que ela te dirige o charme dela.

Que nem o amor e a alegria que você sente quando usa ecstasy ou essas coisas... é real enquanto você está sentindo, mas só ali.

Ele fez uma careta enquanto soltava um parafuso.

— Ela não é cruel de propósito. É por isso que eu digo que ela só tem, tipo, transtornos de personalidade. E ela acaba machucando as pessoas e ficando sozinha, e, quanto mais sozinha ela fica, mais ela faz dessas coisas.

Amy não sabia em quanto poderia acreditar. A tendência de leigos LGBTQ a diagnosticar psicopatologias nas pessoas lhe parecia entediante e tautológica: certa pessoa faz tal coisa por ser o tipo de pessoa que se sente compelida a fazer tal coisa. Não há como mudar ou se responsabilizar, nem sequer considerar os porquês, muito menos os comos, de um humano em particular. Por que o gato tortura o rato ferido? Porque o gato é um gato – e assim há de ser para sempre. Além disso, na noite em que descobriu que Reese o havia deixado para morar com um cara do mercado financeiro, o famosamente estoico Ricky havia se embebedado e, inconsolável, aos berros teatrais, soluçado na esquina de uma festa *Hey Queen!* Talvez ele precisasse dar a Reese uma patologia, a de uma gênia emocional sociopata e manipuladora, para explicar sua própria vulnerabilidade a decepções amorosas.

— Olha — Ricky disse, notando o ceticismo de Amy. — Vou te dar um exemplo: uma vez eu dormi na casa dela. Se você já conhece a Reese, você sabe que ela não é capaz de pendurar uma toalha depois do banho. Ela saiu cedo pra encontrar uma pessoa pro café, então eu fiquei na cama um tempo, tomei banho, recolhi a toalha do chão. Ela só tinha uma. Eu me sequei com a toalha, dobrei ela com cuidado e pendurei na porta do armário. Aí eu fui embora. Três dias depois, a gente foi pra casa dela de novo. E a toalha estava exatamente onde eu deixei. Mas a Reese estava limpa, cheirosa e maquiada.

— Aham — disse Amy. Ela não tinha certeza de que conseguia acreditar em qualquer história que se apoiasse numa toalha. Mas, por outro lado, era verdade: Reese deixava todas as suas roupas e toalhas onde quer que caíssem assim que terminava de usá-las.

Ricky largou a chave de catraca para se focar em contar a história. A chave bateu na calçada de concreto com um tinido. Ele precisava gesticular para expressar o quanto o incidente o exasperava.

— Então eu pergunto pra ela onde é que ela se arrumou, e ela faz uma cara como se eu fosse maluco e diz: "Em casa, claro". Então eu aponto pra toalha e fico tipo: "E como que você se secou? A toalha está ali há três dias".

Ricky pausou para efeito dramático.

— Ela surtou. Ela não me diz que ela tem duas toalhas. Ou que ela se secou com o secador de cabelo, sei lá. Em vez disso, ela começa a gritar na minha cara, tipo: "Você é um Sherlock Holmes de toalhas, agora? Acabou de resolver a porra do caso da toalha dobrada?". Teria sido cômico, mas ela estava de olhos tão arregalados que a situação ficou alarmante de verdade. Em especial porque ela não estava tentando ser engraçada, ela queria me fazer de vilão. A conversa virou sobre eu ser um fracassado inseguro que deixa armadilhas de toalha no quarto dela. Ficou me chamando de ciumento. Perguntando que tipo de homem eu era, que tinha que saber onde ela estava o tempo todo. E eu... sabe, eu só desisti, afinal, o que é que eu ia fazer, largar um "ou eu, ou a toalha"? E acabou que eu nunca realmente perguntei onde é que ela esteve naquela noite. Nem se ela tinha ficado fora por três dias ou só uma noite. Mas eu estava morrendo por dentro, porque uma coisa é ficar tipo "ok, ela está ficando com outa pessoa". Mas o jeito que ela faz isso é como se ela estivesse escondendo outra vida, uma vida a que você não tem acesso. E é venenoso porque, por um lado, ela tem essa habilidade incrível de sentir o que você desesperadamente precisa ouvir, de ver as suas inseguranças e sanar todas elas. E, por outro, ela é cheia de segredos e mentiras. Então fica parecendo que as coisas que ela me dizia, essas coisas que eu gostava tanto de ouvir, eram mentiras. Fica parecendo que, na verdade, tudo que eu tenho medo a respeito de mim é real. É um assassinato da sua autoestima. Você duvida de si. Você acaba se sentindo muito pior sobre si mesmo quando ela vai embora.

"E sabe qual é a pior parte? Eu finalmente pensei numa hipótese: de quem era a toalha que ela provavelmente estava usando? Daquele merda do mercado financeiro! Que estava pagando o aluguel dela em segredo, coisa que ela também escondeu de mim! Um cara ciumento, que tem que saber onde ela está o tempo todo! O tipo de cara que ela me acusava de ser era o que ela queria desde o começo!"

Nessa última frase, suas mãos balançavam ao redor feito gaivotas feridas. Ele inspirou, se acalmou, e se abaixou para pegar a chave.

— Estou te falando: distúrbios de personalidade!

A avaliação dele encontrou coro até mesmo nas pessoas que nunca tinham sido esmagadas por Reese. Ingrid, uma das garotas trans que circulava pelo Brooklyn por pelo menos tanto tempo quanto Reese, havia dito, parte em admiração e parte em condenação:

— A Reese é a única garota trans nessa cidade que tem um drama incessante que não tem quase nada a ver com o fato de ela ser trans. O drama é só o que ela cria pra si mesma como mulher.

Duas semanas depois, Amy, amontoada na cama depois de inalar *poppers* pela primeira vez, decidiu que nenhuma sensação era tão boa quanto a de estar vulnerável a Reese, então foda-se o que as pessoas diziam. Que ela ia mesmo era usar drogas para se vulnerabilizar ainda mais: e Reese havia sussurrado que os *poppers* a deixariam impotente, dócil e maleável. O grande problema de Amy, pré-transição, havia sido uma inabilidade completa de deixar as pessoas irem além das suas defesas para sequer entrever qualquer vulnerabilidade. Ela sempre se fechava ou dissociava para evitá-lo. Se Reese tivesse alguma habilidade mágica de ver o que Amy mais desejava, de ver além do casco da sua armadura para descobrir o que queria o eu interior de Amy, tenro e choramingante – então, por favor, por favor, pode vir.

Amy não esperara ter um *crush* tão forte – se apaixonar em questão de semanas ou dias era coisa de filmes e, mesmo nos filmes, os únicos personagens que podiam fazê-lo de forma crível eram os mais sentimentais. Quando aconteceu com ela, portanto, ela não estava pronta. Pelo último ano e meio, contemplar o futuro só lhe havia rendido os vislumbres mais borrados, uma neblina cinza em que mesmo os menores contornos dos acontecimentos só se delineavam até um ou dois meses à frente. A transição havia sido a primeira de muitas coisas impensáveis. Outras coisas impensáveis haviam sido sua namorada de longa data ter terminado com ela, seus pais estarem se negando a falar com ela, sua própria confiança ter sido demolida. Se ela havia mentido para si mesma sobre seu próprio gênero por tanto tempo e com tanta profundidade, como poderia ter qualquer fé nas suas próprias convicções?

— Uou, amor, ei, ei — a voz de Reese surgiu com gentileza. — Vai com calma, gata. Que foi? — Sua mão no ombro de Amy a empurrou de leve e, ainda pouco coordenada, Amy desabou de volta feito um saco de arroz na bagunça de cobertores, uma perna caindo para fora do colchão. Seus olhos acabaram por descansar no pôster de *O ataque da mulher de quinze metros* que Reese cortara em três tiras e pendurara como um tríptico ao lado da janela, agora escurecida. Amy não gostava do pôster, mas havia nisso um certo prazer – uma pontada perversa de alegria ao acordar todas as manhãs e ver aquela coisa brega no que antes havia sido seu quarto, com sua decoração propositalmente esparsa – porque queria dizer que ela não mais o habitava sozinha.

Pós-*poppers*, Amy não conseguia parar de chorar e tremer. Não conseguia explicar que estava tudo bem. Ela só conseguia dizer "uuh, aah" e estender uma mão fraca, tentando sinalizar que estava tudo bem. Seus dentes batiam, e Reese se inclinou para frente, pressionou-a com o peso do seu corpo e enrolou o edredom ao redor delas. A voz entretida de Reese revelava apenas um pouco de preocupação enquanto murmurava:

— Meu amor, o que acabou de acontecer?

Haviam se passado vinte minutos quando Amy conseguiu voltar a si o bastante para começar a explicar. Ela montara um assento de quatro travesseiros: os dois de Reese e seus dois próprios. Ela sabia diferenciá-los porque não conseguia convencer Reese a parar de dormir de maquiagem, então duas das quatro fronhas, que um dia haviam sido de um amarelo brilhante liso, agora tinham padrões rabiscados, linhas de delineador apontando em direções aleatórias entre as pegadas de centopeias de cílios ensopados de rímel. O laptop de Reese estava tocando Taylor Swift.

— Meu deus, eu fiquei idiota com esse negócio — Amy experimentou dizer.

— Claro — disse Reese, fechando o laptop agora que Amy não parecia mais estar afásica. — É pra isso que serve. Pra te transformar numa putinha burra e desinibida… do jeito que eu gosto.

Reese hesitou. Talvez isso tivesse sido direto demais. Porque por mais que Amy conseguisse dizer que estava apaixonada a um ponto quase doentio… o sexo delas não andava bom. Estava tímido, silencioso – intenso, mas suave. A penetração era abortada em nome do oral, ou, até com mais frequência, da masturbação mútua – quanto mais o sexo parecia virtual, só que em pessoa, mais confortável Amy parecia ficar. Reese imaginou que a maioria das situações sexuais em que Amy havia se sentido genuinamente confortável houvesse ocorrido ao fácil alcance de um botão de desligar.

Reese viera tentando fazer Amy se soltar, começar a barrar seu encerramento habitual frente ao sexo – mantê-la presente, e no corpo a que ela passara uma vida inteira aprendendo a não prestar atenção. Mas era uma corda-bamba: diga a Amy o que fazer de forma energética demais, e a vergonha da mera ideia de não ser ótima no sexo a faria dissociar; mas deixe-a decidir e fazer o que ela quiser, seguir seus padrões habituais, e ela dissociaria desde o início. Dizer a ela que seu estado era fofo poderia ter sido demais, então Reese acrescentou:

— Mas os *poppers* não deveriam fazer você tremer e chorar. Eu quero te ver indefesa, mas não desse jeito.

Amy assentiu com a cabeça.

— Eu não sei por que eu estava tremendo. Talvez a minha pressão tenha caído demais. — Nos postos de saúde LGBTQ Callen-Lorde, Amy havia visto anúncios alertando contra o risco de se usar *poppers* junto com Viagra, porque ambos causavam queda de pressão sanguínea. Ela não havia tomado Viagra, mas tinha uma pressão sanguínea mais baixa que o comum, consequência da espironolactona, o bloqueador de testosterona que ela tomava todas as manhãs, duas pílulas de cem miligramas que pareciam e tinham gosto de balas de hortelã feitas de cadáveres.

Reese disse baixinho:

— Mas, amor, por que você começou a chorar?

Amy tentou uma explicação:

— Os *poppers* me deixaram boba — ela disse. — Isso foi o problema e a melhor parte. Eu fiquei tão boba que eu tinha de estar presente.

Amy descobriu que o primeiro ano de transição se resumia a aprender o quanto você mentira para si. Quão pouco confiáveis eram as suas autoavaliações e quão pouco do seu antigo entendimento de si poderia ser aproveitado daqui em diante. A pior parte era ver o que os terapeutas chamavam de "mecanismos de enfrentamento" se apagarem como uma vela. Havia um momento em que você tinha um relance do quanto se sentira assustada e com quanta dor estivera vivendo como homem, e aí aquela dor e aquele medo batiam de verdade e destroçavam você. Como nessas gravações dos anos 1950 que mostram homens nos primeiros testes de bomba atômica, observando a luz e a subida da nuvem de cogumelo, maravilhados com aquela destruição digna de Shiva por apenas um milissegundo até que a onda de choque e calor lança seus corpos abrasados para trás, junto com a câmera que os grava, momento depois do qual nada podia ser visto, apenas sentido.

E então você desenvolvia novos mecanismos de enfrentamento, uma nova linguagem, novos muros para se manter em segurança. O problema com os *poppers* foi que eles deixaram Amy boba demais para manter todo esse maquinário cognitivo funcionando. Tudo rangeu e desacelerou até parar e, na ausência das novas mentiras, ela caiu em contato direto com um simples fato: ela era uma garota apaixonada por uma garota. Era esmagador. Era tudo o que ela sempre quisera.

Dizer que Amy nunca havia transado como mulher era o tipo de coisa que irritaria ativistas trans. Sinta-se livre para folhear o complexo industrial Tumblr–Twitter à procura de todos os sentidos nos quais "mulheres trans sempre foram mulheres" – mesmo antes de transicionarem. Mas, para Amy, era a primeira vez que ela se vira transando como mulher sem colocar um véu psíquico sobre qualquer que fosse a cena sexual que ocorria; pela primeira vez a situação apenas *era*, em vez de ser algo que ela precisasse se esforçar para ver. Era a primeira vez que ela estivera presente como a mulher que ela, com tanta certeza, sempre fora, uma mulher que não precisava se esforçar para estar lá e que se conectava de forma direta com Reese.

Tantas vezes durante o sexo ela havia direcionado a maior parte de sua capacidade mental para gerir sua própria impressão de si enquanto transava, e depois ainda se preocupando com a impressão que a outra pessoa teria dela. Esse direcionamento lhe deixava pouca energia mental para realmente desejar a pessoa, muito menos vocalizar ou exibir aquele desejo. O que, ela sabia, não fazia dela uma boa amante. Fazia com que ela fosse uma amante ruim, e isso era, de fato, o que ela pensava da sua própria habilidade sexual: decepcionante, morna, com ocasionais clarões de mediocridade.

A exceção eram os homens com quem ela dormia na época em que era crossdresser e dizia ter um "fetiche de feminização". Ela não se importava com aqueles homens, não sentia atração por homens, e então não ligava para o que eles pensavam – eles eram apenas outro acessório feminilizante, apesar de um acessório difícil e de difícil manejo. Mas, quando usados corretamente, eram até melhores que um corpete para fazer uma garota se sentir delicada. O trabalho deles era prover montes de contraste masculino à sua feminilidade, uma tarefa em que se lançavam com diligência, porque em sua maioria eles se identificavam como heterossexuais, eram casados, e, portanto, tinham interesse em aproveitar o corpo dela enquanto evitavam qualquer pensamento que os levasse a se indagar por que a coisa que os deixava de pau duro era o pau duro de uma garota. O objetivo inteiro desses encontros – e os homens agiam reciprocamente – envolvia ignorar as necessidades do homem para, em vez disso, focar-se nela e em que tipo de pessoa ela deveria ser para que um homem a usasse para seu próprio prazer sexual, mesmo enquanto ela ignorava o homem em particular e sua necessidade particular.

Amy perdeu a virgindade quando tinha quinze anos, para uma papa-anjo de dezessete chamada Delia. Delia era punk, tinha o cabelo descolorido e volumoso que ela usava com cera e vestia camisas vintage caindo aos pedaços que anunciavam marcas intencionalmente pouco descoladas – *Pepsi! O sabor da nova geração* –, um pacote geral que os adultos na vida delas liam como "perturbado". Delia já havia sido internada mais de uma vez por distúrbios alimentares, havia experimentado tanto cocaína quanto heroína, e o boato na escola era de que ela tinha feito anal depois de uma rave com um cara de 28 anos. Verdade ou não, ela sempre ficava com garotas nas festas. Três semanas depois de Delia e Amy dormirem juntas pela única vez, os pais de Delia hipotecaram a casa e a mandaram para um desses internatos de reabilitação militares no meio do deserto, onde guardas semiprofissionais trancavam os jovens nos quartos ou os largavam no meio do mato. Amy nunca mais a viu.

Na tarde em que perdeu a virgindade, ela não deveria estar com Delia. Em vez disso, deveria estar indo para casa, colocando uma camisa de gola decente e voltando para a escola para a cerimônia de premiação do seu time de beisebol. O time havia terminado em décimo sexto lugar no estado, um feito que parecia inexpressivo, mas que, visto que a escola tinha uma fração do tamanho das imensas fazendas de criação de beisebol nas áreas rurais de Minnesota, era narrado como uma espécie de milagre. Amy, em seu próprio milagre, acabou roubando a maioria das bases na liga naquela temporada, um feito que conquistou deixando a bola acertá-la de propósito e pegando uma base livre, então roubando bases de volta feito um esquilo com coceira nas costas. Seu braço esquerdo e seu torso ficaram malhados de hematomas de março a junho.

No ônibus para casa depois da aula, Delia passou o dedo pela costura da calça jeans de Amy e disse:

— Os meus pais não estão em casa. — E foi assim que os pais da própria Amy acabaram sentados na plateia de uma cerimônia de premiação de beisebol, cada vez mais constrangidos, enquanto o técnico chamava o nome de Amy, adolescente que nunca falhava em deixá-los perplexos, para vir receber uma placa enquanto os outros pais os encaravam com perguntas estampadas no rosto.

Naquele momento, a adolescente em questão estava chupando uma buceta. Algo que nunca tinha feito antes. Ela havia dado umas dedadas numa garota antes, uma garota que, para mostrar que não era vadia, abriu apenas o primeiro botão da braguilha do jeans, dando pouco espaço para Amy manobrar ou aprender no vão entre calça e corpo. Quando Amy se aproximou para um beijo e deu numa orelha, a garota começou a rir e Amy ficou aliviada de afastar a mão; ela estivera apavorada e envergonhada de estar fazendo tudo errado. Era óbvio que sua atrapalhação naquele espaço apertado mostraria à garota o que Amy já sabia: que havia algum problema com a sua masculinidade. Que ela tinha defeitos profundos e terríveis na sua constituição como garoto e, ainda pior, que qualquer coisa ligada ao sexo como socialmente esperado revelaria esses defeitos. O único consolo vinha dos autores de livros *young adult* que ela havia lido, livros para garotas que ela pegara da irmã e lera em segredo, cujo tema comum envolvia o horror ansioso que era o sexo adolescente. Sob a luz dessas histórias – exceto pela tempestuosa ânsia de sexo que todos os garotos deveriam ter, uma ânsia que ela mal registrava em si mesma, exceto como o rito social que era perigoso não performar –, ela quase conseguia se convencer de que era normal.

Por que ela tinha ido para casa com Delia? Ela sabia que seus pais ficariam furiosos por ela ter faltado à premiação. Eles tinham ficado tão gratos de que ela enfim lhes tivesse dado algo adequado – um filho bom em beisebol –, algo de que eles podiam se orgulhar como pais. E então ela o roubara deles. E por quê? Para que pudesse hesitantemente chupar essa garota. Ela estava com o rosto próximo à vagina de Delia, o corpo tenso, como um gato tentando cheirar a chama de uma vela, pronto para se afastar dessa aparição ao menor sinal de dor. E, ainda assim, por quê?

Ela queria a vagina de Delia? Queria provar seu sabor? Era isso que ela deveria querer. Quantos garotos ela ouvira descrever o sabor de uma xana? Ela abriu os olhos e olhou para Delia, que esperava acima, de olhos fechados. Então Delia inclinou o pescoço para frente e espiou Amy:

— Tudo bem aí embaixo?

— Tudo — Amy disse. Que coisa incrivelmente idiota. *Tudo!* A coisa mais alheia, menos sensual, que se poderia dizer. "Tudo" era o que se dizia quando alguém perguntava como você estava e você não queria entrar muito no assunto. Era o mesmo que dizer: *estou confuso e com vergonha*.

Para equilibrar a vergonha, ela começou a lamber, esperando convencer Delia do desejo que deveria estar sentindo. Talvez fosse assim que se fazia.

— Mais pra cima — Delia disse do alto.

— O quê?

— Lambe mais pra cima. — Delia tinha fechado os olhos de novo, franzindo a testa como se estivesse se concentrando com força em algum pensamento. Amy se contorceu de vergonha. Era pavoroso o quanto ela não sabia.

Ela tentou de novo, e depois de um momento Delia a parou.

— Olha — disse Delia, enquanto usava dois dedos para abrir os lábios maiores —, aqui é o meu grelo. — Amy assentiu, mas, um instante depois, ela se deu conta de que, envergonhada demais por ter precisado ser instruída, não prestara atenção. Ela havia se concentrado, em vez disso, em examinar o rosto de Delia, em busca de zombaria ou escárnio. *Isso não é nada demais*, ela disse a si mesma. *É a sua primeira vez. Ela sabe. Ela não pode esperar que você se saia bem.*

— Está bom? — ela perguntou a Delia.

— Sim — disse Delia com uma voz monótona, de um jeito que Amy sabia que era mentira. O que mais Delia poderia dizer?

— Que bom — Amy disse. — Eu estou curtindo também. — Duas mentiras.

A única coisa pior seria se Delia fingisse um orgasmo. Amy tinha visto um episódio de *Sex and the City* em que as quatro mulheres falavam de homens inadequados para os quais tiveram de fingir. As pernas de Delia estremeceram como se de prazer involuntário, e Amy, para se punir, pensou: *ela está fingindo*.

Quanto tempo aquilo durou? Até Amy sentir Delia gentilmente tocar seu cabelo, curto, crescendo em tufos de um corte à máquina que ela tinha feito em si mesma uma noite.

— Vamos parar um pouco — Delia disse. — Talvez só transar. Eu gosto mais de transar.

— Tá — disse Amy. — Ela se ergueu e se sentou sobre as pernas para olhar o quarto. Um quarto de garota, mais feminino do que a estética punk de Delia teria indicado. Uma parede era diferente das outras, de cor lavanda, que Delia disse ter pintado sozinha. Havia esmaltes de unha alinhados no peitoril da janela sob cortinas diáfanas verde-água, balançando para dentro com a brisa. Amy adorava deixar que meninas pintassem suas unhas. Mas isso era cada vez mais raro: no começo do fundamental, as meninas amavam pintar as unhas dos meninos. Chegando ao ensino médio, elas estavam basicamente cagando para o que os garotos faziam com as unhas. Roupas se empilhavam ao lado da cama com o odor agradavelmente suave de Delia, um odor que Amy não sabia que era dela até que o sentiu ali e a ficha caiu. Ao lado da cama, havia uma cópia de *Geração Prozac: jovem e deprimida na América*. Amy estendeu o braço e pegou o livro. Ela nunca o lera, mas entendia que era um livro de que se deveria fazer piada. Muitos dos marcos culturais de Amy no ensino médio eram assim: coisas que ela não conhecia ou que lhe eram indiferentes, mas sobre as quais ela opinava com sabedoria recebida. Mas ela não debochou do livro. Delia, na cama, parecia tão frágil e bonita sob os lençóis

— Amy queria que ela a abraçasse, ou abraçá-la ela mesma. Ela não estava sentindo tesão. Uma vez, no ônibus para casa, Delia lhe contara que tinha perdido tanta gordura por causa da bulimia que seu corpo desenvolvera uma camada de penugem suave para se aquecer e compensar a falta do isolamento térmico. Ela não sabia como ajudar, mas gostava de como Delia tinha pegado o hábito de lhe contar seus segredos. Delia lhe havia perguntado se ela sabia manter sigilo, e pelo menos uma vez na vida sendo sincera no que dizia, ela não repetiria nada do que Delia lhe havia contado.

Mas, olhando por cima do corpo de Delia, parcialmente iluminado pela luz do Sol, com blocos de cor de um pequeno vitral da sorte grudado à janela com ventosas, a pele de Delia só parecia suave e nua. No inverno, quando Amy sabia que ninguém veria e era aceitável usar calças de moletom para fazer esportes, Amy havia depilado as pernas e ficado com uma pavorosa irritação na pele, que virou acne conforme cada cabelo na parte de trás de suas coxas parecia inflamar e se transformar em espinha. Já era ruim que doía para sentar. Como é que garotas como Delia evitavam aquilo?

— É bom — Delia disse, sobre o livro. — Eu tenho raiva das mesmas coisas que a autora.

— Eu deveria ler?

Delia riu.

— Não sei se é o seu tipo de coisa.

Qual era o tipo de coisa de Amy? Pop punk e beisebol? Era isso que as pessoas pensavam. Amy havia furado as orelhas no inverno, mas o técnico a mandara tirar os brincos. Quando sua mãe os vira, ela chamara Amy de panaca. Ela não achava que sua mãe estava usando a palavra "panaca" do jeito certo, e que provavelmente a palavra que ela estivera procurando, mas não conhecia, era "*poser*". Ainda assim, ser chamada de panaca feria seus sentimentos, porque ela entendia o que sua mãe queria dizer, e, se até sua mãe conseguia vê-lo, as pessoas da sua idade com certeza também conseguiam.

— Você tem camisinha? — Amy perguntou. Ela nunca tinha usado uma.

— Não, eu tomo pílula. Uma das poucas coisas em que eu concordo com meus pais.

Amy assentiu e Delia inclinou a cabeça para o lado com um sorriso.

— Tira a cueca. — Amy obedeceu. Ela não estava de pau duro. Ela não sabia se o pênis dela era bom. Além do tamanho, ela nem sabia de que outras formas um pênis poderia ser bom. Era provável que não fosse, e ela lutou contra a vontade de se cobrir com um lençol.

— Vem cá — Delia disse, e Amy se aninhou junto dela. A mão de Delia a tocou. Amy estava desesperada para ficar dura. Ela começou a bolar uma fantasia. Algo que se encaixasse com o que estava havendo, mas não fosse o que de fato estava. Ela era o bichinho de estimação de Delia. Sua dona queria que ela ficasse de pau duro, e ela não queria desapontar. Querendo ou não, ela ficaria dura. A dona dela a achava bonita. Ela olhou para um dos sutiãs jogados no chão e disse para si mesma: *esse é o meu sutiã, ela tirou ele de mim.*

— Ah, está gostando — Delia disse. Amy estava de pau duro.

— Sim — Amy sussurrou, com medo de que a intrusão da realidade pudesse dispersar a fantasia que a deixara se excitar.

— Está pronto? — Delia perguntou.

— Sim.

Delia afastou os lençóis e se deitou de barriga para cima. Ela guiou Amy para dentro. Os primeiros pensamentos de Amy foram sobre o calor.

— Vai devagar no começo — Delia disse. Ela tinha um meio-sorriso. Era demais. Perto demais de ter alguém rindo dela. Amy fechou os olhos e se concentrou. Mas ela sentia a carga sexual deixando seu corpo. Ela refez a fantasia: ela não estava de fato comendo Delia. Delia a estava comendo. Ela pertencia a Delia. Ela era a garota de Delia.

— Isso — disse Amy, e Delia fez um barulho de afirmação.

O que ela queria que Delia lhe dissesse? Talvez alguma coisa tipo: *você é minha.*

— Você é minha — ela sussurrou para Delia.

Os olhos dela se arregalaram de surpresa e ela puxou Amy para mais perto.

Delia havia gostado, Amy se deu conta. Delia gostava daquilo de que Amy gostava.

O que mais Amy queria ouvir? Ela mergulhou de volta na fantasia, como se afundasse numa piscina. Ela estava no quarto de Delia. Delia a estava comendo. Estava agarrando seu corpo. Dizendo que ela era uma coisinha gostosa. E Amy estava agarrando o corpo de Delia. Trepando com ela. Ela tentou chamar Delia de coisinha gostosa, mas as palavras sufocaram dentro dela.

— Gostosa — ela gemeu. E de volta à fantasia: Delia a chamava de vadia, com a mão em seu pescoço.

Será que ela mesma conseguiria fazer isso?

— Quero que você seja a minha putinha — Amy disse. Delia ergueu os olhos, curiosa.

— Você gosta de falar sacanagem — Delia constatou.

— Você gosta?

Delia sorriu largo.

— Gosto.

Amy agarrou o cabelo de Delia. Puxou-a.

— Podemos ir de quatro? — Amy perguntou.

— Sim — disse Delia, e empurrou Amy, se virando de costas. E então Amy estava entrando de novo. Tanto em Delia quanto em sua fantasia. Dois lugares ao mesmo tempo. Amy queria que agarrassem sua bunda. Ela agarrou a bunda de Delia. Delia gemeu. Ela imaginou Delia beliscando seus mamilos, e alcançou e beliscou os peitinhos de Delia. E então, sem aviso, Amy estava gozando. Não no quarto com Delia, mas em outro quarto, parecido, onde Delia lhe dava palmadas, onde ela era a putinha de Delia, onde Delia a tinha raptado, onde ela era a boa menina de Delia, para sempre e sempre.

E então, de novo, ela estava de volta no quarto real. Ela havia colapsado por cima de Delia.

— Uau — disse Delia, e pareceu genuíno. Devagar, Amy rastejou de cima dela, Delia se virou, e Amy se aninhou em seus braços. Surpreendentemente, Amy tinha a sensação de que fizera um bom trabalho, de que era uma boa amante. Aonde quer que ela tivesse ido, Delia não havia notado. E talvez fosse assim que se transava.

Mais tarde, muito mais tarde, ela aprenderia a palavra para isso: dissociação. Ela pensara que só estivera fantasiando. O termo lhe soou patologizante de início – por que ela deveria ser acusada de dissociar quando as pessoas normais podiam chamar aquilo de fantasiar e falar de como a fantasia só melhorava o sexo? Mas, quanto mais ela transava, mais a ideia de patologia parecia adequada. Ela demorou um tempo para entender a solidão cíclica de se desaparecer na dissociação durante o sexo. Que as pessoas transam em nome de uma alegria compartilhada que mantém certa solidão existencial sob controle, e que, quando Amy desaparecia dentro de si, seus parceiros mais experientes o sentiam e se feriam com sua ausência. Já que ela tinha pavor de ferir aqueles com quem ela mais queria se conectar, ela começou a temer e evitar o sexo justamente com aquelas pessoas de quem mais gostava. E, é claro, seu medo evidente de transar com elas apenas as feria ainda mais e as afastava – o que se concluía numa angústia final, em que a solidão que a fazia querer se conectar com alguém para começo de conversa voltava dez vezes maior cada vez que ela tentava transar.

Na verdade foi Reese quem melhor soube descrever o tipo de sexo que Amy estivera fazendo na maior parte de sua vida.

— Você aprendeu a transar como uma criptotrans — Reese disse. — As mulheres cis demoram pra se dar conta quando alguém está fazendo isso, porque elas, com frequência, nem sabem o que é que elas estão vendo ou o que significa. Mas as mulheres trans veem de cara. É igual a como os piores travequeiros trepam, porque os piores travequeiros são eles mesmos mulheres trans reprimidas. Ou seja, a maioria de nós trepou assim em um momento ou em outro.

    A pior parte veio mais tarde naquela noite com Delia. Alguma coisa em sua performance mudou o que Delia pensava dela. Ela não era apenas o garoto gentil em quem Delia poderia confidenciar na volta da escola. A performance de Amy criara uma separação fundamental entre as duas. Algo que não existira antes. Algo de animalesco nela. Ela se tornara um brutamontes que podia possuir uma mulher. Delia falava com ela de um jeito diferente – como se tivesse mais respeito, mas também precisasse manter uma distância cuidadosa. Este era um homem em seu desabrochar, afinal de contas: poderoso, perigoso.

    A pessoa desenhada pela nova deferência de Delia horrorizava Amy.

    O que ela realmente queria de Delia? Ela queria se sentar na cama dela, cercada por todas aquelas coisas de menina, enquanto Delia pintava suas unhas. Ela queria ficar de conchinha. O lado novo que Delia parecia admirar nela era tudo o que a faria perder o que ela mesma queria de Delia. Ela imaginava como o sexo teria parecido para alguém que as assistisse: ela atrás de Delia, segurando um chumaço de cabelo, suas coxas peludas estocando em frente. A imagem a deixou enojada. Uma besta com quem as mulheres deveriam tomar cuidado.

    — A gente pode fazer isso de novo — Delia disse, levando Amy à esquina pelo jardim atrás da casa, uma rota que escolheu caso os vizinhos relatassem aos pais que tinham visto um garoto indo embora pela porta da frente enquanto eles estavam fora. Amy concordou. Ela tinha que concordar. É isso que ela deveria fazer. Mas Delia e Amy nunca mais transaram. Os pais de Amy a colocaram de castigo por envergonhá-los na premiação de beisebol, e quando o castigo acabou os pais de Delia a haviam enviado para Utah ou sabe-se lá onde.

Ao longo dos próximos anos, Amy aperfeiçoou esse tipo de sexo dissociativo, na maior parte do tempo para cumprir uma obrigação social que ela sentia tanto de garotos quanto de garotas. Garotas, que queriam ver Amy reagir à beleza delas e aos seus flertes da maneira correta. Garotos, que queriam se gabar de suas conquistas ou, com mais frequência, conectar-se uns aos outros. No fim da adolescência de Amy, compartilhar tentativas de conquista havia se tornado a principal e mais emocionante atividade entre os meninos. Era como eles começavam a se conhecer e a confiar uns nos outros. As garotas eram incidentais. Mais que isso, elas eram vagamente desdenhadas pelos garotos – na faculdade, uma garota com quem Amy falou sobre seus anos de ensino médio fez um bom argumento para que se chamasse esse desdém de misoginia – porque as garotas, frustrantemente, nem sempre se conformavam aos planos dos garotos. Ainda assim, para Amy e seus amigos, um número suficiente delas o fazia. E, então, as perguntas importantes eram: quantas garotas estariam na festa? Você viu aquela baixinha ali? Pegou ela? Ela tinha uns peitões, não tinha? E comeu? Não? Ela deixou você só na vontade, de bolas cheias? Que merda, cara. Mulher é foda.

Quanto mais Amy se ajustava a isso, mais ela tinha medo de sexo. Tinha medo do que vinha depois, quando não conseguia mais se dissociar e tinha que confrontar sua óbvia bruteza. Ela começou a ressentir as panelinhas de garotas que viam como ela era diferente, perigosa e terrivelmente macho. Elas podiam dizer que ela era bonita, notar seu abdômen ou seu rosto de garoto bonitinho. Mas não podiam permiti-la em seu meio. Amy se enojava de como ela desejava aprovação por intermédio de um tipo de comportamento que a fazia se sentir como uma piada cósmica: uma cuzona sem autoestima que queria tanto ser uma das garotas que nem tinha palavras suficientes para expressá-lo, e que, então, se aproximava das formas mais cruas. Às vezes, o ressentimento tinha picos de autodesprezo – semanas inteiras em que ela não conseguia aguentar se ver no espelho ou em que não queria fazer mais nada. Quando ela olhava as garotas que conhecia, uma inveja ardente a perfurava como uma faca. Coisas pequenas. Como elas faziam as sobrancelhas. Como elas colocavam as mãos nos braços umas das outras. Inveja. Inveja. Inveja. Então, era fácil para ela chamar as garotas de vadias. Ignorar suas preocupações, que cruelmente nunca se aplicariam a ela. Conquistar os garotos com piadas sobre como elas eram ridículas, sobre como era ridícula a feminilidade como um todo.

A escola dela tinha uma tradição, o Dia da Troca, em que, uma vez por ano, cada estudante tirava num chapéu o nome de alguém e então se vestia como aquela pessoa por um dia e assistia às aulas dela, nos horários dela. Amy tirou o nome de Mary Anne. Mary Anne era voluptuosa e maravilhosa, e provavelmente seria popular se não adorasse tanto cavalos. Mary Anne tinha participado de concursos de beleza infantis. Um boato popular sobre Mary Anne, que poderia ou não ter base factual, mas que era bom o bastante para ter se difundido: quando Mary Anne chegou à puberdade, muito jovem, com nove ou dez anos, a mãe dela a fazia comer papel higiênico para não engordar nos quadris e peitos. A fibra no papel higiênico conteria o apetite de Mary Anne, a mãe dizia. Ainda assim, aos catorze anos, Mary Anne tinha os maiores peitos da escola.

Outras garotas falaram para Amy pedir que Mary Anne lhe emprestasse um vestido e a maquiasse. E Amy queria fazê-lo, queria tanto que era apavorante. Na noite em que tirou o nome de Mary Anne, Amy se encarou em um espelho, tentando imaginar o que a sombra e o rímel de Mary Anne poderiam fazer pelo seu rosto. Mas ela nunca lhe pediu nada. Em vez disso, encontrou um sutiã GG num brechó, entupiu-o de enchimento e não fez nada mais para o papel de Mary Anne.

Amy chegou na escola no Dia da Troca com o sutiã sob as mesmas roupas que sempre usava no dia a dia. O rosto de Mary Anne despencou no instante em que a viu; era um olhar de mágoa pura, abatido de frustração com o que Amy encontrara para imitar em sua existência e seu corpo.

— Por que você é tão cruel? — ela perguntou a Amy.

E, de súbito, Amy viu o que havia feito: um par de tetas. Ela estava dizendo que Mary Anne não era nada além daquilo. E, naquele momento em que ela poderia ter se desculpado, poderia ter encontrado coragem para pedir ajuda a Mary Anne, para lhe contar que ela queria entendê-la melhor, que queria ser como ela por mais que só um dia, Jon McNelly passou, apontou para o sutiã cheio de Amy e disse:

— Na mosca!

Mary Anne deu um jeito de sorrir com a boca, mas seus olhos ficaram molhados, e ela assentiu:

— Espero que seja bom o seu dia sendo eu.

Amy pensou em tirar o sutiã, em mitigar sua crueldade pelo bem de Mary Anne. Mas não o fez. Ela o usou o dia inteiro. Ela gostou de usar sutiã. Ela gostava quando as pessoas falavam dos seus peitos. Naquela noite, ela usou o sutiã de novo enquanto bateu uma punheta pensando em Mary Anne a forçando a se vestir em suas roupas, e no dia seguinte ela o jogou numa lixeira a caminho da escola.

***

Se aquela tarde na casa de Delia havia sido a primeira vez de Amy com uma mulher, Patrick havia sido sua primeira vez com um cara. Apesar de que, mais tarde, Amy viria a duvidar se Patrick era de fato um homem.

Ele foi a primeira pessoa talvez-trans que ela conheceu. Ele provavelmente não teria se dito trans. Só crossdresser. A mesma forma como Amy se chamava na época. Mas ninguém nunca a havia visto montada. Nem mesmo no Dia das Bruxas. Ela havia imaginado que, assim que chegasse à faculdade e tivesse uma tranca na porta, passaria uma boa parte do seu tempo vestida e arrumada dentro de casa. Mas, mesmo no segundo ano da graduação, ela mal tinha acumulado as peças básicas de um guarda-roupa. Sua maquiagem permanecia em um estado igualmente medonho. Ela nunca tivera ninguém para lhe ensinar a arte da maquiagem, então se atinha aos três itens cosméticos básicos cuja aplicação era mais ou menos óbvia a partir da embalagem: batom, delineador e rímel.

Suas tentativas frequentes de comprar roupas de mulher fracassavam na maioria das vezes. Ela nunca entrava em butiques femininas – seria impossível se explicar ali. Em vez disso, assombrava lojas de departamentos – Walmarts e Targets –, fazendo rotas cambaleantes pelas beiradas da ala feminina, fingindo interesse em acessórios de cozinha nas proximidades e então agarrando alguma coisa, qualquer coisa: um maiô, uma bolsa, um sutiã. Todo aquele exercício a humilhava. Ela sabia que parecia uma tarada. Mas não conseguia ficar tranquila. Quanto mais ela se aproximava de realmente comprar as roupas, de realmente olhar na seção feminina, mais seu sangue acelerava e seu rosto se avermelhava. Mais suas mãos tremiam. Não havia jeito de ser casual segurando um par de calcinhas e parecendo prestes a desmaiar. Afinal de contas, quem fazia isso? Que porra de problema ela tinha na cabeça? E quantas outras porcarias aleatórias ela comprava tentando esconder as calcinhas no meio? Por acaso ela achava que a moça no caixa não estranharia um universitário comprando uma camisola de renda se ele comprasse também três pacotes de salgadinhos, uma carne seca e uma cadeira de praia?

Ela encontrou Patrick no outono do seu segundo ano de faculdade. Sessenta e cinco quilômetros de distância. Um recepcionista de hotel de trinta e seis anos, divorciado, postando num grupo do Yahoo que queria alguém com quem se montar. Só dois caras colocando lingerie para relaxar. Ele boicotava seu próprio tom casual, de broderagem sem viadagem, acrescentando que era versátil.

Universitário de 19 anos. 1,72 m, 64 kg. Você tem lingerie pra mim? Amy deliberou por duas horas antes de enviar aquela mensagem. *Não, mas tem uma loja de crossdressing onde eu compro as minhas*, Patrick respondeu. *A gente pode ir junto amanhã se você quiser, eu te busco na universidade.*

E foi assim que Amy acabou parada na rua na frente do dormitório, puxando bem o capuz para cobrir os olhos, como se suas intenções de travesti pervertido pudessem ser lidas explicitamente em seu rosto por qualquer colega que passasse e espiasse para aquele lado.

Imagine uma série de lojinhas uma ao lado da outra, com uma frente de tijolos vermelhos demais, entre as quais há um Subway, uma loja de aspiradores e, enfiada entre as duas, uma placa encardida pintada com os dizeres: GLAMOUR BOUTIQUE. Agora imagine o rosto decepcionado de Amy.

Com um nome como *Glamour Boutique*, ela estivera ingenuamente esperando, ora, glamour: espelhos de três ângulos, luzes laterais lisonjeiras, uma seleção de vestidos esbeltos pendurados em trilhos de metal escovado. Em vez disso, araras de roupas amontoavam o espaço pequeno. As roupas majoritariamente se dividiam em duas categorias: roupas de vó e roupas sexy, como se a clientela quisesse ou defletir toda a atenção de si, ou arrasar num espalhafato mostrando muito corpo. No fundo estavam pendurados acessórios fetichistas de látex ou vinil preto, roupas de empregada francesa, conjuntos de garotinha escolar e vestidos *sissy* cheios de babados.

No caixa, a atendente, uma gótica de cabelo preto liso e delineado gatinho, passava as compras de um homem de meia-idade vestindo camisa polo. Ele mantinha os olhos fixos a uma distância próxima, se negando a fazer contato visual com qualquer um, o que permitiu que Amy o examinasse discretamente. Talvez ele tivesse dito à esposa que tinha saído para jogar golfe. Talvez tivesse acabado de voltar de uma partida de golfe. De qualquer forma, havia um corpete de cetim no balcão à sua frente.

A atendente gótica encontrou o olhar de Amy por um instante, cumprimentou-a de leve com a cabeça, então afastou o olhar de maneira educada. Depois do golfista sair, ela observou Amy e Patrick sem parecer estar fazendo isso, sua linguagem corporal comunicando que não presumia nada. Mas Amy não conseguia se impedir de imaginar o que ela poderia estar pensando. Um homem alto e calvo e um jovem magro. *Ela provavelmente acha que sou eu que vou ser feminizado*, Amy pensou, e a ideia tanto a excitou quanto a envergonhou. Amy pausou frente a uma estante de seios falsos.

— Me avisa se quiser provar algum — a atendente disse. Ela apontou para um manequim que vestia um sutiã e seios falsos. — A gente tem um sutiã especial transparente com bolsos onde você pode colocar os seios, aí dá pra ver os mamilos. Mas também dá pra usar com qualquer sutiã normal.

Por instinto Amy balançou a cabeça, mas então se deteve.

— Quanto custa? — ela perguntou.

— Depende do busto. Qual é o seu tamanho?

Amy não soube responder. Obviamente ela não tinha peitos.

A garota tentou de novo.

— Qual é o tamanho dos sutiãs que você já tem?

— Não sei.

— Bom, os seios falsos de taça maior que D são 160 dólares. Os menores são 130. Todos os sutiãs são 40 dólares.

— Posso ver um de taça C? — Amy disse. A garota a avaliou.

— Imagino que pra você seja um tamanho P. Mas eu posso medir se você quiser.

Raramente Amy quisera tanto algo em sua vida.

— Não. Quer dizer, quero. Pode ser.

No provador, que era uma cortina puxada sobre um closet no canto, a garota instruiu Amy a se virar de costas. Amy não tinha certeza de como foi que, naquele momento, ela se deu conta de que a garota era transexual. Ela percebeu alguma combinação estética que lhe deu um estalo. *Eu estou provando um sutiã com uma transexual!*, ela disse a si mesma, sem acreditar. Ela queria lhe perguntar todo tipo de coisa, mas ainda mais do que isso, ela queria parecer tranquila. Ela não queria que a garota soubesse que ela era uma tarada perturbada de marca maior. Uma tarada que tinha batido punheta olhando vídeos pornôs de transexuais na noite anterior.

— Tá — disse a garota enquanto enrolava a fita métrica no peito de Amy. — Pode ser um P ou um M. Eu recomendaria o P, porque o sutiã vai cedendo conforme o material gasta.

A garota lhe trouxe um P, com seios falsos já nos bolsos transparentes. O silicone tinha um leve cheiro químico, mas era prazerosamente maleável quando ela o apertava. Quando a cortina fechou, Amy o colocou e o peso, naturalmente puxando seu peito, lhe deu um jato de endorfina. Ela deu um saltinho para vê-los pular, para sentir o peso e o movimento. Um risinho escapuliu como uma bolha.

Ela abriu a cortina.

— Vou comprar — ela disse à garota. — Posso ficar com ele para provar outras roupas?

— Claro, com certeza — a garota disse. — Vou só levar as caixas pro balcão. Atrás, Patrick lhe fez um joinha.

— Ficou bem — ele disse, e Amy teve o estranho impulso de cobrir seus seios falsos, seus mamilos falsos estrategicamente visíveis através do tecido translúcido.

Amy esperara que Patrick fosse bastante diferente do que ele acabou se revelando ser. Ela havia imaginado alguém bastante masculino: o estereótipo do "homem de vestido". Algum herói de filme de ação de maxilar quadrado, só que com sombra de olho azul – Patrick Swayze em *Para Wong Foo, obrigada por tudo!*. Essa era a melhor mulher trans que ela já tinha visto na televisão. Suas outras opções eram *O silêncio dos inocentes,* ou *A gaiola das loucas,* ou talvez *Traídos pelo desejo.*

Ela não tinha motivo algum para pensar que Patrick teria sido qualquer uma daquelas coisas. Olhe para a própria Amy: nem comédia, nem horror, nem tragédia, nem especialmente masculina, nem abertamente tentando ser feminina. Só um universitário loiro parado no meio-fio com um capuz vermelho que as lavagens e o uso haviam desbotado à beira do cor-de-rosa; não exatamente um machão, mas próximo o bastante de um estilo indie.

Quando Patrick parou o carro, uma pontada de decepção tomou Amy. Nada nele lhe pareceu notável: um pouco alto, ombros caídos dentro de uma camisa polo de malha, o cabelo do topo da cabeça quase sumindo, olhinhos neutros a espiando no meio-fio através de óculos de aro fino. Até mesmo o carro: um Geo Metro dos anos 1990, tão genérico que ela havia esquecido que o modelo sequer existia até vê-lo ali. Ela teria pensado que era o cara errado, exceto que ele baixou a janela e perguntou: "Tiffany?" – o nome com que ela se apresentara a ele. Ele não lhe havia dito seu nome feminino. *Eu sempre sou só Patrick*, ele escrevera.

Ela entrou e ele a olhou com cuidado, então desceu a rua devagar, inclinando-se para frente e concentrando-se na estrada, passando a impressão de que a área estava coberta de neblina e que ele só enxergava pouco à frente do seu nariz. Eles falaram pouco enquanto Patrick dirigia pela cidade, como se pudessem ser entreouvidos através das janelas do carro. Chegando nas montanhas Berkshire, no entanto, eles começaram a falar.

Patrick trabalhava à noite num hotel Red Roof Inn. Ele não gostava do emprego e falava dele com perplexidade, como se não fizesse ideia de como é que havia ido parar lá. Ele antes havia sido gerente de uma Blockbuster que fechou. Havia se divorciado na mesma época, e um juiz o mandou pagar pensão pelas duas filhas, de cinco e sete anos.

— Mas a vadia da minha ex-mulher não trabalha — ele disse, e Amy se encolheu um pouco. Patrick não havia, até aquele momento, chegado nem perto desse tipo de linguagem.

Esse cara é um fracassado, Amy pensou. Mas o julgamento a fazia se sentir segura. O mundo e as preocupações de Patrick estavam a quilômetros de distância dos de Amy. Ninguém conseguiria conectar os dois. Eles mal conseguiam se entender. Ela havia encontrado um homem realmente seguro com quem se montar.

— Você já tinha ouvido falar da Glamour Boutique? — Patrick perguntou enquanto saíam das montanhas Berkshire e entravam na área central de Massachusetts. Ele a espiou com o mesmo olhar que jovens usavam quando perguntavam uns para os outros sobre onde conseguir maconha. Amy conseguia ver que ele queria uma resposta específica.

— Não, por quê? Eu deveria?

— Só me perguntando se você gosta do mesmo tipo de *histórias* que eu. — Ele enfatizou a palavra "histórias", falando-a mais devagar.

— Que tipo de histórias?

— Eróticas.

— Sim. — Amy ajustou o cinto de segurança para se inclinar de leve contra a porta e observá-lo. — Eu gosto.

— A Glamour Boutique é patrocinadora do *Fictionmania*. Você lê o *Fictionmania*?

Como se mostrasse fisicamente, Amy conseguia visualizar um banner da Glamour Boutique, exibindo as linhas de uma mulher com ares vitorianos fechando o espartilho de outra, um banner que flutuava no fim da página do fictionmania.tv.

Amy não respondeu. O carro seguiu uma curva na pista. Ela nunca havia falado com ninguém sobre o que ela costumava ver ou imaginar enquanto se masturbava. As histórias de mulheres forçando garotos a serem garotas. O arquivo on-line da *Fictionmania* armazenava vinte mil dessas histórias, e autores anônimos de todos os lados do mundo acrescentavam mais todos os dias. Pelo mero número de histórias, Amy entendia que tinha de haver milhares de escritores e, portanto, exponencialmente mais leitores, dezenas ou centenas de milhares de pessoas – uma subcultura literária inteira cuja existência requeria que essa própria subcultura não fosse reconhecida. As histórias formavam um *samizdat* trans tão clandestino que você tinha que ser um tipo muito específico de pessoa trans para sequer pensar em buscá-las para começo de conversa. Você tem que ter essa altura de experiência trans para andar nesse brinquedo. A primeira regra do Clube da *Fictionmania* é nunca falar do Clube da *Fictionmania*.

As histórias eram perigosas. Mas ela sabia, graças à própria existência da página, que, por todo o mundo, olhos devoravam o texto e pênis jorravam ao clímax das histórias de quando os crossdressers davam o cu pela primeira vez, ou quando uma ex-menino-agora-travesti-peituda era humilhada e violada, ou quando um homem forte era feminilizado contra sua vontade. A feminização forçada aos homens era o ápice da degradação e da humilhação – o que isso dizia a respeito do que ela pensava sobre a feminilidade? Amy odiava o quanto amava as histórias, os orgasmos que vinham enquanto as lia a qualquer hora, encaixando uma história nos vinte minutos entre duas aulas, ou passando noites inteiras em maratonas de punheta, história após história, até que a realidade começasse a sumir. Ela sabia que ninguém que descobrisse esse seu hábito poderia entendê-lo. Eles só pensariam que ela odiava a feminilidade e que isso a igualava à humilhação. Ela seria exilada, e o mereceria. Por anos – até transicionar, até conhecer mulheres que gostavam de fantasiar que estavam sendo estupradas, de servir ou de serem infantilizadas, mulheres que haviam erotizado e domesticado sexualmente cada vergonha e violação impronunciáveis que a vida lançara sobre sua condição de mulher – ela não conseguiria pensar em um único argumento para responder à evidência clara, certificada por tantos orgasmos, de sua imperdoável misoginia.

Patrick esperava uma resposta. Mas Amy não parecia conseguir encontrar palavras. Nem uma confirmação, nem uma negação.

— Vou supor que sim — Patrick disse.

— Sim — admitiu Amy. — Conheço o *Fictionmania*.

— De que tipo de histórias você gosta? — Patrick perguntou. Então, sem esperar uma resposta, ele seguiu: — Eu gosto de modificação corporal extrema, quando colocam uns peitões enormes neles. Não gosto das histórias em que eles se transformam com mágica. Mas eu gosto de cirurgia. Porque é uma coisa que acontece de verdade, aí eu sei que um dia pode acontecer comigo. — A voz de Patrick ganhou um tom animado que Amy ainda não ouvira.

A possibilidade de alguém escolher bancar o custo de implantar peitões em Patrick pareceu a Amy tão provável quanto a de que uma bruxa elfa lançasse um feitiço que lhe desse peitos. Mas, ainda assim, Amy entendia o que ele queria dizer. Ela também não gostava de mágica. Ela gostava das histórias que eram o mais próximo possível de sua vida. Um universitário tímido. Mulheres dominantes mais velhas. Ela adorava quando as mulheres forçavam as garotas trans a treparem com homens. Quando as mulheres mais velhas assistiam e riam. Mas não havia a menor chance de admitir isso a Patrick.

— Eu geralmente escolho a categoria *Vestido de casamento* ou *Noiva* — Amy disse. — A cerimônia é tão *kinky*. Acho que a maioria dos baunilhas só não se dá conta. Pensa só! Você coloca uma mulher numa roupa especial e complicada, e então um homem passa ela para outro homem que nem numa espécie de cena BDSM, e aí eles colocam uma coleira simbólica no dedo da mulher, e o homem levanta o vestido para mostrar a cinta-liga e a lingerie dela pra todo mundo, às vezes centenas de pessoas! Aí ele pega a esposa no colo e a leva embora pra trepar com ela enquanto o resto das pessoas sabe que é isso que está acontecendo! É pura putaria. É tipo a coisa mais pervertida que eu poderia imaginar e realmente acontece o tempo inteiro. Então eu gosto de pensar nisso acontecendo comigo.

Ela nunca havia dito nada assim em voz alta antes. Patrick riu. E então, ela riu.

Enquanto ela ria, Patrick fez algo inesperado. Durante a maior parte da viagem, ele estivera inclinado para frente, olhando reto pelo para-brisa, as mãos presas no volante. Mas ele baixou a mão esquerda e começou a esfregar a própria virilha. Amy achou que Patrick poderia só estar ajeitando algo, mas não, ele continuou. Ele estava se tocando. Ele nem sequer a olhou, só seguiu adiante, falando a respeito das histórias de que gostava, das suas categorias favoritas, "À força" ou "Chantagem".

Por um momento, Amy sentiu nojo. Mas não era isso que ela queria? Ela por acaso não o entendia? Ela não desejara compartilhar com alguém a sexualidade que ela ocultava? Com quem quer que fosse? Ela baixou a mão e começou a se esfregar também. Mas ela não conseguia continuar. O ambiente no carro não era sexy. Ela se sentiu como um garoto, acompanhado de um homem, mas um homem que ela julgava ser um fracassado feio. Talvez ela se sentisse diferente depois de se montarem.

* * *

A Glamour Boutique ficou divertida após cerca de meia hora. A atendente se apresentou como Jen. Conforme a agitação de Amy passava, Jen começou a de fato ajudá-la com as roupas. A sensação de uma mulher aconselhando outra em relação a roupas, de sua inclusão naquele rito feminino, foi quase demais para Amy. Era mais do que ela poderia ter esperado. Usando os seios falsos e o sutiã, ela quis provar tudo – não só as roupas para fetichistas, itens que ela só havia visto on-line –, mas os vestidos simples também.

— Sempre procura o corte império — Jen a encorajou, estendendo um vestido amarelo com uma fita sob o busto. — Todo mundo pensa que é só diminuir os ombros, mas não: é uma questão da proporção certa entre os ombros e os quadris. O corte império se abre na cintura, te dá quadril.

Amy e Patrick assentiram com a cabeça, ouvindo com cuidado. Patrick havia tocado Amy algumas vezes agora, de formas que Amy não tinha certeza de como interpretar. Uma vez, Patrick estendeu um vestido contra o corpo de Amy e disse:

— Isso ia ficar bem em você — então passou uma mão pela lateral de Amy, pressionando o vestido contra ela. Um desconforto seguiu o toque de Patrick como o rastro de fumaça de um avião, mas ela se negou a deixar algo assim arruinar o momento. Uma vaga euforia soprava em Amy. Lá estavam elas: garotas falando sobre roupas. De início ela espiava Jen com frequência, preocupada que ela pudesse estar se incomodando com a empolgação ou rindo da dupla. Mas não, a amabilidade de Jen lhe parecia genuína. Deveria ser chato trabalhar em um lugar em que se tem que evitar contato visual com tanta frequência, como com aquele golfista. Talvez a empolgação de Amy e de Patrick os tornasse clientes melhores.

Amy havia lido sobre transexuais na internet. Ela até tinha feito um teste, o Cogiati ("Inventário Combinado de Identidade de Gênero e Transexualidade", na sigla em inglês), desenvolvido por uma mulher trans com base nos modelos psicológicos do DSM para determinar se as pessoas que fazem o teste eram transexuais de verdade, que precisavam passar pela transição, ou apenas "transgeneristas" – ou seja, homens fetichistas para quem transicionar seria um erro trágico. Ela havia lido tudo que conseguira encontrar na biblioteca da faculdade e na internet sobre a psicologia das pessoas trans. A maior parte desse material já tinha décadas de idade. Segundo o que ela encontrara on-line, havia dois tipos de pessoas que queriam transicionar de homem para mulher. O primeiro eram as pessoas que sempre haviam sido mulheres, que haviam brincado com bonecas, que se sentiam atraídas por homens e odiavam seus pênis. O segundo tipo eram autoginéfilos, eram homens que se excitavam ao se imaginarem como mulheres. Esses eram os chamados travestis fetichistas, que se conformavam a todos os tipos de estereótipos masculinos, amavam seu pênis e ficavam excitados ao usar roupas femininas. Eles não deveriam transicionar, diziam os psicólogos – não eram mulheres de verdade, mas sim fetichistas que levavam suas indulgências longe demais. Amy farejara o ar de moralismo nessa avaliação e entendera seu significado. Havia algo de ruim e imoral na autoginefilia. Nos comentários abaixo dos artigos de psicologia, um número de mulheres trans iradas com esse tipo de noção sempre postava réplicas. Elas diziam que o conceito de autoginefilia era transfóbico. Chamavam os psicólogos que o inventaram de travequeiros.

Amy se lembrava de como uma delas pacientemente explicou que o termo "autoginefilia" só funciona se você não acha que mulheres trans são mulheres. Se achasse que são, veria de imediato que a maioria das mulheres – cis ou trans – é autoginéfila, e que os homens são quase todos autoandrófilos – não é algo especial de mulheres trans. É claro que as mulheres se excitam com o fato de serem mulheres e que os homens se excitam com o fato de serem homens! Veja qualquer pornô e a sexualidade de todo mundo é, na verdade, uma questão de sua própria auto/andro gine/filia. Ouça como eles falam. É tudo uma questão de validar seu próprio gênero. *Isso aí, eu sou sua putinha... Isso, baby, você gosta desse pauzão?* E, sozinha, atrás de laptops em algum lugar: a audiência, excitada em se identificar com pessoas se identificando com seu próprio gênero.

Outras mulheres trans afirmavam que esses psicólogos haviam começado a ser desacreditados, que seus métodos de pesquisa se reduziam à prática suspeita de passar tempo em bares, sem qualquer aprovação de um comitê de ética para conquistar mulheres trans, dormir com elas e, depois, escrever artigos clínicos se baseando nessas experiências tanto quanto as obscurecendo. Mas Amy duvidava dessas mulheres trans. Nenhum especialista ligava para o que as mulheres trans tinham a dizer. Quem eram elas para dizer a psicólogos com títulos de doutor – cientistas! – que estavam errados? E não tinha inclusive sido uma mulher trans quem surgiu com o teste Cogiati? É claro que um bando de dementes pervertidos cujas parafilias giravam ao redor da feminilidade vai querer se dizer mulher – gente louca nunca acha que é louca! Xeque-mate, doentes!

Amy não precisava fazer o teste para saber seu próprio resultado: uma fetichista, uma pervertida. Mas ela o fez de qualquer jeito, uma série de perguntas bizarras que mandavam você imaginar formas geométricas ou quantificar sua empatia. *Você está falando com um amigo. Do lado de fora, muito longe, alguém está buzinando o carro regularmente, sem parar. Não é muito alto, você mal consegue ouvi-lo no recinto silencioso. Qual é a sua reação? Você conhece alguém, e a pessoa é educada com você, mas parece um pouco distante. Ela está repreendendo secretamente você. Quão provável é que saiba disso? Você nunca, na sua vida inteira, será mulher. Você deve viver o resto de seus dias inteiramente como homem e apenas ficará mais masculino a cada ano que passa. Não há escapatória. Qual é a sua reação? Você está em um deserto caminhando quando, de súbito, olha para baixo e vê uma tartaruga. Ela está se arrastando em sua direção. Você se abaixa para virar a tartaruga de barriga para cima. A tartaruga fica de pernas para o ar, sua barriga pegando o sol quente, balançando as perninhas tentando se virar, mas não consegue, não sem a sua ajuda. Mas você não está ajudando. Por quê?*

Algumas das perguntas não faziam sentido – mas o palavreado de outras deixava transparecer uma tendência pouco graciosa nas conclusões que formulavam. Se você tivesse noções especiais e uma sexualidade ativa, era claro que era um homem fetichista, e se tivesse empatia e não se interessasse por sexo, era possível que você fosse a coisa mais rara de todas: uma transexual de verdade, uma mulher aprisionada num corpo de homem. Mas Amy não era isso. O teste mostrou que ela era o pervertido autoginefílico que ela já imaginava ser.

Jen era, obviamente, uma transexual de verdade. Amy nunca havia conhecido uma garota trans em pessoa, e sua fascinação por Jen beirava o doloroso. Olhe só para ela. Ela parece uma garota. Ela soa como uma garota. Mais do que isso, Amy pensou, ela queria algo de Jen. Algo como atração sexual, mas em um tom diferente. Algo mais próximo da empolgação que ela sentia quando uma celebridade passava. De um desejo sem nome apontado na direção daquela celebridade. O chamado abstrato que as celebridades transpiram. A atração gravitacional de sua fama, que puxava Amy para que ansiasse por estar perto, ser vista e valorizada. Sentir aqueles olhos de celebridade se moverem desimpedidos pela superfície lisa de um mundo de fãs clamando, então de súbito cruzarem com os dela, pararem no ato e devolverem o olhar. Aquele momento de reconhecimento mútuo, que é a única maneira de receber um selo de validação para a sua existência, de transcender a anonimidade de mero fã, de boquiaberto irrelevante. A fama de Jen era uma não fama que Amy conseguia sentir. Uma atração que talvez *apenas* ela sentiria. Amy ficava se virando o tempo inteiro para ver onde Jen estava na loja.

Para sua surpresa, Jen parecia estar se divertindo. Além do mais, ela não parava de falar coisas que iam contra o que o teste Cogiati dizia que uma transexual verdadeira deveria sentir. Quando Patrick perguntou de roupas de empregada francesa, Jen deu uma risadinha de aprovação.

— Mais no fundo — ela disse, apontando. — Mas a gente tem também umas bem sexy nas caixas nos fundos que a gente nunca põe nos manequins, porque elas ocupam espaço demais quando a gente desdobra tudo. Não é tipo uma fantasia barata de Dia das Bruxas, elas são mais do tipo sensual, com anáguas bufantes de verdade. — Cochichando de brincadeira, ela admitiu: — Eu mesma tenho uma. Eu tenho essa coisa com babados. Meu namorado sempre quer que eu faça faxina pra ele com a roupa. Mas nem pensar. Eu só uso em casa, em... há... *momentos pessoais.* — Ela riu, e Amy achou que Jen poderia entrar em combustão espontânea por sua incrível e subitamente revelada sensualidade transcendental, um deslumbramento que tinha só um pouco a ver com sua aparência.

Em dado momento, Patrick se equilibrava numa perna, subindo uma meia-calça pelo tornozelo da outra, enquanto Jen, à sua frente, o esperava com uma fantasia de empregada francesa pronta, quando o sino da entrada tocou. Uma mulher de ar agradável, carnuda, com cabelo loiro de cachos leves, e sua filha adolescente, que parecia saudável, como se talvez estivesse no time de futebol – uma impressão que Amy teve porque ela estava usando roupas esportivas casuais –, entraram na loja. As duas estavam no meio de uma risada, talvez atraídas pelo nome, que parecia superdivertido – *Glamour Boutique*. Qual mãe e filha não se divertiriam com um pouco de glamour num passeio juntas?

Uma compreensão alarmada baixou sobre o rosto da mãe enquanto ela absorvia seus arredores. Mas, àquela altura, era tarde demais. Patrick, Amy e Jen a haviam visto entrar. Sair horrorizada faria todo mundo saber o que ela pensava deles. Não, ela mostraria para a filha como agir com tranquilidade.

A alegria de Amy por ter encontrado um espaço feminino especialmente para ela diminuiu, como a luz vai desaparecendo quando uma nuvem pesada cruza o céu, e então se apagou por completo. O senso de segurança que ela havia tecido sobre a loja desapareceu. Tudo nas araras arrancou um disfarce, revelando-se desesperado e de mau gosto. Amy internamente repudiou aquele lugar. A loja não a refletia. Ela não pertencia de verdade à loja.

Patrick, ainda usando metade da meia-calça, ficou bege de pálido e disparou para trás das cortinas que escondiam os provadores, pisando a lingerie semivestida e arrastando-a no caminho. Jen estremeceu, ainda segurando o vestido de empregada francesa. Isso devia ter acontecido com ela muitas vezes, civis entrando na loja e causando pânico entre clientes que ela tinha acabado de trazer a um nível de conforto.

Depois de um momento, a mãe se decidiu por um curso de ação: ela iria dar uma olhada. Afinal de contas, era uma loja, e ela poderia olhar as peças, não poderia? Tentando parecer natural, a mãe apalpou a arara mais próxima e, corajosamente, levantou uma blusa complicada, cheia de faixas e de lycra.

— Ah, olha isso aqui. Que interessante. O que você acha?

Apesar da tentativa de soar corajosa, um guinchinho escapuliu em sua voz.

— Sim — disse a filha em pânico, sem sequer olhar para a peça. Seu olhar revirava as paredes, cheias de calcinhas de aquendar, seios falsos, perucas. Amy enxergou a loja por meio do olhar delas: um mostrador de partes desincorporadas do corpo feminino, nível *Silêncio dos inocentes*. E, pior de tudo, os homens de cara vermelha, um agora se escondendo, o outro um pervertido passando dedos numa calcinha e deus sabe o que mais. As calcinhas especiais *– com fundilho mais amplo para mulheres de todas as anatomias! –*, que Amy tinha em sua mão e estivera examinando com curiosidade quando a sineta da porta anunciou a entrada das mulheres, queimavam radioativas. Ela desejava largá-las, jogá-las para longe de si, mas temia que isso atraísse atenção a ela, o equivalente de acenar uma bandeira cor-de-rosa com rendinhas. Então ela ficou congelada no mesmo lugar, parecendo transfixada pelas calcinhas, odiando a imagem que ela tinha certeza de que passava. Ela queria pedir desculpas.

Não conseguiu se segurar. Encarou a adolescente. Qual era a velocidade dos cálculos que aceleravam na mente daquela pobre menina? Por quanto tempo a mãe iria fingir que estava olhando antes que pudessem escapar?

— Perucas! — proclamou a mãe, reunindo o máximo de animação. — Que divertido!

— Perucas! — concordou Jen, largando a roupa de empregada e estendendo uma mão branca em um gesto para a parede. — As mais embaixo são sintéticas, e as mais pra cima são de cabelo humano.

Como a própria loja, Jen havia se transformado em um instante. Sua antiga celebridade secreta havia se invertido. A polaridade em seu magnetismo mudara: ela agora repelia em vez de atrair. Para Amy, a postura de Jen agora ecoava como palavras de bruxaria – ela tinha acabado de dizer "cabelo humano"? Grotesco. Enquanto Jen caminhava de volta para trás do balcão, para a luz do Sol que corria pela janela da frente, o aspecto de bruxa ficou mais pronunciado. Amy, que tivera os braços de Jen arrumando um sutiã no seu corpo antes de ela se dar conta de que

Jen era trans, não mais conseguia ver qualquer coisa além de quanto ela era trans, e não parava de sentir nojo a cada traço que identificava: cabelo escuro e reto, juntas pesadas nas mãos, bochechas esqueléticas, restos da maquiagem da noite anterior escurecendo as olheiras. O medo havia envenenado os pensamentos de Amy. De maneira involuntária e cruel, sua visão foi esfolando toda a beleza de Jen, como camadas de pele sendo descascadas do seu corpo.

— Tem touca pra peruca, se vocês quiserem provar — Jen disse.

— Mãe. Vamos embora — disse a filha.

A estante atrás dela expunha livros eróticos ilustrados sob o rótulo FEMINIZAÇÃO FORÇADA, suas capas decoradas com desenhos de homens com roupas femininas amarrados e sendo chicoteados.

— Vamos, está bem.

A filha disparou para fora, mas, com a porta aberta, a mãe parou. Ela se virou, a mão pousada na guarnição.

— Essa loja de vocês é divertida — ela se desculpou, não apenas para Jen, mas para todo mundo. Ela fez um aceno com a cabeça, quase para si mesma, e, um momento depois, o sininho da porta anunciou sua saída.

Patrick dirigiu rápido demais no caminho de volta. O céu havia escurecido enquanto ele e Amy faziam compras na Glamour Boutique. Gotas gordas de uma tempestade de abril pingavam na pista, dando à superfície do asfalto um aspecto de TV fora do ar. Amy não confiava que aquele carro conseguiria se manter na estrada reluzente, escorregadia de óleo e água, em especial quando Patrick saiu da autopista para dentro das rodovias estaduais ventosas que atravessavam as montanhas do Holyoke Range.

— Desculpa — Amy disse. — Eu já estive num acidente de carro quando era menor, então fico nervoso. Dá pra diminuir a velocidade? — Ela nunca havia estado em um acidente de carro, mas parecia socialmente mais fácil jogar a culpa pelo seu desconforto em si mesma do que na forma como ele dirigia.

Patrick resmungou e aliviou um pouco o pé do acelerador.

— Abre a janela — ele lhe disse. — O desembaçador está quebrado e eu não consigo ver pelo vidro com a neblina. — Quando Amy girou a alavanca para abrir um pouco da janela, o som de pneus chiando sobre o molhado invadiu o carro, gotículas borrifaram na lateral de seu rosto, e com elas veio o odor pungente da floresta úmida, uma mistura encorpada de terra molhada, apodrecimento, musgo e folhas brotando. Amy gostava de como a chuva amplificava os cheiros mais bolorentos e reconfortantes da floresta, deixando a floresta muito mais "florestística", assim como um cachorro molhado fica com um cheiro muito mais "cachorrístico".

O cheiro da floresta pareceu agir como aromaterapia para Patrick também. Sua postura relaxou. Ele secou a janela, então relaxou para trás e dirigiu em uma velocidade razoavelmente lenta.

— Aquilo foi horrível — ele disse no meio do som da chuva e rugidos de vento passando pela abertura da janela. — Aquelas mulheres entrando.

— Não, foi tranquilo — Amy lhe garantiu. — Quer dizer, por que a gente deveria ter vergonha? É a nossa loja. — O possessivo só entrou na frase. Ela não tinha certeza de como a loja se tornara deles, mas a mãe também o havia dito. *De vocês*. A loja para gente como eles.

— Não foi tranquilo — Patrick disse.

Amy assentiu com a cabeça. Ele tinha razão. Não fora tranquilo. Ela não se sentira "tranquila" de maneira alguma. Ela faria praticamente qualquer coisa para nunca mais ser olhada como aquelas mulheres a olharam. Não era nem que elas tivessem sido grosseiras. Elas apenas a haviam *visto*. *Visto* uma coisa verdadeira nela, que ela havia passado a vida toda tentando se certificar de que não mostraria a ninguém.

Uma vez, quando Amy tinha uns dez ou onze anos, sua mãe havia viajado a trabalho e voltado para casa com presentes para ela: um par de patins azul-fluorescentes com travas em amarelo neon e uma camiseta com a imagem de um peixe tropical e as palavras FLORIDA KEYS bordadas em fio grosso em vez de serigrafadas. A costura do lado de dentro da camiseta coçava muito. Depois de uma semana de uso, Amy teve uma excelente ideia. Ela foi à varanda, onde a mãe estava plantando gerânios nas jardineiras das janelas.

— Eu amo essa camiseta, é minha favorita — ela anunciou à mãe —, mas ela me dá coceira. Fica esfregando aqui. Posso pegar um sutiã emprestado?

A mãe continuou envasando as flores sem se virar.

— Perdão, pode o quê?

A voz de Amy tremeu, menos confiante ao pedir pela segunda vez. Ela puxou a camiseta para longe dos mamilos para ilustrar o problema.

— O bordado me dá coceira.

Ela havia usado os sutiãs da mãe em segredo, quando ficava sozinha em casa. Agora ela tinha uma desculpa para ter seu próprio sutiã. Algumas das garotas na escola já haviam começado a usá-los, mas ela sabia que não ganharia um sem algumas manobras cuidadosas da sua parte.

Então sua mãe se virou, a pazinha na mão, e lhe lançou um olhar irritado.

— É só usar outra camiseta embaixo.

— Vai ficar calor. Um sutiã seria melhor.

A mãe largou a pazinha com um baque e olhou para Amy de um jeito estranho. Ela via que seu filho não estava sendo bobo. Esse era o precursor do olhar que Amy recebeu das mulheres na Glamour Boutique.

— Isso não é coisa que um filho pede pra mãe — a mãe disse com cuidado. E, em seu tom, sob a forma impassível em que ela o disse, Amy sentiu algo mais duro, um fundo de repulsa revirando-se e apertando. A mãe nunca lhe havia dito nada parecido antes. Ela não era do tipo que categoriza comportamentos em "coisas que se faz" e "coisas que não se faz".

Amy viu, num clarão, que sua mãe sabia que o pedido não tinha nada a ver com mamilos coçando e, pior, que ele a perturbara. O que parecia ser um estratagema à prova de erros havia revelado tudo.

— Ah! — Amy disse. — Eu tinha me esquecido! Eu tenho aquela regata branca. Posso usar por baixo, e não vai ficar muito quente. — Ela deu um tapa na testa. — É claro. — O olhar estranho da mãe não mudou. Amy foi embora com os olhos ainda nela e a evitou pelo máximo de tempo que podia. Ao menos até a hora da janta.

Agora, quase uma década depois, Amy enfim tinha seu próprio sutiã. Não um surrupiado da gaveta de roupa íntima de alguma garota e enfiado na mochila durante uma festa. Ela olhou para a sacola de compras aos seus pés no carro de Patrick. Deveria se sentir feliz, mas não. Em vez disso, ela se sentia como se tivesse cedido a um impulso do qual deveria se afastar. Como quando as pessoas fecham os olhos de medo da possibilidade de uma aparição. *Nem sequer admita – isso vai foder com tudo que você sabe do mundo.*

Além do sutiã e dos seios falsos, ela havia comprado um vestido cor-de-rosa – corte império, como Jen recomendara – e um par de sapatos de stripper que imitavam couro branco, quinze centímetros de altura e feitos de plástico barato, com uma presilha fina no tornozelo e uma plataforma de cinco centímetros. Ela também havia comprado duas calcinhas. Tudo isso havia sido muito caro, quase trezentos dólares. Depois de aquelas mulheres irem embora, as compras não haviam voltado a ser tão divertidas como antes. Jen parecia mais ciente de como Amy e Patrick estavam ariscos, e suas sugestões ficaram mais circunspectas. Amy imaginou que, se aquelas mulheres não tivessem entrado, ela teria comprado muito mais durante aquele breve humor eufórico que a fez esquecer, por alguns instantes, que roupas de mulher poderiam ser perigosas. Ela queria ter comprado ao menos uma peruca. Ela provara uma e ficou horrível. Jen lhe havia garantido que a maquiagem aliviaria a impressão chocante de que era um roqueiro dos anos 1980 – em vez de uma linda mulher – que a encarava de volta do espelho de maquiagem da loja. A diferença entre o efeito que ela sempre desejara e a realidade do que ela vira no espelho a havia abatido tanto que ela não suportou provar outra. *Talvez se a euforia de compras voltasse*, ela pensara, mas nunca voltou.

— Eu tenho que tomar mais cuidado — Patrick disse, despertando Amy de seus pensamentos. — Eu não posso deixar ninguém descobrir que eu faço isso.

— Eu também não — Amy disse. Patrick olhou para ela.

— Mas você não tem tanto assim a perder. Eu estou me divorciando. Se alguém me vir, eu posso perder o direito de visita das minhas filhas. — Ele engoliu em seco com força. — Eu e a minha esposa costumávamos usar calcinhas combinando... Às vezes, outras coisas. Ela dizia que era divertido, como se fosse uma brincadeira erótica. Mas eu sei que ela já contou pro advogado e eu acho que vão usar isso contra mim.

— Nossa. Que merda. — Amy acreditou em Patrick apenas em parte. Quem era essa mulher que o deixaria ficar de calcinhas perto dela? Não. Ele tinha que estar mentindo para impressionar. Além disso, ela absolutamente tinha tanto a perder quanto Patrick, talvez mais. Patrick já era um fracassado. Ela não.

— Eu não posso ser visto numa loja daquelas — Patrick continuou. — Poderia ter consequências reais.

— Mas uma pessoa que entra numa loja daquelas não estaria entrando de propósito?

— Aquelas mulheres não estavam lá de propósito!

Patrick a tinha pegado. Ela não sabia o que dizer. Era uma questão adulta e pesada pra caralho. Guarda de crianças. Divórcio. Em vez disso, ela mudou de assunto.

— Então você ainda quer ir pra sua casa para a gente se vestir?

Exceto pelo seu quarto minúsculo no dormitório universitário, Amy não tinha lugar nenhum para usar suas roupas novas. Ela não conseguia suportar a ideia de se montar com tudo aquilo só para andar os dois passos que custavam para atravessar o carpete fino do seu quarto, de um lado para o outro, como uma girafa de olhos tristes no zoológico, rodeando sem-fim sua jaula minúscula.

— Quero — Patrick disse. — Você não?
— Aham, por favor — Amy disse.

Por muito tempo, Amy se lembraria daquele dia na Glamour Boutique como tendo sido cheio de carga erótica. Mas ela se recordaria muito pouco do sexo que fez com Patrick: só se lembraria de que não foi erótico. Mais tarde, foi assim que ela veio a entender o que o sexo com homens significava para ela. A parte erótica estava em se montar, nas preliminares, em chavear sua mente a um papel feminino. E, sim, montar-se com homens quase sempre culminava em sexo, mas era um sexo distante, longínquo – um de que Amy sentia não ter participado. O sexo em si era necessário para quebrar o feitiço. O orgasmo liberava a tensão que viera se construindo e a trazia de volta para si. Depois do sexo, o feitiço podia se dissipar, e ela se via como de fato era: um garoto, atordoado, de barriga para cima, com um vestido erguido até a cintura, um filete da sua própria pré-porra na coxa e um desconhecido se erguendo da cama para timidamente tirar uma camisinha cheia.

Enquanto Patrick se lavava no banheiro, Amy se orientou. Registrou os pequenos bonecos colecionáveis enfileirados na parede. O DVD com pornografia de travestis passando na TV, que Patrick havia encarado com insistência e vaziez enquanto a comia, da mesma forma que Amy havia apertado os olhos e ido para longe, levando consigo apenas a sensação de ser penetrada, de ser preenchida por um pau, de ser passiva para um amante. Não era o pau de Patrick que ela levara consigo. Ou, talvez, em alguma dimensão, fosse. Mas, no lugar a que Amy tinha ido, quem a estava penetrando era Jen, da loja. O encontro, tanto o real quanto o outro, se expandiu dentro dela, uma sequência que ia daquela memória cíclica de Jen medindo seu abdômen para o sutiã, então para o corpo imaginado de Jen, e aí Jen a estava fodendo, fodendo Amy como uma mulher; e ela conseguia sentir, não conseguia? As estocadas dentro dela, as mãos em seus quadris e ombros – sentiu isso? Era Jen a comendo. Sim, era, e continuaria sendo enquanto ela se agarrasse com força a esse lugar distante, e nesse lugar ela finalmente conseguia aproveitar o sexo, sentir tudo como deveria ser.

— Vou gozar — Patrick dissera, quebrando o silêncio e afrouxando o controle que Amy tinha do lugar aonde havia ido, que então fugira dela como quando se deixa a mão escapar da beira de um precipício; e ela desabou de volta pelo buraco de minhoca, atravessando tempo e espaço, de volta para a cama de

Patrick, onde ela abriu os olhos e o viu em cima dela, metendo, então, uma última estocada forte, com os olhos dele vidrados na televisão. Ela não disse nada. Não como com Delia. Nada de encorajamento. Nada de fingir que estivera presente. Sem palavras, ela e Patrick entendiam as regras, regras que ela dali em diante empregaria em todos os encontros sexuais com homens: nenhum deles estaria ali de fato para o sexo. Eles tomariam um do outro o que pudessem, cada um de seu próprio lugar. Usariam o que pudessem do corpo do outro. Mas encorajamento, abrigo ou cuidado… não, nenhum dos dois queria nada disso. Só me dê o suficiente de si para me colocar em contato com a parte de mim que consegue acreditar que eu sou uma garota, e, além disso vá se foder, em qualquer dimensão teórica em que precise estar para fazer isso.

— Amor, por que você está chorando? — Reese havia perguntado. Porque alguma combinação de hormônios e *poppers* havia tornado possível o sexo de que Amy havia desistido. Os *poppers* a haviam deixado boba demais para fugir para dentro de si, para enviar-se a algum lugar. Então lá estava ela com Reese. Não longe, em outro lugar, trabalhando para se ver como mulher enquanto se deitava por cima de uma mulher, nem substituindo um homem por outra pessoa enquanto ele se deitava por cima dela. Ela apenas era uma mulher, presente com uma mulher. Parecia algum tipo de cura, algum tipo de redenção. E tudo o que ela conseguia fazer era chorar.

Mais tarde, naquela noite, Reese acariciou seu cabelo e sussurrou:
— Eu sinto muito que você sentiu tanta dor por tanto tempo.

Em qualquer noite antes dessa, Amy teria negado, teria contado a Reese de todos os privilégios que tivera, de quanta sorte tivera comparado com outras mulheres trans, quantas vantagens recebera. Como eram poucos os traumas típicos que ela sofrera. E, sem traumas legítimos para apontar, em que a dor a transformaria? Na melhor das hipóteses, numa versão trans daquelas garotas brancas burguesas adoradoras de Joan Didion que acreditavam numa Grande Teoria Unificada da Dor Feminina, aquelas remoedoras que habitavam pequenas feridas sem nenhuma dificuldade específica exceto por um senso rudimentar de sua própria vitimização, uma vitimização que desmoronava quando posta em palavras, mas que, ainda assim, justificava todo tipo de petulância e autopiedade. Dor? Não, Amy não.

Naquela noite, no entanto, ela ficou boquiaberta para Reese, chocada com a facilidade com a qual Reese nomeara o que havia vivido. Ela se lembrou de Ricky lhe contando da habilidade quase sobrenatural de Reese de dizer o que você precisa ouvir. Pudesse ela confiar em Reese ou não, ninguém nunca tinha lhe dito algo assim. Ninguém havia casualmente enxergado, para além do estoicismo vazio dela, o desdém e o nojo acumulados que ela nutria dentro de si. Ninguém nunca havia sequer sugerido que Amy também poderia estar ferida ou sofrendo – muito menos ela própria. Ela não soubera que precisava daquele tipo de permissão. Ela abriu a boca para protestar, soluçou uma só vez, e desabou em lágrimas de novo, chorando no peito de Reese por tudo que tinha feito consigo mesma durante anos, pela dor que havia causado a si mesma e às pessoas com quem estivera, enquanto Reese a segurava e não a mandava parar.

Capítulo cinco

Sete semanas depois da concepção

CAPÍTULO CINCO

Seis semanas depois da concepção

Por um lado, Reese imagina que a melhor estratégia seja botar o choro para fora do seu sistema *antes* de conhecer Katrina na gala do Glaad Media Awards, onde Ames maquinou para que as duas mulheres de sua vida se conheçam pela primeira vez. Dessa forma, quando Reese for chamada para causar uma primeira impressão, ela terá exaurido sua energia emocional a tal ponto que será incapaz de qualquer coisa além de uma agradabilidade sonâmbula. Que é o motivo pelo qual ela passou os últimos poucos minutos despejando soluços desagradáveis no chão do closet de Ames.

Ames a havia convidado para se encontrarem em seu apartamento e então pegarem um carro juntos para a premiação no Hilton Midtown. Esperando ele se preparar, ela vagou pelo apartamento e, cedendo a uma tentação nostálgica, abriu a porta do closet. O lado esquerdo do closet um dia havia sido dela, um fato que lhe foi convocado súbita e visceralmente pelo cheiro fraco de cedro, lã, detergente e tinta velha, que flutuaram ao seu rosto no momento em que ela abriu a porta. Ela estremeceu para trás, os cheiros a forçando a reviver na mente o dia em que ela havia se mudado para o apartamento de Amy: como ela havia sorrido com malícia para sua amante e varrido para a direita todas as roupas penduradas, declarando conquista do lado esquerdo. Ela estivera tão cheia de esperança naquele dia. Tão certa de que seu *crush* por Amy significava algo novo para ela.

Hoje – o quê? Sete? Oito anos depois? –, ela desmorona sob a força da memória, seu rosto pressionado contra o piso de bambu e resina de poliuretano. Dói se lembrar daquele primeiro dia. Dói se lembrar daquela esperança. Dói pensar que uma esperança assim era a ingenuidade e a estupidez da juventude de uma pessoa que ela nunca voltaria a ser.

Ela quer ser imune à esperança. A esperança, quando vem, sempre desaponta, e, ao contrário de quando tinha vinte anos, agora ela nunca surge com facilidade. Em vez disso, ela chega retorcida, com ressalvas e amarras. O que ela estava fazendo ali, de qualquer forma? Tentando fazer uma mulher cis qualquer compartilhar seu bebê com ela e seu ex-amante destransicionado? Era triste o que sua vida se tornara, que um plano tão ridículo era o melhor gancho no qual poderia pendurar alguma esperança.

Reese costumava dizer que ela só estava interessada em pessoas que haviam tido um grande fracasso na vida. Ela acreditava que toda pessoa precisava ter um fracasso fundamental, em que todas as suas esperanças tivessem sido destruídas, para que algo interessante pudesse brotar de uma vida: do mesmo modo que árvores podadas crescem barrocas e lindas, enquanto uma árvore não podada apenas cresce vertical e previsível, sugando com egoísmo tanta luz do Sol quanto pode.

Foi apenas depois do término com Amy que Reese começou a aceitar que, talvez, Amy tenha sido seu primeiro fracasso fundamental. Antes, ela estivera sob a impressão de que havia fracassado fundamentalmente em boa parte de sua vida, mas, na verdade, ela apenas confundira com um fracasso o fato de ela ser transexual – uma forma de ver a vida em que um estado de fracasso confirmava a transexualidade de uma pessoa, e a transexualidade da pessoa confirmava um estado de fracasso. Um erro que muitos dos transexuais que ela conhecia cometiam. Essa forma de pensar era estática. Para que suas esperanças possam ser destruídas, você tem que ter esperança em primeiro lugar.

Com Amy, ela tivera esperança. Ela fizera essas piadas sobre o fracasso porque acreditava nelas, mas também em parte porque pensava que elas a faziam soar urbana e vivida. Suspeitava, no entanto, que o fracasso real a tornara difícil de amar.

Aos trinta e quatro, ela se sente velha.

— O que você está fazendo no chão? — As tábuas rangem quando Ames sai do banheiro, barba recém-feita, usando um terno de linho de bom corte, seus dedos manipulando um nó de Windsor com facilidade praticada. — Você está chorando?

Reese se empurra com o braço para olhar para cima, e seca os olhos com as almofadas dos dedos, cuidando para não estragar o rímel.

— Não.

— Está sim! Eu não sabia o que é que eu estava ouvindo. O que houve?

— Eu senti o cheiro do closet. E do nada me lembrei de como era quando a gente morava junto. E eu fiquei tão triste e nostálgica.

Ames se agacha à altura dela, descansando nas pontas da frente dos sapatos. As juntas dos seus joelhos estalam. Hesitante, ele coloca uma mão nas costas dela, sobre o tecido do seu vestido.

— Isso acontece comigo também. — Reese funga, mas além disso não responde. Então ele continua: — Eu li que, dos nossos sentidos, apenas o paladar e o olfato passam direto para o hipocampo, em que guardamos as memórias. Imagens, sons, toques, tudo é convertido em pensamentos e símbolos antes de seguir para a memória no hipocampo. Mas o cheiro vai direto pra memória.

Reese se gira sobre o quadril e apoia as costas contra a parede do closet, reunindo a saia de seu vestido abaixo de si.

— Então você destransicionou pra ser macho palestrinha, foi? — ela pergunta. Ames afasta a mão.

— E você só ficou mais gentil.

Reese franze a testa, e Ames vê que ela poderia chorar de novo.

— Eu só estou triste e brava — ela diz baixinho. Ela gesticula para os móveis que tinham escolhido para o quarto na tarde de um sábado de outono cinco anos antes, dando risadinhas pela loja enquanto saltavam ao mesmo tempo em colchões com espuma de memória e abriam gavetas de cômodas. — Isto deveria ter sido a minha vida. Não, não *deveria* ter sido. Era.

— Ainda pode ser — Ames diz. — O objetivo todo é esse. Ainda podermos ser muito importantes um na vida do outro.

Reese balança a cabeça.

— Não, a gente não pode voltar. Olha só pra você. Tudo mudou. Tudo menos o cheiro do closet, talvez.

Dois anos antes, a agência de Katrina e Ames conseguiu a vodca Ketel One como cliente, uma de suas maiores contas. E como a Ketel One – junto de outras marcas associadas a LGBTQs nos Estados Unidos, como a Delta Air Lines e a Hyundai – é, e tem sido há algum tempo, patrocinadora da cerimônia de premiação da Glaad, a agência comprou uma mesa de dez lugares no evento.

Apenas uns poucos empregados queriam ir, então Ames reclamou os três ingressos restantes para ele, Reese e Katrina. A lógica, ele explicou a Reese quando ligou para convidá-la, era que o espetáculo ofereceria distrações suficientes para cobrir qualquer desconforto que surgisse de seu primeiro encontro.

— Além disso, a Madonna vai estar lá. — Ele balançava a isca. — A Sarah Jessica Parker também. A sua fã interior não vai deixar você perder isso.

— A minha fã interior é uma cínica — Reese corrigiu-o. — Mas esse é só mais um motivo para ir.

Então aqui está ela, o brilho de um hotel já a deixando mais disposta enquanto ela segue Ames em uma escada rolante que a leva à entrada do tapete vermelho. Lá, um voluntário da Glaad confere uma prancheta e os dirige para uma área em que não celebridades perambulam juntas bebendo martinis de Ketel One. Reese tenta não tomar seu banimento do tapete vermelho como um insulto. Ela está usando um vestido de cetim vermelho usado da Marchesa que ela encontrou em promoção por sessenta dólares no Beacon's Closet, mas que faz maravilhas por suas curvas. Alguma partezinha dela havia se permitido uma fantasia em que os organizadores ou consultores de mídia, ou alguém importante, passaria os olhos por ela no vestido da Marchesa, suspiraria e a convidaria para a área do tapete vermelho, e, nesse momento, os fotógrafos clamariam por ela de todos os lados.

Na área de não celebridades, Reese passa por uma cabine de fotos na frente de um triste quadradinho de tapete vermelho, de forma que os civis podem ativar a máquina para fazer parecer que um fotógrafo tirou uma foto deles no tapete vermelho. Reese considera pressionar o botão e postar os resultados nas redes sociais, mas descarta a ideia: encenar uma selfie complexa em um falso tapete vermelho seria degradante.

— A Katrina disse que está perto da mesa de xampu — Ames lê para Reese numa mensagem de texto, então levanta os olhos do telefone, perplexo. — Mesa de xampu? O que é uma mesa de xampu?

— Lá! — Reese aponta. Um designer famoso, de traços faciais bem redesenhados por preenchimentos, está parado na frente de um estande decorado com imagens de seu próprio rosto. Dois assistentes estão distribuindo xampu para uma multidão ansiosa de não celebridades. Reese de súbito fica cobiçosa, porque os frascos parecem ser de tamanho normal, não tamanho de amostra. Espera aí, talvez até tamanho família!

— Katrina, essa é a Reese. Reese, essa é a Katrina — Ames diz para uma mulher que se separou da multidão.

— Oi — Katrina diz, e, como cumprimento, ergue o queixo para indicar o estande do designer famoso. — Pegou o xampu grátis?

— Não! Ainda não! — Reese diz e, apesar de seus esforços, se vê desarmada.

Katrina lhe estende uma ecobag de tecido pesada, carregada com xampu e uma seleção adicional do que parece ser um conjunto de bálsamos labiais e hidratantes de pele.

— Eu peguei uma a mais pra você.

Reese espia a sacola, então a segura contra o corpo, satisfeita.

— Está confirmado — Reese diz para Ames. — Você tem bom gosto para mulheres.

Katrina os guia pela multidão. Um breve entusiasmo atravessa Reese quando ela faz forte contato visual com uma caminhão gostosa de meia-idade em um terno branco, parecida com a Robin Wright, mas que não é a Robin Wright, porque essa mulher consegue se apoiar contra a parede de um jeito mais malandro do que a Robin Wright poderia sequer sonhar em fazer. Mas não, Reese! Não se distraia! Reese lamenta quebrar a troca de olhares e segue em frente, diligentemente seguindo Katrina e Ames, que, Reese agora nota, estão de mãos dadas. Reese decide adiar quaisquer sentimentos a respeito desse arranjo de mãos por enquanto. No fundo de uma das salas de conferência, ao lado de uma cafeteira, Katrina encontra um sofá vazio. Enquanto os três se ajeitam, Reese se percebe relutante em ser a primeira a falar.

— Você quer um desses martinis chiques? — Ames pergunta a Reese, que assente. Em outro lado do salão há um bar da Ketel One, onde bartenders enchem copos com coquetéis pré-prontos. Ames se levanta e solta a mão de Katrina. — E você? Quer alguma coisa que não seja um martini?

Ainda que de maneira indireta, é a primeira referência à gravidez de Katrina, e a atenção de Reese se estreita.

— Você acha que eles têm *bitters*? — Katrina pergunta em resposta.

— Posso ver. Aposto que eles têm pelo menos Angostura ou Peychaud's.

— Um pouco de Angostura com água com gás, pode ser?

— Vou pedir.

Era como se eles tivessem decidido falar como o casal naquele famoso conto de Hemingway, "Colinas como elefantes brancos", ambos estoicos demais para sequer se referir diretamente a qualquer coisa além de bebidas enquanto o filho por nascer vai pouco a pouco sugando o ar de um recinto inteiro.

Mas Reese não é uma personagem estoica e concisa em um conto de Hemingway. Ela não é o tipo de pessoa que fala que colinas parecem elefantes brancos quando ela quer perguntar, agora que Ames se afastou e ela está a sós com Katrina: *então! Que porra é que a gente está fazendo aqui? E esse bebê, hein?*

Ainda assim, não cabe a ela abordar o assunto do bebê. Ainda não, de qualquer forma. Então, em vez disso, ela elogia as unhas rosa-claro de Katrina e se lança em uma rodada de conversa fiada. Em algum momento um dos empresários à sua volta diz a palavra "transgênero". Então outro diz a palavra "trans". É impossível para Reese discernir do que exatamente eles estão falando. Mas ela parou no meio de uma frase para ouvi-los, e Katrina a olha com um ar questionador.

— Ai, desculpa — Reese diz, voltando a si. — Eu ouvi esses daí falando a palavra "trans". Eu tenho, tipo, muita curiosidade em saber como caras desse tipo falam de questões trans. Eles falam "trans" como se estivessem provando a palavra pela primeira vez e descobrindo que na verdade... quer saber? O gosto é bom, até!

Katrina ri e escuta. Quando Ames volta com as bebidas, Katrina e Reese estão sentadas em silêncio, entreouvindo os homens com esperança de uma reprise. Com o reaparecimento de Ames, Reese ajusta a postura para receber seu martini e um guardanapo, e decide se jogar.

— Bom, de qualquer forma, falando de trans — Reese decide dizer a Katrina. — O seu trabalho manda você pra muitos eventos LGBTQ que nem esse, ou é a sua primeira vez passeando com uma mulher trans e meia?

Katrina franze a testa, olha ao redor como se tentasse enxergar a meia mulher trans entre as pessoas bebendo coquetéis. Então uma borboleta de gargalhada voa dela.

— Está falando do Ames? Ele é a meia?

— Com certeza não sou eu — Reese diz.

— Ai, meu deus, Reese — Ames intervém de onde está empoleirado, na beira do sofá do lado oposto a Katrina.

— O quê? — Reese lhe pergunta. — É uma pergunta tão descabida? É o que eu sempre pergunto pra pessoas novas quando a gente vai entrar em alguma conversa íntima, tipo: "Você já conheceu uma mulher trans ou vamos te dar o manual básico?". Eu gosto de estabelecer um patamar. É basicamente a única pergunta de quebra-gelo que eu faço pra gente cis, na verdade: "O que você precisa saber pra reconhecer o básico da minha humanidade?".

Ames geme.

— Reese, você não consegue relaxar?

Katrina franze a testa e admite que não, ela não conhece muitas mulheres trans. O maior impacto que uma mulher trans já teve em sua vida foi cerca de um ano atrás, quando o marido de uma amiga próxima teve um caso com uma mulher trans.

— *Um* marido até onde você sabe! — Reese diz, animada. — Aposto que muitos outros maridos que você não sabe também tiveram.

Ames balança a cabeça:

— Reese! Dá pra não fazer isso?

Katrina o interrompe, ambas as mãos estabilizando sua bebida.

— Não, espera, eu gosto bem mais da abordagem dela pra essa conversa do que da sua!

— Por quê? Qual foi a abordagem dele? — Reese pergunta.

Katrina franze o nariz como um coelho, e diz:

— Eu diria que foi me engravidar, e aí largar uma revelação transexual imensa em cima de mim com quase nada de tempo pra processar.

— Ah, sim — Reese diz. — É um clássico. É a segunda forma mais popular de anunciar uma transexualidade atual, futura ou passada.

Por dentro, Reese se sente tomando as rédeas do momento. Ela não quer fazer toda uma coisa de vamos-nos-conhecer. Ela quer falar da gravidez. Quer falar de por que é que os três estão sentados num sofá nos fundos de um hotel em Midtown, cercados de carpete genérico e diversas tentativas de *branding* gay.

Além disso, Reese sabe como se unir a outra mulher para implicar com um homem. Que é o que ela supõe que Ames seja para Katrina. Implicar com macho é uma grande especialidade sua. Ela descobriu que é um método eficaz de criar vínculo com outras mulheres, contanto que ela tome cuidado de não flertar explicitamente.

Ames não se defende. Ele dá de ombros e ajeita o terno.

— É um clássico? — Katrina espia Ames de canto, mas deixa a expressão de dúvida recair em Reese. — Nada nisso tudo me pareceu muito clássico até agora. Eu nem sei o que dizer pros meus amigos. Eu não contei pra eles, na verdade. Não sei nem por onde começar.

— O que você diz pra eles? — Reese pergunta.

— O que é que eu posso dizer? Que eu seduzi meu funcionário porque ele usava botas de caubói pra ir pro trabalho e ficava bonito de camisa social?

— Gostei dela — Reese diz para Ames.

— Essa é a segunda vez que você diz algo assim — Katrina dispara de volta, antes que Ames possa responder. — O que você esperava que eu fosse?

Exato: o que Reese esperava? Ela supõe que esperava uma mulher com quem se sentiria competitiva, alguém que pudesse despertar a vaca cínica e brigona na própria Reese, que ameaçasse a supremacia dela nos campos em que ela media seu próprio valor. Aquela amálgama sem nome de características que LGBTQs fundiam para forjar um conceito chamado *"femme"*, denotando pessoas estereotipicamente femininas: criaturas tão territoriais que tinham que amputar suas próprias garras de acrílico com movimentos políticos pouco funcionais, como "solidariedade *femme*" ou relacionamentos *"femme–femme"*, para não retalharem umas às outras. Por um lado, Reese achava o conceito inteiro redutivo, idiota e um pouco forçado. Por outro, ela não tinha dúvida de que, por mais que a rubrica *"femme"* pudesse ser inadequada, ela se percebia sendo o tipo de pessoa que o conceito queria definir, e de um jeito muito real.

Reese estava intimamente familiarizada com o momento de desespero que vem no primeiro contato com outra *femme*, a súbita contração do espaço ao redor, como se este não mais pudesse conter as duas – um sentimento que ela melhor vira dramatizado, por mais idiota que fosse, no filme *Highlander*. Ainda que, para todas as outras pessoas, esses momentos de apresentação parecessem de uma frieza fugaz e educada, emocionalmente era como se Reese fosse compelida a gritar *Só pode haver uma!*, desembainhar a sua espada e entrar aos berros em um combate físico que terminaria na decapitação de uma ou outra *femme*.

Amy havia amado uma *femme* por anos. Então Reese imaginou que Ames ainda amaria *femmes*. Então, sim, Reese esperara que Katrina fosse *femme*.

Mas não era essa a pessoa sentada com ela naquele sofá. Não que Katrina não fosse feminina. Mas a mulher sentada com Reese – usando um vestido simples, em vermelho e preto chapados, e maquiagem mínima, os planos do rosto interrompidos apenas por um gráfico de dispersão de sardas e emoldurado em três lados por um cabelo marrom brilhante – não ativa nenhum gatilho de competitividade. Na verdade, até onde Reese conseguia ver, o diagrama de Venn de semelhanças da personalidade de Katrina com a de Reese tinha apenas um único ponto de intersecção: Ames. O que mal era uma intersecção. Quem era Ames? Reese amava Amy.

— Honestamente, acho que eu esperava uma rival — ela deixa escapar.

— Não sei se eu deveria ficar lisonjeada ou desapontada — Katrina diz.

— Pode ficar lisonjeada — Reese diz. — Eu não quis te insultar. Eu sou a pior pessoa. Quando eu vi você de mãos dadas com Ames, eu tive um momento. Normalmente, uma mulher que se apossa da minha ex na minha frente desse jeito, como se não fosse nada, acabaria sendo atacada com água benta.

Reese sorri para ela, esperando que o insulto acidental tenha passado. Katrina toma um gole de sua água amarga e, com suavidade, pergunta para Reese:

— Você tem muitas amigas mulheres, Reese? — A pergunta teria machucado mais, o que talvez ela até merecesse, mas Katrina logo acrescenta: — Mulheres *cis*, quis dizer. — Ela usa a palavra *cis* como se tivesse acabado de aprendê-la. Provavelmente tinha. Bem, agora as duas haviam cometido gafes. Melhor assim.

Naquele momento, a multidão ao redor começa a zunir e se mover.

— O jantar vai começar? — Katrina pergunta. Um homem andando responde de passagem:

— A Sarah Jessica Parker acabou de chegar. Ela não vai ao Met Gala este ano, então ela vai *arrasar* na moda aqui.

— Obrigado — disse Ames a esse súbito docente que agora se apressa, e completou para Reese: — Vão lá admirar, eu vou ficar aqui e guardar lugar.

No centro de um amontoado de pessoas, Sarah Jessica Parker sorri apertado em uma imensa confecção em seda. Duas mulheres ao lado de Reese discutem se é o mesmo vestido que tinham visto numa passarela da Elie Saab. Katrina parece entediada, e de súbito Reese também está. Ela se lembra de uma definição de glamour: a felicidade de ser invejada sem invejar seus invejosos de volta. Para sua surpresa, Reese não sente inveja para fundamentar e alimentar o motor do glamour. Ela só vê uma mulher cansada tolerando o invólucro do que parece ser um vestido *sissy* muito caro.

De volta ao sofá, Ames pergunta como foi, e Katrina responde:

— A Sarah Jessica Parker é legal, mas eu estava esperando que ela chegasse com o marido. Eu sempre tive uma quedinha pelo Ferris Bueller do filme, mas não o vi aqui. Ou eles se divorciaram?

— Céus, eu espero que sim — Reese diz.

— Você espera que eles tenham se divorciado? Por quê? — Katrina pergunta.

— Eu amo mulheres cis divorciadas — Reese diz. — As mulheres cis divorciadas são as minhas pessoas preferidas de toda a terra. Você já se divorciou?

— Você deve saber que já — Katrina diz.

— É, o Ames me contou. Mas eu quis não ser caguete pra variar.

Ames se manifesta:

— Não tem problema. Eu contei todos os seus segredos pra Katrina também.

Reese acena uma mão em indiferença. Suas unhas de gel brilham na luz.

— Como se você soubesse os meus segredos. — Reese se vira para Katrina. — As únicas pessoas que têm coisas a dizer sobre gênero são mulheres cis divorciadas que desistiram da heterossexualidade, mas ainda se sentem atraídas por homens.

Katrina se inclina para frente.

— Mesmo? — Reese consegue ver que ela está interessada. Ela fez a pergunta com uma curiosidade plana.

— Mesmo — Reese assente. — Quero dizer, elas passam por tudo pelo que eu passo como mulher trans. O divórcio é uma história de transição. Claro, nem todas as mulheres divorciadas passam por isso. Eu estou falando das que sentiram o divórcio como uma queda ou como um redesenho total da sua vida. As que se viram traídas pelas narrativas que as pessoas davam a elas desde pequenas e que sabem que não existe nada para substituir aquilo tudo. Mas que ainda têm de seguir em frente sem investir em ilusões novas ou ficar amargas... Tudo sem um plano para se guiar. Isso é o mais perto que uma pessoa cis pode chegar da experiência de ser uma mulher trans. Mulheres divorciadas são as únicas pessoas que sabem coisas tipos as que eu sei. E, já que eu não tenho anciãs trans, as mulheres divorciadas são as únicas que eu acho que têm alguma coisa pra me ensinar, ou que eu me disponho a ensinar em troca.

Falando em mulheres divorciadas, a Glaad escolheu Madonna para dar um discurso no jantar, uma fala muito boa, em que citou James Baldwin e, em seguida, sem tomar fôlego, letras das músicas de um álbum que ela mesma estava para lançar. Era assim que uma grande profissional criava seu mito. O discurso de Madonna foi seguido por um leilão, com um leiloeiro de verdade. Homens – e só homens – faziam ofertas por itens como um voo de primeira classe da Delta até um safari com um chalé ecológico em Botswana, que saía por algo em torno de duas vezes o que Reese ganhava em um ano. Ela olhou ao redor à procura de outras mulheres trans. Havia um grupinho em uma mesa ali perto, atrizes de um programa de televisão que Reese conhecia de vista bem o suficiente para saber que, no ano anterior, elas haviam sobrevivido vendendo maconha ou fazendo programa de vez em quando. Seus rostos ficaram impassíveis ao longo do leilão. Nenhuma parte daquele dinheiro iria para gente trans. A Glaad, como a maioria das grandes ONGs gays, se focava em passar uma mensagem e fazer lobby: o dinheiro não era *para* pessoas trans, era para facilitar discussões adequadas *a respeito de* questões tais como a das pessoas trans.

Assim, a cerimônia e os discursos haviam pesado muito em como todo mundo quer que mulheres trans possam usar banheiros públicos. Reese estava cagando para banheiros públicos. Fazia pouquíssimo tempo que a Suprema Corte tinha legalizado o casamento gay a nível federal. Esses gays cis comprando viagens para a África – a grande vitória deles tinha sido doméstica. Eles haviam reorganizado as possibilidades para a família nuclear estadunidense e presenteado a si mesmos com instituições heterossexuais: casamento, parentalidade. Reese queria o mesmo para si – não, na verdade, ela queria *mais. Quem precisa dos banheiros públicos de vocês? Nós já estamos nas suas camas, fodendo seus maridos, e vamos usar a suíte principal, muitíssimo obrigada.*

No que dizia respeito a Reese, se você não a queria em seu quarto, então talvez devesse dar um jeito de que ela pudesse conseguir o próprio marido, ser mãe ela mesma. Do contrário, ela faria do jeito dela. Fazer do seu jeito era, afinal de contas, o motivo pelo qual ela estava ali.

Depois da parte da noite dedicada à janta, a multidão se espalhou de volta pelos salões de conferências, agora escurecidos e iluminados com luzes coloridas para o pós-festa – uma versão adulta da transformação que acontece em ginásios escolares para o baile de formatura. Reese sugeriu que pegassem bebidas grátis e encontrassem um lugar silencioso na imensidão do lobby.

Esse ambiente acaba sendo o melhor território para olhar pessoas. Katrina, Reese e Ames tomam conta de um banco com visão estratégica para o vai-e-vem. Um *youtuber* famoso, usando maquiagem com contornos pesados demais, dá um chilique com os dois bonitinhos que formam sua comitiva. Por algum motivo, a filha do ex-candidato presidencial republicano John McCain foi convidada e agora está aqui, dando os ares mais hétero possíveis de que um humano é capaz enquanto conversa com um pobre funcionário do hotel. Pelo lado bom, a caminhão gata de terno branco que Reese notou antes pede um carro, com uma morena mais nova pendurada em seu braço, perplexa de prazer de ter sido escolhida.

Ao lado de Reese, Ames e Katrina fofocam sobre o homem e a mulher da agência que também estavam no baile de gala. A conversa se volta para um incidente que aconteceu na última segunda-feira em uma reunião da empresa, em que a unidade de Katrina anunciou uma nova campanha para um site de relacionamentos para homens ricos. Um dos artistas da campanha havia animado o anúncio com dois bonecos de palito se apaixonando, mas havia posto fotos da cabeça de Ames e Katrina nos bonecos. Ames tem certeza de que isso prova que todo mundo no escritório sabe da relação. Katrina discorda. Esse tipo de piada, ela argumenta, sempre foi parte da cultura da agência.

Apesar de Ames e Katrina falarem de seus empregos como uma questão óbvia e evidente, Katrina ainda não perguntou a Reese o que ela faz, uma pergunta para a qual Reese veio pronta. Ela está irritada que a pergunta não tenha chegado. Ames já acusou Reese de ressentimento de classe antes, mas agora ela não consegue se impedir de entrar na defensiva: ela suspeita que Ames tenha avisado Katrina de que Reese não se formou na faculdade, que o dinheiro sempre foi algo difícil para ela.

— Vocês não querem que as pessoas com quem vocês trabalham saibam de vocês? — Reese pergunta. Ela está cansada de ficar evitando o assunto. — Quer dizer, em algum ponto, com o bebê...

Ames resmunga e Katrina se remexe, desconfortável. Então Katrina inspira:

— É. É melhor que a gente fale logo disso. — De súbito, Reese entende que Katrina quer dizer falar *agora*, com ela, não com as pessoas do trabalho. — Eu sei que o Ames organizou esta noite mais como uma coisa pra gente se conhecer, mas...

— Isso — concorda Reese. — Vamos falar disso de uma vez. Não sei se tem de ser esquisito. Eu já fui convidada pra ficar com um casal antes e, pra mim, é sempre melhor quando todo mundo sabe qual é a ideia.

— Isso não é um *ménage*, Reese — Katrina diz. — É meio ofensivo você fazer essa comparação, já que seria eu que estaria compartilhando a minha gravidez. O Ames me pediu pra basicamente alterar minha vida toda por vocês dois.

Reese se arrepende de imediato, com a sensação de já estar perdendo algo que ainda nem havia sido dela. Ames começa a se desculpar em nome de Reese, mas ela fala por cima dele:

— Você está certa. Desculpa. A gente está falando de uma coisa enorme. É por isso que eu não estou lidando bem com a ansiedade de fingir que é uma noite qualquer.

De onde está sentada, Reese vê Katrina da diagonal. É um ângulo estranho para se olhar nos olhos, mas elas conseguem, e Katrina apenas diz:

— Eu tenho minhas questões, Reese.

Questões. Reese estivera esperando por isso, mas a palavra ainda a atinge com uma força inesperada. O prelúdio para um "não". O final prematuro para o que ela havia começado a pensar que poderia ser real, apesar de todas as suas intuições. Uma dor se abre em seu estômago.

— Eu entendo. Era uma ideia maluca — Reese diz de imediato. Ela precisa cortar Katrina. Ela não conseguiria ouvir Katrina enumerar os motivos pelos quais Reese seria inadequada como mãe, e pelos quais não apenas este mas nenhum bebê jamais seria dela. Ela era tão idiota. Quando é que ela ia aprender, caralho?

Katrina toca sua perna, mas aí se recolhe.

— Espera aí — ela diz, com suavidade —, me escutem. — Agora ela descansa uma mão no joelho de Ames, do seu outro lado. — Vocês dois.

— Sim — Ames diz, apesar de ele ter ficado em silêncio por boa parte dessa troca. É uma das raras vezes que Reese tem dificuldade de ler o rosto dele, um rosto que mudou de formato, mas cujas expressões ela, em geral, lê por instinto.

— Sou eu que estou grávida — Katrina começa.

E, de novo, as palavras ferem Reese; só ouvir já é demais. Ela não consegue evitar. Ela solta:

— Você não acha que eu estaria, se pudesse? Você não acha que eu queria que o meu corpo pudesse fazer isso?

O rosto de Katrina não endurece.

— Eu entendo, Reese, de verdade. Se eu não entendesse, você acha que eu teria aceitado te conhecer? Quer dizer, você sabe como eu me senti, o nível de desconforto, quando o Ames me pediu pra eu dividir o meu bebê? Como se eu fosse um receptáculo pra ele cultivar os sonhos da ex? — Ela não parece brava, mas as palavras doem. — Você se dá conta de quantas vezes eu fui isso? Um receptáculo para os sonhos de outra pessoa? Claro, deixa a asiática gestar o nosso filho! Vocês vão ser que nem todos os outros casaizinhos brancos que adotam uma criança asiática.

A acusação arranca o fôlego de Reese. A injustiça. Para começo de conversa, sejamos honestos: Katrina parece branca. Em segundo lugar, eles, por acaso, estão competindo nas Olimpíadas da Opressão? Ames começa a dizer que não é bem assim, mas Katrina tira a mão do joelho dele de forma bruta, em repreenda.

— Me deixa terminar — a voz de Katrina permanece suave. — Eu estou contando pra vocês como eu me senti. Estou contando das coisas que as ideias de vocês me fizeram sentir. Da raiva, e das coisas mais amenas. Mas eu estou aqui. Eu liguei pra minha mãe e passei dias pensando nisso. Eu me segurei, mesmo quando quis rejeitar a ideia toda. Porque eu tentei ver as coisas da sua perspectiva, Reese.

Reese pisca para afastar o ardor de lágrimas que se precipitam.

— Então tenta ver as coisas do meu ponto de vista também — Katrina diz. — Olha só o que eu sei. Eu sei que eu estou grávida e sei o que estar grávida quer dizer pra mim. Eu estou empolgada. Eu contei isso pro Ames quando descobri. Estou surpresa em descobrir que eu estava pronta pra fazer uma aposta e tentar ter uma família com ele, e eu ainda estou. Mas a gente está se deixando levar pelo que isso poderia querer dizer no futuro e não está pensando de verdade no que quer dizer *agora*. Eu também me deixei levar emocionalmente... e como não? Por meses eu penso que estou me apaixonando por esse homem, que também é meu funcionário, e só isso já me desestabiliza. Mas aí ele responde ao fato de ter me engravidado com a revelação de que ele é ex-transexual? É claro que eu fiquei sem chão.

— É meio estranho discutir isso num lobby — Ames diz, arrumando as costas e gesticulando para um bar do hotel, que está mais escuro. — A gente pode, tipo, ir conversar ali?

Katrina não se move.

— Por qual motivo importa onde a gente vai discutir isso? Se você não aguenta falar disso agora, num lobby, como é que a gente vai viver isso juntos, em aberto, pelo resto da nossa vida?

Ames olha para Reese pedindo reforços, mas ela só dá de ombros. Ela está impressionada com a solidez de Katrina. Sim, ela vê que essa mulher poderia facilmente estar no controle quando necessário, uma chefe. Isso faz Reese se sentir mais segura, sentir que o ônus de ser honesta nesse encontro estranho não recai todo nela. Em sua mente, ela reconsidera Katrina como uma matriarca em potencial.

Ames suspira e despenca de volta na almofada, acenando com a mão.

— Pode seguir, amor — ele diz a Katrina.

— Obrigada. Eu já estive grávida, e eu ainda não tenho filho. A minha gravidez anterior não deu em nada. A gente está cometendo o erro que eu cometi com o meu ex-marido. Eu e ele, a gente se apegou emocionalmente à ideia de ter um bebê. E agora nós três estamos fazendo planos com o pressuposto de que um corpo, o meu, que nunca produziu uma gravidez viável, agora, do nada, vai. Nenhum de nós deveria estar contando com que isso vá vingar, de jeito nenhum.

Reese começa a interromper, mas se segura. Katrina suspira.

— Então olha só, Reese, se você acha que eu não entendo como é ter um corpo que não é um lar pra bebês, eu entendo.

Katrina dá uma ideia geral de sua vida ao longo de sua gravidez anterior – no que Reese imagina ser uma tentativa de ser cinicamente breve e distante –, mas Katrina não consegue estabelecer bem o desligamento necessário para se distanciar. Reese vê algo de profundamente corajoso, uma nudez vulnerável em dizer essas palavras num lobby do Hilton. Ela não tem certeza de que conseguiria.

— Quando eu sofri o aborto — Katrina diz, baixo o bastante para que tanto Ames quanto Reese tenham que se inclinar para ouvi-la —, eu... tipo... eu pesquei ele do vaso sanitário.

— Meu deus. — Ames não consegue se conter.

— Quer dizer, eu mal sei o que era que eu estava segurando, mas só tocar em alguma coisa me proporcionou um momento físico que tornou aquilo real, uma coisa com a qual eu poderia conectar as minhas emoções — Katrina diz. — Mais tarde, quando vieram a culpa e a mágoa, aquilo me ajudou a ter uma espécie de encerramento, sei lá. Teve um tempo em que eu evitava ir ao caixa do supermercado. Todas aquelas revistas de fofoca com celebridades grávidas na capa.

— O que você fez depois de pegar o...? — Reese pergunta.

— Eu joguei de volta e dei descarga — Katrina responde.

— Caralho — Reese diz. Ela se envergonha de que essa conversa tenha se dirigido a um território íntimo demais para um primeiro encontro, um território quase violador. Katrina arruma a postura:

— Eu estava no banheiro. Eu estava em choque! Tinha um monte de sangue e sei lá o quê. E aí eu comecei a chorar.

Ela coloca as mãos no rosto, cobrindo alguma emoção súbita, mas se recompõe quando Ames aperta seu braço com carinho. Turistas passam por eles cheios de malas, falando alto e rindo. Por um momento horrível, Reese teme que Katrina tenha entendido aquele "caralho" como um julgamento. Ela não consegue pensar no que dizer para consertar as coisas.

Ames deve ter se sentido da mesma forma e, numa reversão desajeitada de assunto que Amy era capaz de fazer quando Reese a conheceu, pergunta:

— Eu ouvi falar que no Texas aprovaram uma lei que você tem que dar um funeral para restos fetais. — Ele pausa. — Ou talvez só as clínicas? Não me lembro.

— De que me ajuda saber disso? — Katrina pergunta, afastando-se de Ames, sua voz ficando aguda. — Eu sei que eu fracassei no teste pra ser mãe.

Parece que todas as partes de se ser mãe são um teste secreto, e eu sempre sou avaliada como inapta. Que tipo de funeral você sugere? Porra! Ninguém te dá um manual pra essas coisas! Eu não consigo nem imaginar como deve ser ruim quando você tem a criança real pra poder esculhambar.

Reese fica vermelha novamente, envergonhada de que Katrina tenha sentido necessidade de justificar alguma coisa, e em especial essa, que a própria Reese nunca vai poder vivenciar.

— Desculpe — Ames diz. — Foi uma coisa sem noção de se falar assim. Eu estava chateado, eu não pensei.

— Então, é chato mesmo! — Katrina diz. — Tudo isso é razão pra se ficar chateado! Tem uma mulher que eu conheço que descreveu o aborto espontâneo dela como uma "solidão biológica", e eu admirei a eloquência, mas eu também fiquei me perguntando se eu era uma psicopata sem remorso por não sentir a mesma solidão biológica... seja lá o que for isso.

— Eu sinto muito também — Reese se inclina para frente. — Eu larguei a pergunta de qualquer jeito. Mas eu também me sinto assim. Tipo, se você se sente indigna de ser mãe... Eu sou uma trava que acabou de perguntar sobre dar a descarga num bebê.

Katrina solta um riso de escárnio.

— É disso que eu estou falando! Não é questão de quem você é! O que me parece, ao menos vendo de fora, é que a maternidade é só um teste vago feito pra todo mundo se sentir inadequada.

— Bom, mas você está grávida agora. Você está indo bem — Reese diz.

— Não é o mesmo que ser mãe.

— Não é, tem razão. Mas é mais do que eu já tive.

Nenhum deles diz nada. Reese conhece bem a insegurança da maternidade, apesar de ser estranho ouvir uma mulher cis admitir que sofre disso. Um grupo de mulheres do baile de gala passa em vestidos sereia, como um bando de cisnes.

— Então aqui estamos nós — Reese diz, enfim. — Três aspirantes a mãe fracassadas.

Katrina se ajeita, surpresa com a descrição.

— Posso fazer uma pergunta direta, Reese? — Apesar de alegar que vá ser direta, Katrina foca sua saia, tirando um fiapo solto. Ela não quer olhar Reese nos olhos. — Por que você quer ser mãe?

* * *

A memória do rinque de patinação que Reese frequentou em sua própria infância emerge à frente dos seus pensamentos sem ser chamada. Apesar de ela ter contado a todo mundo em Nova York que ela cresceu em Madison, Wisconsin, Reese na verdade cresceu numa casinha em Middleton. Todas as grandes cidades universitárias do Meio-Oeste dos Estados Unidos parecem ter uma gêmea de baixo orçamento, um subúrbio em que lojas gigantes, centros comerciais de neon e concreto e redes de drive-thru podem se acumular sem ameaçar o caráter arcádico da cidade universitária em si. Como todo bom beta, Middleton se esforçava para nunca ameaçar a irmã mais bonita e famosa – o lema da cidade era "A boa cidade vizinha" e sua atração principal era o Museu Nacional da Mostarda.

No segundo ano do fundamental, a família que morava na casa ao lado apresentou Reese à patinação no gelo. Em alguma noite, Reese não se lembra de como ou por que, ela acabou sob os cuidados da sua vizinha Virginia, enquanto sua mãe trabalhava até tarde num escritório da fábrica de eletrodomésticos Sub-Zero. Virginia levou Reese junto para uma das aulas de patinação no gelo de Deb no rinque em Madison.

Reese era o único garoto no gelo. Ela escorregava em calças de moletom e patins alugados, braços sacudindo, uma curiosidade nova para as meninas risonhas em seus vestidos de patinação com lantejoulas. Seu coração minúsculo flutuava entre euforia, inveja e a empolgação de se perder na mesma atividade que as outras meninas. Na viagem de carro para casa, Virginia comprou combos de McLanche Feliz para a dupla – o McLanche Feliz de menino veio com uma xícara do He-Man para Reese, e Deb ganhou o de menina, uma xícara de unicórnio em cores pastel. Reese revirou na mente todas as formas de pedir para a mãe para voltar ao rinque de patinação e, de seu jeito jovem e desesperançoso, concluiu que todas levariam a um "não" exasperado.

Não foi isso que aconteceu. Ao longo das semanas seguintes, sua mãe continuou trabalhando até mais tarde, mandando-a para a casa dos vizinhos, e as aulas seguiram. De aniversário, Reese pediu e ganhou um par de patins. Eram pretos, não brancos como deveriam ser, mas a mãe fechou a cara quando Reese apontou o fato, então ela se apressou para corrigir: não, não, preto está ótimo, de verdade, ela amava patins pretos, ela só estava pensando nas suas novas amigas da patinação, as meninas, e como elas iriam querer que todas ficassem combinando, só isso.

Ela patinou no gelo durante os quatro anos seguintes, majoritariamente como acompanhante de Virginia. Ela era o único menino e recebia um tipo especial de cuidado das mães obcecadas com esporte, que não perdiam um treino sequer e tendiam a um tipo de autoridade feminina e minuciosa em que Reese se aninhava com suspiros satisfeitos. Os únicos momentos de dor verdadeira eram durante as apresentações, quando o rinque arrecadava dinheiro colocando as crianças para apresentar *O quebra-nozes* (no Natal) ou qualquer filme da Disney que pudesse ser adaptado (na primavera). As roupas de Reese, costuradas pelas mães patinadoras, quase combinavam com as das meninas ao seu redor. Era só quando ela as desdobrava que seu coração afundava: onde o collant deveria acabar em uma sainha fofa com babados, havia uma transição esquisita para um par de calças pretas de cetim.

Depois de algum tempo, Virginia aprendeu a reconhecer esses momentos para Reese e ajudá-la a se manter longe deles. Reese se lembrava da dor de nunca querer sair do carro de Virginia para ir embora para casa, dos momentos alegres em que era a sua vez de ir no banco do carona enquanto Virginia levava Reese e mais um punhado de outras meninas na ida e na volta das competições locais. Do jeito como Virginia a incluía com as outras meninas, elogiava sua graça e sua forma, igual como fazia com as outras, o que fez com que sua filha, mais cedo ou mais tarde, aceitasse Reese como uma delas, e que logo todas as amigas dela a aceitassem também. Da primeira vez que Virginia simplesmente "se esqueceu" e pediu cinco combos de McLanche de menina, em vez de quatro combos de menina e um de menino.

Reese gira no banco para encarar tanto Ames quanto Katrina, quase tremendo, uma corredora assumindo sua posição.

— Eu posso te dizer exatamente por que eu quero ser mãe — Reese diz. — Para que, quando eu tiver e amar uma criança, ninguém me faça essa pergunta de novo.

— Que pergunta? — Katrina pergunta. — Por que você quer ser mãe?

— É.

— Por que é que virar mãe faria ninguém mais te perguntar isso?

— Porque essa não é a pergunta à qual as mulheres cis têm que responder. As mães que eu conhecia quando eu era pequena não tinham que provar que era ok querer ter um filho. Claro que muitas mulheres que eu conheço se perguntam se elas querem uma criança *de fato*, mas não *por quê*. O motivo parece subentendido. A pergunta que as mulheres cis ouvem é: por que você *não* quer ter filhos? E aí elas precisam se justificar. Se eu tivesse nascido cis, eu nunca nem teria que responder a essas perguntas. Eu não precisaria provar que eu mereço meus modelos do que significa ser mulher. Mas eu não sou cis. Eu sou trans. Então, até o dia em que eu for mãe, toda hora vou ter que provar que mereço. Que não é antinatural nem errado que eu queira o amor de uma criança. Por que eu quero ser mãe? Depois que todas aquelas mulheres lindas com quem eu cresci, as que me acompanharam em viagens de aula, ou me fizeram almoço quando eu estava na casa delas, ou costuraram fantasias para todas as meninas com quem eu patinava, e você também, Katrina, falando nisso: depois que todas vocês tiverem que explicar os seus sentimentos em relação à maternidade, aí eu vou explicar os meus. E sabe o que eu vou dizer?

— Não, o quê?

— Idem.

Katrina escuta, seu rosto vazio, firme como se encarando uma ventania.

— Não sei, Reese. Não parece que você está falando de todas as mulheres, só de um tipo de mulher. De mulheres hoje, neste país... mulheres brancas — ela diz quando Reese termina. — Quando a minha avó chegou aqui da China, ninguém a encorajou a ter filhos. Foi o oposto. Ela teve que justificar o desejo básico de se reproduzir.

— Pode ser, mulheres cis brancas — Reese concede.

— Mas você diz isso como se fosse implicância minha — Katrina diz, captando alguma deixa aural de Reese. — Eu não acho que seja. Se você quer falar em termos de direitos reprodutivos, pode ser que a gente venha de lugares muito diferentes. Todas as minhas amigas brancas automaticamente partem do princípio de que a questão dos direitos reprodutivos tem a ver com o direito de *não* ter filhos, como se o direito à maternidade e a ideia de que ela é natural fossem dados. Mas, pra muitas outras mulheres neste país, é o contrário. Pensa em mulheres negras, pobres, imigrantes. Pensa em esterilização forçada, na ideia de que o que elas querem é mamar nas tetas do governo, de que elas só querem ter filhos pra ganhar mais dinheiro. Aconteceu de tudo isso reforçar a ideia de que nem todas as maternidades são legítimas. Ou, pra dar um exemplo, pega a minha família: eu sou *multirracial*. Fizeram minha própria mãe sentir, e aí cito a família dela e do marido e nossos vizinhos em Vermont, que ser minha mãe não era legítimo.

Reese não esperava ser questionada quanto a seu próprio direito ao vitimismo como mulher trans. Aparentemente, ninguém informara Katrina de que, entre LGBTQs, as mulheres trans ainda eram as subalternas principais. Talvez Reese houvesse se acostumado um pouco demais a se apoiar nesse fato.

— Eu não estou criticando os seus sentimentos, Reese — Katrina diz. — Eu estou te dizendo que eu me sinto assim também. Porque toda mãe é criticada pelo seu jeito de cuidar dos filhos. Você não tem que me dizer, porque eu já sei como as mulheres são pressionadas a sentir que elas não merecem ser mães: chinesas, trans, o que for. É em parte por isso que essa gravidez importa pra mim. É em parte por isso que compartilhar uma criança, ou abrir mão dela, não é realmente tão simples. Então quando digo que tenho minhas questões, não é só pela logística; a minha própria identidade é parte disso, assim como a sua é pra você. Você acha que é difícil ser mãe porque você é trans. Eu acho que é difícil ser mãe por ser uma descendente multirracial de imigrantes chineses e judeus. A gente tem dificuldades em comum quanto à maternidade. Mas a minha pergunta não foi questionando o motivo para que isso seja difícil. Minha pergunta é: me diz por que você, você em específico, Reese, quer ter um bebê. O Ames defendeu o ponto de vista dele. Agora eu estou pedindo que você defenda o seu.

O desafio chamuscou Reese. Há tantos motivos, mas a maioria deles são tão simples, tão corpóreos, que parecem inadequados à pergunta: ela gosta de abraçar crianças. Cheirar o cabelo de um bebê. Acalmar um bebê que está chorando e sentir seu corpinho relaxar a rigidez do medo para se assentar em seus braços, o peso se soltando e acalmando, de modo que, naquele momento, ela esteja tanto dando quanto recebendo uma paz rara. Embalar uma criancinha e lhe comunicar com o corpo: *você está segura*. Quando ela trabalhava na creche, ela gostava da maneira espontânea como as crianças pegavam sua mão. Ela gostava de assistir às crianças desvendando algo novo, à sua alegria, ao seu maravilhamento e à sua empolgação, que, quando Reese se abria, eram contagiantes. Ela gostava dos atos súbitos de altruísmo. Ela se lembrava de uma criança na creche, talvez com quatro anos de idade, que construiu uma torre de bloquinhos, então puxou a manga dela para convidá-la:

— Quer derrubar?

O menino entendia que derrubar era a melhor parte de construir e queria lhe dar essa parte. Quem poderia dar a você algo tão puro, exceto por uma criança?

No lobby, o grupo de mulheres trans do programa de TV que Reese havia notado antes passa numa revoada de vestidos, e uma delas faz um aceno de cabeça a Reese. Ela poderia ter parado para conversar, mas algo no rosto de Reese, ou na intensidade dos rostos das pessoas sentadas com Reese, a impediu.

Reese a espera passar e, quando responde à pergunta de Katrina as palavras fluem fáceis, levadas por uma corrente de raiva, sem nada da sua reticência e astúcia comuns.

— Eu quero ser mãe pelos motivos normais. A maioria das pessoas tem dificuldade em colocar esses motivos em palavras. Geralmente se fala em "relógio biológico", que não é um termo que funciona pra mim, mas que ainda assim descreve algo que eu sinto no corpo. Sim, eu concordo com você. As mulheres de quem você está falando, as marginalizadas... todas elas ouvem que não deveriam *ter* filhos, mas não que não deveriam *querer* filhos. Querer ter filhos parece ser um fato universal aceito para mulheres em todos os lugares. E eu não estou usando a carta trunfo da transexualidade, mas, desculpa, não é o mesmo para transexuais. Não é considerado natural quando eu digo que o meu relógio biológico está passando, porque não me deram um relógio biológico pra começo de conversa. Me dói quando eu vejo mães com seus filhos. Eu tenho tanta inveja. É uma inveja física, tipo uma fome. Eu quero ter crianças perto de mim. Eu quero a mesma validação que outras mães têm. O sentimento de ser mulher, vindo de estar numa família. Essa validação é uma necessidade aceitável para mulheres cis, mas é tratada como perversão no meu caso. Tipo, se um "homem de vestido" quer estar perto de crianças, não pode ser por um bom motivo. Convenhamos: todo mundo age como se todas as mães fossem mulheres de verdade, e todas as mulheres de verdade virassem mães. As mulheres que nunca têm filhos são tratadas como vadias fúteis, obcecadas consigo mesmas, sem a mínima capacidade de amar.

Ames, que estivera em silêncio até então, permitindo que a discussão fosse até o fim, interrompe:

— Ninguém acha que as mulheres sem filhos são vadias fúteis.

— Oi? — Reese está incrédula. — Você já viu um filme? Já assistiu à televisão? É claro que acha. Mas está bem, vou falar de mim: *eu* acho que, se *eu* nunca tiver filhos, *eu* vou ser uma vadia fútil para sempre. E eu sou capaz de amar uma criança. E, sem ter uma criança para amar, todos os meus dias terminam com uma fome não saciada. Melhor assim pra você, Ames?

— E ainda querem falar de liberdade LGBTQ... — Ames diz, mas balançando a cabeça de leve, as palmas das mãos para baixo, um gesto para que ela se acalme.

— Você ficaria mais confortável se eu dissesse que não tem nada de errado em ser uma vadia fútil, mas que só não é mais pra mim? Ou posso responder à pergunta dela agora? Posso?

Ele revira os olhos.

— Pode continuar, Reese.

— Obrigada. — Ela enfaticamente se vira para falar com Katrina em vez de Ames e, sem exatamente querer, sua linguagem corporal ganha uma pose de quase súplica, mesmo com seu tom permanecendo afiado. — Eu tenho um dom pra ser mãe. Tudo que eu faço é ser mãe das pessoas. Eu quero tanto ser mãe que eu transformo todo mundo em minha filha. Outras garotas trans. Homens também, na verdade. Às vezes, quando eu penso na Amy... *no Ames*... eu acho que ele se apaixonou por mim porque eu fui tanto mãe quanto amante. — Ames ri pelo nariz, mas Reese ignora. — Quando eu era criança, eu sentia tão forte as minhas necessidades. Quando alguém conseguia saciar alguma delas, era lindo. Era o lugar adequado pra alguém ser mãe. Agora eu preciso de um lugar assim pra mim mesma. O meu senso de esperança, o meu senso de um futuro, ambos se apoiam em ter filhos. Eu quero ver algo que eu aprecio seguindo sua própria vida. Assim vocês entendem por que eu quero ser mãe? Dá pra aceitar?

Katrina pausa, então assente com a cabeça. É um aceno não comprometido, mas ainda é um aceno.

Ames relaxa as costas e expira longamente, audível inclusive na barulheira do lobby.

— Dando crédito à Glaad — ele diz. — Hoje eles cumpriram seu objetivo de proporcionar mais uma discussão pesada sobre direitos LGBTQ.

Pouco tempo depois, Ames acompanha Reese à rua. O casaco de Reese está pendurado na sua bolsa, mas, no semáforo de pedestres, ela o abre e enfia os braços nas mangas. Katrina espera dentro do hotel.

— Talvez eu não tenha me saído superbem — Reese diz em voz baixa. — Meio idiota pensar que eu me sairia.

Ames balança a cabeça.

— Talvez você tenha se saído melhor do que imagina. — Ele alcança e ajeita a gola do casaco de Reese com uma familiaridade automática. — Eu conheço bem a Katrina. Quando ela está desinteressada ou insultada, ela evita se envolver. Ela nunca ousa desafiar alguém com quem ela não se importa. Ela não deixa de ser educada, mas dá pra notar. Ela não estava assim hoje. Ela pode não ter dito tudo que você, ou nem que eu, queria ouvir, mas ela está considerando de verdade. Ela deve ver algo em você. Ela estava furiosa comigo, mas não descartou a ideia.

— Estava mesmo — Reese concorda. — Apesar de que talvez você tenha um talento pra fazer mulheres te darem segundas chances. — O semáforo abre e ela se vai, mas, antes, ele segura seu braço e lhe dá um leve apertão como tchau. Do outro lado da rua, ela se dá conta de que eles não se deram um beijo de despedida, nem aqueles fingidos de lado. Isso a incomoda. Haviam sido anos de beijinhos de despedida com Amy. Ir embora sem lhe dar um faz com que ela se sinta como se tivesse deixado algo para trás. Ela emerge da estação de trem em Greenpoint dentro de uma névoa suave e recebe uma mensagem de texto do seu caubói, que quer lhe fazer uma visita. Normalmente seria óbvio que ela diria sim. Mas ela hesita dessa vez, pensa em ignorá-lo, em se dar ao respeito. Ela se orgulha de que essa rebeldia dura até ela chegar em casa, ponto em que sua solidão a derrota, e ela se lembra de que ninguém ainda elogiou seu vestido Marchesa.

Ainda assim, depois que seu caubói se vai, ela nota que não está ressentida por ele ter ido embora. Normalmente, o sistema dela registra cada uma das partidas do seu caubói como um pequeno fracasso por parte dela. Mas, dessa vez, quando ele fecha a porta atrás de si, ela sente um momento de alívio, luxuriando-se no espaço que ela tem para se estender no frescor da cama, sem aquele corpo quente, de pernas peludas, transpirando pós-coito ao seu lado. E, o mais interessante de tudo, ela nota enquanto pega no sono, é que seu caubói foi desaparecendo de seus pensamentos quase por inteiro. Em vez disso, ela está imaginando uma nova vida com Amy. E, ainda mais estranho, nos limites da fantasia flutua Katrina.

Capítulo seis

Três anos antes da concepção

Um dos amigos de Reese, um estilista mais ou menos famoso, lhe arranjou um emprego de meio período em uma empresa de relações públicas que representava marcas de moda. Reese abandonou os empregos inconstantes de garçonete aos quais tinha dedicado a maior parte de uma década, mas manteve um turno ou dois na creche da academia, já que a creche seguia a colocando em contato com crianças e com mães ricas de Manhattan que estavam dispostas a pagar abundantemente por uma boa babá. No Dia dos Namorados, por exemplo, Reese podia cobrar de mães desesperadas por romance o mesmo que suas amigas que trabalhavam como acompanhantes cobravam de seus clientes regulares.

Seu novo emprego envolvia dar peças de amostra para pessoas notórias, na esperança de que elas, mais tarde, fossem pegas usando essas amostras nas redes sociais. Reese encontrava tais pessoas apenas ocasionalmente – em geral, ela só ficava sentada nos almoxarifados de um ou outro estilista, esperando para emplacar um produto com um assessor, um estilista ou um amigo íntimo de alguma celebridade.

Werner Herzog foi o primeiro interessado nas roupas que ela distribuía que apareceu em pessoa. Nunca se soube como foi que ele acabou na lista de relações públicas da agência; o diretor bávaro favorito de todo mundo não é o ícone de moda favorito de ninguém. Herzog encontrou Reese na frente dos escritórios da marca de roupas masculinas Barking Irons, numa rua do bairro Bowery. Ele usava uma roupa incisivamente antimoda: calças cáqui, uma camisa social sem formato e um blazer azul-marinho de corte longo demais – há anos fora de moda. Ele apertou a mão de Reese, um cumprimento de que ela não gostava. Um aperto de mão firme demais poderia fazer as pessoas perceberem que ela era trans, então ela ia ao extremo oposto com um pulso frouxo que impedia qualquer aparência de autoridade. Ela se sentia muito mais confortável com um beijo na bochecha. Nada melhor para uma garota de Wisconsin do que modos europeus. Ela se perguntou o que ele pensava de mulheres trans. Ou de mulheres em geral. Havia mulheres nos filmes dele? Ela não conseguia se lembrar de muitas. Talvez algumas mulheres morressem numa selva ao longo de um filme ou outro.

No escritório da Barking Irons, um loft estiloso, decorado com antiguidades da "Era Dourada" do fim do século XIX nos Estados Unidos, Herzog olhou camisetas brasonadas com imagens do folclore da cidade, enquanto os fundadores da marca, dois irmãos nova-iorquinos, discursavam sobre si mesmos e sua marca, como faziam sempre que uma celebridade se dava o trabalho de aparecer.

Herzog assentia como um sábio. Ele lhes disse que, para ser bem-sucedido em qualquer coisa, seja na moda ou nos documentários, deve-se economizar em tudo – e era por isso que, apesar de seu sucesso, ele tinha o costume de aceitar roupas grátis. Da forma que se esperava que os pobres artistas convidados aos salões da alta classe cem anos antes fossem espirituosos e divertidos, Herzog ofereceu a seus benfeitores da Barking Irons uma experiência verdadeiramente herzogiana. Em vez de fazer conversa fiada, ele anunciou que as roupas novas eram ainda mais bem-vindas porque naquele dia ele tinha vivido um horror: o hotel em que gostava de ficar em Nova York havia sido tomado por uma infestação de percevejos. Ele falava com um forte sotaque, destacando as vogais de uma forma que pareceu a Reese claramente um hábito, mas beirando a autocaricatura. Werner Herzog interpretado por Werner Herzog. Com uma urgência demente, ele aconselhou Reese e os dois irmãos que, se algum dia encontrassem tal verme sanguinário, deveriam tirar a roupa de imediato e colocá-la em um congelador "a zero grau, por não menos que dois dias, para que, na escuridão e no frio, toda a vida seja lentamente arrancada dos parasitas". Assim, havendo fornecido seus talentos em troca das camisas, ele as reuniu em um saco de papel, agradeceu sua audiência estupefata e se despediu, descendo no elevador de volta para as ruas da cidade. Pela primeira vez na vida, Reese tinha uma história de trabalho que mal podia esperar para contar em festas.

Antes desse período trabalhando com relações públicas, Reese tinha pavor de todos os eventos sociais – em especial aqueles com os amigos de Amy, que eram sensatos e tinham empregos de turno integral – quando chegava a sua vez de dizer o que fazia da vida. *Garçonete*, ela dizia, e observava os cálculos girando atrás dos olhos da pessoa com quem que ela estivesse falando, vendo-a elencar o salário de uma garçonete, o quanto custava viver em um apartamento de dois quartos perto do Prospect Park, e o quanto Amy provavelmente ganhava; então, com a equação completa, eles concluíam que Reese dependia da generosidade de Amy. A namorada-criança-sanguessuga. Mesmo se o interlocutor mais tarde a tratasse com educação, ou mesmo se ele viesse a puxar um papo interessante, Reese ainda assim se ressentia do momento em que abrira as cortinas para revelar o quanto ela dependia de Amy.

Mas, com um emprego na área de relações públicas, Reese começou a se sentir confiante quando antecipava o interrogatório sobre o-que-você-faz – não importava que ela só trabalhasse meio período ou que a posição do seu papel na hierarquia da agência estava pouco acima da de uma estagiária pretensiosa, nem que ela, na verdade, ganhasse menos do que quando era garçonete. Sua proximidade à indústria da moda e as ocasionais histórias envolvendo celebridades a deixavam em pé de igualdade com Amy. Histórias como a de Reese eram o motivo pelo qual as pessoas vinham a Nova York. Reese tinha o sentimento bizarro de ter ludibriado as pessoas para que a vissem como uma adulta totalmente crescida, talvez até mesmo de sucesso. Não era o mesmo que ver a si mesma dessa forma, mas ela gostava de pegar emprestados os olhos dos outros. Afinal de contas, não é essa a glória gatsbyana do sonho nova-iorquino: contar a maior história sobre si mesmo em que pode esperar que outros acreditem, na esperança distante de que você mesmo acabe acreditando?

A ideia de si mesma como adulta possibilitou outras considerações há muito postergadas. Ela e Amy estavam juntas há quase cinco anos. Com certeza isso era tempo bastante para que elas contassem como uma família. O futuro acenava. Ou melhor, talvez o futuro tivesse chegado ao presente.

Mesmo ainda estando com seus vinte e tantos anos, Reese assistia a pessoas hétero progredindo em suas carreiras ou se casando ou discutindo os planos de aposentadoria que seus empregos ofereciam. Ela uma vez havia confidenciado a um amigo, um jovem designer de moda gay, sobre como seu sentimento de ter ficado para trás vinha se assentando. Em resposta, ele lhe comprou um livro sobre o conceito de temporalidade *queer*. O livro era pavorosamente chato.

Em vez do livro, Reese leu o máximo de posts em blogs que conseguia encontrar sobre o assunto. Seu amigo tinha razão: a noção de temporalidade *queer* era confortante. É claro, ela disse para si mesma, que o fluxo de tempo e as épocas que compõem uma vida *queer* não correspondem à cronologia ou sequer à sequencialidade de uma vida hétero, então não faz sentido comparar sua própria narrativa à de uma pessoa heterossexual, como se ambos fossem cavalos soltados ao mesmo tempo em uma mesma pista de corrida. E isso era só para o *queer* médio. Agora imagine se fosse trans! Os anúncios financeiros diziam que, quando você chegasse aos trinta, já deveria ter economizado dois anos de renda para sua aposentadoria. Mas as garotas trans de trinta que Reese conhecia tinham a maior parte de seus portfólios de investimentos na forma de tons antigos de batons da MAC que elas só haviam usado uma vez; passavam a semana toda enviando gifs engraçados umas para as outras e, ocasionalmente, sendo trolladas on-line por crianças de treze anos.

A ansiedade temporal da própria Reese se solidificou na forma de uma mesa de jantar. Em um de seus primeiros empregos em Nova York, uma mulher atraente, chamada Angela, se afeiçoara por Reese. Angela havia sido garçonete e bartender por boa parte da sua vida entre os vinte e os trinta, mal conseguindo se sustentar enquanto tentava emplacar com a fotografia. Reese gostava das suas fotos: eram em preto e branco, ricas em texturas, e tiradas de ângulos desorientantes. Ao longo do ano em que Reese trabalhou com ela, Angela começou a namorar um engenheiro mecânico em ascensão chamado Chuck, cofundador de uma empresa que havia fechado um contrato lucrativo para impermeabilizar os novos parquímetros eletrônicos da cidade, os quais, por uma falha no design anterior, entravam em curto em dias úmidos. No fim do ano, Angela foi morar em Jersey City com Chuck, que tinha uma luxuosa casa de tijolos com vários andares. Logo depois, ela convidou Reese para jantar.

    Reese chegou a um interior perturbadoramente bem mobiliado. Cumprimentando Angela na sala de estar – iluminada de leve por luzes embutidas –, ela pensou em fingir que não havia trazido vinho, para evitar que vissem a garrafa de marca genérica que custara doze dólares. De imediato, Chuck se desculpou pela bagunça – da qual Reese não viu nada além de uma caixa e umas ferramentas perto de uma porta fechada. Eles tinham comprado torneiras novas para o banheiro de baixo, Chuck disse, e ele tinha tido confiança demais de que poderia instalar tudo antes que ela chegasse.

    — O que houve com a torneira de antes? — Reese perguntou.

    — Era horrível — Angela se interpôs.

    Reese assentiu de um jeito idiota. Imaginou que Angela era sua primeira amiga na história a trocar uma torneira que não estava quebrada.

    — Tenho certeza de que as novas são lindas.

    Chuck catou uma torneira do meio da pilha de ferramentas, desembainhou-a de sua embalagem plástica e a estendeu para que Reese admirasse. Parecia uma torneira normal. Talvez um pouco mais quadrada.

— É italiana — Chuck lhe informou.

— Dá pra notar — Reese respondeu, incerta de se havia falado com ironia ou bajulação.

O tour espontâneo continuou. Angela exibindo a casa, a mobília, passando a ponta dos dedos com amor sobre a decoração enquanto se empolgava confessando o preço de diversas coisas aqui e ali. Na mesa de jantar, Angela anunciou:

— Essa é minha favorita. Eu sempre soube que queria uma mesa dessas, porque a minha avó tinha uma. Eu não achei nas lojas, então o Chuck encomendou essa sob medida pra mim, como presente de boas-vindas. A gente encomendou dois meses atrás, e chegou agora. — Seus dedos acariciavam a mesa com ternura, e Reese a imitou. Ela havia sido lixada a um toque de veludo, mal parecendo madeira.

— É madeira de qualidade. Vai durar um século se a gente lixar e envernizar. Não vou nem te dizer quanto custa. — O prendedor no cabelo de Angela combinava com os anéis de guardanapo. Reese sabia que era de propósito sem ter que perguntar.

Era, de fato, uma mesa muito bonita e sólida. O bem mais valioso de Reese era seu laptop.

— Quando você chegar aos trinta — Angela lhe disse, não com crueldade —, você vai querer uma também. Você vai querer uma mesa que vai durar a sua vida toda.

A mesa se fixou com poder totêmico no cérebro de Reese. Aquele feito da carpintaria se tornou, para ela, um marcador mental absurdo-mas-sério de uma temporalidade feminina burguesa que estaria para sempre além de seu alcance invejoso: quando uma mulher chega a certo ponto depois dos trinta, ela sai procurando e encontra uma boa mesa de jantar com a qual se firmar.

Uma tarde, depois de almoçar com Amy, Reese pegou o metrô para a loja de Paul Smith, onde a chefe havia marcado para Mark-Paul Gosselaar escolher amostras de malha. Mas Gosselaar estava atrasado. Ela esperou em uma cadeira de plástico mais no fundo da loja, cercada por suéteres em cores mudas e pelo cheiro de lã nova. De fones de ouvido, ela não notou o homem que a chamava até que ele começou a se avultar sobre ela. Alto. Uma jaqueta de campo, verde. Cabelo castanho molengo sobre um toque de sorriso. Ela soltou um ganidinho ao mesmo tempo que suas glândulas adrenais se ativaram.

Stanley.

Ele tinha perdido peso, ficado magro. Com as maçãs do rosto destacadas sob os olhos azuis pálidos, seu rosto havia assumido um ar lupino. Ele passou os dedos por um suéter que estava pendurado perto do rosto de Reese. Ela tirou os fones de ouvido para ouvi-lo dizer:

— Lugar interessante que você escolheu pra meditar.

— Estou trabalhando — ela disse, mais rápido, se situando.

— Você trabalha aqui agora?

— Não, pra uma empresa de relações públicas que trabalha com a loja.

Ele arregalou os olhos.

— Impressionante.

Ela pensou em desviar do elogio, mas não: que ele pensasse que era impressionante.

— É na área de moda?

— Normalmente.

— Ótimo! Me ajuda a escolher alguma coisa aqui.

— Não posso, eu estou trabalhando! Estou esperando o Mark-Paul Gosselaar. — Ela soltou o nome de propósito, com intenção de se gabar, mas Stanley só perguntou quem era. — O Zack Morris! De *Uma galera do barulho*!

Ele riu.

— Essa é do arco da velha.

— Falar "do arco da velha" é do arco da velha!

— O quê?

— A expressão. Não que eu tenha idade pra saber.

Ele não mordeu a isca.

— Que seja, é você que está aí falando de coisa velha.

Observar Stanley falar era como ver um filme pela milésima vez – a familiaridade de suas expressões e gestos. Ela sabia quando Stanley inclinaria a cabeça, quando ele faria uma expressão imitando timidez e olharia sorrateiramente para um lado.

Bem naquele instante, o gerente da loja chegou trazendo Mark-Paul Gosselaar. Ali estavam os passados distantes da televisão e da vida pessoal, ambos voltando à vida ao mesmo tempo. Reese se levantou de súbito.

— Tá, Stanley, eu tenho que ir trabalhar.

Mas Stanley estendeu a mão para Gosselaar, que a apertou e perguntou:

— Você é o Reese?

Stanley apontou para Reese.

— Não, desculpa, aquela é a Reese. Eu só estou fazendo compras.

Gosselaar não se abalou. Ele sorriu, aqueles megawatts boa-praça dos anos 1990 mitigados apenas de leve pela barba e pelos pés de galinha que agora os cercavam. Era claro que o homem se acostumara a estranhos apertando sua mão com pouco motivo.

— Bom te ver — Reese disse para Stanley, porque o gerente havia pegado um molho de chaves para bruscamente destrancar uma porta, e já estava segurando-a aberta para Gosselaar.

— Bom mesmo — disse Stanley.

Mas, quando Reese emergiu do depósito da loja vinte minutos depois, ela encontrou Stanley ainda olhando suéteres.

— Eu achei a brevidade do nosso encontro totalmente insatisfatória — ele disse. — Agora me mostra quais suéteres que o Zack Morris levou? Vou comprar os mesmos.

— Eu tenho que ir.

Ele parou em seu caminho.

— Por favor?

E essa expressão, um simples "por favor", havia ocorrido tão poucas vezes no léxico que ele um dia havia usado com ela que ela teve de se perguntar se ele havia mudado, e quanto. E isso, por sua vez, a deixou curiosa, ou ao menos curiosa o suficiente para aceitar.

Naquela noite, Reese adentrou o apartamento de Stanley segurando sacolas de compras. A maioria era dele, mas ele havia comprado algumas para ela das várias lojas às quais ela o havia levado. Ele tinha sublocado um loft em Williamsburg, o apartamento de um chef que estava passando três meses fora num tour culinário. Isso queria dizer que Stanley estava vivendo entre os pertences de bom gosto do chef, dificultando para Reese procurar pistas do estado da vida de Stanley. Havia um velho piano vertical de madeira contra uma parede na sala de estar, e Reese brincou com umas poucas notas. Ao longo da outra parede, havia estantes com copos e taças de todos os formatos e, acima delas, uma seleção de bebidas que envergonharia qualquer bar comum. Uma coleção de garrafas de todas as cores, algumas brilhando de novas, outras com ares anciãos, e metade com rótulos que Reese não reconhecia.

— Você pode beber tudo isso? — ela lhe perguntou.

— Eu posso fazer o que eu quiser. Eu ainda não bebi nenhuma, mas eu reponho qualquer coisa que você usar — Stanley respondeu. — Me faz alguma coisa. Faz tempo que uma mulher não me traz uma bebida.

Uma hora depois eles já estavam em seu terceiro drinque. Ela fizera uma combinação de gim, Chartreuse verde e algum licor antigo floral de proveniência desconhecida, junto de um pouco de suco de laranja da geladeira. Não teria figurado em um menu de coquetéis, mas o licor chique a tornava bebível.

Ela havia se trocado e colocado um par de jeans brancos justos que ele lhe comprara naquela tarde. Como quando viviam juntos, ela se deitou no sofá com as pernas no colo dele. Ele contou de uma viagem que fizera para a Bolívia, onde bebera ayahuasca, e de uma visita a sua irmã vegana na Austrália, onde havia adotado a dieta por três meses e perdido um monte de peso. Então, bebericando o drinque e fitando através da janela uma vista da ponte iluminada de Williamsburg a poucos blocos dali, ele começou a falar, hesitante e arrependido, sobre o ano de destruição que seguira o fracasso da sua empresa, seu divórcio e, é claro, a partida de Reese para Amy.

Depois de uma longa pausa, ela se deu conta de que Stanley esperava que ela reciprocasse. Que ela confessasse seus pecados e pedisse penitência, admitisse os erros que aprendera na ausência dele. Com cuidado, ela montou uma frase para dizer que só quisera deixá-lo em paz, e que por isso não tinha entrado em contato. Ele a dispensou com um aceno magnânimo.

— Não tem problema — ele disse. — Eu passei por maus bocados depois do divórcio. Talvez eu também não tenha sido tão gentil com você. As coisas estão melhores agora. Esse negócio que estou começando com o fundo de investimento do meu amigo pode durar um ano e vai ser lucrativo mesmo se não virar nada a longo prazo.

O tipo de dinheiro que ele sugeria era atraente para Reese. Sim, Amy ganhava bem, mas não à altura de Stanley. Com Stanley, ela teria uma mesa de jantar em cada quarto.

Ele lhe lançou um olhar travesso e disse:

— Não se mexe, eu quero fazer uma coisa. — Ele se levantou, seu corpo parecendo mais alto do que nunca agora que tinha emagrecido. Ela obedeceu, deitada imóvel no sofá, e ele foi para trás dela, saindo de seu campo de visão. Ela ouviu o farfalhar da grande sacola de papel que havia deixado perto da porta. Um momento depois, ele voltou e se ajoelhou ao lado do sofá. Ela levantou a cabeça, indagativa.

— Falei pra não se mexer — ele disse.
— Desculpa!
— Olhos no teto.

Gentilmente, ele abriu o primeiro botão da calça nova de Reese. Ela se perguntou se deveria pará-lo, o que quer que fosse fazer.

— Eu ainda tenho uma namorada — ela disse. — Eu estou num relacionamento *lésbico*.

— Eu sei. — Ele não tirou as mãos dela enquanto falava. — Eu olhei seu Instagram uns meses atrás. Você é mais bonita que ela.

Ela não deveria ter deixado um homem comparar sua aparência com a da namorada. Essas coisas desvalorizavam um relacionamento lésbico, rebaixavam-no a algum tipo de espetáculo para ele julgar. Mas, por outro lado, ninguém achava que ela era mais bonita que Amy hoje em dia. As garotas com quem Reese crescera costumavam rotular as irmãs de "a inteligente" ou "a bonita" ou "a artística". Como uma irmãzinha desengonçada de súbito chegando à puberdade para atingir uma beleza súbita, Amy se transformara na "bonita". Reese queria guardar por um momento ou dois a possibilidade de sua própria beleza superior.

A pressão do tecido justo em seus quadris se aliviou com o baixar lento da braguilha. Ela encontrou um ponto no teto, uma leve rachadura na tinta, e permaneceu imóvel. Uma cócega disparou da virilha. Um raio em parte nervoso, parte excitado que Stanley, mais que quase todas as pessoas com quem ela estivera, conseguia provocar. Suas mãos, secas e ásperas, roçaram abaixo do umbigo de Reese quando ele deslizou um dedo por trás do elástico da calcinha e a abaixou para mostrar o pau dela. Ela não estava dura, e o ar estava fresco. Por um momento ela sentiu um beliscão de culpa. Mas então outro pensamento, ainda pior, lhe ocorreu. Ela não conseguia se lembrar da última vez que havia se depilado. Uma grande vergonha tomou conta dela, tão forte quanto a culpa.

— Espera aí — ela disse. — Dá pra pausar?

Ele colocou a mão na barriga dela para tranquilizá-la.

— Eu não vou fazer nada que possa ser chamado de sexo — ele disse.

É claro que isso é sexo. Mas ela não o disse. Em vez disso, ela pediu um gole do drinque.

Ele alcançou atrás de si na mesinha de centro e lhe passou o copo.

— Só relaxa — ele sussurrou. Ela se ajeitou, tomou um gole e espiou para baixo. Em sua perna descansava uma fita de cetim que antes amarrara o pacote de um pijama que ele havia comprado naquela tarde.

— Tudo bem — ela disse. Ela colocou o copo no chão, esmoreceu os ombros e deixou seus olhos vagarem de volta para o teto.

— Sabe — ele disse —, eu bati uma punheta pensando em fazer algo assim com você um tempo atrás.

— Achei que você tinha dito que não era sexual.

— Eu disse que não era sexo.

Satisfeito de que ela ficaria deitada e imóvel, ele a tomou em sua mão e começou a amarrar a fita ao redor da base do seu pau, devagar, duas voltas, então ao redor das bolas e do corpo do pênis, uma volta em cada. Ela o observou, à beira de lhe dizer para parar. Ele estava focado como um cirurgião. Suas sobrancelhas flutuavam alto em sua testa franzida, como se o que suas próprias mãos faziam o surpreendesse. Enfim, ele soltou o meio metro restante de fita sobre a barriga dela, puxou sua calcinha para cima e fechou o botão dos jeans, com o zíper ainda aberto.

Com cuidado, ele passou a extensão restante de fita pela braguilha aberta e a segurou. Então ele se levantou, olhando-a de cima, com a fita obscenamente pendurada da frente dos jeans. Ele puxou de leve.

— Eu te queria numa guia assim — ele disse. Ficou parado por um minuto ou dois. Ela olhava para cima, encarando-o, desafiando-o, excitada, o resto de seus pensamentos num ruído branco de culpa. Quando foi se sentar ao lado dela no sofá, ela disse:

— Acho que eu deveria ir — Reese disse. — Deixa que eu mesma me desamarro.

— Quero que você vá assim pra casa. Deixa por baixo do jeans que eu comprei pra você.

— Não, Stanley. A gente não vai fazer esses joguinhos de novo.

— Mas você quer. Eu estou vendo.

Ela balançou a cabeça. O rosto dele ficou frio.

— Tudo bem — ele disse. — Não vou te segurar.

Ela se esquecera de como ele reagia à rejeição. A prescrição feminina não dita contra deixar um homem bravo a fez raciocinar que ela poderia desfazer o laço no corredor ou elevador.

— Na verdade — ela ofereceu como consolo —, é meio excitante. Vou deixar assim. Mas eu realmente tenho que ir.

Ele se suavizou, mas não disse nada. Com o laço ainda pendurado da braguilha, ela pegou o casaco. Na porta, ela se despediu com um beijo na bochecha. Ele assentiu e deu um adeus duro e bateu a porta atrás dela. Nas escadas do prédio, ela desfez o laço e pôs a fita na bolsa, uma bolsa da Coach que, ela se deu conta, também fora ele que lhe comprara, ainda na época em que viviam juntos. Ela a havia usado por tanto tempo que a associação com ele havia desbotado.

Ela se perguntou a quem poderia contar sobre o incidente. Não a Amy, nem a qualquer um dos casais de amigos. Só a Iris. Iris sempre estava contando histórias sobre seus pseudoclientes. Mas Iris não guardaria a história só para si.

Amy foi dormir cedo naquela noite, enquanto Reese ficou acordada vendo televisão, o laptop equilibrado sobre as pernas, navegando na internet sem rumo, duas telas ligadas ao mesmo tempo para afogar seus pensamentos. Seu ciclo costumeiro de redes sociais e notícias com frequência incluía uma parada no Instagram de quarentões gatos, ou no Twitter de uma das estrelas pornô trans que ela seguia. Ela se deu conta de que estava com tesão.

Ela foi ao quarto na ponta dos pés e, da porta, fitou o rosto de Amy na semiescuridão. A luz do corredor caía sobre os traços de Amy, contrastando o plano de suas bochechas com os vazios de sua mandíbula. Um espasmo correu por Reese, metade inveja, metade luxúria. Amy era linda pra caralho.

Agora em seu quarto ano de hormônios, uma série de mudanças sutis se misturavam de uma nova forma: a gordura subia mais alto em suas bochechas, almofadando sua estrutura óssea já delicada e simétrica, os músculos e tendões restantes se derretiam e emagreciam, e seu corpo assumia um afeto leve e gracioso. Um rabo de cavalo loiro a seguia por onde fosse, alto na cabeça e balançando respeitoso, de forma a não roubar atenção da nova finura de seu pescoço e clavículas. Era simplesmente injusto como seus lábios eram carnudos.

E para completar o pacote: a plástica no nariz. Ela a tinha feito no ano anterior. Quando o inchaço enfim passara, seu nariz descia em linha reta pelo centro do seu rosto. A linha assentava os planos do rosto com elegância – a peça central que fechava os arcos de seus traços. Reese nunca teria dito que o rosto de Amy não tinha harmonia antes. Mas depois da rinoplastia... Amy ficou tão timidamente linda, a beleza de alguém que desabrochou tarde e que, não a tendo internalizado, caminhava sempre um passo atrás de sua elegância.

O plano de saúde cobrira a plástica. Reese havia convencido Amy a fazê-la, apesar de nunca ter podido pagar qualquer remodelagem para si mesma, e sua própria inveja a levou a fazer imperativos curtos sobre a questão. *Você vai fazer a cirurgia. Para de enrolar.* A vigília nervosa de Amy na frente do espelho, acompanhada por sua seleção de fotos de narizes de celebridades (seu favorito: Natalie Portman! Quanta definição naquelas narinas perfeitas!) fermentava uma inveja nauseante na barriga de Reese. Mas Reese continuou a encorajá-la, tanto por princípio quanto por interesse próprio.

A disforia de Amy se centrava no dorso do nariz, que lhe dava um ar de gavião em alguns ângulos pré-rinoplastia. Reese não lia traços de gavião como particularmente masculinos, mas Amy conseguia passar horas encarando fotos de si mesma, focando na suposta masculinidade do seu nariz enquanto todas as outras mudanças físicas da transição se derretiam ao redor. Na verdade, o ódio de Amy pelo seu nariz era extremo o suficiente para conquistar as cartas de terapeutas que eram necessárias para alterá-lo sob justificativa de que ela se encaixava nos padrões clínicos internacionais de disforia de gênero.

Era muito freudiano, Reese pensou, que sua ansiedade se focasse no nariz – o nariz protuberante como o falo, o falo como o eu anterior de Amy. Mas Reese não o dizia, porque, na verdade, os elementos que compõem a disforia não seguem um padrão freudiano – não, eles se enfileiram segundo uma mistura alquímica de padrões de beleza, consumismo e doses liberais de autodesprezo. Bastava apenas uma busca rápida em qualquer fórum sobre transexualidade para notar, por exemplo, que uma alta porcentagem de mulheres trans tendia a se focar disforicamente na arcada supraciliar, que engrossa com a exposição à testosterona durante a puberdade e que avarentos cirurgiões de feminização facial duvidosamente declaram como marcador instantâneo de um rosto masculino. De maneira mais objetiva, Reese afirmava que a testa enlouquecia as mulheres trans precisamente porque *existe uma cirurgia para alterá-la*. A cirurgia reforçava a disforia mesmo enquanto a disforia criava uma necessidade de cirurgia. Saber que uma cirurgia existe, mas que você ainda não pode fazê-la, mesmo enquanto se encara no espelho e quer morrer, significa que a tentação do desejo vai te assombrar para sempre. Mas mãos grandes? Sim, são uma merda, mas nenhum cirurgião ainda inventou um procedimento que as encolha, então a maioria das mulheres que Reese conhecia apenas aprendia formas de minimizá-las e superar o fato, como a própria Reese. Mas assim que algum cirurgião inventasse um procedimento diminuidor de mãos, Reese sabia que preferiria morrer do que ter a cirurgia negada a ela. Portanto, o fato de que a disforia de Amy havia se instalado no seu nariz e que Amy *podia* fazer uma plástica paga pelo seguro da agência, significava que, na opinião de Reese, ela *tinha* de fazê-la, porque do contrário o nariz atormentaria Amy para sempre.

Além de suas opiniões generalizadas e de tamanho único sobre cirurgia plástica em mulheres trans, ela tinha seu próprio motivo egoísta para insistir que Amy fizesse a plástica. Um dia, Reese ganharia o direito de fazer parte do seguro de Amy. Com o precedente que fora criado quando o seguro cobrira a cirurgia de afirmação de gênero de uma funcionária, abria-se caminho para uma segunda. Reese ainda precisaria que o caminho aumentasse, porque ela queria mais que uma plástica no nariz; ela queria sua tão esperada vagina e, sim, uma remodelação da testa também. Só porque ela via que os caprichos do capitalismo, do patriarcado, das normas de gênero ou do consumismo contribuíam para a disforia facial não queria dizer que ela desenvolvera imunidade a elas. Na verdade, ter uma consciência política afiada por sua sensibilidade LGBTQ apenas a fazia se sentir culpada de não ter conseguido mudar seus padrões de beleza profundamente entranhados. Que a chamassem de fraude, hipócrita, superficial, mas política e prática se despediam quando o assunto era seu *próprio* corpo. Ela apoiaria com animação qualquer outra mulher que exibisse sua fronte protuberante como desafio aos padrões de beleza cisnormativos, mas ela faria o primeiro cirurgião misógino disponível aplainar seu crânio até deixá-lo suave como o de uma Barbie. Até o momento em que ela não mais se torturasse com um senso traiçoeiramente retrógrado do que tornava uma mulher bonita no fundo de seu coração, ela se confortaria com uma passabilidade cis na superfície de seu rosto.

Reese se sentou na cama ao lado de uma Amy adormecida. Ela fitou aquele rosto bonito, com os lábios entreabertos, inocentes e tranquilos. O odor leve de laquê que Amy parecia emitir, que Reese havia passado a achar reconfortante, impregnava os lençóis ao seu lado. Amy se moveu. Fazia um mês desde que elas haviam feito qualquer coisa além de masturbar uma à outra. Reese se inclinou sobre Amy para beijá-la na bochecha, enquanto levava uma mão devagar pelo quadril de Amy. Amy abriu os olhos.

— Oi — Reese disse. — Não consigo dormir. Eu quero transar.

Amy sorriu com fraqueza.

— Eu estou com sono, acho que não tenho energia. Mas eu posso bater uma pra você.

Reese balançou a cabeça e retirou a mão.

— Desculpa — Amy disse, mas já estava pegando de volta no sono.

Reese queria que Amy entendesse que a oferta de uma punheta não recíproca a fazia se sentir uma nojenta, como se ela fosse algum tipo de adolescente tarado. Durante as horas do dia, a ideia de abordar o tópico de seu sexo falencial fazia as gavinhas da afasia constringirem sua garganta. *Lembra a Amy e a Reese nas primeiras semanas juntas? Quando a Reese chegava tarde em casa e a Amy descia da cama para ir de quatro arfando atrás dela no chuveiro, como uma espécie de sonâmbula kinky? Onde é que isso foi parar?* Reese queria a mesa de jantar, mas talvez também quisesse ficar toda roxa de tanto transar em cima dessa mesa.

Em silêncio, Reese se levantou e foi à sala de estar. Seus pensamentos ficavam voltando para Stanley, como se sugados por um redemoinho. Que idiota. Ele não lhe oferecia nada – ele não tinha mudado, era só a falsa novidade do familiar retornando que a atraía. Não apenas Stanley já a havia possuído antes, mas ela havia tido versões de Stanley em muitos outros homens. Eles eram capazes de fazê-la sonhar acordada, ao menos por uma semana ou duas – deixá-la antecipando momentos de estímulo ou de empolgação, em vez do que estava faltando em sua vida. Uma parte dela sabia que aqueles homens não eram objetos de amor; eram apenas os vetores de menor resistência pelos quais o desejo pela sensação – e também pelos confortos – de ser mulher a fazia disparar. Amy, por outro lado, era estabilidade, era amor verdadeiro. Infelizmente, Amy estava com sono, e havia estado sonolenta todas as noites ao longo dos últimos meses, em sentido tanto literal quanto figurado.

De volta à sala de estar, Reese fechou o laptop e desligou a TV, mas não chegou a encontrar a energia para começar o processo de desaceleração para ir dormir. Por algum motivo, afastar suas ansiedades pela noite requeria mais trabalho do que só deixá-las girando na própria inércia.

Foda-se. Ela levou a bolsa para o banheiro. Ela a colocou sobre o vaso para tirar o telefone e a fita de Stanley de onde ela a havia enfiado. Desajeitada, ela recriou os laços que achava que Stanley tinha feito, tirou uma foto e a mandou para ele, com a mensagem: *vim com a fita até em casa, que nem você mandou.*

Em seu escritório, Amy pegou o telefone, digitou a senha, pausando por um instante no papel de parede: uma foto de Reese e ela na balsa para a Fire Island no ano anterior. Ela abriu seus favoritos e ligou para Reese.

— Você pode me encontrar para o almoço? Eu preciso te contar uma coisa.

Do outro lado da linha, Amy ouviu Reese inalar alto e então dizer com cuidado:

— O que foi? Não pode me falar agora?

A suspeita de Reese pegou Amy despreparada.

— Não é nada ruim, Reese, é uma boa notícia.
— Ah, pode me falar agora?
— Por que você não me encontra pra almoçar?

Reese não respondeu de imediato.

— Eu estou em Manhattan.
— Trabalhando?
— É.
— Tá, talvez a gente possa se encontrar rapidinho em algum lugar, tipo a Union Square?

Ainda assim, Reese hesitou. Amy decidiu deixar de lado. A essa altura, Amy disse a si mesma, ela deveria saber que, quando ansiosa, Reese se contorcia evasivamente sempre que Amy tentava apertá-la.

— Está bem, sem almoço, mas olha só. O Omar aqui do trabalho, a irmã dele trabalha numa agência de adoção que trabalha com o sistema público de acolhimento de crianças. Eles sempre fizeram coisas LGBTQ e tal, mas o Omar me disse que agora, pela primeira vez, um casal de homens trans adotou por meio deles. Não um homem trans e um cis, *dois homens trans*. — Amy fez questão de enfatizar essa última parte.

— Mas é sempre mais fácil pra homens trans — Reese disse.

Amy suspirou o nome de Reese.

— Eu não quero criar expectativas.

O descanso de tela no computador de Amy era de fractais se cristalizando. Quando falava ao telefone, ela desenvolvera o hábito distraído de seguir as formações conforme apareciam, quicando o olhar entre as pequenas irregularidades da imagem.

— Sim, está bem, eu entendo. Mas me escuta. Tem uma palestra de orientação hoje à noite. O Omar vai dizer pra irmã dele que a gente vai. A direção nova na agência tem feito pressão pra terem mais lares de acolhimento trans e LGBTQ, porque tem muitas crianças LGBTQ no sistema. Se a gente se mexer logo, a irmã do Omar pode nos apresentar.

— Quando é a orientação?

— Às sete, numa igreja unitariana. É isso que eu queria te contar. Eu vou tirar o resto do dia de folga. A gente pode se preparar juntas.

— Não dá. Eu tenho que trabalhar.

— Como assim? Tira o dia de folga! A gente está falando há anos de uma oportunidade dessas!

— O meu trabalho é tão importante quanto o seu, Amy.

Amy suspirou. Ela tinha acidentalmente encostado bem onde doía, não tinha?

— Eu nunca disse que não era. Eu estou sugerindo que eu também tire o dia de folga.

— Certo, quem sabe a gente se encontra em casa, tipo às quatro?

O que estava havendo? Ela havia imaginado que Reese já estaria correndo para casa. Não essa resposta a contragosto. Reese conhecia a situação tão bem quanto Amy: a maioria das agências de adoção privadas, as que traziam bebês de países distantes, cobrava uma taxa de adoção que ia acima dos vinte mil dólares, podendo chegar a quarenta mil. E isso era só o começo dos custos. Amy calculava que, se ela e Reese fossem às agências mais chiques e pagassem as taxas, tamanha mostra de dinheiro poderia funcionar como funciona em boutiques caras. Como se o fato de elas serem trans fosse apenas um afloramento excêntrico de um gosto refinado.

Mas Amy não tinha quarenta mil dólares, e talvez não viesse a tê-los no futuro próximo, em especial sustentando Reese. Metade desse valor já secaria sua conta bancária, não deixando nada para criar o bebê, muito menos para a miscelânea de gastos e viagens que suas duas colegas de trabalho mais velhas haviam dito terem vindo com seus próprios esforços de adoção.

A única possibilidade que sobrava era adotar pelo sistema público. E, embora o sistema com certeza permitisse pais LGBTQ por lei, na prática a vista grossa e os direitos que o regime conferia aos pais biológicos faziam com que menos LGBTQs chegassem à fase de adoção do que héteros. E, até aquele dia, Amy nunca tinha ouvido falar de um casal duplamente trans que tivesse conseguido coisa alguma.

Mas está bem, tanto faz. Claro que ela encontraria Reese às quatro.

Em casa, Amy esperava poder discutir as finanças e os prazos para uma possível adoção, mas, em vez disso, Reese chegou em casa com um de seus humores espalhafatosos. Ao contrário de se prepararem com uma conversa séria, elas acabaram no quarto, revirando os armários para se fantasiarem de mães para a palestra. Amy colocou um macacão e prendeu o cabelo num rabo de cavalo.

— Posso usar minhas botinhas pretas? Ou o salto é demais? — Ela virou a perna para mostrar melhor os saltos quadrados para Reese. — Será que é um visual, tipo, íntegro o suficiente? Talvez eu devesse usar tênis? Eu quero ser uma mãe gostosona, mas de leve, sabe?

Reese analisou os saltos de onde estava sentada na cama.

— Usa o Nike branco e deixa o rabo de cavalo — ela disse para Amy. — Você pode bancar a mãe esportiva.

— Boa. Mãe esportiva, bom.

— Vou pegar os seus brincos de pérola emprestados, tá? — Reese perguntou, apesar de já os estar usando. Amy ganhara os brincos da mãe, um gesto ambíguo depois dos primeiros anos de ressentimento profundo quando Amy saiu do armário, durante os quais ela e sua mãe mantiveram uma brincadeira de vaca amarela passivo-agressiva. Talvez os brincos pudessem indicar que sua mãe havia cedido primeiro, mas Amy os interpretou com o subtexto: *se eu preciso aceitar que você é mulher, aqui está uma sugestão firme do tipo de mulher que você deve ser.* Por consequência, Amy se juntou a ela no armistício, mas se negou a usar os brincos.

Reese saltou da cama e parou perto do espelho na porta do closet.

— O que a gente vai dizer a eles se eles perguntarem por que a gente está lá?

O nariz de Reese quase tocava o nariz de seu reflexo enquanto ela conferia as sobrancelhas, de modo que Amy não conseguia ver seu rosto.

— Por que eles perguntariam por que a gente está lá? Acho que é autoexplicativo.

— Mas e se eles insistirem?

— Reese, a gente tem permissão para se informar sobre adotar um bebê. A gente pode até mencionar o nome da irmã do Omar.

Reese se afastou de seu próprio reflexo.

— Eu sei. Mas eu me sinto meio malcriada. Como se a gente estivesse fingindo que a gente é só um casal lésbico padrãozinho. Uma transexual dissimulada, andando por aí tipo: um bebê, por favor! Nada demais por aqui!

— Tipo, o quê? Eles vão ter um pânico transadotivofóbico?

— Isso!

— A gente é adulta de verdade, Reese. A gente não vai se encrencar. Agora coloca os sapatos, meu amor, pra gente não se atrasar.

Mas a mesma ansiedade doía em Amy. Ela havia tentado imaginar a que tipo de mulher a voz na agência de adoção pertencia. Ela tinha sotaque estadunidense, mas, na imaginação de Amy, havia uma britânica reprovadora e burocrática. *Basta dessa palhaçada de transgênero! Temos pais de verdade aqui e eles precisam do nosso tempo.*

A caminho do trem, Reese ficava rindo, faceira e nervosa, o corpo todo envolto com uma energia travessa, como se elas estivessem a caminho de pregar uma peça hilária. Amy tentava acalmá-la, mas cada tentativa deixava Reese mais agitada. Quando elas chegaram à igreja unitariana, ao pequeno salão alugado para a orientação, Amy não conseguia explicar o comportamento de Reese de nenhuma outra maneira: Reese estava agindo estranho.

Sentada nos fundos, examinando os outros adotantes em potencial, Amy teve que admitir que ela e Reese não se revelaram muito boas em fazer cosplay de mães. Ninguém além de Reese usava salto ou pérolas.

A maioria dos casais ocupando as fileiras de cadeiras plásticas parecia ser hétero. Perto da máquina de café, quatro homens, que Amy lia como dois casais de ursos, estavam sentados numa fileira, parecendo a arquibancada de um jogo de futebol. Mais ao lado do salão, estava sentado um homem de cabelo comprido e um bigode que virava costeletas, à la Lemmy Kilmister. Ao que tudo indicava, ele estava sozinho – Amy o achava apavorante como prospectivo pai solteiro. Uma das mulheres de um casal sapatão sorriu para ela e Reese, e Amy timidamente abriu um sorriso de volta. Ela pensou que talvez começasse a rir em descontrole, do jeito que se ri na igreja quando não se deve. Talvez o nervosismo de Reese fosse natural.

Uma mulher jovem de camisa polo começou a apresentação. A maior parte cobria coisas que Amy já havia aprendido buscando na internet sobre o sistema de adoção. A maioria dos itens, ela sentia estar qualificada para prover: ela preenchia os requerimentos de idade e renda, e até conseguiria dar um quarto separado, com janela, para uma criança adotiva – pelo visto muitas crianças compartilhavam quartos, e isso causava problemas. Amy nunca havia ouvido a informação de que 95% dos bebês no sistema de acolhimento haviam sido expostos a drogas. O número parecia alto demais. Mas talvez fosse real. Um homem de camisa social xadrez levantou a mão.

— Vocês têm algum tipo de dado sobre como as crianças se saem depois dos dezoito anos?

A moça fazendo a apresentação, que se chamava Consuela, ficou evidentemente perturbada com a pergunta, mas então se recuperou.

— De que tipo de dados você está falando?

— Tipo salário, educação superior.

— Você quer saber quanto dinheiro as crianças vão ganhar quando crescerem?

Sem querer, Amy cruzou olhares com a esposa do homem. Ela encolheu os ombros de forma quase imperceptível: *é o jeito dele*.

— Eu não diria nessas palavras — o homem protestou. — Eu só estava me perguntando a respeito dos dados.

— Não — Consuela disse. — A gente não tem dados a respeito das crianças depois dos dezoito. — Ela hesitou. — Mas pensando em crianças que vêm de um histórico de negligência, separação ou até trauma, eu sugiro que a gente lide com uma ideia mais, há, robusta, do que é o sucesso.

A apresentação seguiu, mas, depois daquela troca, o entusiasmo no salão murchou. Todo mundo queria uma fofura lindinha e intocada, não uma criança com um histórico intransponível. Amy sabia que isso era verdade sobre ela mesma, ela queria uma criança que pudesse de alguma forma ser misticamente *dela*, que fizesse seu *imprinting* com ela. Era egoísta, ela sabia, mas como poderia não ser egoísta o impulso de ter uma pessoinha feita à sua imagem? A maioria das pessoas que ela conhecia que tinham filhos não havia concebido em nome do filho, mas em nome de si mesmas, para ir de acordo com alguma noção de família, ou de propósito, ou de estágios de vida, que a criança lhes traria. Insira aqui qualquer clichê gasto sobre a vida não ter sentido até que se tenha um filho. Mas tanto faz, ela poderia superar. Nenhuma criança sai como os pais haviam esperado. Ela certamente não tinha saído.

Mais ao final dos slides da apresentação, outra mulher entrou e se juntou a Consuela na frente da sala.

— Acho que é a irmã do Omar — Amy sussurrou para Reese.

Reese pareceu ignorá-la.

Quando a apresentação acabou, Amy pegou a mão de Reese. A pele dela estava fria e úmida.

— Vamos nos apresentar? — ela perguntou a Reese com gentileza.

Reese não respondeu, mas baixou a cabeça.

— Reese? Você quer ir falar com ela agora?

Lágrimas se amontoavam nos olhos de Reese.

— Eu não consigo fazer isso agora. Vai sem mim.

— Eu já estou nervosa! Eu não vou sozinha.

Reese soltou a mão de Amy. Ela juntou seu casaco, colocou-o por cima da bolsa e se dirigiu para a entrada do salão. Em vez de parar na fila para fazer perguntas para Consuela e a irmã de Omar, ela passou reto, porta afora. Amy teve de correr para juntar suas próprias coisas e só a alcançou quando seus saltos já estalavam pelo corredor da igreja. Reese estava chorando de verdade, mas em silêncio.

— Meu deus, Reese! O que foi?

Reese acenou uma mão na frente do rosto.

— Aqui não, está bem? Aqui não, só me leva pra fora.

Mas elas não chegaram à rua. Em vez disso, Reese viu uma alcova pequena e escura com um banco pesado e disparou até lá. Ela apertou o casaco contra o rosto. Depois de alguns minutos ela o baixou e, apesar de o rímel ter borrado e seus olhos brilharem, as lágrimas haviam cessado.

— É intenso — Amy disse, atacando verbalmente, às cegas, fosse lá o que tivesse causado a explosão. — A ideia de a gente ser uma família. Fazer desse jeito. É intenso pra mim também. Não tem problema estar em dúvida.

Reese pegou um maço de seu próprio cabelo e, como Amy a havia visto fazer antes em momentos de ansiedade, começou a passar a ponta como um pincel sobre os lábios. Reese inalou e falou ao exalar, seu tom abruptamente calmo e plano.

— Eu não estou em dúvida. Eu sei o que eu quero. Eu quero ser mãe.

Amy colocou a mão no ombro de Reese, mas o sentiu sem vida, como se fosse de madeira.

— Está bem, eu tenho dúvidas — Amy admitiu. Reese encarou reto para a frente. Amy sentia a futilidade de tentar consolar uma estátua. Amy recolheu a mão. — Você quer ser mãe, Reese. Você não quer ser mãe comigo?

Ela via o rosto de Reese apenas de perfil. À distância, o assobio de um homem ecoava pelo corredor ladrilhado da igreja.

— Eu andei trepando com o Stanley essa semana — Reese disse.

Os pensamentos de Amy se esvaziaram por completo. Um banho total de negação.

— Oi?

— A semana toda — Reese repetiu. — Eu estive trepando com ele.

Amy assentiu com a cabeça. Então ela se levantou, passou a bolsa sobre o ombro e caminhou até o fim do corredor, virou num canto, e chegou a um par de portas maciças e ornadas do lado direito do hall. Ela as empurrou e mergulhou no frio de um santuário quieto e escuro. Lá, ela encontrou um banco de igreja e se sentou em silêncio, sua mente se agitando, o corpo com o tipo de dor física que apenas um coração partido pode causar – uma dor que, como uma viagem de ácido, só se pode verdadeiramente apreender enquanto está sendo sentida – esperando Reese parar de procurar por ela e ir embora.

Capítulo sete

Oito semanas depois da concepção

CAPÍTULO SETE

Oito semanas depois da concepção

Se você é uma trans que conhece muitas trans, você vai muito à igreja, porque é lá que acontecem os funerais. O que ninguém gosta de admitir a respeito disso, porque você deveria estar afundada na melancolia de ser uma trans entre as trans prematuramente mortas, é que funerais de garotas trans fazem parte dos eventos sociais notórios de uma estação.

Quem sabe o que vai ser dito no funeral de uma pessoa trans? Será que algum LGBTQ vai fazer um discurso político em vez de falar dela, de modo que outros LGBTQs passarão semanas postando textões raivosos nas redes sociais? Quantas vezes um membro da família, atrás do púlpito e afundado no próprio luto, vai fazer pouco caso e errar o nome ou o gênero da falecida, espiando esse oceano de gente esquisita que apareceu de forma inesperada para o que ele considerava um evento familiar? Será que o seu filho – quer dizer, filha – tinha tantos amigos assim? Qual boa pessoa branca e cis lembrará os enlutados reunidos — uma alta porcentagem dos quais são eles próprios mulheres trans – de que todos precisam fazer mais para salvar as mulheres trans de cor, que estão sendo assassinadas (*assassinadas!*), apesar de esse funeral com alto quórum ser, é claro, um suicídio, porque é assim que as garotas brancas morrem prematuramente?

Mais tarde, todos vão sair em fila e, então, se separar em grupinhos menores, trocando abraços solenes, alguns ombros tremendo, enquanto outros disparam de súbito para longe ao avistar um ex, de maneira que o efeito macro é como o de observar espermatozoides se agitando sob um microscópio. Todo mundo estará vestido em algum tom de gótico – com roupas góticas, você pode parecer triste, mas ainda exibir peitos e meias arrastão. Algumas microcelebridades LGBTQ (que são diferentes de microcelebridades *que são*

LGBTQ) agraciarão o funeral com sua presença; elas mal conhecerão a falecida e, para acalmar uma leve culpa a respeito daquilo, seus nomes serão mais tarde encontrados nas campanhas de financiamento coletivo e nas arrecadações em memória da falecida.

Reese vai aos funerais. Basicamente todos. Ela vai por três motivos.

Primeiro motivo: para não perder a supracitada importância social da reunião.

Segundo motivo: funerais lembram Reese de não se matar. Não porque ela queira muitíssimo viver, mas porque o suicídio de uma garota trans leva a um humilhante desnudamento post-mortem de tudo que ela gostava, tanto por amigos quanto por estranhos. Se você não estiver lá para impedi-los, seus semiconhecidos mais barulhentos, mais impertinentes e mais desajeitados vão recolher tudo que você um dia foi e filtrar em uma única narrativa piegas, pinçando afora o que for inconvenientemente irredutível e deixando em seu lugar tudo que for batido e politicamente aproveitável. A palavra "mortificante" – ou seja, vergonhoso de maneira existencial – tem como raiz a palavra *mors*, "morte" em latim, e se Reese busca evitar a mortificação, ela não pode se matar: ela simplesmente não pode morrer.

Terceiro motivo: Reese precisa saber que não é uma psicopata. Porque sempre que ela ouve a notícia de que outra garota trans morreu, ela se irrita. *Ah, que merda, de novo*. Essa reação, é claro, lhe causa culpa. O que tem de errado com ela? As outras pessoas rasgam vestes e lamentam. Mas olhe só para Reese: lá está ela, no apartamento em que uma parte dos desolados se reuniu; ela está passando café e enchendo xícaras, lavando louças, servindo petiscos, para que, em sua utilidade doméstica, ninguém note que ela é uma psicopata total, intocada pelo pesar.

Ir ao funeral é necessário para que Reese sinta mais que irritação pela garota morta. Funeral após funeral lhe ensinou a sentar-se nos bancos esperando o momento de perfuração: quando algum detalhe minúsculo penetra a carapaça lisa de sua indiferença. Uma vez, o detalhe havia sido quando uma amiga da falecida-por-suicídio tremia na frente da multidão, e enfim admitiu:

— Me sinto humilhada por ela ter ido embora e me deixado aqui.

Outra vez foi uma música, aguda e ecoando das paredes de pedra da igreja. Qualquer que seja o detalhe, quando ele enfim penetra o exoesqueleto fatigado e quitinoso de Reese, por diversos minutos a raiva, a autopiedade e a frustração lacerante da natureza frustrada e vitimizada das vidas trans a queimam diretamente, e ela se torce e afunda o corpo, as emoções pedalando como as pernas de um besouro de barriga para cima. Abraçar aquela dor, deixar que a mágoa penetre em seu interior vulnerável sem ressalvas ou ironia ou armadura, oferece uma purificação. Nesses momentos, ela sabe que não é uma psicopata. Que ela amara uma amiga que partiu.

Quando o momento chega ao fim, quando o funeral segue, ela começa a repor a armadura, e quando todos os LGBTQs terminam de se reunir do lado de fora, ela já se consertou a uma indiferença levemente irritada, suficiente para sair e encará-los – por fora cínica, mas, uma vez na vida, sentindo irmandade por dentro.

O funeral hoje é de Tammi, que se acidentou de carro. Essa é a história que as pessoas foram gentis o bastante para repetir. A frase "acidente de carro" obscurece, prestativa, a intencionalidade do ato. Pode-se acreditar que, sim, quando você dirige um carro a cento e cinquenta quilômetros por hora atravessando uma ponte, acidentes acontecem – se Tammi não tivesse passado o sábado anterior fazendo chamadas telefônicas bêbadas em histeria, arrastando frases sobre como ninguém a amava ou se importaria quando ela fosse embora. Tammi, que muitas pessoas amavam e que um número nada pequeno desejava.

Reese conheceu Tammi no Saint Vitus, um clube úmido que primariamente tocava música da variedade homem furioso. Cada superfície do interior era pintada de preto, e tantas rodas punk já tinham acontecido ali dentro ao longo dos anos que o almíscar de garotos pós-adolescentes suados permanecia acumulado para sempre no ar sem circulação. Um hétero do Tinder que gostava de *noise* havia sugerido encontrar Reese lá uma noite, e ela concordara, em especial porque saberia na hora se valeria a pena trepar com ele ou se seria melhor fugir depois de uma bebida e, de qualquer forma, o apartamento dela ficava a duas quadras.

No palco, um bando de garotos se inclinava sobre teclados. Entre eles, a única coisa que realmente valia a pena olhar no clube inteiro: uma mulher trans tocando guitarra. Com um metro e noventa de altura, tatuagens lotando finos braços de porcelana, tiras de cabelo escuro assimétrico, dividindo no meio um rosto maquiado de maneira vampiresca com tamanha maestria que, se Elvira ficasse sabendo, ela daria um pulo para aprender algo. A mulher mais estrangulava o instrumento a cada dez segundos do que o tocava, e, entre os ataques, fitava com compostura silenciosa um ponto indeterminado sobre as cabeças da audiência, ouvindo o reverberar de sua própria violência súbita, como um montanhista que acaba de gritar sobre um lago nos Alpes e agora aguarda o eco em resposta.

Ao menos Tammi havia sido misericordiosa em seu método. Ninguém teve de encontrar o corpo, exceto as pessoas qualificadas para isso: socorristas e bombeiros. A última gentileza de Tammi foi aquele finíssimo véu de negação plausível, escondendo-a da acusação de suicídio apenas o suficiente para que suas amigas pudessem dizer a si mesmas que talvez, talvez ela só estivesse expressando alguma frustração e, no meio disso, perdido controle do veículo – que elas não haviam fracassado com ela, que a epidemia de suicídios de garotas trans não havia roubado outra jovem querida.

No pátio de pedras da igreja, Thalia abraça Reese, então diz:

— Quer ouvir uma piada que eu inventei no meio do funeral?

Reese quer. A piada é a seguinte:

Pergunta: como se chama o *remake* de uma comédia romântica dos anos 1990 em que você põe mulheres trans em todos os papéis?

Resposta: Quatro funerais e um funeral.

Perto delas há outra garota, no começo de sua transição, de vestido de veludo preto. Reese a reconhece como uma daquelas garotas do Twitter que estão sempre ansiosas para dar suas opiniões lotadas de teoria a respeito de gênero. A garota ouviu a piada e balança a cabeça – *insensíveis!* – encarando-as por cima de seus óculos de aro preto com olhos magoados e cheios de água.

Reese dá uma carteirada.

— Ah, por favor. — Ela aponta para Thalia. — Sabe quem fez a primeira injeção na Tammi? A Thalia. Bem na bunda. Quem é você pra definir se ela pode fazer uma piada ou não?

— Talvez não tão perto dos outros convidados. — A garota funga.

— Aqui tem uma ideia melhor — Reese diz com irritação. — Que tal não ficar parada ouvindo a conversa dos outros?

Thalia apenas diz:

— Reese, está tudo bem. — Então, ela se vira para a garota: — Desculpa.

A garota assente em um reconhecimento pequeno, então levanta uma sobrancelha para Reese, esperando que ela também se desculpe. Mas Reese se nega. Ela está desejando com toda a sua força que a garota vá embora. Ela que se foda. Que ela vá a tantos funerais quanto Reese já foi e veja se não cria um senso de humor. Mais cedo ou mais tarde, a garota vai embora, e quase de imediato Reese se arrepende de qualquer inimizade que ela possa ter criado para si naquele encontro desnecessário. Ela perdeu a paciência com as bebês trans – e isso nunca cai bem para uma garota mais velha.

Uma pequena fonte borbulha no pátio. Reese se aproxima do cheiro agradável de algas, atraída pelo frescor do ar ionizado. Moedas brilham na base da fonte, o que lhe parece blasfemo: fazer pedidos a uma fonte no pátio da igreja, quando você poderia estar lá dentro orando por seja lá o que queira.

— Eu ouvi essa história... — Thalia segura a parte de trás do cotovelo de Reese, trazendo-a de volta para o presente. — O Andy, que fez os arranjos com a agência funerária, me contou um negócio. Ele procurou aquelas duas senhoras que têm aquela agência funerária familiar lá em Bed-Stuy, aquelas senhoras negras que fizeram o funeral da Eve. Depois de umas horas preparando as coisas, uma delas perguntou pra ele: "Perdão, mas a Tammi era uma mulher transgênero?". E o Andy disse que sim, e elas, tipo, trocam olhares. Uma delas disse que iam mudar os planos e buscar o corpo do necrotério nas próximas horas pra levar pra funerária delas.

— Por quê? Que diferença faz ela ser trans?

— O acidente foi em Long Island, e acho que ela foi transferida pra um necrotério lá. E, pelo visto, os funcionários nesse necrotério ficam olhando e rindo dos corpos de mulheres trans... tipo, apontando e rindo e essas merdas.

Esse ultraje tão fresco, mas tão pouco surpreendente, reabre o buraco na armadura de Reese. E, ainda assim, ela não consegue se enfurecer, porque, pelo menos uma vez na vida, pessoas que não são mulheres trans – um par de mulheres negras mais velhas que provavelmente têm suas próprias preocupações – se importam o suficiente para proteger a dignidade de uma garota trans morta.

— Já dava pra notar que tinha algo de errado com ela um ou dois meses atrás — Thalia continua, e Reese entende que ela está falando de Tammi. — Quando a gente foi esperar no purgatório da Callen-Lorde juntas, aquele monte de burocracia pra poder ser um ser humano, sabe, a Tammi tinha parado completamente de depilar o rosto. Um ano atrás, ela não sairia de casa com uma sombra daquelas nem morta... Ai, merda, desculpa, que expressão horrível pra esse momento. Graças a deus a Miss Twitter não estava aqui pra ouvir mais essa.

O telefone de Reese toca e, por instinto, ela o remexe tentando silenciá-lo. Um número de Nova York. Ela dá outro abraço em Thalia e desce a rua para achar um lugar de onde retornar a chamada, porque ela tem lidado com um monte de ligações de semiconhecidas querendo saber da logística para o funeral. Uma mulher atende.

— Reese! Obrigada por ligar de volta! Por acaso você está livre hoje de noite? — Uma pausa. — Ah, é a Katrina, aliás.

— Katrina! — O nome, a gravidez, sua conexão inteira com Katrina, o desejo por uma criança, tudo parece que deveria existir em uma dimensão que não intersecciona este funeral. Como quem encontra um professor no supermercado, Reese demora um momento para atravessar o cânion dimensional e se reorientar. — Eu, há, estou num funeral agora.

— Ai, mil desculpas. Eu ligo depois.

— Não, espera aí. O que era?

— Bem, eu estava torcendo pra poder falar com você. Eu acho que... como eu vou dizer isso? Eu acho que posso ter traído o Ames.

Nesse ponto, a antena parabólica do foco de Reese gira para se centrar com precisão em Katrina.

— Uau. Parece muito dramático. Muito romântico.

— Não, não é esse tipo de traição.

— Que pena.

Katrina faz um ruído de protesto, então entende que Reese está brincando e ri graciosamente.

— Olha só — Reese diz. — Eu na verdade estou muito contente que você ligou. O momento é meio esquisito por conta de onde estou, mas a gente tem tanta coisa pra falar. Eu quero, sim, me encontrar com você. — Reese prende a respiração, esperando para ver se vai se safar com aquele "a gente", o "a gente" que casais usam quando ambos assumem e tomam responsabilidade por uma gravidez. *A gente vai ter um bebê*, dizem tanto homens quanto mulheres, com frequência juntos, como se seus papéis fossem intercambiáveis e requeressem igual comprometimento. Reese reconhece que seu próprio "a gente" é um pouco desconfortável, mas foda-se, porque é muito gostoso de falar.

— Ah, que bom ouvir isso — Katrina diz, parecendo genuinamente tocada. — Mas eu não vou interromper um funeral.

Contudo Reese farejou algo novo e curioso. Sim, ela deveria cuidar de suas amigas naquela noite, mas uma traição a Ames? Katrina querendo falar com ela? É tão raro que Reese tenha oportunidades como essa que, quando elas surgem, ela sabe que é para se mexer.

— Pra ser honesta, a garota era mais próxima das minhas amigas que de mim, então eu estou aqui mais pra dar apoio. — Isso é uma meia-verdade.

— Quem era?

— Uma garota trans daqui.

— Eu sinto muito.

Reese resmunga um *mmhmm*, da forma pesarosa com a qual é apropriado se receber condolências, espera a pausa necessária para evitar impropriedade, e pergunta:

— Então, que história é essa de traição?

— A gente pode se falar em pessoa? Eu talvez tenha contado para todo mundo na empresa sobre o Ames. Eu não sei o que é mais certo de se fazer nesses casos. Eu posso ir até você, se ficar mais fácil.

Reese foi morar em Greenpoint com Iris há um ano e meio: um apartamento com teto baixo e um carpete marrom antigo, no segundo andar de um edifício de três andares com laterais de amianto, na base da ponte Pulaski. Em algum momento na história, o apartamento havia sido de um dormitório, mas, mal obedecendo à lei imobiliária de Nova York que diz que o quarto precisa ter uma janela e um armário embutido para se qualificar como quarto, um proprietário de anos antes havia transformado o apartamento num labirinto para fazer caberem três quartos. Cada quarto de formato esquisito tinha precisamente uma janela e um armário embutido numa protuberância da parede.

Iris assumiu o quarto maior e, no menor, colocou uma maca de massagem e decorou as paredes com tapeçarias e velas, transformando-o em um estúdio de massagem erótica de meio expediente. Ela havia se inscrito em aulas de massagem no ano anterior, conforme resolvia seus problemas com álcool e drogas. Ela estivera trabalhando desde então em um spa em Williamsburg. Iris dividia os homens que atendia em duas categorias, *daddies* (positivos!) e escrotos (negativos!), e depois do trabalho gostava de falar para Reese sobre as minúcias de seus variados comportamentos. De vez em quando, Iris oferecia aos bons *daddies* que davam as indiretas corretas a oportunidade de sessões com finais mais felizes no apartamento.

Reese morava no quarto de tamanho médio – que um dia havia sido um banheiro. O cômodo fora transformado em quarto por ter uma janela, e um canto da sala fora transformado em banheiro, já que os códigos de construção não exigiam que banheiros tivessem janelas. Todas as noites, ela descansava a cabeça em um travesseiro que ficava no local em que um dia estivera a privada.

Reese e Thalia esperam Katrina na frente do McDonald's perto do ponto de Greenpoint no trem G. Thalia veio junto sem precisar de convite. Reese havia se voluntariado mais cedo para lhe fazer companhia naquela noite, sua tentativa materna de estancar tanto sua mágoa quanto a tentação de Thalia de sair para beber com todos os LGBTQs que tinham vindo de outras cidades, ambos ingredientes perenes nas receitas em que Thalia recaía sempre que fervia uma noite bagunçada de verdade. Como retribuição por deixar que Reese fosse tão invasiva ao colocar-se no papel de mãe, Thalia sentia-se no direito de aproveitar a oportunidade de testemunhar e dar nota à bagunça da própria Reese.

— Então, qual é o plano? — Thalia pergunta a Reese, passando fotos em seu telefone enquanto esperam Katrina. — Você vai simplesmente levar essa madame grávida ao estúdio amador de massagem erótica da Iris?

— Amadores, por definição, não são pagos — Reese responde. — Eu vivo num estúdio *profissional* de massagem erótica, muitíssimo obrigada. Mas eu mandei uma mensagem pra Iris guardar a maca.

— E o que ela respondeu?

— Nada, ainda. — Reese pega o telefone. — Ah, espera, não. Ela mandou mensagem. Ela mandou eu me foder, que ela não vai esconder nada pra mãe do bebê da Amy. — Thalia ri.

— O tipo de coisa que ela diria.

— É — Reese concorda com amargura. — Bem o tipo de coisa.

— Por que é que ela odiava a Amy mesmo?

— Ela não odiava a Amy. Ela só achava que a Amy era esnobe. Ela estava lá no dia em que eu conheci a Amy. — O desgosto mútuo de Amy e Iris iniciara na noite em que Amy se lançou em um longo discurso contra a prevalência do culto à atriz Candy Darling entre garotas trans. O discurso girava ao redor da afirmação frequentemente elaborada por Amy de que garotas trans nunca *fazem* nada. O melhor pelo que esperavam era que alguém as descobrisse, se interessasse e as transformasse em musas. Mas musas são passivas. Elas não têm agência e não colhem recompensas – as recompensas estão reservadas para aqueles que as usam de inspiração. Entre as transcestrais da Factory – o famoso ateliê de Andy Warhol –, Holly Woodlawn e Jackie Curtis de fato *faziam* coisas. Aquelas duas tinham a reputação de serem perigosas com suas inteligências, vinganças e imprevisibilidades. Elas é que mantinham Andy Warhol na linha. Mas garotas trans não as idolatram. Candy Darling? Ela era só uma loira lânguida desamparada esperando que um homem a salvasse e a tornasse famosa. Iris, uma loira lânguida desamparada à espera de um homem que a salvasse e a deixasse famosa, havia tolerado a palestrinha de Amy em silêncio. Quando Amy terminou, Iris levantou a saia com frieza para revelar uma tatuagem fotorrealista do rosto de Candy Darling, que decorava toda a parte superior da sua coxa.

— Esnobe nada — discorda Thalia —, a Iris definitivamente odiava a Amy. Ela me contou.

— Vocês duas não deviam ficar fofocando de mim.

— A gente não estava fofocando de você, a fofoca era sobre a Amy.

Naquele momento, Katrina sobe da estação e tira os fones do ouvido com um puxão no fio ao mesmo tempo que grita um cumprimento para Reese. Ela está usando leggings e um cardigan longo grande demais, estampado com uma aproximação corporativa de um padrão étnico nativo-americano. Para a surpresa de Reese, Katrina se aproxima e a abraça. As escápulas de Katrina deslizam delicadamente sob as mãos de Reese.

— Eu não venho pra esses lados tem tanto tempo! Mas *Girls* foi filmado aqui, não foi?

— Ah, uau! — Thalia se intromete. — Incrível que você fale disso! A Reese *ama* essa série!

Greenpoint perdera a oportunidade de ser uma área descolada quando Lena Dunham ambientou a primeira temporada de *Girls* ali e transformou o bairro num lugar de garotas brancas sem noção, tanto de fato quanto no entendimento popular.

— É o oposto da minha série favorita — Reese corrige. — Essa é a Thalia. Thalia, Katrina... Katrina, Thalia. — Thalia mostra para Katrina um de seus sorrisos deslumbrantes, que derruba tudo em seu caminho.

De vez em quando, Reese se preocupa com a imagem que passa por morar em Greenpoint: morar numa das poucas vizinhanças majoritariamente habitadas por gente branca no Brooklyn? Não fica bem. Ainda assim, ela gosta de Greenpoint precisamente por causa dos poloneses. Seu apartamento fica na ponta norte, perto do estuário Newtown Creek, a área de esgotos contaminados a céu aberto que separa o Brooklyn do Queens, e é a única parte de Greenpoint que reteve a maioria dos seus residentes poloneses. No sul de Greenpoint, na fronteira com Williamsburg, os poloneses venderam seus edifícios caindo aos pedaços para empreiteiras e se aposentaram em Varsóvia como milionários. A quadra dela ainda não sucumbiu. Morar entre poloneses velhos a agrada. Em outras partes, as garotas reclamavam de cantadas, de agressões físicas e verbais, do medo constante de chamar a atenção de um homem que se dê conta de que sentiu atração por uma trans e tenha um bom e velho ataque de pânico transfóbico. Mas essas velhinhas puxando seus carrinhos de compras, os homens de bigodes brancos e jaquetas desbotadas, eles não se dão ao trabalho nem de olhar para Reese. Qualquer esforço para fazê-los refletir sobre algo como a apresentação de gênero de uma estadunidense está destinado a estilhaçar-se nas praias rochosas de uma imensa indiferença eslávica. As únicas mulheres que a abordam com algo que lembre curiosidade ou simpatia são as que acidentalmente a cumprimentam em polonês; o rosto delas se fecha num baque quando ela responde com um pedido de desculpa em inglês. De todos os lugares em que Reese já viveu, Greenpoint é o único em que ela não sente a obrigação de se maquiar para um afazer rápido, porque ninguém se digna a notá-la de um jeito ou de outro.

— Espero que vocês não tenham ficado esperando muito tempo — diz Katrina às duas. Ela não espera uma resposta real: na era dos smartphones, o atraso se tornou um rito social pelo qual as pessoas se desculpam sem realmente se responsabilizar, como quem se desculpa por dias de tempo ruim quando um amigo de fora da cidade vem fazer visita.

— Não — Reese diz, e começa a caminhar em direção ao Norte, rumo ao seu apartamento. Thalia educadamente dá alguns passos mais rápidos e fica um pouco adiante, permitindo que Katrina e Reese andem lado a lado, visto que a calçada está congestionada demais para andarem as três juntas. A caminho, Katrina espia por cima do ombro de Reese para a casa de shows Brooklyn Bazaar.

— Muita gente trans mora nessa área?

— Oi? Que nada. Eu só vi umas poucas desde que me mudei, e eu nem conheço elas. — A pergunta entretém Thalia. Ela se vira, dando alguns passos de costas.

— A Reese e a Iris estão tentando fugir do resto de nós.

— Ah, entendi — Katrina assente com a cabeça. — Perguntei porque tem uma placa que diz "trava" ali. — De literalmente todas as coisas que essa mulher cis poderia falar na frente de Thalia! Reese se encolhe. O corpo gracioso de Thalia congela em *rigor mortis*, e ela pergunta:

— Você disse "trava"?

Katrina aponta para o outro lado da rua.

— Bem ali. Trava.

Reese se vira. Na parede da frente do Brooklyn Bazaar há um pôster estilo grafite amador em preto e branco com uma única palavra gigante: TRANNY. *Trava.*

Reese não consegue entender. Ela e Thalia acabaram de sair de um funeral. Enquanto ela está ali parada, boquiaberta, leis contra pessoas transgênero fermentam em vários senados estaduais. Mesmo a mídia liberal – *The New York Times*, *The New Yorker* e *New York Magazine* – vem publicando artigos escritos por conservadores, os editores dissimulados esfregando as mãos e alegando "imparcialidade" ou que se deve "esperar pela ciência". Feministas radicais e fundamentalistas cristãos vêm se reunindo para insistir que mulheres trans são homens pedófilos, que não se pode confiar nesses predadores perto de crianças ou de espaços femininos. Todo ano, a lista de mulheres trans assassinadas, a maioria de cor, aumenta mais. Entre esses casos, o número de vítimas que tiveram o gênero errado posto em seus próprios obituários é maior do que o número de vítimas cujo assassino foi identificado.

Mas tudo aquilo esteve muito distante de Reese. Ela mora em Greenpoint especificamente porque tudo é longe. Essas são notícias que vivem na internet. Não na sua caminhada pela rua. Ela avista outro poster parecido: TRAVA. Exceto que esse tem um rosto indistinto e uma data. De súbito, ela se dá conta do que os pôsteres estão anunciando: uma turnê promocional de Laura Jane Grace, a vocalista trans da banda punk Against Me!, para o lançamento de uma autobiografia com o mesmo título pejorativo.

E de uma hora para outra Reese está furiosa. Essas vadias trans ricas. Essas bostonas que transicionam com centenas de milhares ou milhões de dólares para as proteger de sequer ouvir alguém gritar "trava" para elas na rua, para que um dia elas mesmas possam escrever *trava* nas ruas e se parabenizar por serem tão punks. Como se, em um clima de pavor político, ninguém nunca tivesse escrito *judeu de merda* ou *viado* ou pintado uma suástica ou pendurado uma forca no local em que algum pobre alvo só tentava viver uma vida pequena.

Katrina olha de um lado para o outro, de Reese para Thalia, ciente de que um pequeno drama, majoritariamente ilegível para ela, está sendo escrito.

— Acho que é o título de uma autobiografia — Reese diz, forçando-se a dar de ombros. — Laura Jane Grace — ela acrescenta a Thalia, que claramente ainda não consegue entender o pôster.

— Ah, tá. — A tensão na postura de Thalia se alivia. — Que metida a radical. Ela e seu mimimi *transgaynero*.

— Quem? — Katrina pergunta.

— Uma cantora punk trans.

Katrina hesita, então decide se referir à situação.

— Desculpa por ter apontado. Eu não sabia que era um assunto delicado.

— Não tem problema — Reese diz. — A Thalia e eu estamos as duas meio sensíveis hoje. De qualquer jeito, não é *sua* culpa. Cartazes são feitos pra serem lidos. Então as pessoas deviam pensar bem no que colocam neles.

Katrina faz que sim com a cabeça, de leve, aliviada de que a tensão tenha se dissipado.

— Como alguém que trabalha com marketing, não é o que eu teria escolhido. Seria de se imaginar que uma grande parte da audiência dela é trans. Dá pra imaginar uma mulher trans comprando esse livro? Quer dizer, como assim, a pessoa vai ler no trem? Seria que nem colocar um rótulo em si mesma. Ou entrar numa livraria e falar: "Oi, vocês têm *Trava*?".

Com essa observação, Reese sente por Katrina uma ternura de força inesperada. Que Katrina tenha imaginado uma mulher trans comprando o livro e o lendo e como ela poderia se sentir – isso exige uma empatia três ou quatro andares mais profunda do que a própria Reese havia sentido.

No apartamento, Iris está sentada na bancada da cozinha, de calcinha e regata, bebericando vinho branco com gelo. Em um mínimo de decência digno de Adão e Eva, ela ao menos aquendou antes da chegada de Katrina. Ela está interrogando Thalia a respeito do funeral, reunindo informação sobre quem estava lá e o que foi dito. Casualmente repudia as pobres coitadas que estão em sua lista negra há anos, com insultos floridos pela sua meia graduação em Letras – insultos sendo a única circunstância em que ela põe a formação em prática: *essas libertinas entupidas de Truvada! Credo, não dá pra aguentar uma puta com assessor financeiro! Ouvir a opinião daquele imbecil é uma forma de automutilação! Ela? Ela é que nem um McDonald's: qualquer palhaço pode comer e duas horas depois já se esqueceu.* Insultos são sua versão do luto. Ela e Thalia estão querendo fazer cena para Katrina enquanto fingem indiferença à sua presença. De onde tiram essa energia? Em certos momentos, quando Thalia rouba o palco para dar um monólogo, Reese vê Iris observar Katrina com curiosidade indisfarçada.

Enfim, Iris não consegue mais se conter e comenta de forma direta, mesmo que oblíqua, para Katrina:

— Nossa, como eu queria ter um subordinado pra ter um caso comigo.

Katrina pesca a referência e faz uma careta. Iris diz:

— Ah, por favor. Eu sou a colega de apartamento da Reese, e, além disso, eu e ela conhecemos a Amy no mesmo dia! Com quem mais ela vai fofocar?

Por que, Reese se pergunta, ela não fez uso de uma das milhares de oportunidades que se apresentaram de sufocar Iris enquanto ela dormia?

Mas Katrina se recupera quase de imediato. É impressionante, na verdade. No passado, Reese trouxe convidados, talvez aqueles que viram shows de drag demais, que cometeram o erro de pensar que uma alfinetada é um convite para rivalizar com Iris em sua performance. E é exatamente neste momento que Iris fica séria, enquanto o intruso, ainda um passo atrás, fica balbuciando sozinho em uma tentativa vergonhosa de provocá-la.

— A Reese te contou por que eu estou aqui? — Katrina pergunta.

— Não... — Iris coloca o punho sob o queixo em uma pantomima de escuta atenta. — Mas conte, por favor.

— Você não tem que contar nada pra ela — Reese diz a Katrina.

— Ora, como ousa — Iris diz, mas mantém a pose.

— Ai, meu deus, olha só pra ela — Thalia fala de Iris. — É como quando um cachorro sente cheiro de comida e congela numa pose de pidão.

— Ora, como ousa você também — Iris repete, ainda se negando a qualquer lapso na disciplina da pose.

— Vou levar a Katrina pro meu quarto, pra longe das bisbilhotices de vocês — Reese anuncia.

— Na verdade — Katrina diz —, talvez uma variedade de opiniões seja melhor. Quer dizer, eu vim pedir conselhos de etiqueta trans, e aqui estamos nós. — Ela gesticula à cozinha. Iris mostra a língua para Reese em vitória.

— E eu nunca nem conheci a Amy — Katrina continua. — Então, eu não sei nada de Amy de quando ele era trans, ou mesmo antes de ele ser trans, quando ele era Ames pela primeira vez...

— James — diz Iris.

— O quê?

— O primeiro nome dela era James. Aí Amy. Agora Ames. Ela não voltou ao nome original. Tipo, é como se ela não aguentasse totalmente voltar a ser o James depois de destransicionar, então ela tirou o *J* e agora ela é o Ames.

Katrina olha para Reese para ver se é de fato verdade, e Reese confirma com a cabeça.

— O jeito que ela escolheu os nomes dela é tão psicologicamente indiscreto — Iris reclama, enfatizando a palavra "indiscreto" para indicar o tamanho do desjeito. — Ela só fica expondo os problemas dela, como se estivesse desfilando pelada em frente à janela.

— Viu, era isso que eu queria! — Katrina diz. — Esse é o tipo de informação que eu não consigo arrancar do próprio Ames.

— Espera aí — Reese aponta para Katrina um canudo que Iris havia deixado na mesa da cozinha —, não é você quem deveria estar nos dando a real sobre o Ames hoje?

Na reunião semanal das segundas-feiras com toda a equipe, a chefe de recursos humanos, uma sulista chamada Carrie, jovem para a posição, anunciou que a política de banheiros da agência estava mudando. Carrie vinha do tipo de cultura sulista que puxava o R de um jeito muito específico, pronunciava o H mudo, pedia "mér-lou" em bares de vinhos, votava no Partido Democrata tanto por motivos obscuros de herança familiar quanto de política e, aos quinze anos, fazia festas de debutante que não existem nos estados ao norte.

— Uma última mudança essa semana — ela entonou ao fim da reunião. — Sobre a lei no estado da Carolina do Norte, de onde eu sou, que proíbe pessoas com transgenerismo de usar banheiros do sexo que adotaram. Eu, pessoalmente, estou bastante envergonhada de meu estado por causa disso... — Ela permitiu uma pausa pesarosa para efeito —, então eu fico contente em anunciar que o banheiro pequeno na frente da sala de conferências violeta agora será designado como neutro em gênero. — Carrie aplaudiu seu próprio anúncio e a reunião foi encerrada. Ames havia faltado à reunião naquele dia e, uma vez de volta ao trabalho, Katrina esqueceu da questão do banheiro.

Mas, enquanto Katrina juntava suas coisas para almoçar, Carrie bateu na porta aberta do escritório, se desculpou por interromper e perguntou se elas poderiam conversar por um minuto. Sendo muito delicada, ela demorou um tempo para chegar ao ponto, mas ela queria saber se Katrina achava que um banheiro de gênero neutro no andar de baixo seria acomodação suficiente.

— Eu não faço ideia — Katrina disse a Carrie, perplexa.

— Ah — disse Carrie —, mas você sabe, ela trabalha com você, então eu pensei que talvez ela poderia ter comunicado...

— O quê? — Katrina a interrompeu.

— A Ames, digo. Ela trabalha pra você.

— O Ames é homem.

— Ah, não, eu sei — Carrie se apressou a dizer. — Desculpa. Quer dizer, é só que algumas pessoas andaram perguntando disso e, desde que todo mundo ficou sabendo, as pessoas têm discutido qual seria a nossa política sobre os banheiros.

— Carrie — Katrina diz com cuidado —, você tem que me dizer exatamente o que quer dizer quando fala que "todo mundo ficou sabendo". Do que é que as pessoas estão falando?

— Bom — Carrie disse, então alisou a saia e deixou de lado o comportamento conciliatório —, o que me disseram foi que, na viagem pra Chicago, você contou pro Dave Etteens e o Ronald Snelling que o Ames costumava ser mulher. O Ames disse isso pra eles também. A Abby é a gerente de projeto do Dave e, bom, ele contou pra ela, e aí começou a circular pelos corredores. E eu só quero tratar disso com dignidade, pro bem de todo mundo. Da agência, mas da Ames também.

Katrina resmungou e deixou o rosto cair nas mãos.

Carrie ignorou a grosseria e seguiu:

— Mas enfim. Eu acho que seria uma boa política ter um banheiro de gênero neutro de qualquer jeito. Mas, já que a Ames responde diretamente a você, por favor, se puder, descubra se a gente deveria designar um banheiro neste piso também. Eu estava pensando naquele perto do...

— Carrie — Katrina interrompe de novo. — O Ames não é mulher.

— Não, eu sei — Carrie garante. — Eu sei. Ela é homem.

A forma como Carrie assentiu, como se convencendo a si mesma, pareceu intuitivamente errada para Katrina.

— Espera um pouco, o que é que as pessoas estão falando, exatamente?

Carrie fez uma careta de leve.

— Que ele costumava ser mulher, sabe, que ele é um homem com transgenerismo.

— Ai, caralho. — Katrina desmoronou na cadeira e encarou o teto de painéis.

Carrie colocou a mão na escrivaninha de Katrina e se inclinou para a frente, preocupada.

— Não! Katrina! No caso dele, ninguém diria! Não é problema pra ninguém aqui. Eu só quero sua ajuda pra criar um ambiente em que ele se sinta apoiado. A gente não tem políticas para funcionários com transgenerismo ainda, então acho que é importante já fazer isso do jeito certo agora...

O primeiro impulso de Katrina foi ligar para Ames. Mas a situação era humilhante para os dois. Katrina não poderia encará-la além de todo o resto. Em vez disso, ela pensou em ligar para Reese.

***

— Tá — Iris gargalha —, então eles acham que ele foi designado mulher quando nasceu? Que ele é um homem trans?

— Sim — Katrina diz com um suspiro —, foi isso que eu entendi.

Reese está se divertindo mais do que deveria com o rumo dos acontecimentos.

— Mas dá pra culpar esse pessoal? Aquele menino bonitinho. A barba dele não se recuperou do laser, e ai, meu deus, mesmo depois daquele narizinho atrevido ter quebrado, deve ser fácil pra eles imaginarem um boy trans.

— Mas a Amy não é tão alta, é? — Thalia pergunta. — Eu só vi fotos dela. — Cada uma das mulheres tem uma reclamação favorita sobre seu próprio corpo, por meio da qual não consegue evitar a avaliação do corpo de outras mulheres. Do alto de seu um metro e noventa de altura, a de Thalia é sua estatura.

— Acho que entre um e setenta e cinco e um e oitenta — Iris diz.

— Altura ideal pra um boy trans.

— Mas você conhece homens trans de verdade — Iris corrige Thalia.

Reese tem que segurar o riso. Isso é simplesmente tão delicioso.

— Pois é, você sabe sacar um bombado, se é ou não é. Mas é que o povo cis fica procurando, sei lá, a Gwyneth Paltrow com um bigodinho.

— Em outras palavras: procurando a Amy. — O rosto de Iris parece tão satisfeito quanto Reese se sente.

O interesse de Katrina se prendeu em outro detalhe.

— Bombado?

— É — dizem as outras mulheres em uníssono enfático.

— Se você quiser um homem másculo — Iris a aconselha —, é só achar um homem trans. Eles são os únicos que são desse jeito porque querem, e não pra compensar algo.

— Hum — Katrina diz. As velas da sexualidade de Katrina se erguem ao vento com novas considerações.

— A Thalia gosta de ficar com homens trans — Iris brinca. — Ela sempre tem um boy babando atrás dela. Ela está com um *dançarino* agora.

— Sério? Por que você não me contou? — Os sentimentos de Reese se magoam quando Thalia compartilha sua vida amorosa com Iris, mas não com ela. — Quero ver uma foto!

— Este encontro não é pras minhas questões — Thalia rebate.

— Ok. — Reese se concentra de volta em Katrina para esconder sua irritação. — Então, enfim, que conselho você quer sobre essa situação?

— Não sei. — Katrina pausa por um momento para encontrar as palavras certas. — Acho que eu imaginava que tinha regras. Eu procurei no Google o que fazer se você acha que expôs uma pessoa trans. Eu li um monte de blogs feministas sobre isso. Tem regras estritas. Aparentemente, a primeira regra é não expor pessoas trans pra começo de conversa.

— Sim — Iris diz —, essa regra é boa.

— É, então eu pensei em vir aqui e confessar o que eu fiz e que você — ela indica Reese com o queixo — podia me dizer o que fazer.

A palavra "confessar" assusta Reese.

— Eu não sou padre, Katrina! Eu não vou te mandar recitar uma dezena de Ave-Maria Transgênero e absolver os seus pecados. — Isso é o que acontece quando as únicas vozes trans por aí são das garotas trans mais barulhentas e estridentes constantemente publicando textões dogmáticos de introdução ao mundo trans para repreender a maior parte do público cis. Você faz todo mundo achar que, para não ofender pessoas trans, é preciso localizar e seguir um guia secreto cheio de ritos arcanos, em vez de só vê-las com decência, como se faria com qualquer outra coisa. Você acaba com uma mulher reunindo de improviso um grupo focal sobre transgeneridade para avaliar como ela deveria assumir o tipo de responsabilidade básica que ela claramente sabe assumir nas situações de sua vida não populadas por pessoas trans, enquanto outra sai por aí neutralizando o gênero dos banheiros porque não ousa perguntar a Ames o que ele prefere de forma direta e respeitosa.

— Sim, óbvio que não — Katrina diz. — Eu estava sendo meio dramática. Então, com toda honestidade: uma destransição conta igual a uma transição em termos do respeito que tem que ser dado?

Esse é um tópico de debate feroz entre as três mulheres trans. Iris defende que "sim, com certeza". Thalia concorda, mas acrescenta que todo mundo se ilude, incluindo as pessoas cis, e que o único jeito de forçar as pessoas a refletirem sobre o gênero delas mesmas é igualmente desrespeitar todos os gêneros. Em teoria Reese concorda com esse princípio de igualdade, mas o fato é que ela respeita muitos gêneros, mas não respeita o atual gênero de Ames de forma alguma.

Em seu coração, ela não acha que Ames é um homem. Ela simplesmente não consegue acreditar que a destransição de Amy é o que parece. Quantas vezes ela viu Amy, mesmo antes de destransicionar, usando a masculinidade como um casulo defensivo? Ela aprendera a medir isso cedo na relação: Reese conseguia ver quanto Amy se sentia insegura num dado contexto de acordo com quantos traços de seus dias vivendo como um cara universitário ela trazia à tona. Nesses momentos, a vitalidade da presença de Amy retrocedia, e Reese sabia que certo nível de armadura masculina entorpecente viera cobri-la.

A masculinidade sempre havia sido o que permitia Amy a não sentir. Pouco depois da transição, ela havia escapado dessa dormência; com Reese, ela estivera por um tempo gloriosamente lá e presente e frágil. Amy nunca havia se despido por completo desse torpor e, mais tarde, chegou a apreciar como uma ferramenta útil sua própria capacidade de adentrá-lo. Iris, que era excelente no trabalho sexual, dizia o mesmo sobre a dissociação: ela era o superpoder que lhe permitia ter sucesso lucrativo e heroico onde a mortal comum fracassava, sucumbindo a todos os sentimentos. Reese, no entanto, não acreditava naquela versão; ela nunca conseguiu fazer por completo o salto dogmaticamente radical que transformaria em superpoder o mecanismo de enfrentamento da dissociação.

No fundo do armário de Amy – o armário literal, veja bem, que elas compartilhavam no apartamento –, espreitava um maravilhoso terno masculino Zegna, de corte inglês clássico, feito de fina lã cardada de um preto profundo. Amy comprara o terno no último ano da faculdade, num brechó em que ela o tirou do cabide, o provou e, sem precisar de qualquer ajuste, descobriu dentro de si um personagem de *Cães de aluguel*. No abate de roupas masculinas pós-transição, Amy poupou o terno, permitiu que ele sobrevivesse e lhe deu uma vida clandestina nos fundos mais longínquos do armário. Reese teria se contentado em ver o terno como uma lembrança sentimental, exceto pelo fato de que, em ocasiões raras, ela chegava em casa e encontrava Amy de fato *usando-o*, aqueles olhos de husky a mil quilômetros de distância, escapulindo pelos cantos como algum tipo de James Bond sórdido e andrógino.

Em geral e em específico, Reese não tinha paciência para essa brincadeira nostálgica de fantasiar-se de menino. Apesar de si mesma, Reese sucumbiu a um respeito relutante por Amy em Seu Terno, mesmo que só por como Amy se tornava completamente fechada e, portanto, invulnerável ao usá-lo. No entanto, no dia seguinte, ela fazia questão de que Amy se sentisse acanhada e envergonhada, como se faz com uma amiga de ressaca cuja bebedeira descuidada da noite anterior forçou você a um estado de embasbacamento ressentido.

A destransição havia sido o lento ossificar-se de Amy além dessa distância inalcançável. Um lugar em que Reese não mais poderia tocá-la, nem portanto voltar a feri-la. *Isso não é gênero*, a culpa de Reese argumentava, *isso é dor*. Toda dor merece cuidado, mas não relativismo dogmaticamente igualitário.

* * *

Katrina e Reese estão de pernas cruzadas sobre o pedaço de grama sintética de dois metros quadrados que cobre as barras de ferro da escada de emergência para criar uma combinação de sacada e jardim da frente. Thalia convenceu Iris a lhe fazer uma massagem, então agora ficaram apenas elas duas. Abaixo, a água de uma breve tempestade se juntou em um quadrado afundado do concreto da calçada para criar uma poça perfeitamente quadrilateral. Uma mãe se apressa, arrastando a filha pela mão. A menina, com cabelo castanho em trança e um par de galochinhas vermelhas nos pés, se solta e pula na poça, fazendo um pequeno respingo. A mãe a chama pelo nome:

— Józefa, não, para com isso, já está tarde. — A garota a ignora, pisa de novo. Reese espera a mãe ficar brava. Mas ela não fica. Em vez disso, ela saca o telefone, se abaixa e diz: — Está bem, vamos filmar. — A garotinha pula e solta respingos, e os reflexos dos postes tremem na água acumulada, enquanto a mãe filma e diz: — Tá, espera, mais um, agora pula, querida, isso, muito bem, olha pra mim!

Reese e Katrina assistem de cima, em silêncio. O momento se alonga como caramelo sendo puxado. Elas mal respiram, elas duas, suas silhuetas escuras, dois andares acima, aves de rapina transfixadas pela cena. A mãe, ainda abaixada, mostra o vídeo à filha, a luz do telefone iluminando o rosto satisfeito da menina enquanto ela assiste sua versão do passado dando risadinhas no áudio metálico. Quando as duas seguem andando, elas parecem mais leves. A mãe não puxa mais a filha. Um caminhão descendo a ponte Pulaski freia com um barulho alto, a dupla vira a esquina, e Reese expira.

— Eita — Reese diz.
— Pois é.
— Isso doeu de ver.
— Doeu te ver vendo.
— Obrigada, eu acho.

Katrina funga pelo nariz, se enrola no xale.

— E agora?

As maquinações de Reese começam, mas se engasgam e param com a mesma velocidade. Sua cabeça se apoia no revestimento do edifício, e ela é tomada por uma onda de resignação. Ela não tem nada mais para pensar sobre Ames, nenhum conselho a mais para dar.

— Eu não sei, Katrina. Eu só contaria pro Ames que você o expôs antes que ele fique sabendo por alguém no trabalho. Ele não é novato em conversas de gênero.

— Eu estava falando do bebê. Poderia ser a gente lá embaixo.

Reese quer dizer a coisa certa, mas não faz ideia do que isso possa ser, então espera, torcendo que Katrina continue.

— As suas amigas, Iris e Thalia, sabe, quando você estava no quarto trocando de roupa, elas pularam em cima de mim. Me falaram sobre a mãe excelente que você seria.

— Ah, então foi isso. Elas estavam estranhas quando eu voltei.

— É só questão de se você consegue encontrar um lugar pra si mesma nisso tudo.

— É — disse Reese. — Eu quero. Mas eu tenho medo de me ressentir do meu lugar.

— Não quer dizer que você não vá ser mãe também.

Reese assente com a cabeça. Ela não aguenta encontrar os olhos de Katrina quando ela fala.

— Tem mães e mães. Eu conheço uma outra mulher trans. Ela teve duas meninas antes de transicionar. Elas estão com quatro e seis agora. Sabe como as meninas chamam as mães?

A pergunta é obviamente retórica. Reese continua:

— Mamãe e Mamãe Lucy. A mulher trans, ela é a Mamãe Lucy, a mamãe que precisa de um qualificador. A Mamãe não. Quando tem uma mulher que carregou o bebê biologicamente, e um meio-que-pai e a ex-namorada transexual dele, qual de nós você acha que vai ser a mamãe sem nenhum qualificador?

— É tudo ou nada, então?

— Eu não estou em posição de ditar os termos. Você está.

Katrina puxa o pulso de Reese de maneira nada gentil. Ela se atrapalha mas pega a mão de Reese entre as suas, segurando-a contra o peito. É um gesto tão íntimo, mas, quando Katrina fala, seu tom é de mágoa e raiva.

— Você acha que você é a única que acha isso injusto? Você acha que eu não estou sendo tratada injustamente? Que as únicas expectativas frustradas foram as suas? Quando eu descobri que estava grávida, eu achei que tinha o que você queria: um bebê com um homem confiável. Mas acabou que não era bem isso que eu tinha, e eu estou superando isso.

Atrás da camisa, o peito de Katrina está quente contra a mão de Reese. Reese diz:

— Seja lá o que você for, eu estou abaixo.

— Me diz uma coisa. Você sente ressentimento de mim por eu estar grávida?

— Sinto.

Ela larga a mão de Reese.

— Foi o que eu achei.

— Eu te invejo. Meu deus, eu te invejo tanto. E estou ressentida também.

— Eu quero descobrir um jeito de ser algo pra você, Reese, ou com você. — Por um momento, Katrina parece prestes a começar uma segunda discussão, mais passional, mas, em vez disso, ela diz com uma voz esvaziada: — Bom, eu não sei como fazer isso se você vai só ficar ressentida e com inveja. Ficar grávida não é mágico assim como você pensa.

Reese revira os olhos. Mulheres cis estão sempre se queixando do fardo de suas habilidades reprodutivas, enquanto as afagam em segredo. Histerectomias estão amplamente disponíveis, mas nem mulheres que não querem filhos estão fazendo fila para tirar o útero.

O vento agita a água na poça abaixo delas. Quando Reese fala, ela não responde de maneira direta.

— Tem aquela história da era Reagan, de que a maconha é uma droga de entrada pra drogas pesadas tipo heroína. Eu me sinto assim sobre ter uma vagina. É uma droga de entrada. Eu costumava querer a cirurgia; mas eu tenho bastante certeza de que só teria sido a entrada pra eu querer um útero. E, se eu tivesse um útero, seria uma entrada pra eu querer um bebê dentro dele. E, sim, eu sei o que parece que eu estou dizendo. Se colocar todas as frases juntas, parece que o meu desejo mais profundo é ir às compras atrás dos órgãos de alguma outra mulher. Eu não minto pra mim mesma sobre a minha situação. Se eu quero uma criança, eu tenho que pegar uma de outra mulher. Dá pra imaginar como eu me sinto? Eu dei tudo pra ser mulher e aqui estou eu falando de pegar coisas de mulheres. Eu sou amarga, amarga, amarga por estar nessa posição.

Katrina pausa, então pergunta:

— Por que você tem que usar essas palavras? "Pegar"? "Dar"? Isso não é um jogo em que uma perde e outra ganha. Eu nem estou oferecendo *dar* nada pra você. Estou convidando você a se juntar a mim, a se comprometer e se esforçar. Eu não penso em uma criança como algo que se passa de um lado pra outro, e, na verdade, eu acho que você também não pensaria. Não é assim que funciona uma família. — Katrina gesticula para onde a mãe e a menina estiveram na calçada. — Você acha que aquela cena não me causa dor? Aquela é uma cena que se constrói, não uma cena que se tira de outra pessoa. É isso que quero construir com outras pessoas. Com crianças e mães.

Reese pressiona os lábios, como se Katrina tivesse invocado algo amargo.

— Você se lembra de que acabei de ir num funeral? Eu tenho feito isso pela maior parte da minha vida. Eu sei como as coisas terminam quando se trata de garotas trans. Pode acreditar, só pode haver uma mamãe. Você vai ver. Vai ser a que tiver o corpo certo.

Katrina abre a boca. Abruptamente, ela ri.

— Não consigo acreditar que eu estou mais disposta que você a abrir a cabeça. Talvez o jeito que você está vendo as coisas não esteja funcionando. Você tem tanta certeza de como as coisas são, de como fazer tudo. Mas o jeito como você faz as coisas termina em funerais. Quem sabe, em vez de dizer qual é o resultado inevitável, arrisca, porra. Porque eu estou pronta pra arriscar. Quem sabe você tenta reconhecer as oportunidades que você tem, reconhece essa oportunidade comigo e vem ser mãe se quiser. Daqui a poucas semanas a minha médica vai me ligar e começar o pré-natal. Eu vou fazer um ultrassom pra ouvir os batimentos cardíacos. Por que você não vem junto?

Capítulo oito

Três anos antes da concepção

Amy passou uma semana sendo torturada pelo serviço de compartilhamento de localização de seu iPhone. Ela e Reese o haviam ativado um dia para conseguirem se encontrar num parque, e então esqueceram e o deixaram ligado. Amy redescobriu a localização compartilhada de Reese depois da confissão sobre Stanley. A descoberta dobrava com outra: quando Reese dizia ir trabalhar em Manhattan, o pequeno círculo branco com um *R* no meio que a representava no Apple Maps viajava em vez disso para Williamsburg, uma parte do Brooklyn que Reese, em geral, fazia uma barulheira para evitar. A primeira vez que Amy viu o *R* em Williamsburg no mapa, ela imaginou que Reese havia saído errante em uma missão de compras, mas, no dia seguinte, o pequeno *R* voltou para o mesmo local. No terceiro dia Reese seguiu com suas questões de costume, seu *R* visitando locais que Amy identificava como lojas de marcas que eram clientes da firma de Reese – mas, no quarto dia, uma sexta-feira, o *R* voltou mais uma vez a Williamsburg. Quando Amy chegou em casa naquela noite, fingiu casualidade para perguntar se Reese estivera pelo Brooklyn naquele dia.

— Não — Reese respondeu. Ela estava em pé junto à bancada da cozinha, concentrada em descascar uma manga. Reese tinha gostos específicos quando se tratava de mangas: segundo ela, unidades de decepção deveriam ser medidas na diferença entre uma manga ruim e uma manga boa. Uma amiga se esqueceu de ligar no seu aniversário? Quatro unidades manga.

— Ah. A Ingrid me disse que achou que viu você no trem — mentiu Amy.

— Não — disse Reese, perigosamente lambendo o suco de manga da lâmina de uma faca de cozinha. — Fiquei pelos lados do Lower East Side o dia todo.

Amy assentiu e deu uma olhada discreta no telefone. Lá estava o *R* de Reese: seguramente acomodado no apartamento.

O ciúme é como uma ressaca: quando você está no meio de tudo, você quer morrer, fica envenenada, inútil. Nada se estende à sua frente além de uma paisagem de cinzas e arrependimento; ainda assim, apesar da intensidade da sua agonia, ninguém sente pena de você, ninguém é cossignatário da sua fúria. Nada de simpatia por você! Olhe com que devassidão você cedeu aos seus desejos! É claro que dói, mas seu sofrimento não é único, todo mundo já sofreu assim, então se controle, mostre um pouco de caráter moral e discrição, pelo amor de deus. Não saia por aí tomando nenhuma decisão importante. Os ciúmes e as ressacas, já diz a sabedoria popular, são temporários.

Mas a tortura é temporária também, e ainda assim traumatiza suas vítimas. Os infelizes sendo afogados numa sessão de *waterboarding* da CIA não confessariam se conseguissem se convencer de que, na verdade, a asfixia é apenas temporária.

Amy passou o fim de semana inteiro transfixada pelo *R*. Ela olhava para Reese, então checava o *R*, um instinto compulsivo de confirmar que o *R* e Reese estavam inextricavelmente ligados, que ela de fato havia visto o *R* viajar a Williamsburg múltiplas vezes ao longo dos dias anteriores. Apesar de uma ânsia desesperada por gritar acusações, de assumir seus trêmulos sentimentos, Amy redobrou seu estoicismo e rejeitava as chamadas da sua mente, que a mandavam partir para o ataque. Ela não seria uma dessas parceiras ciumentas interrogando sua amada. Ela se negava. Pela dignidade de ambas.

Na segunda-feira, quando Amy foi para o trabalho, o *R* passou um tempo no apartamento até perto do meio-dia, quando rastejou ao norte, para Williamsburg, onde Amy concluiu que Stanley deveria morar.

Um milhão de unidades manga.

No cubículo de Amy, o ar parecia ter se despressurizado por completo, de maneira que ela respirava num vácuo. Apesar de o quanto seu telefone a magoava, Amy não conseguia se convencer a parar de olhar para ele. Ela tentava negociar com seus dedos, mas eles a ignoravam: *larga o telefone, Amy, não olha mais. Ok, então quem sabe ao menos tira as permissões de compartilhamento de localização com a Reese, pra você parar de ficar cutucando a própria ferida?*

Não? Bom, então ao menos, sei lá, vai olhar o Instagram em vez disso? Era como dizer "senta" ou "fica" para um gato. Seus dedos se moviam apenas para tocar na tela quando o LCD escurecia. Depois de algum tempo, eles languidamente se moveram sozinhos. Amy os observou chamar o Uber, digitar as ruas da esquina onde permanecia o *R* de Reese.

Um cara jovem apareceu na frente do escritório, numa BMW bordô. A Uber havia sido gentil o bastante para dar um upgrade no transporte para a maldita e ciumenta missão de reconhecimento de Amy. Um carro realmente impressionante no qual se comportar de maneira sórdida.

Em seu último ano de Ensino Médio, Amy tivera uma queda pela capitã do time feminino de hockey de campo, uma fadinha diminuta que usava o cabelo em um rabo de cavalo liso e se movia pela grama como uma dançarina, trilhando por entre oponentes maiores, com a saia de pregas girando de modo que, às vezes, se via o shortinho sexy que ela usava por baixo. Aquele uniforme era basicamente uma combinação de fantasias de líder de torcida e de estudante de internato. Seu coração de crossdresser fetichista secreto batia forte para aqueles vislumbres de calcinha de lycra. Enfim, logo antes das férias de verão, Amy ficou com a capitã do time de hockey numa festa.

No dia seguinte, a capitã a convidou para uma cafeteria numa ruazinha que as garotas populares haviam definido naquele ano como o lugar de se encontrar. Amy foi, cheia de empolgação. Mas a capitã não viera sozinha. Um pequeno grupo de garotas havia se reunido numa mesa na calçada, deixando apenas uma cadeira para Amy, como se conduzissem uma entrevista de emprego – a capitã flanqueada por suas tenentes. Houve um breve preâmbulo de cumprimentos, em que se tornou claro que a alegria carinhosa e a esperança a respeito da ficada na noite anterior não seriam recíprocas. Com uma expressão de respeitosa tristeza, a capitã informou Amy de que ela não queria namorar, ela queria um verão divertido; e ela tinha a sensação de que Amy gostava mais dela do que ela gostava de Amy, então ela queria ser franca. Suas tenentes assentiram com a cabeça, concordando. Amy tentou não corar nem se sentir idiota. Ela não conseguia fazer contato visual e assentia olhando para os postes na rua, que eram de um formato rebuscado e antiquado.

Cedo ou tarde, Amy viu que as garotas esperavam que ela concordasse com palavras, que jurasse que sim, um relacionamento romântico não estava por vir, e quaisquer ficadas futuras só poderiam ocorrer de maneira orgânica e bêbada, se é que ocorreriam. Amy abriu a boca para dizer o que elas queriam ouvir, mas, naquele momento, um cara de outra escola, com quem Amy tinha tocado guitarra algumas vezes, passou em uma BMW conversível vermelha. Ele dirigia com a capota abaixada e a gola da camisa para cima, parecendo um vilão riquinho e bonito num filme de John Hughes, completo com duas gatas bronzeadas, uma no banco do carona, uma no de trás. Música da fase ska do Sublime saía a toda do rádio.

— Ben! — Amy gritou. — Ei, Ben!

Ben freou e, sem pensar, Amy se lançou em pé e para longe da humilhante entrevista de término, disparou para o outro lado da rua, avaliando em meio segundo que o carro era um cupê de duas portas, mas que nada, nem mesmo uma falta de portas deveria interromper a ousadia do momento. Amy saltou por cima da lateral do carro, deslizando por cima da porta com tranquilidade e aterrissando com graça atlética e esguia ao lado da loira do banco de trás, que deu um sorriso encantando para essa emoção inesperada vinda dos céus.

— Vamos lá, vamos lá! — disse Ben, imitando Matthew McConaughey em *Jovens, loucos e rebeldes*, e pisou no acelerador, disparando o carro, mechas loiras voando para trás como bandeirolas. Foi, no linguajar de um garoto de Ensino Médio, um momento muito massa. Até mesmo as tenentes da capitã a traíram. Elas fofocaram que quando ela tentou terminar com James, ele cagou e andou. Ele só entrou num conversível sem dizer nada, sem nem abrir a porta. A coisa toda foi só mais um pequeno deus ex machina que transformou o desejo angustiado e dissociado de Amy em um ato blasé e admirável, cimentando a reputação de Amy como um James Dean taciturno a se respeitar, mas afastando-a de toda possibilidade de que qualquer pessoa que a conhecesse viesse a enxergar além disso.

Anos depois, o deus ex machina estava de volta, outra BMW esbelta e avermelhada para ser sua carruagem na travessia de um momento crucial de humilhação.

— Vamos lá — disse o motorista do Uber quando ela entrou, avaliando seu cabelo cacheado e a forma como a saia que ela vestira ao trabalho havia se prendido e quase entrado na bunda. Ele acelerou, e eles estavam a caminho.

— Eu preciso que você vá rápido — Amy disse ao motorista, um rapaz com uma bandeira da República Dominicana pendurada no espelho e um *reggaeton* tocando baixinho, um meio-termo entre seus próprios gostos e os dos clientes de Uber de Manhattan que pedem um carro de luxo. — Dá pra fazer isso?

Ele abriu um sorriso.

— Ô se dá.

Quando as rotações do motor aceleraram, o rádio automaticamente aumentou o volume da música para compensar, dando ao homem uma batida à qual dirigir. Ainda assim, não se pode de fato fazer um voo cinematográfico por Lower Manhattan sem as permissões de filmagem necessárias nem certo planejamento, então foi menos um disparo do que um rastejo por Lower Manhattan, com o motorista buzinando e gesticulando de forma heroica.

— Mas por que a pressa? — ele perguntou em um semáforo.

— Eu estou sendo traída — Amy disse, divulgando a ele o propósito de uma missão que ela até o momento não havia sequer se permitido reconhecer.

— Ah, você tem namorado? — O tom deixou clara sua decepção.

— Mais ou menos — disse Amy. Ela tinha parado de se assumir lésbica para homens estranhos havia muito tempo.

— Mais ou menos? — Então ele respondeu sua própria pergunta. — É, acho que você não vai mais ter depois de pegar ele, hein? — Com essa conclusão, ele redobrou seus esforços.

Na ponte de Williamsburg, ele enfim teve espaço para exibir a aceleração do seu carro, e assim o fez, chegando a cento e dez quilômetros por hora antes de frear com força e jogar o volante para a esquerda no retorno na entrada da via expressa Brooklyn–Queens, arrastando o carro por cima de uma pista, cortando um caminhão de carga e se arremessando à saída para a Broadway.

Amy checou o telefone. O *R* de Reese estava se movendo para o norte.

— Ah, merda — ela gritou. — Eles estão se mexendo!

— Eles estão fugindo? Alguém denunciou que você iria pra lá?

Por um momento, Amy quase se esqueceu de ficar triste. Denunciar? O que esse cara achava que era isso? Mas então ocorreu a Amy que, se ela podia ver o *R* de Reese, talvez Reese pudesse ver seu *A*. Talvez Reese estivesse acompanhando os movimentos de Amy há meses! Talvez fosse por isso que ela se sentia segura para traí-la sempre que queria! Amy tinha colocado um chip em si mesma como um golfinho em uma pesquisa! Não. Fala sério. Isso é paranoia. Né? Paranoia completa. Mas...

O *R* estava se movendo rápido demais para Reese estar a pé. Ela estava num ônibus? Não! Estava no carro dele.

— Eles vão fugir! — ela gritou. — A gente precisa ir atrás deles.

— Tá — disse o motorista. — Mas você tem de atualizar o destino no app da Uber. Eu não posso só sair dirigindo para onde você quiser.

— Oi?

— Eu não vou ser pago além do destino no telefone. Adiciona um segundo destino.

— Mas eu não sei o destino deles!

O motorista deu de ombros.

— Eu não posso ir se não estiver no aplicativo.

Que palhaçada! Nos filmes, você entra num táxi e grita: "Siga aquele carro!". A Uber estragava tudo.

— Eu pago em dinheiro pelo resto.

Ele balançou a cabeça com tristeza.

— Não é assim que a Uber funciona. Eu posso me encrencar.

Ela não sabia o que dizer. Eles tinham criado uma conexão! Certo, não, ela não tinha exatamente flertado com ele quando ele deu a oportunidade, mas...

— Ok, como eu mudo de destino?

— Bom, na verdade, o melhor seria acrescentar um segundo destino, já que a gente está quase no seu.

— Eu não sei fazer isso! — Amy choramingou.

— Eu te mostro — ele disse e encostou o carro.

— Não! Não para, eles vão fugir!

— É mais rápido do que te falar! — ele gritou de volta.

Ela socou o telefone para ele, e absurdamente, ele começou a explicar, passo a passo, como se adiciona um segundo destino à rota do Uber.

Caralho!, ela quis gritar. *Meu coração está partindo e não tem páthos nesse mundo!* Em vez disso, conforme ele mostrava os passos, ela dizia:

— Tá, sim, obrigada. Sim, entendi agora. Aham. Eles estavam na esquina da Bedford com a Metropolitan da última vez que olhei. Vamos colocar isso como o segundo destino. Tá. Ótimo. Perfeito.

É claro que, quando ele devolveu o telefone para ela e retomou a atenção no volante, o *R* tinha se movido mais ao norte. A bandeira verde acenou-se e deu a largada numa corrida: as habilidades de digitação em celular de Amy, atualizando a localização em tempo real, contra a viagem indeterminada de Reese.

— Acho que eles estão indo pro parque — Amy gritou.

— Que parque? — O motorista havia voltado ao time dela, pronto para seguir voando.

— O McCarren.

— Vou pegar a Franklin North! — ele gritou. — É mais rápido, eu juro.

Sim, ele está certo! Amy e seu motorista dirigiram para o Norte no mapa, sua trajetória paralela ao *R* de Reese. Muito em breve eles a alcançariam, e então era só uma questão de cortar por cima e interceptá-la. O pulso de Amy acelerava. O amor é um campo de batalha, mas também é uma perseguição de carros.

Mais cedo naquele mês, Amy havia voltado para casa da orientação de adoção e encontrado o apartamento vazio. Ela vagou do hall para a sala de jantar e para a cozinha, em estado de choque, sem entender. Na sua cabeça, ela imaginara que Reese estivesse a esperando em casa: aflita, arrependida. Ou mesmo brava. Mas um apartamento vazio? Isso não havia ocorrido a ela, e o medo gélido de que ela tivesse ido ver Stanley a perfurou.

Ela abriu o closet de Reese: as roupas ainda estavam ali. No armário da entrada, Amy tirou as malas. Será que Reese tinha uma mala pronta para uma fuga rápida? Isso simplesmente não parecia algo que ela faria. Reese não era do tipo que se preparava para desastres. Mesmo que o desastre fosse só a vontade de correr depois de admitir tê-la traído. Ela abriu as duas malas que elas tinham, para conferir se dinheiro ou escovas de dente, ou o que fosse, havia sido guardado em alguma delas. Mas, não, as malas estavam vazias.

Ela estava ajoelhada no chão, fechando uma mala azul, quando a porta da frente se abriu.

Reese viu Amy no chão com uma mala. Seus olhos se arregalaram, e ela gritou:

— Não! — e se abaixou, arrancou a mala de Amy e a lançou de qualquer jeito pelo piso de madeira. — Não, não, não. — Reese agarrou Amy, puxou-a para perto. — Não vai embora, não, por favor.

— O quê? Eu não vou embora. Era você que não estava aqui!

— Eu voltei pra te esperar no ponto de metrô. Fiquei horas!

— Eu chamei um carro.

Os olhos de Reese brilhavam vermelhos e crus.

— Você estava com uma mala. — Ela falava com um tom de garotinha ferida.

— Eu queria ver se você estava planejando ir embora.

Reese balançou a cabeça e suas narinas se alargaram, um sinal de que ela estava segurando lágrimas.

Olha só como Reese ficou triste com a ideia de perdê-la! Alívio se irradiava pelos membros de Amy, brilhante e esperançoso. Tão intenso que quase compensou a angústia da noite inteira até aquele momento. Quando Reese perguntou se ela queria conversar, discutir o relacionamento, Amy – agora confiante – balançou a cabeça e disse que deveriam dormir e conversar de manhã. Ela não aguentava a ideia de abandonar essa jangada de alívio. Ela se segurou firme e até conseguiu dar um sorriso abatido quando abriu as cobertas e entrou na cama, hesitante, ao lado de Reese. Amy se ajeitou com o máximo de cuidado e ternura, como se dividisse a cama com alguém que tinha acabado de passar por uma cirurgia, precisava de conforto e não podia fazer movimentos bruscos.

Amy esperava que Reese fosse entender que, já que fora ela que havia errado com Amy, era ela que tinha a responsabilidade de iniciar a discussão. Na manhã seguinte, no entanto, Reese não mostrou inclinação alguma a fazê-lo. Parecia injusto que ela tivesse que se dar ao trabalho de trazer o assunto à tona, de se mostrar ferida e precisando de explicações e conforto. Reese deveria ser a pessoa a se rebaixar com um transborde de sentimentos. Era o mínimo que ela lhe devia. Reese deveria estar ansiosa por lhe dar aquilo, sem poupar nem se restringir. Em vez disso, Reese foi vítrea, um fingimento frágil de que tudo já estava como antes.

Elas tomaram café da manhã na pequena mesa de vime e vidro no cantinho da cozinha; comendo torrada, Reese falou de um gato que tinha visto no dia anterior, escondido e miando debaixo de um carro. Para Amy, o assunto pareceu de tamanha inanidade e evitação que ela se levantou e começou a lavar a louça para que Reese não visse seu rosto. E seguiu assim o fim de semana todo, até segunda-feira, quando Amy descobriu o *R* pela primeira vez, o que lhe deu um símbolo concreto em que se fixar.

Bom, com certeza a gente vai discutir a porra do relacionamento agora, Amy pensou quando a BMW entrou à direita, descendo a Décima Segunda Avenida. A trajetória que Amy projetava colidiria com a do *R* na parte da rua Bedford que cruzava o parque McCarren.

No inverno do último ano de seu relacionamento com Reese, Amy começou a ligar para linhas de telessexo para falar com dominatrixes. Era um hábito idiota, não pelo custo, mas porque ela gastava a maior parte de suas reservas emocionais segurando uma ânsia de informar às mulheres do outro lado da linha que ela era, na verdade, uma transexual muito linda e desejada, não apenas mais um do tipo de fetichista que usa o telessexo. Mas, claro, esse era exatamente o tipo de fantasia que o tipo de fetichista que usa o telessexo gostava de nutrir.

Depois de ter feito isso por um mês – afirmando que não conseguia dormir, saindo da cama em silêncio, enrolando-se em um robe e se sentando no piso da cozinha para discar –, ela acabou falando com uma dominatrix de Detroit, que era claramente um homem na Índia usando um modulador ruim de voz numa chamada on-line para subir seu tom em cerca de oitenta hertz. O encontro era tão impregnado dessa aspereza da era digital e dos empregos instáveis que Amy ficou meia hora sem sair da linha – alimentando sua própria fantasia de dominação a dois dólares e noventa e nove centavos por minuto, nutrindo a sua imaginação com esse homem indiano que fingia ser uma dominatrix. Na manhã seguinte, ela se sentiu ainda mais idiota que de costume.

Reese teria adorado essa história – mas Reese era precisamente a pessoa para quem Amy tinha medo de contá-la. Se ela não tivesse perdido, em algum momento do ano anterior, a capacidade de contar a Reese exatamente o que ela queria na cama, não precisaria contá-lo ao telefone. No começo da relação, ela e Reese haviam sido mais versáteis e safadas. Ela havia comprado um vestido preto de látex para Reese e conseguia chegar quase ao orgasmo só se esfregando no material liso sob as curvas dela, mais ainda quando Reese virava Amy no colo para lhe dar umas palmadas. Aquela dinâmica do começo se encaixava bem com Amy: Reese era ativa nesse tipo de coisa de que Amy gostava, e Amy, que não tinha quase nada de disforia sexual, ficava feliz em colocar Reese de joelhos ou comê-la de manhã – o tipo de afirmação baunilha de que Reese precisava. Mas, devagar, o sexo foi se tornando mais normativo, e Amy, adulando Reese em busca de mais, reforçou o nível de seu papel de doce namorado, esforçando-se para afirmar o gênero de Reese, enquanto recebia menos do que queria. Ela não só queria Reese, ela queria corar na frente dela. Mas ela não conseguia dizê-lo. As palavras se trancavam do lado de dentro e negavam qualquer tentativa de expulsá-las.

Então por isso as dominadoras. Depois do indiano, e de um aumento dos gastos com telessexo naquele mês, Amy decidiu que seria simplesmente mais barato ir ver uma dominatrix em pessoa; e, dessa vez, ela não precisaria convencer a mulher, sem prova alguma, de que ela era mais do que o fetichista médio, de que a própria dominadora tinha sorte de estar vendo ela. Infelizmente, dado que a comunidade trans e as dominadoras LGBTQ que teriam sido perfeitas para Amy tinham várias intersecções, Amy não podia de fato contratar nenhuma das mulheres que lhe davam tesão em festas. Em vez disso, ela entrou no Eros, um site de classificados de BDSM. Da primeira vez, ela contratou uma dominatrix que combinava meditação, acupressão e BDSM. A mulher amarrou Amy de uma forma bastante criativa, inclusive trançou a corda passando pelo seu cabelo, então pressionou pontos sensíveis no corpo de Amy até ela chorar, parando se Amy não conseguisse manter a postura e os padrões de respiração corretos durante a dor. A experiência, ainda que intensa, foi clínica, a abordagem um pouco terapêutica demais. A Dominadora Meditativa reconheceu que a maioria de seus clientes não eram, de fato, lindas transexuais, mas a beleza de Amy não parecia movê-la para um lado ou outro. Alguns clientes eram altos, outros baixos, uns cabeludos, outros jovens, e sim, alguns eram belos. Uma aplicação padronizada e profissional da dor fazia a maioria deles chorar da mesma forma.

Um mês depois, Amy havia repensado. Ela sentia apenas um pouco de culpa por querer ver dominadoras, pois acreditava que, se ela apenas conseguisse o alívio necessário, ela poderia voltar para Reese como uma namorada completa. A Dominadora Meditativa não lhe trouxera o alívio necessário porque os problemas de Amy, ela decidiu, eram problemas com a mãe.

Com uma autoironia consciente, Amy havia lido um livro de autoajuda freudiano para mulheres. Enquanto lia, ela ficou cada vez mais resoluta e se percebeu convencida por uma explicação da sua sexualidade que lhe fazia sentido: ela nunca tivera uma infância de menina, portanto nunca tivera, *como mulher*, a devida ligação e separação da autoridade feminina – a saber, da sua mãe. Seguindo essa visão, Amy constantemente buscava autoridades femininas que a possuíssem para curar uma falta materna oriunda da infância.

Em um transe freudiano, Amy logou no Eros de novo, dessa vez para contratar uma dominadora materna, que lhe desse palmadas na bunda e depois a afagasse. E foi assim que Amy deu por si em um elevador, subindo até o vigésimo andar de um edifício no Upper West Side, com uma mulher voluptuosa de pele cor de oliva nos meados dos quarenta anos, que usava uma camisola de renda sob um blazer e se apresentou com um suspiro resignado:

— Acho que ultimamente eu tenho me chamado Kaya. — Ela evitou contato visual com Amy, mesmo ao deixá-la entrar em seu apartamento, de maneira que Amy pensou que, talvez, ela achasse de mau gosto ter uma cliente mulher, ou talvez mulher trans.

De um hall de teto baixo decorado com espelhos e flores de tecido, Kaya desapareceu na cozinha, voltou com uma garrafa de água e, hesitante, apontou a tampa para o quarto.

— Você é tão bonita, parece que alguma amiga minha está pregando uma peça — Kaya admitiu com timidez, recompensando Amy e aliviando-a de suas dúvidas. — Eu não faço esse trabalho com frequência, e elas ainda são contra. Mas, se você estiver aqui a sério, tira as roupas e deixa o dinheiro debaixo do livro de Kama Sutra na mesinha de cabeceira.

Isso era tudo que Amy esperara. Alguém que de fato a apreciasse, a admirasse, de uma posição de autoridade fingida. Amy deslizou para fora do vestido, esguia, e se inclinou da maneira mais obscena possível sobre a bolsa, que descansava em uma cadeira, para tirar as quatro notas.

— Você quer que mamãe te mostre o que acontece quando a bebezinha dela é uma menina má? É o que você escreveu no e-mail — Kaya disse da porta.

— Quero. — Amy respirou. Ela colocou o dinheiro sob o Kama Sutra.

— Espero que você não tenha um horário apertado — Kaya disse. — Eu não me ligo muito no relógio.

Por muito mais tempo do que o combinado, Kaya acariciou Amy e lhe murmurou gentilezas, lhe deu palmadas e a xingou, exigindo saber quem a tinha autorizado a se depilar, e então deitando Amy em seu colo para dedá-la. Amy suspirava, sentindo-se autorizada a soltar tudo, a ceder aos toques de Kaya. Em algum momento, de barriga para baixo nas pernas de Kaya, Amy sentiu um cheiro diferente e percebeu que Kaya estava molhada. Kaya mudou de posição e se desculpou.

— Desculpa. Eu gosto muito disso — ela disse. — Eu queria fazer isso com meu ex-marido. Ele mora na Flórida, com os meus dois filhos.

A confissão era tão íntima, tão pouco profissional, tão inapropriada, que Amy quase gozou, mas de súbito Kaya a apertou contra seus peitos largos e macios, chamando-a de bebezinha, dizendo que a mamãe iria cuidar dela.

Mais tarde, enquanto Amy guardava suas coisas e discretamente deixava uma gorjeta no travesseiro, Kaya lhe falou para voltar na semana seguinte.

— A gente pode pensar num acordo, talvez nem com dinheiro. Eu só gosto disso.

Elas se viram mais duas vezes, mas, para sua surpresa, Amy aproveitava mais quando pagava. Ela nunca se sentira tão autorizada ao sexo que queria, e ter esse direito lhe veio como uma revelação. Pela maior parte de sua vida, expressar seus desejos havia exigido o máximo de vontade e autoconfiança de que ela era capaz; no resto do tempo, ela se esforçava para continuar vendo qualquer que fosse o show de horrores que acontecia na sua mente para seguir excitada, montando uma fachada de interesse pela pessoa com quem estava. Apenas com Reese esses dois lados haviam se unido, mas, ainda assim, ela raramente conseguia falar sacanagem com qualquer tipo de desprendimento, apavorada com o que poderia tropeçar afora da sua boca se ela abrisse mais que uma fresta das comportas. Mas por quatrocentos dólares a hora o escrúpulo de se conter desmoronava, e então lá estava Amy, chupando as tetas de Kaya, chamando-a de mamãe, enquanto Kaya mexia um dedo dentro de Amy e perguntava se ela tinha idade suficiente para ser uma putinha tão safada. Mas, com o preço que Kaya pediu na segunda vez – cem dólares e uma tele-entrega de comida tailandesa –, Amy se descobriu tímida de novo. Cem dólares e comida tailandesa não bastavam para Amy se sentir no direito de seus próprios desejos. Em vez disso, ela se percebeu precisando que Kaya lhe garantisse que diria o que queria. Que ela não achava que Amy era meio que um incômodo. Amy não demandava trabalho emocional demais? Então, sozinha, apertada entre as pessoas no metrô, voltando da casa de Kaya, vinha a tristeza: por que Amy não podia simplesmente pedir o que precisava das mulheres de sua vida? Por que ela precisava pagar para sentir que merecia aquilo de que ela gostava? Só o que a própria Kaya queria era dar aquilo de graça! Que porra de transmisoginia, ou de angústia do capitalismo tardio, ou de trauma, a havia colonizado? Quando garotinha, ela nunca conseguira pedir validação para sua mãe, nunca pedira às namoradas pelo prazer de que precisava quando vivia como garoto, e até mesmo agora, com uma namorada que obviamente precisava de sexo com ela, era mais fácil só bater punheta pensando em Kaya, ciente de estar deixando Reese sozinha, do que se fazer vulnerável para Reese. Não era de surpreender que Reese tivesse voltado para Stanley.

Pequenas gotas de chuva molhavam o para-brisa da BMW enquanto parava no parque McCarren. Mesmo depois de quase uma década em Nova York, Amy ainda não havia se dado o trabalho de aprender a decifrar o clima da Costa Oeste. Antes de se mudar, Amy lia o clima por instinto. Ela conseguia cheirar o vento e saber se vinha do Oeste, das planícies, ou se tinha a pontada do gelo do Norte. Ela conseguia ver as massas ferrosas de nuvens de tempestades a distância e sabia exatamente quanto tempo faltava até chegarem. Ela conseguia ver a vivacidade aumentando no tom de uma flor e pressentir que um tornado se formava. As nuvens e o céu voluntariamente lhe davam informações.

No entanto, em Nova York, a natureza oferecia às suas sensações apenas uma sopa exausta. Ela imaginava que quem havia nascido ali sabia ler o clima do rio Hudson com a mesma facilidade com que ela conseguia ler os Grandes Lagos. Mas ela não conseguia se forçar a dar a mínima para Nova York. Ela morava ali porque era um lugar para se viver, um lugar que oferecia as oportunidades e recursos de uma metrópole, não porque a cidade despertava sua alma. Cantar as glórias de Nova York era apenas para estrangeiros românticos demais. Romancistas irlandeses. Teóricos franceses. Poetas chilenos. O que havia para dizer de Nova York que qualquer um do Meio-Oeste em posse de uma televisão não havia escutado ou visto milhares de vezes? A sombra cultural de Nova York lançava seu manto para além do Mississippi. Na herança psíquica de Amy, o arranha-céu em Midtown ocupava um lugar ao lado do shopping center. No Ensino Médio, ela ouviu falar dos hipsters vestidos em lamê dourado indo em rebanho para um bar búlgaro para depois ficar sabendo que um clube a três quilômetros da sua casa tentava copiar a tendência. Nova-iorquinos eram únicos por apenas um ângulo: sua audácia em reconhecer seu próprio provincianismo e ainda assim persistir em impingi-lo a todo o resto da nação. Ela havia sido íntima de Nova York e superado Nova York muito antes de se mudar para lá.

O *R* de Reese e a localização de Amy estavam praticamente no mesmo ponto do mapa.

— Aqui, eu preciso descer aqui — Amy balbuciou para o motorista, apesar de não avistar ninguém que se parecesse com Reese. No parque, um grupo havia parado de jogar softbol e deliberava, suas cabeças hesitantes se inclinando para trás, para decidir se o céu pretendia mesmo mandar a chuva.

O motorista lhe indicou um hidrante ao lado do qual era proibido estacionar.

— Vou deixar você ali.

Mas, quando ele freou numa pausa rápida atrás de um Explorer preto, Amy abriu a porta.

— Cuidado! — ele gritou, mas ela já havia saído. O que ele disse a seguir foi cortado pela porta fechando com um luxuoso *pam*. Ele entenderia. Missões delicadas requeriam manobras evasivas.

Com os saltos de cinco centímetros que vestia para o trabalho, Amy esgueirou-se entre dois carros estacionados e subiu na calçada, analisando a cerca pontuda de ferro preto. Em um misto de corrida e cabriola para acomodar os sapatos, ela se lançou pelo perímetro e se enfiou no parque, cinquenta metros ao Sul. Lançando a vista ao redor, ela não via sinal de Reese. Duas adolescentes, ambas de regata branca, encontraram seu olhar esquadrinhador. A maior, de trança no cabelo, segurava um baseado e o tragou abertamente, em desafio – como se Amy fosse se importar. Eram sapatonas, Amy registrou, mas elas não a haviam registrado como LGBTQ. Só como uma mulher num conjuntinho profissional. Esse pensamento saiu voando sem ser muito analisado, o que era incomum para Amy, porque, com frequência, ela se fixava em como outras pessoas da comunidade LGBTQ a liam em público. Por um momento ela tentou se ver com uma espécie de humor ou distância, essa mulher semidisparando apressada de uma BMW. O humor não funcionou. Ela sentia dor demais, suas emoções estavam apertadas demais para esse tipo de respiro.

No telefone, o *R* havia se movido de leve para o Sul. As gotas de chuva engordavam. Grupos espalhados de pessoas começavam a se levantar, a juntar suas coisas. Amy saiu caminhando em direção ao Sul, caçando o *R* com o telefone de guia.

Na parte meridional do parque, um vento cortante corria pela grama. Uma mulher saía de um Audi SUV quando a rajada a tomou de surpresa – ela usava um vestido de saia longa e pressionava a bolsa no colo para segurar o tecido, que se agitava para cima. Amy tinha um vestido parecido. Na verdade, Amy tinha aquele exato vestido. Era Reese. Com o vestido de Amy.

Era um vestido de dona de casa maravilhoso, com a cintura fina e estruturada e uma anágua discreta que lhe dava as curvas de um cálice invertido. Era o tipo de vestido em que homens imaginam Betty Draper, esperando dócil em casa com uma bebida e um boquete prontos. E era assim que Amy o via também – sua própria fantasia de punheta, dobrada para trás e pendurada em seu próprio corpo. Exceto que o próprio olhar masculino daquela imagem sempre envenenara o vestido para ela: não importava quantas pessoas lhe diziam que ela ficava ótima nele, em algum lugar profundo, sua própria alegria pelo vestido fazia que ela se sentisse um homem. Reese, no entanto, transbordava, suave, parecia usá-lo sem fardo psíquico, como se ela não apenas *pudesse*, sem pensar muito, se ajoelhar perto da porta para oferecer um boquete e uma bebida gelada, mas também *planejasse* fazê-lo.

Agora, enfim! Algo com que se enfurecer! A traição de Reese, era óbvio, causava a angústia mais terrível, os motivos da traição de Reese envolviam Amy; eles ameaçavam a estabilidade da vida inteira de Amy. Você não sai atacando um animal perigoso desses. Você dá uma volta ao redor, espia com cuidado, buscando uma fraqueza. Mas um vestido tomado sem permissão? Isso era um coelho. Você marcha até ele e lhe quebra o pescoço.

Reese abriu o porta-malas da SUV e remexeu dentro dele, e enquanto isso Amy saiu do invólucro de barras de ferro do parque e cruzou a distância entre as duas. Reese levantou-se com um guarda-chuva vermelho dobrado e futricou tentando abri-lo. Um homem alto saiu pela porta do motorista, disse algo para Reese – que ainda mexia no guarda-chuva –, então revirou os olhos, tirou o guarda-chuva dela, abriu-o e o entregou de volta. Para Amy, o homem era um estudo sobre cores neutras. Nada em seu corpo saltava com qualquer tipo de vividez – seu cabelo e sua pele cobriam uma minúscula gama de tons de madeira. Amy examinou sua grande beleza estúpida. Esse era o tipo de homem que Reese havia afirmado achar muito desejável, no que Amy não conseguia realmente acreditar, porque o conceito de atração e um homem desses permaneciam longínquos na versão do universo que Amy conhecia.

Nem Reese, nem ele notaram Amy, que tinha parado na beira da calçada, junto à cerca.

— Você roubou meu vestido pra sair com ele? — Amy disse em voz baixa.

O homem – Stanley, Amy sabia – a ouviu, mas Reese havia se virado para o Hotel McCarren. Ele se virou, viu Amy e estreitou os olhos.

— O quê?

— Eu não estou falando com você — Amy disse. — Eu estou falando com ela.

E então Reese se virou. A compreensão chegou devagar. Ela pareceu precisar de um momento para processar Amy no contexto pouco familiar. Para Reese, o fato de uma amante de anos, sua companheira doméstica próxima, aparecer na rua em que não é esperada – uma amante cujo rosto está retorcido de raiva, seu corpo tremendo, seus ombros apertados, agarrada à bolsa como se alguém fosse roubá-la, seu cabelo esfarrapado pela chuva –, não, talvez Reese não conseguisse mesmo entender sua presença.

Essa pausa momentânea enfureceu Amy. Naquele segundo de hesitação, ela decidiu que sua própria amante estava tão cativada por aquele palhaço com cara de pão que ela se esquecera de Amy.

— Eu quero meu vestido de volta — Amy disse, sem se importar com quanto soava pouco racional. Sem notar de maneira alguma como aquela demanda bizarra lhe tirava as vantagens morais do momento.

Reese piscou.

— O quê? Agora?

— Sim. Pode me dar — Amy insistiu.

Stanley riu.

— O quê? — ele repetiu.

— Amy — Reese disse. — Não faz isso.

— Não fazer o quê? Trair você com um homem? Não deve ser. Parece que fazer isso não tem problema.

Stanley fez que sim com a cabeça.

— Ah. Entendi. É você.

— Isso, *Stanley*, sou eu — Amy gritou de volta.

— Olha só — Stanley disse e indicou o hotel McCarren —, a gente ia dar um pulo na piscina aqui. Por que você não vem junto?

— Por que você não cala a porra da sua boca e me deixa falar com a minha namorada?

Ele arregalou os olhos como se tivesse levado um tapa, e poderia ter respondido, mas Reese deu um passo na frente dele, um leve movimento que o interrompeu.

— Como você me seguiu, Amy? Como você sabia onde eu estava?

Credo, isso era pura Reese: foi pega traindo e agia como se fosse a vítima.

— Se você não quer que eu te siga — Amy respondeu —, então não rouba as minhas coisas. — Ela ouvia a própria voz, como soava petulante, fraca e irrelevante.

Reese se virou para Stanley.

— Fica aqui. Por favor. Fica aqui.

Ele deu de ombros. Reese se aproximou de Amy, não o suficiente para as duas ficarem sob o guarda-chuva: Amy continuava se molhando.

— Não vamos fingir que tem a ver com o vestido. Você me seguiu e me pegou com o Stanley. Agora o que você quer fazer sobre isso?

— O que eu quero? — Amy repetiu, incrédula. — Desde quando isso é decisão minha?

— Desde que você chegou aqui. Desde que você chegou aqui e forçou as coisas.

— Eu quero que você se sinta mal com o que você está fazendo comigo!

— Eu me sinto, Amy. Mesmo. — O rosto de Reese, no entanto, permanecia plácido. A expressão tolerante de um adulto se negando a ceder a um chilique. Um olhar que enfurecia Amy.

— Não parece! Você não parece nem um pouco chateada.

— O que você espera, Amy? A gente está no meio da rua. Eu não quero fazer uma cena. Então vou perguntar de novo. O que você quer fazer agora?

Sim, o que Amy queria? Ela queria um pedido de desculpas. Ela queria que Reese a levasse para casa. Queria que Reese a abraçasse e dissesse que havia cometido um erro. Que precisava de Amy. Que precisava do seu perdão. Mas aquelas necessidades estavam a quilômetros de distância do momento. Não era isso que você pedia dessa mulher encarando Amy com um rosto endurecido. Essa mulher sem remorso. Mais do que qualquer coisa, Amy queria chocar Reese para fora de sua calma superior.

— Agora? — Amy perguntou, refletindo o fuzilar duro nos olhos de Reese. — Eu quero dar um soco na cara dele.

A declaração teve o efeito pretendido. Os olhos de Reese se arregalaram, e ela disparou uma mirada rápida e em pânico para Stanley.

— Como é que é? — Stanley perguntou. — Você quer me dar um soco na cara? — As palavras rolaram por sua boca como uma bala de menta e ele sorriu, uma careta estranha e empolgada.

— Só fica na tua, cara — Amy estalou. Sua voz saiu de algum lugar no peito, grave e raivosa. Ela soou como um homem. Ela percebeu de imediato, com uma pontada de vergonha. Uma ficha caiu pelos olhos de Stanley, que viu a cena perante si com uma nova clareza, como acontece no oftalmologista durante um teste de visão: *olha pra primeira linha. Está vendo agora, Stanley? Está vendo o homem que está te desafiando?*

— Não, *cara* — Stanley olhou de esguelha, à vontade, assumindo sua altura completa. — Acho que não vou ficar, não. Não gosto de ver um viadinho me ameaçando.

Viado? Por um momento, o uso do gênero masculino tirou o equilíbrio de Amy. Ele a estava chamando de homem ou não? Se Amy era um viado, isso não significava que Reese era um viado, o que significaria que Stanley era um viado? Mas ela não tinha tempo para ponderar inconsistências. Uma mudança havia tomado Reese. Ela parecia ter medo genuíno e começou a empurrar Amy para longe de Stanley, sussurrando:

— Não, não, não.

Será que ela estava com medo de que Amy machucasse Stanley? Não, é claro que não. Era bastante óbvio, Reese estava com medo de Stanley. Ao redor do perímetro da consciência de Amy, fagulhou a noção de que havia gente por aí que era muito mais cruel, com mentes muito mais irritáveis, mais defensivas e frágeis, que se mantinham mais prontas e dispostas à violência do que a própria Amy poderia jamais tolerar. Não se incitava conflitos com gente assim. Reese ainda estava com o guarda-chuva quando empurrou Amy para longe, e o cabo pressionou contra o rosto de Amy, machucando-a. Amy deu um passo para o lado, fazendo Reese cambalear desajeitada para trás dela.

Stanley havia chegado a ela com um ou dois passos longos.

— Eu sei tudo de você — Stanley disse, fazendo um gesto na direção de Reese. — Ela me contou tudo da vadiazinha que ela namora quando ela veio tomar o caralho de que ela precisava.

Era verdade? Reese tinha reclamado de Amy para ele?

Agora Reese estava segurando o braço de Amy, puxando-a para longe. Amy se soltou com força e fechou os punhos. Ela sentia que pareceria idiota querendo brigar de salto e saia justa. Ela mal conseguia afastar as pernas mais que trinta centímetros. Conforme Amy tensionava os braços – o prólogo gestual para um grito de *vem pra cima, cara!* –, uma expressão de desprezo nu assumiu o rosto de Reese. No futuro, Amy acharia intolerável a vergonha desse momento, a imagem de si mesma refletida no desprezo de Reese – desprezo pela pose vestigialmente instintiva de alguém que um dia fora homem, indignado, com a raiva de uma masculinidade ofendida, ridículo nas roupas de uma mulher recatada. Mas, no presente, ela não tinha tempo nem vontade para calcular o que significava a expressão de Reese. A raiva de Amy tinha um embalo cego em si mesma. De dentro de seu arroubo furioso, ela conseguia analisar o sentido do desprezo de Reese com a mesma precisão de alguém caindo de um arranha-céu e tentando contar os andares. No meio-tempo, Stanley havia dado um passo para perto. Ele de fato era muito grande.

— É, eu sei tudo de você. Foi você quem tirou a Reese do meu apartamento. Você entrou no meu apartamento e levou o que era meu. Você violou o meu espaço e roubou de mim. Eu te devo muita coisa. — Ele parecia quase estar falando consigo mesmo agora. Dando corda em si mesmo.

— Stanley! — Reese esganiçou. Ela empurrou o ombro de Amy para se colocar entre os dois. Quando ela se aproximou, Stanley a pegou como se não fosse nada e a derrubou na grama atrás dele. Reese era maior que Amy, e ele a lançou sem esforço. A fúria rugia acima do coro que implorava por cuidado nas bordas da mente de Amy. Nesse momento ela socou Stanley, atacando com um berro gutural quando ele se virava de Reese. Punho fechado, acerto consistente no maxilar, perto da orelha. Stanley cambaleou, dando um passo para trás. Reese gritou, e Amy tirou os olhos de Stanley para olhar para ela. Então a vista de Amy ficou branca, como quando ela era criança, deitada de costas na aula de Educação Física, encarando aquelas imensas lâmpadas de vapor metálico que deixavam rastros na sua visão mesmo quando ela fechava os olhos. O concreto da calçada estourou contra o lado de seu rosto, e uma pancada no meio do abdômen lhe tirou todo o ar. Ela arfou, mas seus pulmões não se enchiam. Respirações curtas sob a luz de vapor que ia se apagando.

Ela entreabriu as pálpebras e viu Stanley abrindo a porta da SUV.

— Reese, entra no carro — ele comandou. Mas Reese, ainda no chão, ignorou-o e, meio se empurrando para cima, foi na direção de Amy.
— Viadinhos — Stanley cuspiu. Amy ouviu o chacoalhar de chaves, a batida de uma porta e a ignição. Ela abriu a boca para inspirar. E quando exalou foi o soluço de um choro, alto e profundo. O choque do que havia acabado de acontecer, a rapidez, expulsou toda sua força de vontade. Sua blusa branca estava ficando transparente na chuva. A saia havia rasgado, e suas pernas e calcinha estavam aparecendo. Ela havia se desaquendado parcialmente, com as bolas caídas para o lado, penduradas delicadas e vulneráveis sobre o concreto úmido. Ela apertou as pernas, de vergonha. As pessoas no parque haviam se levantado para espiar e motoristas haviam parado, tentando entender a cena no meio dos cortes dos limpadores de para-brisas.

Stanley afundou a buzina, chocantemente alta e ainda próxima. Um Camry acelerou em espasmos para sair do caminho, e ele partiu. A humilhação banhava Amy por todos os lados, e ela soluçou de novo, sentindo o olhar dos curiosos. Ela se empurrou com um braço para se levantar, joelhos dobrados, pressionados um contra o outro e caindo para um lado, deslocando seu peso ao quadril; uma pose ridícula de *pin-up*, mas que a mantinha de pernas fechadas. Ela soluçou em um grasno imenso e barulhento, das profundezas do diafragma, que ela ouviu revelá-la mais ainda como homem. Nenhum dos curiosos fez menção de ajudar. O casal de sapatonas adolescentes havia se erguido às pressas nos primeiros gritos do tumulto. Agora, vendo a cena de trás da cerca, elas trocavam olhares de desdém perplexo, longe das expressões de aliadas, sem qualquer semblante de afinidade. Algum travesti ou sei lá o que tinha arrumado briga e feito um espetáculo. Bizarro.

— Podem ficar olhando! — Amy gritou, sua voz grossa e catarrenta. Ela fez contato visual com uma mãe, que segurava o filho jovem pela mão, e havia pausado enquanto fugiam da chuva que se intensificava. Vamos alimentar a nostalgia desses merdas. Eis o parque McCarren do jeito que era duas décadas atrás, novamente um lugar interessante. Transexuais sendo chamadas de viado e pisoteadas.

— Amy, para. Xiu, para. — A mão de Reese estava em sua testa, seu rosto sobre o de Amy. — Você está sangrando.

— Vai embora! — Amy gritou. Havia sangue e catarro em sua boca. Reese tentou puxar a saia de Amy para baixo, uma tentativa fútil de modéstia, mas Amy empurrou a mão dela. As narinas de Reese se alargaram.

— Amy, você está machucada.

— Vai embora! — Amy gritou de novo, pesarosa e encharcada.

Reese a ignorou, afastando o cabelo de Amy do seu rosto, então Amy agarrou a mão dela.

— Isso é culpa sua.

Reese se inclinou para trás, agachada nos calcanhares, olhou ao redor para as pessoas que encaravam.

— Está bem, Amy, está bem. — Então ela ficou em pé e começou a ir embora, rígida. Amy não havia realmente acreditado que Reese iria embora. Ainda assim, lá estava ela de costas, movendo-se com dureza para longe no vestido de Amy, o guarda-chuva vermelho desabrochado sobre sua cabeça com uma festividade grotesca.

Amy se encurvou para frente e gemeu. Seus dedos foram ao rosto e voltaram grudentos de sangue. Ela soluçou de novo. Então tateou pelo rosto. Encontrou a queimação da pele partida acima da sobrancelha, e seus dedos seguiram. Tocaram o nariz e ela em parte sentiu, em parte ouviu, o estalo de madeira seca da cartilagem se deslocando e uma sensação como quando se esfrega um cabelo entre o indicador e o dedão. Então uma dor de encher os olhos d'água irradiou de seu rosto e ela gritou involuntariamente. Seu nariz estava quebrado. O nariz pelo qual ela tinha lutado tanto, pelo qual Reese tinha lutado tanto para que fosse coberto pelo seguro. Arruinada. Ela estava arruinada.

Um homem saiu do carro e se aproximou, mas ela gritou de novo, um rasgo profundo de grito que o parou no meio de um passo. Em vez de chegar mais perto, ele levantou a voz:

— Quer que chame a polícia?

Ai, meu deus, a polícia não. A pergunta lhe devolveu a sobriedade.

— Não. — Ela balançou cabeça e pediu: — Sem polícia. — Sua voz saiu pesada e grossa.

— Tem certeza? Você precisa de alguma coisa? — Ele hesitava entre dois carros.

— Hospital. — Ela resmungou e se empurrou para levantar-se, tateando com a mão direita em busca do salto faltante, a outra mão sobre o nariz.

Hesitante, o homem se aproximou de novo. Ele usava uma jaqueta; era mais velho, cabelo grisalho e bigode cinza-ferro.

— Tem uma emergência do outro lado da quadra. Quer que te leve até lá? — Um leve sotaque.

— Quero — Amy conseguiu dizer.

O homem se ajoelhou e tirou os saltos dela com gentileza.

— Deixa que eu carrego isso, você só se apoia em mim. Você consegue caminhar? Eu te levo. — Ele estendeu um braço para que ela se apoiasse.

Quando ela se levantou, o motorista de outro carro buzinou para o carro vazio do homem, que bloqueava a pista. Ele olhou para trás e pediu que ela esperasse, que ele tinha lenços no carro. Ela esperou – mantendo fechado o rasgo da saia com uma mão e cobrindo o rosto sangrento com a outra, menos pelo sangramento e mais para não ver os curiosos a olhando de boca aberta – enquanto ele estacionou o carro no fim da quadra, ligou o pisca-alerta e voltou com uma caixa de Kleenex.

Ela amassou um punhado e enxugou o olho com batidinhas. O lenço voltou vermelho. Seu nariz agora doía e sangrava junto com a testa, mas ela não queria tocar direto nele ou limpá-lo. O homem espiava sua sobrancelha.

— Não está tão ruim assim. Ferimentos na cabeça sangram muito depois que eles começam, então parece pior do que é.

— Obrigada — ela disse pela primeira vez, grata a ele de que talvez fosse verdade. — Obrigada.

Dessa vez, quando Amy chegou no apartamento, ela abriu a porta e Reese saltou do sofá. Uma corrente de ternura a engolfou, Reese gaguejando, se desculpando, chorando, prometendo mudar e até mesmo abraçando Amy de joelhos, de forma que Amy precisou desenroscá-la das suas pernas – tudo o que Amy poderia ter desejado naquela primeira manhã. Ainda assim, mesmo enquanto Amy ouvia com algo semelhante a alegria, e apesar do drama estar acontecendo um palmo além do curativo que cobria seu nariz, ela via tudo de uma nova distância.

— Está tudo bem, nós vamos ficar bem — Amy se ouvia repetir. E não era que não acreditasse. Na verdade, do modo como ela dizia, era bastante crível. Era só que Amy e a pessoa que estava fazendo todos esses votos não pareciam ser a mesma.

No primeiro dia em que teve de voltar para o trabalho, a ideia de vestir um de seus conjuntos profissionais bonitos pareceu a Amy completamente intolerável. Como ela poderia acreditar no papel de funcionariazinha recatada de escritório que vinha fazendo? Algum outro personagem havia se revelado, um homem raivoso que faz pose e grita "vem pra cima, cara", um bruto possessivo que pareceria asinino e ridículo de salto e blusa. Ela escolheu uma calça jeans gasta e um moletom – com um nariz quebrado no meio do rosto, ninguém no trabalho questionaria sua roupa. Ao longo dos próximos dias, muitos dos hábitos de autocuidado feminino de que ela gostava se revelaram bobos. Por que se incomodar com maquiagem quando seu nariz está torto para a esquerda? Ela se sentia muito mais confortável se vestindo de maneira solta e andrógina, com botas e cores escuras, deixando o nariz fazer cara feia por ela, de modo que ninguém faria perguntas, de modo que nenhuma opinião ousasse entrar na sua cercania.

Claro, fazia tempo que ela havia chegado à conclusão de que sua masculinidade a embotava, a dissociava de si mesma. Mas, sinceramente, isso era tudo que ela queria naquele momento. Um bolsão de espaço para se separar das emoções brilhantes de vergonha e medo, um véu entre si e os olhos curiosos no metrô e no trabalho, uma bainha para cobrir a lâmina da sensação furiosa de ter sido traída, que a lacerava sempre que ela encontrava o olhar de Reese; e, da mesma forma, uma bainha para cobrir as saudades da Reese que ela havia visto com tanta inocência antes de Stanley. Uma semana antes do aniversário de Reese, Amy parou de tomar seus bloqueadores. Ela e Reese fizeram sua última injeção juntas na noite do aniversário de Reese, antes de saírem para comer sushi, e aquele breve retorno à vivacidade das emoções estrogenadas a escaldou tanto que, na semana seguinte, Amy só fingiu tomar sua injeção. Ela nunca mais tomou outra.

Dois meses depois, ela arrumou um emprego novo em uma agência de publicidade e confessou para Reese que havia se candidatado sob um nome masculino. Quando brigaram por isso, ela gritou naquele mesmo bramido profundo que emergira na frente de Stanley.

— Você não queria um homem? Não é isso que você curte? É disso que eu me lembro!

Exceto que, dessa vez, ela não se sentiu ridícula. Ela se sentiu justificada em sua raiva, nutrida e intoxicada por ela. Ela socou um armário e ele cedeu sob seu punho, a porta de madeira frágil afundando com um estilhaço prazeroso e apavorante.

Reese a deixou pouco tempo depois.

Capítulo nove

Dez semanas depois da concepção

R eese já visitou o apartamento de Katrina três vezes. Ela até passou a noite uma vez, no segundo quarto – o futuro quarto do bebê. Acordou de manhã e comeu ovos pochê com Katrina, vestindo um robe de seda que ela lhe emprestara, enquanto fazia seu maior esforço para ignorar a intimidade confusa do clima meio pernoite de amigas e meio pegação não consumada. No entanto, apesar de ter passado horas no apartamento, apenas nessa noite Reese enfim consegue localizar o sentimento de déjà vu que tem quando olha pelas vidraças que compõem uma parede da sala de estar. Elas têm vista para uma sacada de tijolo estreita, que dá para um respiradouro moribundo.

— *Friends* — Reese diz em voz alta, subitamente localizando o déjà vu. Ela caminha para examinar as vidraças, então dá a volta para compartilhar sua descoberta com Katrina. — Essas janelas... elas parecem as janelas no set do apartamento da Rachel e da Monica em *Friends*.

— Eu sei — responde Katrina. Ela abre o potinho plástico de delivery do restaurante japonês que fica logo à frente descendo a quadra, sushi de peixe para Reese, rolinhos vegetarianos para Katrina na gravidez. — Com certeza é de propósito. Eles colocaram isso quando reformaram o edifício. Acho que viram uma maneira perfeita de acessar a nostalgia da geração X. Dar a eles a experiência de Nova York que eles viram na TV quando eram adolescentes.

— Quem quer morar dentro de *Friends*? A série é uma Disneylândia de Nova York.

Katrina serve o shoyu dos sachês em pequenos ramequins.

— Você não precisa passar muito tempo trabalhando com marketing pra entender que, apesar dos nova-iorquinos serem uns esnobes com isso — Ela dá um sorriso de desculpas, por deixar implícito que Reese está entre seus companheiros mal-informados de esnobismo —, eles secretamente gostam da fantasia que a TV faz da cidade. Quem não adoraria poder morar num loft gigante com um salário de garçonete?

— Tá, entendi o apelo — Reese admite.

— Se você colocar uns apartamentos meio réplica de *Friends* num edifício reformado em Fort Greene e tiver vista pro respiradouro, então, quando uma mulher triste passando por um divórcio precisar de um lugar reconfortante, ela inconscientemente pode alugar um lugar dentro de *Friends*... um programa que era reconfortante na infância.

Reese não analisa o argumento de Katrina muito a fundo. Em vez disso, ela pensa nas palavras "mulher triste": reflete sobre como, quando Katrina parece estar falando bobagem numa tirada intelectual beirando o exibicionismo, seus pensamentos frequentemente se curvam para trás feito uma cauda de escorpião e revelam um ferrão emocional. Reese se pergunta quando foi que Katrina aprendeu a disfarçar seus sentimentos dessa forma. Seria defesa ou habilidade, ou talvez as duas coisas?

Reese pressiona os dedos contra o vidro gelado para espiar além da sacadinha para o fundo de concreto do respiradouro sombrio. Ao lado dela, as plantas que Katrina pendurou para pegar a luz do sol que penetra pelo poço em certas horas do dia soltam um cheiro viçoso, vivo. O ar no apartamento é denso e escuro, mas calmante, como o chão de uma floresta.

— Você é uma mulher divorciada triste e suscetível à nostalgia dos anos 1990 de *Friends*? Mas eu achei que era você quem tinha deixado o seu marido.

— Eu deixei. Mas isso não quer dizer que eu não tenha sofrido e que não queira conforto e familiaridade. Todas as vezes que ele me falou que eu estava cometendo um erro, eu acreditei... Eu só achava que era um erro que eu tinha que cometer.

Reese entende com exatidão. Ela diz a Katrina:

— Você deveria pintar as paredes de roxo. As paredes no apartamento da Monica e da Rachel não tinham uma paleta de cores pavorosa dos anos 1990? Roxo e verde ou algo assim?

Katrina faz uma careta.

— Que nojo! Nunca!

A cozinha e a sala de estar de Katrina são um só grande cômodo de pé-direito alto, exatamente como no set do apartamento de *Friends*, só que menor e com uma bancada que o divide.

Com um pequeno clique, Katrina acende a chama de um isqueiro longo e o aproxima dos pavios de um punhado de velas amontoadas na bancada. Satisfeita com o efeito da iluminação, ela pega o prato em que montou o sushi e o leva até a sala. No tapete felpudo cor de creme ao lado da mesinha de centro, ela se ajoelha, coloca o prato no piso, mas logo o pega de volta e se levanta, se vira e o leva à mesa na área de comer perto da cozinha. Reese, entretida, observa a manobra.

— O que é que foi esse desvio fofo?

Katrina cora um pouco.

— Eu gosto de comer no chão quando eu estou sozinha. Eu chamo de piquenique dentro de casa.

— Que graça. A gente pode fazer um piquenique dentro de casa se você gosta.

Katrina balança a cabeça.

— Não precisa, é bobeira minha.

Reese se inclina sobre a bancada e pega os ramequins, coloca-os sobre o tapete e se ajeita ao lado deles.

— Eu vou fazer um piquenique dentro de casa — ela anuncia, espiando Katrina na mesa. — Se você quiser vir.

Katrina dá um sorriso tímido, mas contente. Ela se levanta, empurrando a cadeira com a parte de trás dos joelhos. Com cuidado, ela pega o prato de sushi, se inclina e o coloca na frente de Reese, antes de se abaixar no tapete, de forma que seus pés nus, com as unhas pintadas de vermelho escuro, ficam escondidos de lado, atrás da sua bunda, e o peso do seu corpo descansa em um quadril.

— Quando me mudei pra cá — Katrina explica —, meu ex ficou com a maior parte dos móveis. A gente comprou tudo sob medida para a casa antiga. Era eu quem estava indo embora, então eu não me sentia no direito de levar o que parecia pertencer àquele outro espaço... ou, se eu tivesse feito isso, teria parecido crueldade. Então eu não tinha nada e comia sentada no chão nas primeiras semanas em que fiquei aqui. Na primeira noite, eu me lembrei de quando era garotinha e a gente precisou sair de casa para que fizessem uns consertos. Os meus pais alugaram uma casa em Burlington, que deveria ter vindo mobiliada, mas não veio. Era caro demais comprar móveis pra ficar só dois meses. Mas, em vez de me mostrar a preocupação dela, minha mãe me disse que, em ocasiões muito especiais, uma família podia fazer piqueniques dentro de casa. Ela colocava a comida numa bandeja e jogava um lençol no piso de linóleo e fingia que era tão divertido quanto comer em um parque. Quando meu pai chegou em casa uma semana ou duas depois com uma mesa que ele tinha arranjado em algum lugar, eu fiquei triste. Quando essa memória me voltou, eu chorei, talvez por causa do divórcio, talvez só pela nostalgia. Então, agora, quando eu estou sozinha, eu prefiro comer no piso e pensar na minha mãe.

Esse é o momento em que Reese nomeia a súbita ternura e necessidade que tem sentido por Katrina como um "*crush* de mãe".

Existe isso que ela chama de "*crush* de mãe"? Com certeza existem *crushes* de amizade, o desejo de se fazer amizade com alguém, e é claro, *crushes* de *crush*, a paixonite-padrão, mas Reese chamaria o que sente por Katrina de "*crush* de mãe". Todas as manhãs, por mais de uma semana agora, ela tem acordado pensando em ser comãe com Katrina, imaginando sua versão futura daqui a cinco anos, em cenas esperançosamente domésticas. Por exemplo, neste exato dia, no caminho para a casa de Katrina, ela se imaginou com Katrina no supermercado, decidindo se tinha algum problema em fazer macarrão com queijo industrializado para a filha delas. A própria mãe de Reese fazia macarrão com queijo industrializado, largando meio pedaço de manteiga e colocando leite integral, de forma que os tubinhos curvos de macarrão brilhavam cremosos em seu fulgor laranja fluorescente. Uma vez, sua mãe fez macarrão com queijo americano tradicional, de verdade, com cheddar inglês e migalhas de pão. Reese fez cara feia, assustada pela cor pálida do queijo. Daqui a cinco anos, Reese imagina, Katrina insistirá em fazer macarrão com queijo de verdade para a filha delas, e Reese terá de explicar que não, macarrão com queijo industrializado é o ápice da engenharia de alimentos, e não se pode renunciar ao ápice da engenharia de alimentos só porque não é natural.

A cena imaginária anima Reese e ajuda a calar os sussurros de um medo novo: o de que Katrina, no agito sutil de seus próprios trinta e muitos anos, alimente fantasias de que a condição de LGBTQ possa salvá-la. De que, no turbilhão de um divórcio, de uma gravidez e de uma transexualidade inesperada, Katrina tenha ficado sem âncora, e, flutuando e se debatendo nas águas escuras de uma heterossexualidade decaída, tenha encostado na oportunidade de compor uma família LGBTQ e se agarrado a ela com todas as forças. Havia um aspecto utópico na maneira como Katrina falava de coparentalidade, como LGBTQs recém-assumidos proclamam seus amores e predileções românticas com o maior fervor, ainda inocentes aos espinhos próprios da vida que os aguarda. Em seus momentos mais paranoicos e cruéis, Reese se segurava para um abandono vindouro de Katrina, do jeito que uma garota LGBTQ tenta moderar seu desejo pela universitária hétero que havia se empolgado reciprocando seus beijos logo após um namorado cuzão terminar com ela.

Mas depois daquela coisa fofa do piquenique dentro de casa? Da imagem de um futuro juntas que aquilo invocou? Certo, Reese se dá permissão para parar de resistir. Ela nunca teve um *crush* de mãe antes! Sim, todos os seus *crushes* anteriores azedaram e coalharam em ressentimento ou numa limerência viciante, mas eles não tinham sido *crushes* de mãe, tinham? Talvez um *crush* de mãe fosse tudo de que ela precisara e, se não fosse, quem ligava que talvez ela estivesse mentindo para si mesma? Que aquela fome – de uma família, de uma criança, de que outros abrissem um lugar em suas vidas para ela – se aquietasse um instante, antecipando uma satisfação vindoura. Às vezes, o maravilhamento perante o objeto de um *crush* é indistinguível do simples alívio de saber que você ainda consegue sequer se apaixonar.

Uma semana depois, as duas entram em uma Buy Buy Baby, a rede de lojas de dois andares que vende a maternidade como estilo de vida. Assim que as portas automáticas se fecham atrás delas, Katrina lança o casaco sobre a bolsa e, para a surpresa de Reese, pega sua mão e entrelaça os dedos com os dela. Para Reese, aquilo cria um momento confusamente sapatão: duas mulheres entrando numa loja em Chelsea para criar uma lista de presentes para seu bebê.

A sugestão de que a nova parceria delas, a de criar uma criança, poderia vazar ao ponto do romance assombrou as últimas semanas. Katrina e Reese haviam inclusive começado a fazer piadas sobre a necessidade de Ames no projeto – que talvez ele já tivesse feito sua grande "contribuição" e que elas poderiam assumir dali em diante.

Essas mãos dadas, no entanto, são a primeira vez que Katrina inicia qualquer tipo de toque íntimo. Reese não tem certeza de como se sente a respeito disso. Talvez a própria Katrina precise fisicamente do apoio emocional, e Reese se pergunta se elas não deveriam, como dita o estereótipo lésbico, parar e discutir esse momento.

Mas Katrina não vai parar: ela segura firme a mão de Reese e a leva adiante, passando uma frota de carrinhos de bebê, onde holofotes iluminam alguns dos modelos mais vistosos em pedestais, do jeito que o melhor Corvette da concessionária reina supremo sobre os sedans anônimos numa exposição da Chevrolet. Mais além, seguindo um cercadinho que parece delimitar meio hectare de roupas de bebê, há um lounge com uma placa grande para registros de listas de presentes. Lá, uma jovem de blusa florida está sentada atrás de uma grande escrivaninha. A mulher ainda não parece ter idade suficiente para ser mãe, o que Reese acha reconfortante – talvez, sem experiência pessoal de maternidade, essa mulher não detectará a falta materna de Reese. Katrina, ainda segurando a mão de Reese, anuncia a intenção de criar uma lista, com o tom que um cavaleiro medieval usa para afirmar que ele e sua amada hão de se casar no dia seguinte. A mulher atrás da mesa analisa o suposto casal à sua frente com um desprendimento praticado, oferecendo água e levando Katrina e Reese para um sofá baixo em uma área de espera perto da escrivaninha. Lá, ela lhes passa uma sacola de pano com panfletos, amostras grátis de coisas de bebês e um grande leitor de códigos de barra. Katrina olha para o leitor, em dúvida, e a mulher explica que qualquer item na loja que passarem no leitor será acrescentado à lista de imediato.

O clima do pequeno lounge dentro da loja lembra Reese de suas visitas a um spa médico para fazer botox ou laser. Paira no ar uma leve sugestão de que esse é um lugar em que outras mulheres entendem o que você, como mulher, pode precisar, e estão preparadas para provê-lo – mas com o bom gosto e a discrição de nunca perguntar diretamente o que a incomoda em seu corpo.

— Eu só preciso de algumas informações — a mulher diz. — Começando com a data provável. — Reese se dá conta de que a mulher está falando com ela. De que, entre o conjunto profissional de Katrina e o vestido solto de Reese, essas duas lésbicas têm uma coisa quase caminhão/feminina, e a feminina é a que se imagina que esteja grávida.

Katrina também se dá conta, mas, em vez de corrigir a mulher, ela aperta a mão de Reese e diz:

— Quando que a médica falou?

É um presentinho de Katrina, uma forma minúscula de compartilhar a gravidez. O único problema é que Reese não se lembra direito da data prevista de parto de Katrina.

— Há... — diz Reese, estendendo um pouco, esperando que algo lhe venha ou que alguma outra coisa aconteça.

— Foi dia cinco? Dia 5 de dezembro? — Katrina interrompe, com a ameaça de um sorriso pairando nas beiradas de seu rosto.

— Foi — Reese diz depois de hesitar por um momento —, isso, 5 de dezembro.

— Ótimo, 5 de dezembro — diz a mulher. Ela aprova. Isso lhes dá bastante tempo para preencher a lista.

A ideia de criar uma lista de bebê veio de Maya. Na semana anterior, Katrina fez uma chamada por Skype com sua mãe, que elas haviam agendado para um horário em que Reese casualmente estava no apartamento. Como se a ideia tivesse acabado de lhe ocorrer, Katrina pediu para apresentá-las uma à outra.

O primeiro instinto de Reese foi de recusar. Infelizmente, não havia forma graciosa de dizer não. Em especial já que Katrina considerava a nova tranquilidade que sua mãe encontrara na Costa Oeste como instrumental para reconhecer que criar uma criança com Reese e Ames poderia, na verdade, ser a situação pela qual Katrina sempre esperara, mas à qual sua heteronormatividade a mantivera cega. Foi essa a palavra que Katrina começou a usar – "heteronormatividade" –, que Reese imaginava ser uma nova aquisição ao vocabulário do dia a dia de Katrina. Ela havia aprendido a palavra, mas ainda não o cinismo LGBTQ que tornava palavras como essa impossíveis de se dizer em voz alta sem primeiro mergulhá-las num banho de ironia. Mas tanto faz! Se "heteronormatividade" foi o que permitiu Reese e Maya endossarem com entusiasmo a coparentalidade transexual, então vamos todas comprar passagens para "heteronormatividade"!

— Claro, vamos nos apresentar sim — Reese disse, empurrando sua relutância. — Eu adoraria! Ela vai ser a avó da nossa filha. Só me deixa talvez retocar a maquiagem antes?

Katrina balançou a cabeça, empolgada.

— Você está ótima! De qualquer forma, ela não liga pra isso.

— Mas eu sim — Reese insistiu. — Por favor. Eu vou ficar mais confiante.

Na tela do laptop de Katrina, Reese viu uma mulher atraente e carnuda, usando óculos de aro preto e uma blusa transpassada branca. Reese não conseguia detectar muita semelhança física entre Katrina e Maya, mas depois de alguns minutos, gestos e expressões compartilhados começaram a surgir. De início, Maya estivera falando com o telefone na mão, mas, depois de um tempo ela o apoiou na horizontal sobre uma mesa de centro, enquadrando-se num cenário. Maya estava em um sofá branco e macio, sentada sobre as pernas e os pés descalços. A luz fluía adentro por uma janela fora de quadro, iluminando seu rosto e seu cabelo pelo lado; atrás dela, havia uma cozinha luminosa e aberta, com o que pareciam ser panelas penduradas em uma treliça. A cena era chique de um jeito muito californiano, o que sem dúvida deveria ser intencional, já que Maya era designer de interiores. Enquanto falava, ela passava os dedos por entre seus cabelos espessos e os lançava de um lado a outro, aumentando a sensação de estar se luxuriando em seu ambiente.

Ela manteve a conversa em um tom de vamos-nos-conhecer, e então contou para a filha um novo episódio de uma saga que vinha acontecendo com um cliente difícil em Mendocino, que queria transformar um dos moinhos de vento caindo aos pedaços de sua propriedade em uma sala de meditação. Reese sentiu um pouco de ciúmes queimando no peito com a forma como essas duas mulheres falavam: sua familiaridade fácil, os rascunhos de alusões a eventos passados. Reese nunca tivera uma conversa tranquila com sua mãe, muito menos falara com ela o bastante para que qualquer uma das duas pudesse simplesmente opinar sobre eventos na vida da outra. Ela se perguntou se era assim que seria sua relação com Maya. Mal conseguia imaginar qualquer relação entre elas. Ela nunca tivera uma sogra. Nunca sequer conhecera os pais de qualquer um de seus namorados. Amy a havia mantido longe da sua própria mãe, supostamente para a proteção de Reese. Em algum momento de uma de suas histórias, Maya se interrompeu:

— Ah, eu terminei aquele livro você que me mandou! Ontem de noite. Reese, você chegou a ler?

— Que livro? — Reese perguntou. Ela apenas estivera prestando atenção parcial.

— *Confissões da outra mãe*, da Harlyn Aizley — Maya respondeu.

— A minha edição está na estante perto da cozinha — Katrina acrescentou, solícita, apontando. — São ensaios escritos por mães lésbicas não biológicas. Elas escrevem sobre como a segunda mãe é tratada. O livro era tão bom que eu comprei um pra minha mãe também — Katrina tinha um jeito particular de deixar a voz suave quando sentia sua própria compaixão.

Na cozinha, os joelhos de Reese estalaram quando ela se agachou perto da estante para localizar o livro: uma capa amarelo-pastel e uma ilustração de um sutiã-bala e uma chupeta. Ela o virou e leu a orelha. *Essas narrativas examinam o que significa ser mãe e não mãe ao mesmo tempo... os sentimentos de inveja e perda de mulheres inférteis, que gostariam de ter sido mães, aprendendo a aceitar suas parceiras que engravidam com facilidade.*

Maya havia lido isso? Katrina havia lido isso?

Reese se sentiu vista, até mesmo exposta.

Ainda assim, apesar do *crush* de mãe, o rótulo de Mãe Lésbica lhe pareceu desafinado. Ela teve dificuldade em fingir educação para encobrir seu vago desânimo frente a mais uma sugestão de que sua própria jornada na parentalidade LGBTQ tinha de começar com conselhos das lésbicas cis que desdenhavam sua maternidade. Por que, sempre que ela proclamava seu desejo de ser mãe, as pessoas lhe apontavam para um movimento político que há trinta anos deixava claro que não a queria por perto? Além disso, de forma mais óbvia e talvez pertinente, ela nunca havia dormido com Katrina e não tinha planos nem vontade de fazê-lo. Elas não eram um casal lésbico. Elas eram um casal de mães com *crushes* de mãe. Muito diferente. Era importante que Maya entendesse isso.

— Na verdade — Katrina disse do sofá com sua mãe virtual —, foi o Ames quem escolheu esse.

Ultimamente, Ames vem prodigiosamente ponderando a logística da sua tríade. Ele pegou gosto por dizer que todas as gerações têm de reinventar a parentalidade, e que ele, Reese e Katrina teriam um papel na reinvenção que lhes cabia. Como parte dessa busca, ele contou a Katrina sobre um amigo dele e de Reese em Chicago, um médico de sucesso chamado Quentin. Quentin era um boy trans com um namorado cis de muitos anos. Depois de conseguir um emprego fastuoso no campus central do Northwestern Memorial Hospital, ele comprou uma casa vitoriana maravilhosamente desmoronando no Rogers Park – a insípida vizinhança no extremo norte das margens do lago em Chicago. A casa tinha seu próprio pequeno complexo, com um pequeno jardim circundado por uma cerca podre que a garotada da vizinhança pulava para chegar a um caminho que ladeava a construção adjacente e permitia que entrassem ilegalmente em uma das poucas praias privadas da cidade inteira.

Depois de comprar a casa, Quentin reformou todo o interior em duas áreas de moradia, uma no andar de cima e uma no de baixo, cada uma com sua própria sala de estar, cozinha e suíte principal, da mesma maneira que qualquer pessoa faria para transformar uma casa em um duplex. Mas, em vez de acrescentar uma porta entre os dois apartamentos, eles eram unidos por uma grande escadaria de madeira que atravessava as duas salas de estar compartilhadas, ambas com lareiras e vigas à mostra. Quando a reforma ficou pronta, Quentin e seu namorado se mudaram para o andar de baixo, e um casal lésbico – Irene e Heidi – se acomodou no de cima. O namorado cis doou espermatozoides para cada uma das duas e elas simultaneamente ficaram grávidas – um menino, Ambrose, e uma menina, Justine, nascidos com poucas semanas de diferença. O quatrilho os criava em conjunto, os pais no andar de baixo, as mães no de cima e as duas crianças com o lugar inteiro, movendo-se em liberdade para cima e para baixo entre pais e mães, sempre com um adulto por perto para prestar atenção, ou responder a uma pergunta, ou olhar um desenho, ou o que fosse. Quentin e os outros adultos todos assumiram o sobrenome que deram às crianças, de modo que qualquer um deles podia aparecer em qualquer procedimento oficial, e o próprio nome conferiria parentalidade.

E o mais intrigante era que eles nunca contaram a Ambrose e Justine que esse tipo de unidade familiar não era como a maioria ou sequer como *qualquer outra* família se organizava. Então, até irem para a escola, as crianças viam sua família como a norma e, àquela altura, tinham incorporado tão bem a ideia de quatro pais ao conceito de família que pareciam se sentir seguramente arrogantes por sua abundância de pais em comparação com os reles um ou dois dos coleguinhas.

Quentin, no entanto, manteve a estrutura em segredo – uma versão do conceito LGBTQ de sigilo, mas aplicado à família *queer*. Ele era um patriarca discreto, feliz em se deleitar com o que havia feito para si, rejeitando tacitamente qualquer pedido de que se explicasse – outras famílias não precisavam explicar suas próprias existências, e tampouco ele faria isso. O tanto que Reese e Amy descobriram foi primariamente por meio de observação – pelo que viram ao longo de algumas noites no começo do namoro, quando os visitavam com uma amiga de Amy que tinha ficado próxima de Quentin.

— É só que, às vezes, se você consegue imaginar a logística concreta de uma situação — Ames disse para Katrina quando Reese estava junto no apartamento —, você consegue se visualizar dentro dela.

— Mas qual exatamente é a logística que você visualiza, Ames? — Katrina perguntou. — É aí que eu me perco. Você está sugerindo que a gente reforme uma casa? Que a nossa situação precisa de uma solução arquitetônica?

— Bom, é por isso que eu estou falando do Quentin — Ames começou, mas mesmo sem planejar, Reese o interrompeu:

— Não.

— Não o quê?

— Não vou fazer isso. Mesmo se você magicamente tivesse uma mansão para dividir em duas, eu não vou morar no porão ou sei lá o que, enquanto você e a Katrina vivem no andar de cima. Isso é humilhante.

— Escuta! Esquece a casa! Eu não estou falando de uma casa. Estou falando que, se a gente quer romper um padrão antigo, a gente precisa visualizar um padrão novo pra pôr no lugar. Se a gente quer romper a dinâmica de pai--e-mãe, ou até de famílias nucleares com dois pais ou duas mães, a gente tem que pensar na logística dessa substituição. Eu não sou uma dessas pessoas que acha que todos os problemas se resolvem pelo "design centrado no ser humano". A gente está propondo uma família, não uma startup de tecnologia: mas também é verdade que parte de ser LGBTQ pode ser um desafio de design. Quer dizer, meu deus, é só olhar pros brinquedos eróticos que a gente usa.

Ele tinha muitas ideias, muitos pensamentos abstratos a respeito da parentalidade e muitas soluções hipotéticas para o dilema deles três. Por exemplo, ele sugeriu que Reese colocasse seu nome na certidão de nascimento do bebê, junto com o de Katrina, para que Reese fosse legalmente reconhecida como mãe, e que ele seria pai por sangue, cada um estabelecendo parentesco de uma forma ou outra. Ele tinha tantos esquemas! Tantos que Reese começou a suspeitar que a logística havia se tornado para ele uma maneira de evitar realidades emocionais: uma ânsia por consertar problemas em vez de senti-los. Aqui está o nome de um advogado de família que se especializa em famílias LGBTQ. Aqui está o regime hormonal necessário para induzir lactação em mulheres trans. Aqui está a prescrição necessária, direto do Callen-Lorde: dobre o estrogênio e a progesterona para imitar os níveis da gravidez. Aqui uma encomenda de domperidona de uma farmácia on-line canadense para aumentar os níveis de prolactina.

Katrina falava das ideias de Ames com sua mãe. De início, Reese se alarmou, mas pouco a pouco começou a gostar da dinâmica. É assim que famílias funcionam! É isso que sempre lhe faltou! Uma mãe para supervisionar a maternidade de Reese. Sim, claro! Que sorte ter Maya.

E foi por isso que, em sua conversa inicial, quando Maya lhes disse que parassem de dar ouvidos a Ames, Reese riu e concordou.

— Ele tem ideias demais! — Maya disse. — É tudo tão abstrato! Até esse livro! Tão abstrato! Quando for três da manhã e o bebê estiver chorando ou doente, e vocês estiverem exaustos, quem vai ligar pra estrutura da família de vocês? Vocês três vão estar cansados demais pra se preocupar com a forma como aparece o nome de quem em qual papelada.

— Eu já estou ficando cansada demais pra me preocupar — interrompeu Katrina, com a mão na barriga. Pela primeira vez, em vez de inveja, Reese sentiu compaixão. Ela havia visto Katrina de manhã, exaurida por aquele primeiro trimestre.

— Sabe o que vocês duas deviam fazer? — Maya aconselhou. — Vão fazer uma lista de bebês. Quando vocês estiverem juntas na loja, olhando berços e roupas, vocês vão ter uma ideia muito mais clara do tipo e estilo de maternidade de cada uma. Vocês vão ver em quais pontos são compatíveis e em quais vão brigar. Porque, com certeza, vocês vão brigar. Eu garanto. Parem de filosofar sobre o conceito de família. Comecem a se adiantar no trabalho real de criar uma.

— É uma boa — Katrina disse, e Reese assentiu.

— É, eu sei que é uma boa! Você devia ouvir mais a sua mãe! Talvez, se você colocar alguma coisa interessante na lista, eu possa até aprovar e generosamente comprar pra vocês. — Ela piscou um olho, e Reese, naquele momento, quis ser filha dela.

E, agora, aqui estão Katrina e Reese, lendo códigos de barras em cueiros e cobertores. Até mesmo passar pela seção de meias as havia aproximado da sobrecarga de escolha e informação. Quem diria que crianças precisavam de tantos estilos? Em especial já que, pelo visto, o bebê deixaria um tamanho de meia para trás a cada poucos meses. Olhando uma estante de meias para bebês de nove meses, Reese sente uma onda de sentimentalidade pelas meias impossivelmente minúsculas. *Onde vai parar o tempo; os dias em que ela media os pés do bebê com o dedão foram tão poucos, tão preciosos,* ela imagina que um dia lamentará.

— Ai, meu deus — ela diz a Katrina. — Eu estou, tipo, com saudade dos dias em que a nossa bebê era recém-nascida, e ela nem nasceu ainda.

Reese e Katrina tendem a falar da bebê no feminino, apesar de ainda terem que descobrir o sexo. Katrina tem um entendimento bastante sólido da diferença entre sexo e gênero, e Reese não é das que pensa que o sexo não importa. Mesmo que a criança se revele trans, é bom saber em qual direção ela o será.

— Nostalgia prematura é melhor do que o meu sentimento atual.

— O que você está sentindo?

— Fadiga de consumo. Eu sabia que essa história ia ser cara, mas ai, meu deus, olhando pra todas essas coisas, é esmagador. Porra, a UGG faz botinhas pra bebês! Cinquenta e cinco dólares!

— *À venda: UGGs infantis, nunca usadas.* Que nem no microconto do Hemingway.

— Bom, a gente está no conto mais triste já escrito — Katrina ri pelo nariz então aponta para os cueiros. — A gente pode vestir a bebê só nesses cobertores de vestir durante o primeiro ano inteiro? Não é como se ela fosse se importar que não está de roupas de marca, e vai custar uma fortuna ter que comprar tudo isso a cada três meses. Vamos só colocar cobertores nela, vai durar mais.

Reese dá de ombros. Agora que ela viu que a Coach faz sapatinhos de bebê, seu lado cadelinha de grifes consumista interior está berrando para ler o código e adicioná-los à lista. Mas, de fato, seria simplesmente de terrível gosto deixar que sua primeira desavença materna com Katrina fosse sobre vestir a criança com roupas de marca ou não. Elas teriam todos os anos da adolescência para essa palhaçada.

No andar de baixo, uma redoma de vidro exibe as bombas de tirar leite: aparelhos eletrônicos esguios que parecem ter sido desenhados pela Apple da era Steve Jobs. Curvas brancas e suaves com um mínimo de botões.

— Que chique! Tem até um aplicativo! A gente pode dividir uma dessas? — Katrina pergunta. — Ou cada uma precisa da sua?

— Cada uma deveria ter uma — Reese diz. — Por dois motivos. Um, eu não quero pegar esses seus germes. Dois, a gente não sabe qual vai ser a nossa situação de moradia, e a gente não quer ter que viajar de trem para tirar leite toda noite.

Katrina se surpreendera quando descobriu que mulheres trans eram capazes de lactar. Reese havia ficado tímida de maneira pouco característica quando Katrina quis saber mais, e foi Ames quem acabou explicando o regime hormonal que tornava aquilo possível. O motivo pelo qual Reese sabia como induzir lactação em mulheres trans era confuso demais diante da ideia de realmente amamentar. A maioria das discussões sobre a capacidade de lactar da própria Reese havia sido com homens. Homens que, todos eles, ficavam fascinados – provavelmente porque queriam dizer que, em algum lugar, nas profundezas, eles entendiam que seus corpos também tinham aquele potencial. Na verdade, em uma gaveta em algum canto, Reese já tinha uma bomba de tirar leite, presente do caubói que queria incluir a bomba no seu teatro sexual de mamãe grávida. Mas aquela era manual.

Juntas, Reese e Katrina decidem comprar bombas de tirar leite automáticas azul-bebê, da marca Spectra, com bateria recarregável. E essa escolha, feita com seus corpos apertados um contra o outro e seus rostos bem próximos para ler as informações, contemplando o cuidado futuro de seus seios, forma um dos momentos mais inesperadamente íntimos da vida de Reese.

Às vezes, Reese quer falar com Katrina sobre o erotismo da maternidade. Mesmo dessa loja. Olha só pra isso! Um santuário da feminilidade, de atos domésticos privados. Roupas de maternidade para cobrir um corpo em mutação. Fotos e produtos planejados para encorajar o toque, a nutrição, o cuidado. Tudo em embalagens das mesmas cores suaves e pastéis que as mulheres escolhem para sua lingerie quando se tira o olhar masculino da equação. O odor fantasma de talco flutuando por tudo. LGBTs – diabos, até héteros – haviam começado a se chamar de "papai" na cama, mas para Reese nunca houve uma palavra mais tabu, mais suave, mais íntima do que "mamãe". Se mostras masculinas de tesão declarado sempre foram mais celebradas que os equivalentes femininos, a dicotomia de mamãe vs. papai como apelidos eróticos só aumenta a disparidade.

Katrina devia estar pensando em algo paralelo. Algo sobre alianças de proteção femininas, sobre o prazer de se cultivar juntas um tipo devoto de cuidado.

— É gostoso — Katrina diz a Reese. — Estar aqui, fazer isso com você. Eu sairia correndo gritando desta loja se eu tivesse que enfrentar isso sem companhia. As minhas amigas que têm bebês reclamam pra mim de se sentirem sozinhas. Os corpos delas são tipo milagres... elas ficam maravilhadas com elas mesmas, ansiosas e empolgadas. E os maridos não entendem. A Beth, uma amiga minha, o marido dela bebe um monte, e uma vez ela pediu pra ele dar uma baixada no consumo enquanto ela estivesse grávida, e ele ficou furioso. Ele ficou todo: "O que você estar grávida tem a ver com eu beber? Por que eu deveria ter que ficar em casa?". Ele achou que era *injusto*.

— Eu tenho o problema contrário — Reese diz. — Eu ficaria feliz se você compartilhasse ainda mais do que você compartilha. Eu quero saber tudo da sua gravidez, porque aí eu sinto que ela é minha também, mas eu me sinto esquisita de fazer perguntas demais, como se eu estivesse me metendo no seu corpo.

— Perfeito, porque eu acho que eu só vou continuar reclamando mais e mais. Umas semanas atrás, escovar os dentes começou a me dar vontade de vomitar, e eu tenho sofrido com isso em silêncio porque parece banal demais pra reclamar.

— Gata, pode reclamar de tudo.

— Eu não vou me esquecer de como é importante ter você aqui. Juro. É tão bom estar aqui com você. A minha amiga Diana tem feito tratamentos de fertilização in vitro, e ela está tão preocupada e tão sozinha. Eles conseguiram fertilizar três embriões, e ela já está emocionalmente ligada a eles. Essa é a segunda rodada deles de fertilizações. Na primeira vez, quando um dos embriões se danificou no processo de congelamento... ela me ligou chorando, soluçando, como se tivesse perdido um filho. Era de partir o coração, e o marido dela ficava agindo como se ela estivesse sendo louca e irracional. No dia em que transferiram um embrião, ela teve de falar pra ele não ser um ignorante emocional, porque ele tinha se planejado de sair para fazer escalada indoor de noite. Ela ficou tipo: "Você vai passar a noite comigo e com o seu filho que talvez esteja pra nascer". E ele ficou tipo: "Mas, amor, o seu procedimento é de manhã, e eu combinei pra só depois das cinco".

Reese riu pelo nariz da idiotice dos homens. Ames, ao menos, havia passado tempo suficiente como mulher para não se reverter por completo à surdez emocional. Na verdade, ela supôs que era por isso que ele não ia junto, por isso que ele vinha dando espaço para ela e Katrina. Se ele estivesse lá, Reese poderia ter acabado segurando vela, ressentida. Não, na verdade sua ausência masculina estereotípica era provavelmente um ato de perspicácia emocional, do tipo que Amy teria mostrado. Talvez, tirando a questão do gênero, ele fosse ser um bom pai.

— O que você acha desse berço? — Katrina pergunta. Elas vagaram para a área de mobília. Ela passa a mão pela grade de um berço todo branco, que vem com um trocador combinando. O berço foi projetado por uma empresa dinamarquesa. Escandinavos parecem ter dominado uma fatia desproporcional do mercado de produtos de bebê de luxo.

— Ah, eu não achei que a gente fosse usar berço — Reese diz sem fazer caso. — Eu nunca tive um.

— É claro que a gente precisa de um berço. Onde é que ela vai dormir?

— Na cama. Os bebês gostam mais da cama com os pais.

— O quê? Nem pensar. É assim que eles acabam sendo esmagados. Você rola para cima deles enquanto dorme.

Reese sente um lampejo de irritação. Esse assunto é algo de que ela entende. A mãe de Reese, apesar de todas as suas ausências e da sua falta de cuidado em relação à tarefa de educar uma criança, havia insistido sobre os perigos dos berços. Era uma das coisas de que sua mãe se orgulhava muito: Reese dormiu na cama com ela durante toda a infância. Era uma coisa de mães dos anos 1980. Os bebês não deveriam ficar sozinhos à noite. Mais tarde, alguma ciência confirmou: bebês que dormiam num berço em outro quarto tinham níveis de cortisol elevados, e alguns especialistas em cuidados com crianças teorizavam que recém-nascidos expostos a hormônios de estresse todas as noites em uma idade tão formativa poderiam acabar fixando um nível constante de estresse pela vida inteira.

— Quando eu trabalhei com cuidado infantil, eu falava disso com as mães — Reese diz. — É estressante para os bebês, ficar separados à noite. Eles desenvolvem ansiedade de separação. Tem até estudos sobre isso. Também é melhor pra mãe. Quando você tem que amamentar, você só segura o bebê, sem precisar acordar totalmente, e volta a dormir. Levantar, colocar uma roupa, se sentar, isso te desperta. Fode com o ritmo do seu sono. Além disso, as pessoas só rolam pra cima dos bebês se elas estiverem bêbadas ou chapadas.

Katrina faz uma careta.

— Como assim quando trabalhou com "cuidado infantil"? Eu achava que você tinha trabalhado na creche de uma academia.

— E trabalhei! Isso é cuidado infantil.

— Não é bem a mesma coisa que um diploma em psicologia infantil.

Isso foi cruel. Não, ela não fez graduação. É óbvio que Reese sabe de suas próprias credenciais. Ela morde o lábio inferior. Ela quer dizer algo cortante, mas o machucado veio do nada. Em vez disso, ela afasta o olhar, encarando uma cadeira de ninar. A intimidade da loja se dissipa, deixando em seu lugar uma armadilha consumista fria, idiota e banal.

— Desculpa — Katrina diz. — Eu estou de mau humor.

Reese assente com a cabeça, mas ainda nega contato visual.

— É só que a gente tem que fazer as coisas do mesmo jeito — Katrina diz como desculpas. — Não dá pra ter um berço na minha casa, e ela dormir na cama com você. A gente precisa de consistência.

E essa é toda a queixa de Reese. Que, no fim das contas, quando se trata da palavra final sobre como a bebê será criada, Katrina, a mãe biológica, terá o poder de decisão. A mãe em segundo lugar, Reese, estaria autorizada apenas a dar sugestões.

Reese responde como faz com frequência quando está em uma posição de fraqueza estratégica: com uma combinação de passivo-agressividade e concessão relutante. Ela ergue o leitor de código de barras e puxa o gatilho. Ele emite um bipezinho enquanto uma rede complicada se cruza para enviar os dados importantes pelo espaço e pelo tempo: adicione um berço dinamarquês a uma lista em particular.

— Obrigada — diz Katrina.

Naquela noite, Reese se senta à escrivaninha com tampo de vidro no seu quarto, entra no buybuybaby.com e vê que Katrina removeu o berço da lista.

Capítulo dez

Onze semanas depois da concepção

Capítulo Dez

duas semanas depois da concepção

Uma mulher esguia abre a porta do apartamento. Ela usa calças jeans rasgadas e uma regata confortável, feita de algum algodão técnico mutante de alta performance. Seu cabelo está preso com uma piranha e, no nariz delicado, repousa um par de óculos de aro preto cujas linhas se curvam para cima, como se seguissem o ângulo íngreme das maçãs do seu rosto. A combinação do cabelo com os óculos dá a impressão de uma fantasia escolhida para ser usada por uma mulher extremamente sexy de modo a indicar que não, não é o que parece, querido público: esta mulher é inteligente! Como sempre se pretende com esse disfarce, Reese não deixa de notar que a mulher é, de fato, muito sexy.

— Podem entrar, vocês duas! — grita Sexy-Inteligente, e recebe Reese com um abraço que, em seu afeto inesperado, Reese posiciona entre o de um parente perdido há muito tempo e de súbito reencontrado e o de um líder de culto agradecendo por um sacrifício iminente. Essa mulher se apresenta como a anfitriã da festa.

— Adorei a sua casa — Reese diz, genérica, antes de terminar de entrar, apenas notando como da porta, no ângulo de luz noturno, as janelas criavam longas caixas de ouro iluminado que se lançavam em diagonal sobre mobília da sala de estar convidativamente feminina. Sexy-Inteligente parece confusa.

— Essa é a casa da Kathy — ela corrige Reese. — Eu sou a professora de ioga dela, mas ela me deixa usar o apartamento pras minhas festas de dōTERRA. — Ela não diz seu próprio nome.

— A Kathy é uma corretora imobiliária tão boa — Katrina diz para ajudar. — Então é claro que ela mora num lugar bonito.

Naquela tarde, quando Katrina chamou Reese para convidá-la para uma festa de dōTERRA dada por sua corretora imobiliária, que também era uma das boas amigas de Katrina, Reese concordou em participar sem entender a situação por completo.

O que Reese de fato entendeu foi que Katrina estava estendendo um convite para que Reese conhecesse suas amigas, um tipo de convite que quase nunca vinha de nenhum dos seus *crushes* cis de costume. Ela nunca era apresentada a suas famílias ou amigos. Nunca passava junto as festas de fim de ano. Nos últimos dois Natais, ela fez a mesma coisa: comprou um pinheiro minúsculo, colocou-o sobre a cômoda e decorou-o com um cordão de pisca-pisca da lojinha de cacarecos do bairro. Então ela passou a véspera sozinha, pensando em seus amantes de outrora enquanto tirava selfies lendo ao lado da árvore, como evidência para a audiência em que seu advogado defenderia que não, Reese não estava triste, que ela não se importava de estar sozinha, que, como dizia aquela camiseta famosa, ela estava SOLTEIRA E ADORANDO.

Portanto, apesar de Reese ter fingido tranquilidade, o fim da quarentena entre ela e o resto das amigas de Katrina tinha importância grave e solene.

Foi só no caminho da festa que lhe ocorreu que ela não fazia ideia do que era uma festa de dōTERRA.

— O que é dōTERRA? — Reese perguntou.

— É uma empresa de óleos essenciais — Katrina disse. — A gente vai ter que ouvir uma apresentação, mas, no fim, acho que a gente faz umas máscaras faciais.

Essa informação não iluminou a situação para Reese. Fazer máscaras faciais com uma corretora imobiliária? Era isso a cultura cis? O que haveria na semana que vem? Decoração de unhas com a contadora?

— Eu tenho que admitir — Reese agora confessa à instrutora de ioga Sexy-Inteligente — que eu não conheço a dōTERRA.

Sexy-Inteligente irradia alegria; ela tem aquele hábito de encantadoramente tocar no braço da pessoa com quem está falando.

— Ah! Uma virgem. Não se preocupa, eu vou cuidar de você. — Ela pisca. É preciso ser sexy de verdade para acertar uma piscadela tão cruamente mercantil em um alvo como Reese. Mas essa mulher consegue, e Reese, apesar de todo o seu cinismo e familiaridade com o trabalho sexual informal, não pode evitar de sentir um momento de gratidão e alívio involuntários de que ela vai perder sua virgindade dōTERRA para uma mulher tão incrível.

No tempo que gastou para beliscar alguns aperitivos e beber uma taça de chardonnay, Reese entendeu que a dōTERRA é mais uma competidora entre as empresas que apostam num modelo de vendas diretas em festas – como, nos Estados Unidos, as facas Cutco, a Mary Kay ou a Tupperware –, mas tendo como alvo, com seus óleos essenciais de alto nível, a ansiedade de mulheres obcecadas por bem-estar que estão só um pouco constrangidas pelos ditames da classe média para se envolver com cristais ou com ladainhas antivacina. Sendo assim, venderão óleos essenciais para Reese essa noite. Ela nem se importa. Ela só está feliz de conhecer as amigas de Katrina, discutindo reformas de cozinha, maridos teimosos ou filhos teimosos. Em meio aos vaivéns, elas não têm o ar de pessoas tremendamente endinheiradas, mas Reese detecta aquela segurança alienígena de pessoas cultas que sempre tiveram empregos ou ao menos um caminho claro para um salário. Uma temporalidade que diria sim, outro contracheque aparecerá em algum ponto rumo ao próximo acontecimento da sua vida.

Aninhadas num canto perto da janela, beliscando de um prato de crudités, Katrina confia a Reese que ela e algumas outras estão tentando dar apoio a Kathy, que começou a se envolver numa intersecção estranha de capitalismo e umas histórias de bruxaria, após o término com um namorado de muito tempo.

— Nós fizemos um banho de som mês passado — Katrina sussurra em segredo. — Cinquenta dólares por cabeça. Numa cobertura opulenta ridícula em Tribeca. A gente ficou uma hora e meia deitada nuns cobertores, enquanto um pessoal que a Kathy conheceu no Burning Man veio e tocou uns tambores sem ritmo e segurou uns diapasões em cima da cabeça da gente. Eles disseram que as vibrações iam limpar as nossas auras.

— Funcionou? — Reese pergunta.

— Teve uma hora em que uma irlandesa de dreads que estava tocando um tambor de metal, a que estava liderando a cerimônia, instruiu a gente a "seguir os golfinhos psíquicos através das águas cristalinas das nossas mentes". — Katrina repete a frase com um sotaque irlandês bastante bom. — Uma mulher mais velha do meu lado deu uma risada de ridículo e quebrou o clima. Ela ficou tipo: "Sério? Golfinhos da mente?" e eu comecei a rir e não consegui parar por tipo meia hora. Eu não sei quando foi a última vez que isso me aconteceu, mas rir desse jeito foi totalmente purificante. Eu saí com uma aura muito purificada.

— É legal que vocês apoiem — Reese diz.

— A Kathy é uma querida. — Katrina dá de ombros. — Ela era minha amiga antes de ser minha corretora. A gente se conhece há muito tempo. Uma parte da família dela ainda está em Taiwan, e, quando eu fiz uma viagem de trabalho pra lá dois anos atrás, ela até foi junto, e eles me mostraram a cidade.

— Então, todo mundo está fazendo isso só pela Kathy? — Reese pergunta, acenando ao redor de si.

— Só as que eu conheço. Acho que as outras querem os óleos essenciais. O cheiro é bom mesmo.

Poucos momentos depois, Reese se encontra incluída em uma conversa com a própria Kathy, que não tem nada de bruxa; ela tem cara de corretora de imóveis – o que, claro, ela é –, uma beleza inofensiva do tipo que se veria num anúncio ao lado de uma foto de uma casa suburbana. Outra mulher relativamente jovem, que fala com uma voz rouca e adocicada – apesar de Reese não conseguir definir se é por causa do chardonnay ou por hábito –, está recontando, emocionada, que seu marido vai estar fora de casa em uma despedida de solteiro no fim de semana. A festa vai ser no interior do estado de Nova York, e a mulher se empolga descrevendo o marido de camisa de flanela, bebendo uísque e, tacitamente, a antecipação do retorno dele para casa, cheirando a madeira queimada e masculinidade renutrida, para arrebatá-la. A mulher usa uma saia cor de creme imaculada, tão impecável que parece ter acabado de sair da lavanderia, apesar de ela afirmar que veio direto do trabalho. Há certa audacidade em usar uma saia creme tão imaculada: o tecido creme perdoa ainda menos que o branco; uma única mancha e a saia inteira pareceria vagamente suja, enquanto uma única mancha no branco só parece uma mancha. Reese uma vez leu em uma revista de moda que, na virada do século, a classe ociosa usava brancos impecáveis para mostrar que não trabalhava, a moda da mesma classe que deu ao gênero feminino saltos, corpetes e unhas longas. Portanto, Reese precisa assumir que a mulher de saia creme não se casou de fato com um vaqueiro e que o mais provável é que seu marido seja mais um colarinho-branco em Nova York.

Como é que, Reese se pergunta, um bando de homens nova-iorquinos usando flanela e se entupindo de uísque numa cabana é visto como um imprescindível jorro de suas masculinidades mal domadas e autênticas, mas quando ela, uma mulher trans, se deleita em se emperiquitar, ela está forçando a barra? Não é que Reese pense que seu desejo de se arrumar reflita algum tipo de versão autêntica de si. É só que, ao contrário dos caras, ela está disposta a chamar pelo nome a hora de se fantasiar. Enquanto isso, essa mulher engomada beira inundar a calcinha pensando nas escapadas homoeróticas de seu homem no mato. Dá para imaginar se Reese segredasse a essas mulheres, com o mesmo óbvio tesão, a respeito de sua rotina de PrEP anticoncepcional? Desastre social! Ela decide pela décima-milésima vez que as pessoas cis heterossexuais, mesmo que façam questão de não pensar naquilo, apostaram suas sexualidades inteiras em que o gênero das outras seja real. Se apenas os cis-héteros se dessem conta de que, igual às mulheres trans, a atividade com que eles se deleitam é uma grande mentira masturbatória que tem pouco a ver com quem eles de fato são, estariam livres para se deleitar com toda uma nova e flexível gama de jeitos sexy de mentir uns aos outros.

Sexy-Inteligente dá batidinhas numa taça de vinho com uma colher para pedir a atenção de todas, o que misericordiosamente distrai o desejo cada vez maior que Reese sente de largar suas opiniões sobre gênero para alguém.

— E agora, o momento pelo qual todos esperavam — Sexy-Inteligente diz, sedutora, apesar de que, a julgar por como as mulheres parecem contentes em ficar na cozinha comendo aperitivos, parece impossível que alguém estivesse esperando por esse momento. — A gente pode ir pra sala de estar pra fazer a demonstração dos óleos essenciais dōTERRA!

Movendo-se com a matilha para a sala de estar banhada a pôr do sol, Reese e Katrina se acomodam numa poltrona de dois lugares, e as outras mulheres se ajeitam no sofá, nas poltronas e no tapete felpudo, do mesmo jeito que Reese se lembra que acontecia quando as amigas iam passar a noite na casa de uma delas no Ensino Fundamental, todo mundo achando um canto para ver televisão. Exceto que, em vez de uma televisão, tem a Sexy-Inteligente passando panfletos, e, em vez de cobertores ou travesseiros, cada mulher coloca ao seu lado uma bolsa de couro de diferentes grifes, mas todas do mesmo estilo essencial meio quadrado, o tipo que se vende na Nordstrom para mulheres que aspiram a tirar férias numa casa luxuosa de verão nos Hamptons. Reese se sente no direito de julgar bolsas quadradas, porque ela mesma carrega naquele momento sua própria bolsa quadrada da Coach e secretamente aspira a ser uma mulher que aspira a tirar férias nos Hamptons.

Sexy-Inteligente abre uma cópia do panfleto que ela passou, indica uma caixa em branco e pede às mulheres reunidas que escrevam todos os seus males – tanto os físicos quanto os mentais – dentro daquele quadrado.

Boa tentativa, Moça da Ioga com corpo perfeito! De jeito nenhum Reese vai contar para essas mulheres cis as coisas que a perturbam – a falta de um útero, a necessidade desesperadamente triste de transar com cafajestes, um desespero sem origem que chega com pontualidade às cinco horas todas as tardes, uma mancha estranha que ela tem no lado interno da coxa. Em vez disso, ela escreve *falta de energia*, um meio-termo que espera que a faça parecer uma pessoa com falhas e "gente como a gente" o bastante para causar uma boa impressão nas amigas de Katrina enquanto revela uma vulnerabilidade sincera. Ela espia a mulher que está de pernas cruzadas no tapete aos seus pés. A mulher escreveu *compulsão alimentar, nenhuma libido*. A confissão franca choca Reese. Um relâmpago de vergonha cai sobre sua postura julgadora em relação a essas mulheres.

Quando as outras leem seus problemas em voz alta, muitas também compartilham problemas cruamente vulneráveis: depressão, dor na lombar, depressão pós-parto, apetite insaciável, mudanças de humor e irritabilidade, insônia. Quem eram essas mulheres, que se sentiam confiantes de que não havia entre elas nenhuma vaca as julgando em silêncio? E o que isso queria dizer de Reese? Que era ela a vaca julgando? Apenas Katrina parece notavelmente restringir sua vulnerabilidade – *estresse no trabalho, hormônios* – e Reese se pergunta se foi seu próprio resguardo que levou Katrina a reter sua vulnerabilidade na presença dela. Fazia muito tempo que Reese não se via num encontro tão ritualizado de mulheres hétero cis. Desde quando elas tinham a autoconfiança necessária para confiar umas nas outras?

Reese escuta, tentando entender o que está havendo. No fim ela decide que elas não parecem estar compartilhando seus problemas por um excesso de autoconfiança ou confiança umas nas outras. A maioria parece cansada, quase resignada, abanando só uma brasa de abertura genuína na expectativa de que um óleo essencial possa solucionar seus problemas. O que, para Reese, é o mais incrível de tudo. Quão ruins as coisas têm de estar para que se coloque toda a fé num placebo com perfumes intensos? Reese esperaria uma lista de misérias igualmente variada em uma sala cheia de mulheres trans, mas ao menos mulheres trans – dado todo o contato com asneiras medicalizadas que a transição requer – teriam ressalvas em compartilhar seus males, fosse para uma doutora de medicina ocidental ou para uma vendedora ambulante de óleos essenciais, não importa quão bem qualquer uma das duas ficasse com jeans rasgados e regata. Devido a suas vidas aparentemente confortáveis, invejáveis e alienígenas, essas mulheres não desenvolveram uma subcultura mórbida e cética ao extremo com a qual temperar sua credulidade. Ela gostaria de trazer algumas lésbicas duvidosas à próxima lenga-lenga de óleos essenciais.

Perto da metade do discurso de vendas de Sexy-Inteligente, chega um homem genericamente bronzeado e bonito – o tipo de cara branco que poderia ter uma participação especial como médico em alguma novela.

— Como instrutora de ioga, eu não sou de fato especialista na química médica dos óleos essenciais — ela explica para a sala, com uma expressão que transmite genuíno arrependimento pela inadequação de sua escolha de carreira. — Então eu trouxe o meu namorado para contar a vocês como os óleos essenciais funcionam. Ele é um acupunturista famoso e usa os óleos essenciais da dōTERRA com os pacientes dele.

Antes daquele momento, Reese não havia se dado conta de que o adjetivo "famoso" também se aplicava a acupunturistas.

A instrutora de ioga se afasta para a esquerda, permitindo que seu namorado fique no centro do palco, na frente da TV de tela plana.

— Oi, moças, eu me chamo Steve. E é verdade: eu sou acupunturista. Eu pratico medicina tradicional chinesa. — Ele olha para Kathy ao dizê-lo, e sorri. — Mas algumas pessoas preferem dizer que eu sou a picadura mais gostosa da cidade.

Reese fica boquiaberta. De uma hora para outra, toda a beleza dele sumiu. Ela espera que alguma das outras mulheres o mande longe. Sabe o que aconteceria se um homem entrasse numa sala de mulheres LGBTQ e declarasse que sua picadura é gostosa? A ideia era pavorosa de se contemplar. Morte por ultraje. Mas em vez de lançar uma sentença de "morte por gritos revoltados", as mulheres reunidas riem com educação. Até mesmo Katrina. Steve dá corda em seu discurso de vendas de dōTERRA com uma narrativa sobre como sua namorada, a lindíssima instrutora de ioga, andava sendo uma vaca mau-humorada antes de começar a usar óleos essenciais. Mas, depois de fazer deles um hábito diário, ela se acalmou e ele passou a gostar muito mais dela. Reese olha ao redor – com certeza agora, o levante das mulheres! A revolução é agora!

A revolução não é agora. As mulheres escutam, ou até fazem que sim com a cabeça, educadas, graciosamente decorando a sala ao redor e abaixo de Steve. Ele está perto demais de uma das mulheres sentadas no tapete, conforme a noção de espaço pessoal que Reese considera adequada. Sua virilha – a picadura mais gostosa da cidade – se sacode no nível dos olhos dela. Ele gesticula enquanto fala, e algumas vezes parece estar prestes a lhe fazer carinho na cabeça. A mulher aos pés de Reese, a do distúrbio alimentar e da baixa libido, pega um bloco de papel e toma notas enquanto Steve fala; notas muito sinceras, Reese observa, sobre quais foram especificamente os óleos essenciais que fizeram sua namorada instrutura de ioga deixar de ser uma vaca.

Ao terminar, Steve se oferece para prescrever o óleo essencial apropriado para os males de cada uma delas. Mas com Steve na sala, as mulheres listam problemas diferentes dos que haviam compartilhado antes. Quando chega a vez de Katrina, ela sorri, faz uma pausa dramática, olha ao redor para suas amigas, fazendo contato visual, e pergunta:

— O que é bom pra gravidez?

Um momento de sobressaltos se segue, e Steve responde apontando para a namorada e dizendo:

— Não vai dar ideias pra ela, hein...

Sexy-Inteligente esconde uma crispação ansiosa. Mas logo Kathy em parte canta, em parte choraminga "Ai, meu deus!" e se levanta e abraça Katrina. Assim como a mulher na saia creme e outras a quem Reese nem tinha sido apresentada ainda. Até mesmo Sexy-Inteligente, apesar de seu discurso de vendas interrompido, está arrulhando e competindo por um abraço.

— Mas quem é o pai? — Kathy pergunta quando o agito se acalma.

Katrina aponta para Reese. Uma sala toda de rostos confusos se vira para Reese. Kathy inclina a cabeça, como se tentando olhar por baixo de Reese, à procura de um pai oculto em que Reese poderia estar sentada.

Há um segundo em que Reese instintivamente teme ter sido exposta e diz de súbito:

— Somos comães. — E então: — Mas eu não sou o pai biológico. — Ciente de como aquilo soa esquisito, ela concede outra informação: — Mas eu sou trans.

Se um oráculo houvesse previsto que Reese se exporia voluntariamente em um encontro de vendas de óleos essenciais dōTERRA, ela o teria interpretado de forma figurativa, um enigma como o que as bruxas deram para enganar Macbeth – porque a possibilidade literal de que uma floresta se deslocasse ao topo de um monte existia além dos domínios da farsa mais absurda. Se expor em uma festa de dōTERRA é a Floresta de Birnam de Reese.

No entanto, aconteceu. Ela se expôs em uma festa de dōTERRA, apesar de não ter certeza sobre em que sentido havia se exposto ou quanto mais ainda havia para expor.

Há um momento de silêncio para absorver aquilo. Mas Kathy, sendo a anfitriã, sabe exatamente qual graça social a situação requer e a executa com precisão. Ao saber, ela dá um gritinho alto e feliz e se joga em Reese para o abraço congratulatório.

A mulher de saia creme imaculada (cujo nome Reese esqueceu e não ousa perguntar de novo, tendo então a nomeado Imperatriz da Lavagem a Seco), Kathy, Katrina, Reese e duas outras saíram do apartamento de Kathy e foram a um café especializado em sobremesas italianas. É uma comemoração improvisada pelo anúncio da gravidez de Katrina. Todas cheiram a óleos essenciais.

Reese ficou com uma gota generosa de hortelã-pimenta sob o nariz, que Steve passou ali com o dedo, dizendo que o óleo abriria seus seios da face. Tudo agora tem cheiro de bengala doce congelada, mas, já que seus seios da face não estavam inflamados para começo de conversa, ela não sabe opinar em relação à eficácia da sua técnica de médico famoso.

A Imperatriz da Lavagem a Seco conhece o proprietário do café, um homem moreno e belo de meia-idade. Ele sorri a cada pequena gentileza pronunciada pela Imperatriz, as linhas das suas bochechas explodindo como fogos de artifício. Reese vê o efeito que a Imperatriz tem no pobre homem, mas quem poderia culpá-lo? Ela deve estar na casa dos trinta e cinco, mas não são só suas roupas que estão perfeitamente lisas: tudo nela é firme e brilhoso, como se tivesse acabado de sair da fábrica. Sua pele, Reese imagina, deve ter cheiro de lençóis recém-tirados da máquina.

Ele deu às mulheres uma mesa grande perto da cozinha, e vem trazendo especialmente para elas todo tipo de delicadas sobremesas italianas que, para Reese, parecem todas ter gosto de chocolatinhos de hortelã pretensiosos, ainda que as outras mulheres, ungidas com menos agressividade, mencionem diversos sabores complexos, nenhum dos quais inclui hortelã.

Enfim, a Imperatriz da Lavagem a Seco anuncia:

— Tá, eu não aguento mais esperar. Eu quero saber tudo. — Ela está tentando soar empolgada e animada, socialmente adequada para algum improviso de chá de fraldas, mas a frase sugere uma nota de preocupação. Katrina explica com muito menos ar de vendedora do que Reese tinha esperado. Não é bem como se Reese quisesse que Katrina mentisse para suas amigas, mas ela nem sequer tenta usar eufemismos. A noção que Reese tem de seu próprio gênero não lhe permite fazer analogias com esportes, mas, tipo, Katrina está fazendo aquela coisa do futebol americano em que o cara joga a bola sem nenhuma curva. O que é que ela está pensando? Ela tem que saber que isso é algo esquisito de se contar às amigas. Que ela teve um caso com um funcionário, que ele na verdade estivera escondendo que tinha sido uma mulher transexual, que é por isso que ele erroneamente acreditara ser estéril, e que agora Katrina vai criar uma bebê com ele e a ex-namorada dele, que é outra mulher transexual.

Os sorrisos das amigas de Katrina esmaeceram, e os vincos de preocupação entre seus olhos se aprofundaram.

— Não é tão estranho quanto parece — Reese diz, tentando fazer uma voz animada.

— É, sim — Katrina diz —, mas não tem problema; é isso que eu quero expressar. Que, pois é, tipo, não é assim que a maioria das pessoas engravida nem como a maioria das pessoas cria uma família. Mas a gente pensou bastante. É empolgante. Eu estou empolgada de não fazer a coisa heteronormativa.

E, de súbito, Reese entende o que está havendo. Aquela palavra, "heteronormativa", lhe abre o jogo. Reese achava que ela era quem estava se expondo. Mas não, é Katrina que está saindo do armário como LGBTQ para suas amigas. É por isso que ela está sendo tão agressiva. É assim que fazem os LGBTQs bebês. A assertividade beirando o confronto: *eu sou assim, você tem algum problema com isso?* É dito com todo o fanatismo do recém-convertido, que ainda tem de apanhar até cansar e aprender a fazer concessões, que acredita que sua nova religião tem todas as respostas que faltavam na anterior. Ainda mais revelador para Reese: Katrina está *empolgada* em ser desafiadora! Ela acha que esse seu lado LGBTQ a torna *interessante*!

As amigas de Katrina trocam olhares discretos e inseguros. Elas ainda estão alguns passos atrás.

— Então, o homem... — Kathy tenta — o pai, quer dizer, ele é homem?

— O quê? — Katrina diz.

— Ela quer dizer, ele está indo ou vindo? — esclarece a Imperatriz da Lavagem a Seco, então acrescenta para Reese: — Sem querer ofender.

— Não tem problema — Reese diz, apesar de não gostar, então adiciona: — Ele estava vindo, daí estava indo, mas aí ele veio de novo. Simples, né? — Ela sorri com doçura.

Antes que a Imperatriz possa dizer que não, Katrina pula de volta.

— Ele nasceu homem, transicionou, e aí transicionou de volta.

— Então ele estava te traindo, Reese, com você, Katrina? — Kathy pergunta.

— Não — diz Reese. — A gente terminou há anos. A gente namorou como mulheres.

— Ah — diz Kathy, claramente sem entender. — Então como foi que você, Reese, entrou na história de novo?

Antes que Reese possa dizer qualquer coisa, Katrina mais uma vez tenta explicar: que ela não quer ser mãe solteira. Que Ames havia sugerido uma família LGBTQ. Que, na verdade, famílias LGBTQs oferecem um monte de oportunidades que ela não tinha se dado conta de que estava perdendo na época em que era casada e que ela sentia que estavam faltando no seu casamento com Danny. Que ela sempre tivera uma afinidade pelo mundo LGBTQ, apesar de que, como não era uma homossexualidade pura e simples, ela nunca soubera como chamá-la.

Ah, foi assim que aconteceu, foi? Reese pensou. *Agora ela está distorcendo um pouco a história.* Mas ainda mais que distorcê-la, Katrina parecia acreditar no que dizia. Ela havia "renarrativizado" seu divórcio. Aqueles motivos amorfos e difusamente infelizes de que ela precisava para se divorciar de Danny? Agora a questão era que ela havia reconhecido, mas não conseguira nomear, uma necessidade pelas possibilidades de relacionamentos LGBTQ.

Uma das outras mulheres, uma garota carnuda e bonitinha, cuja confissão dōTERRA fora a de ser irritadiça e ter humores depressivos, interrompeu:

— Eu acho que eu entendo isso. Tipo, quando você se casa, você se dá conta de quanto a instituição muda as coisas. Eu lembro nos primeiros meses em que eu fui casada, a frequência com que, se eu saía sozinha, as pessoas diziam: "Cadê o Max?". E eu sentia vontade de dizer: "A gente tem um casamento em que a gente não precisa prestar conta um pro outro". E, talvez, eu até tenha dito isso algumas vezes, mas uma hora ficou mais fácil só dizer: "Ele sabe que eu saí". Todo mundo fala que dá pra transformar o casamento no que você quiser, mas, às vezes, a instituição do casamento realmente ganha. Seria libertador só inventar as suas próprias regras.

Isso, para Reese, foi a coisa mais hétero, mais casada, que qualquer pessoa já tinha lhe dito. Mas Katrina responde:

— Exato!

As outras mulheres estão mudando de ideia. De súbito, Reese vê por que Katrina talvez seja tão boa em seu emprego. No tempo que se demora para comer algumas sobremesas, Katrina havia começado a convencer essas mulheres de que fazia sentido criar filhos com transexuais.

A Imperatriz da Lavagem a Seco é a resistência. Enquanto todas as outras oferecem seus endossos hesitantes, ela franze a testa como se a ideia lhe doesse, e diz:

— Sei lá. Eu acho que agora todo mundo quer alguma coisa LGBTQ. É tipo uma moda. E muita gente acaba se machucando.

Kathy dá um tapinha empático em sua mão e diz de forma críptica:

— Não foi culpa sua, você sabe. Mas a diferença é que a Katrina tem escolha. — E aí, nessa insinuação de fofoca antiga, de algum encontro passado com o mundo LGBTQ, Reese se ajeita e olha para a Imperatriz da Lavagem a

Seco com um novo interesse. Ela tenta imaginar em que tipo de coisa LGBTQ a Imperatriz da Lavagem a Seco pode ter se envolvido. Olha só pra ela, tão pura e viva: não há nela qualquer cheiro de comportamento desviante. Talvez ela seja do tipo que se apaixona por uma sapatão pegadora e tem o coração partido.

Katrina se inclina para perto da Imperatriz.

— Eu sei, eu sei, eu estava um pouco preocupada em como você ia receber isso, mas, tipo, é diferente, todo mundo sabe o que está acontecendo.

— Desculpa — a Imperatriz diz. — Eu estou tentando manter a cabeça aberta. Talvez seja, tipo, alguma espécie de gatilho pra mim. — Ela dá um sorriso fraco. — Ai, meu deus, eu estou roubando a situação pra mim. Não, não está certo.

A Imperatriz permanece a única mulher presente com quem Reese não conseguiu estabelecer uma conexão, a única que olha para ela com suspeita. E todas as outras olham para a Imperatriz com algum indício de preocupação ou empatia. Reese não consegue pensar numa forma de perguntar o que houve, então faz uma nota mental para perguntar a Katrina sobre o histórico LGBTQ da Imperatriz quando as duas estiverem sozinhas.

Meia hora depois, Reese anuncia que vai pagar, mas, para seu alívio, as mulheres lhe negam a cortesia – cada uma joga um cartão de crédito brilhoso em cima da conta.

— Não — diz Kathy, com a graça social que Reese está começando a apreciar nela. — Parece que você também vai ser mãe, então a gente tem de celebrar por você também. De jeito nenhum você vai pagar.

Reese fica grata; houve pouca conversa sobre sua maternidade iminente até o momento. Como esperado, sua maternidade já é uma reflexão secundária à de Katrina – ainda que ela tente aceitar que estas são amigas de Katrina, e que então é natural que prestem atenção a ela.

Quando as mulheres se levantam da mesa, Reese espia a porta. Ela sufoca um engasgo e segura Katrina pelo braço.

— Espera — ela sussurra, se virando para que só Katrina ouça. — Espera comigo um pouquinho.

Katrina franze a testa.

— Está tudo bem?

Reese aponta com o queixo para a porta em um gesto vago.

— É ele — Reese diz. — O meu caubói... Não! Não olha. Me ajuda a decidir o que eu faço. Eu deveria dar oi? Eu nunca esbarrei com ele em público antes. Qual é o protocolo apropriado pra amantes?

Mas Katrina olha para o grupinho de pessoas paradas ao redor do balcão dos bolos.

— Quem?

— O cara alto de jaqueta marrom. O bonitão de barba por fazer.

Katrina engole em seco.

— Não é aquele ali entre o balcão e a porta, é?

— Sim, esse. Ai, merda, o que eu faço? Você acha que ele veio aqui atrás de mim?

Reese estivera segurando o braço de Katrina de leve, e agora Katrina dá um súbito passo para trás. Ela olha para Reese com uma expressão estranha e alarmada, fitando-a com força, como se olhasse para um objeto que desobedece às leis da realidade, piscando dentro e fora dessa dimensão.

Então Katrina se volta para o caubói. Ele encontra seu olhar, a cumprimenta com a cabeça e lhe dá um sorriso amigável. Um segundo depois, os olhos dele recaem sobre Reese e ele endurece. Alarme, e então fúria, tremulam num mínimo instante pelos pequenos músculos do seu rosto, até que a Imperatriz coloca a mão no braço dele e se inclina para beijá-lo na bochecha, e ele se recompõe.

— Não, não é por sua causa que ele está aqui. Ele é o marido da Diana — Katrina diz baixinho.

Diana, isso, é esse o nome dela. Acho que ela tem mesmo um vaqueiro afinal de contas, Reese pensa, inane. Então a janela de tempo em que lhe é possível ser inane se fecha – uma onda de adrenalina a atinge, carregando consigo uma rajada de pânico. O corpo de Reese fica tenso, totalmente em modo de luta ou fuga – os rostos ao redor dela se misturam, se despedaçam e giram de volta a um foco ultra definido. Sua resposta evolutiva não evoluiu para dar conta do momento. Eras de instinto em seu cérebro reptiliano a mandam fugir feito uma doida – exatamente a coisa errada a se fazer. Ela precisa de graça, ou equilíbrio, ou astúcia. Em vez disso, seu corpo libera suor, os batimentos cardíacos aumentam a dígitos triplos. Em câmera lenta, o caubói força seu rosto a sorrir para a esposa e abre a porta para ela. Ele se vira e olha para Reese com um olhar duro e questionador. Logo Kathy está atrás dele, oferecendo gentilezas que ele se recompõe para retribuir – e então três mulheres em roupas de academia entram, bloqueando a vista de Reese, e seu caubói vai embora.

— Ele traiu a Diana com uma mulher trans faz um ano ou dois — Katrina diz em silêncio, do lado de Reese. — Foi você?

— Não! Não, não fui eu — Reese diz, apostando na insistência, mas o pânico faz sua voz tremular, como se ela não tivesse certeza. Ela tenta se lembrar se sabia com que garota havia sido. Como se, nomeando a garota em quem colocar a culpa, ela fosse ser absolvida.

— A Diana foi minha colega na faculdade — Katrina diz, remexendo na bolsa. — Ela era irmã mais nova da minha colega de quarto. A gente se conhece há muito tempo. Eu conheço quase toda a família dela. Quando ele foi diagnosticado depois da traição, tudo virou um caos. Eu achei que estava tudo bem agora.

— Não fui eu — Reese repete. Katrina continua a olhar para ela com aquele olhar estranho.

— Talvez não seja culpa sua. Talvez você não tivesse como saber. O que ele te falou da esposa dele?

Reese exala para se acalmar, tomando consciência, e força os ombros a relaxarem.

— Não sei. Ele me contou um pouco. Coisa de homem, sabe.

— Sei lá. — Katrina balança a cabeça. — Eu não sei se eu entendo nenhum de vocês dois, por que vocês fariam isso. — O embasbacamento que sombreia essas palavras soa para Reese como uma dúvida, quase um insulto sussurrado.

— Não conta pra Diana — Reese diz, tentando não implorar. — Não precisa ser uma coisa grande. Eu posso nunca mais ver esse homem. É um casinho idiota. Acontece.

— Não sei — Katrina diz, e então repete — Eu não sei. Eu vou chamar um carro. Você pode me dar um pouco de espaço por uns minutos?

Reese faz que sim com a cabeça. Do lado de fora, ela passa a pé pelo caubói e a esposa, forçando-se a encarar o chão, com medo de que seu rosto possa demonstrar reconhecimento. Diana, cegante em sua saia maravilhosa, grita um tchau faceiro. Reese acena sem olhar, apontando a lugar nenhum.

— Meu carro está esperando ali na esquina — ela declara sem vigor, e aperta o passo. Virando a esquina, ela se esconde num mercadinho, inspira fundo perto dos Doritos. O atendente pergunta se ela está bem, e ela faz que sim com firmeza e agarra duas garrafas de Corona, para caso precise ficar bêbada num futuro muito próximo. Depois de comprá-las, ela as enfia na bolsa, e o funcionário faz uma cara azeda. Apenas ao ir embora ela se dá conta de que isso a faz parecer desesperada, de que chama a atenção para ela de uma forma que ela normalmente faz questão de evitar. Ela ainda não está processando a informação direito.

Ela pensa em voltar para encontrar Katrina, mas chama um carro para si mesma em vez disso. Sempre que ela tentava consertar sentimentos nos destroços de um pânico, ela piorava a situação. O medo doía, mas, se ela conseguisse atravessá-lo, a experiência lhe dizia que tudo poderia ficar bem. É assim que são as coisas. Dá pra resolver. Nada aconteceu ainda. Ela e seu amante só trocaram olhares em um café. Ninguém disse nada. Não é da conta de Katrina. Não entre em pânico, não se apresse para resolver tudo. Se todo mundo se dignar a ter um mínimo de discrição, tudo vai ficar bem.

O que Reese não entendia, mas começou a vislumbrar quando o carro lotado de outros passageiros da corrida compartilhada a expeliu em seu edifício, era que as coisas já haviam desmoronado. A falta de drama do momento a levara a subestimar o que ocorrera. Anos de escandalosos colapsos *queer* a haviam erroneamente convencido da corrente de ação inconfundível que acompanha um colapso de verdade. Como quando Amy socou Stanley. Esse era o tipo de colapso que Reese aprendera a esperar. Não uma série de olhares e um retorno solitário para casa. Não bons modos, e com certeza não uma raiva emocionalmente regulada de maneira adulta e razoável.

O caubói liga enquanto ela está cortando um limão para pôr na cerveja, mas ela não consegue lidar com ele naquele momento e deixa a chamada cair na caixa postal. Então ele manda uma mensagem: QUE PORRA É QUE VOCÊ ESTAVA FAZENDO COM A MINHA MULHER. Uma segunda mensagem: *que tipo de psicopata é você, caralho?* Sim, isso está mais na linha do drama que ela esperava. A mensagem de voz contém muita gritaria sobre Reese estar com inveja e tentando arruinar a vida dele com aquela merda de *Atração fatal*. Reese nunca viu *Atração fatal*, então ela não pega muito bem a referência, mas entende que é sem dúvida mais uma maneira de chamá-la de psicopata. Ela admira isso no seu caubói: ele é um tanto cinéfilo. A mensagem termina com um aviso para que ela fique longe dele e, acima de tudo, longe pra caralho da esposa dele. Ela vê o trailer de *Atração fatal* no celular, o que deixa o insulto mais claro e afiado, mas ela também não deixa de notar que Glenn Close, a personagem que corresponde a Reese na traição do filme, é claramente mais gostosa e mais magnética do que seja lá quem for a atriz que interpreta a esposa ameaçada.

Ela imagina que seu caubói deve estar perambulando pelas ruas em algum lugar, gritando em um parque. De jeito nenhum ele gritaria assim em casa, com a esposa por perto. Ela leva a segunda cerveja para a janela e olha através de seu próprio reflexo para os carros estacionados. Um homem baixinho passeia com um cachorro que parece um tipo de terrier, mas fora isso as calçadas estão vazias. Num momento de fantasia, Reese tenta calcular se o caubói poderia aparecer na casa dela, tentar fazer alguma coisa para machucá-la. Mas não, esse não é o jeito dele. Ele só vai se afastar, se conter, talvez por tempo indefinido. Em todo caso, esse sempre foi o melhor jeito de ferir Reese.

Iris abre a porta e fuzila Ames com os olhos. O cabelo dela está um caos, e ela veste um robe de seda enrolado de qualquer jeito no corpo.

— Cacete, Amy, é uma da manhã.

Antes que Ames possa responder, ela faz um gesto para que ele entre.

— Você pode acordar ela? Eu não quero que ela acorde com um homem dentro do quarto. — Iris revira os olhos e aponta para cima o dedão.

— Subindo as escadas, Freddy Krueger. — Ames a segue por um corredor de linóleo e um lance de escadas, chegando a um espaço aconchegante com tapetes geométricos. — Espera aí — Iris instrui, então entra em um quarto na meia-luz de algum tipo de LED colorido, de onde Ames ouve o murmúrio de uma voz distintamente masculina. Iris reemerge e entra em outra porta, de onde um momento depois sai Reese, encarando Ames com olhos turvos.

— Que porra é essa? É uma da manhã.

— Obrigada! — Iris diz. Então ela olha para dentro do seu quarto. — Talvez a gente possa colocar música pra ninguém precisar se ouvir?

Reese acena com a mão:

— Pode ser, gata, volta lá. — Iris olha torto para Ames mais uma vez, então fecha a porta atrás de si. Reese oferece água a Ames. Ela está usando uma camisola e um short de pijama de algodão. Sem esperar por uma resposta, ela passa caminhando por ele, tocando de leve na sua mão, pega dois copos de um armário gasto e sem porta e os enche na pia. — Você está encrencado com a Iii-ris — ela sussurra cantando.

— Pra variar.

— Acho que você interrompeu a transa dela. — Algum tipo de *darkwave* lento e grave sobe de volume de trás da porta de Iris, música para gótico trepar.

— Bom, na próxima, atende o telefone. A Katrina está surtando. Eu queria ouvir de você o que está acontecendo de verdade.

Reese passa para ele o copo de água.

— Eu não atendi porque eu finalmente peguei no sono. — Reese o leva de volta para seu quartinho, onde não há lugar para Ames se sentar exceto na cama ao lado dela. Ele nota a colcha floral. É muito feminina, e isso o deprime. Esse quartinho, o aceno esperançoso à feminilidade de uma mulher que ele conhece há tanto tempo. Sobre uma mesa de maquiagem, ele vê o porta-joias em forma de livro, o mesmo que ela tinha quando moravam juntas, e o pequeno espelho de maquiagem que ela comprara na Costco. Ele tivera um espelho idêntico: elas tinham comprado juntas.

Reese passa para ele um travesseiro, ajeita um para si e se senta apoiando as costas na parede. O travesseiro tem as pegadinhas de centopeia de rímel. Como sempre.

— E aí? — Reese diz.

— Ela está muito chateada. Você pode ao menos me contar o seu lado da história?

— Você se chateou também?

— Sim. Eu saí correndo, eu fiquei furioso. Com vocês duas. — Mas ele não está mais furioso. Está nauseado, carente. Ele quer deitar o rosto no colo de Reese. Quer que uma mulher passe os dedos pelo seu cabelo e diga que ele tentou tanto, mas tanto, que ela vê o quanto ele se esforça.

Ames não consegue achar um lugar para pôr o copo d'água que ela lhe deu, então bebe tudo, se inclina e o põe no chão. Naquele instante, através da parede, vem uma série de estalos, e então o estouro da risada de Iris.

— Meu deus — Ames diz. — Ele está chicoteando a Iris?

Reese dá de ombros.

— Não acho que ela se daria o trabalho de comprar um chicote quando os caras têm mãos perfeitamente aproveitáveis pra gastar antes.

— A gente pode dar uma volta ou sei lá? — Ames pergunta. — Essa é a pior trilha sonora possível.

— Aonde? — Reese responde a sua própria pergunta: — Ah, a gente podia ir na beira do rio? A justiça mandou interromper a construção do arranha-céu, e eles têm deixado a cerca aberta. Dá pra ir até a água e ver todo o contorno de Midtown lá do outro lado.

O esqueleto da torre se ergue imenso para cima da água, escuro contra um céu índigo. Em cada uma das salas suspensas vazias no ar, queima uma lâmpada nua, afastando invasores e aventureiros. Do chão, o efeito visual de todas essas centenas de lâmpadas acesas faz parecer como se um fogo de artifício tivesse sido congelado no meio da explosão contra o céu noturno.

Reese enfiou um par de botas forradas imitando uma UGG por cima de um par de calças de pijama e pendurou um sobretudo leve nos ombros. Uma brisa raspa a superfície da água preta, em que minúsculas ondas se desfazem na faixa de pedras onde o riacho Newtown Creek se abre ao East River. Reese guia Ames pelos materiais da construção para que se sentem abrigados do vento, atrás de uma escavadeira adormecida. Ela puxa os joelhos contra o peito, enrolando-os com o casaco longo, transformando-se em uma rocha cinzenta sob a sombra da máquina. Ames não consegue deixar de tocar com dedos minuciosos as esteiras da escavadeira, testando o quão sujo ele ficaria caso se apoiasse nelas. Dando de ombros, ele se senta ao lado de Reese.

— Então — ele diz —, quem é o cara?

Reese mira além do rio para Manhattan.

— Ele é meu namorado.

— Do jeito que Stanley era o seu namorado? — Ao dizer isso, Ames sente um ressentimento antigo se acumulando. Um medo que já estava com ele e que ele vinha tentando ignorar. Ele tem medo dos homens com quem Reese se relaciona. A forma como ela os encontra, e o que ela quer deles. As coisas que eles podem lhe dar que ela nunca quis dele próprio. Quando Stanley quebrou o nariz de Amy, Reese se desculpou, implorou, mostrou sua culpa. Mas ela nunca deu a Amy aquilo de que ela realmente precisava: a segurança de que algo assim nunca aconteceria de novo. Amy nunca conseguira confiar que outro Stanley não estava a caminho, convidado a entrar em sua vida pela mulher que dizia amá-la, um homem pronto para chamá-la de viado e quebrar sua cara. E ela tinha razão em ter medo, porque lá estava ele de novo, quebrando coisas de maneiras novas e inesperadas.

— Isso tem a ver com o Stanley? — Reese diz lentamente. — Porque, se sim, então você já decidiu o que está acontecendo, e é inútil tentar explicar.

— Eu não consigo deixar de sentir que os seus homens, de um jeito ou de outro, sempre conseguem me ferir.

— Você pode me culpar por te trair com o Stanley, mas nada do que veio depois era inevitável. Você destransicionou por causa de você mesma. Não por causa dos meus homens. Eu não vou assumir culpa por isso.

— Talvez você tenha me feito competir com eles.

Ela o olha no escuro e ri sem alegria.

— Então é isso? Foi tudo para isso? Me dar um bebê porque nenhum dos meus homens consegue?

Ames esfrega a barba rala na lateral do queixo, tentando não morder a isca.

— Você pode ao menos me falar desse cara? Pra eu não ouvir só da Katrina?

Reese pausa por um momento, e então consente. Ela vai contar a verdade. Por que não? Então aqui está a versão mais resumida que ela consegue lhe dar: seu caubói, o que ela sabe da esposa, como ele é igual a todos os outros caras, escondendo-a em restaurantes minúsculos, caminhando alguns passos à frente dela em público a não ser que ela reclame, momento em que ele protesta – sem jamais convencê-la – que ele tem vergonha é de estar tendo um caso, não de que ela é trans. Tudo aquilo de que Ames já sabia por tê-lo vivido, tanto em segunda mão quanto por experiência própria.

— E o HIV? — Ames pergunta.

— Quê? — A pergunta toma Reese de surpresa. — O que tem a ver, quem se importa? Eu estou tomando PrEP e ele não é detectável.

— A Katrina está surtando com isso. Ela é próxima da Diana. Parece que foi ela quem juntou os cacos dela quando esse cara... qual é o nome dele, Garrett ou sei lá...? Depois da soroconversão. Ela passou muito tempo lidando com a relação da Diana. A Katrina estava passando pelo divórcio, e a Diana trocava muita ideia com ela sobre abandonar o próprio marido. A soroconversão dele foi com uma garota trans, sabia?

— Sabia, sabia sim. De novo: e daí? — Uma emoção surpreende Reese quando ela descobre que Diana considerou um divórcio. Então ela se lembra que, mesmo que seu caubói se divorciasse, ele nunca superaria suas inseguranças para se deixar ser visto na rua com uma mulher trans.

— E daí — Ames diz — que a Katrina passou muito tempo ouvindo sobre a dor desse casal do ponto de vista da Diana. Sobre uma garota trans que arruinou a vida da amiga dela. E quando eles decidiram ter um bebê, a Katrina aprendeu sobre o que é lavagem de esperma. Sobre tratamentos de fertilização in vitro. E aí você aparece, uma garota trans com quem ele está traindo a Diana de novo. A Katrina não está sabendo lidar.

— Ela está com tipo um pânico sorofóbico ou algo assim?

Ames pausa.

— É. Ela não chamaria assim. Mas é isso, sim.

Reese ri pelo nariz.

— Que retrô.

— Foi isso que eu falei pra ela. Ela estava com os olhos tão cheios de esperança nessas últimas semanas. Toda essa ideia de que o que tinha faltado pra ela a vida toda era esse ângulo LGBTQ. E agora ela está tendo o surto mais básico. Falando de como você coloca a si mesma, ela e o bebê em risco.

— Em risco de quê?

— De pegar HIV, eu acho?

— Você consegue acalmar ela?

— Eu tentei. Ela me mandou embora.

Reese fecha os olhos e se inclina para trás, exausta. Sem abri-los, ela ergue a mão e esfrega as sobrancelhas, desfazendo um nó de estresse. Em meio ao silêncio dela, Ames pega uma pedra e a joga na direção do rio. Ela não chega por pouco. Ele está bravo, mas não quer mostrar, em especial porque ainda não sabe com quem é que ele está mais bravo.

— Mas eu só não consigo acreditar que está acontecendo tudo de novo. Três anos atrás, você disse que queria ter uma família comigo, e eu senti que a gente ia fazer isso, e então você jogou tudo no lixo por causa de um escroto qualquer. E agora, de novo, estamos à beira de uma família, e você joga isso no lixo tendo um caso com escroto casado. Quantas vezes a gente vai fazer isso? Quando é que você vai mudar?

Dois homens em motos de motocross passam pelo terreno da construção, os motores barulhentos fazendo um estardalhaço na brisa noturna, e Reese espera até que o barulho se distancie antes de falar.

— Eu vou mudar quando valer a pena mudar, quando valer a pena pra mim. A pergunta real é se essa coisa com a Katrina é real o suficiente pra qualquer um de nós se dar o trabalho de mudar. Pra você também mudar, pra voltar a se conectar com si mesmo. E pra Katrina mudar também, porque parece que ela precisa.

Ames exala. Suas escápulas doem nos locais em que encostam nas esteiras da escavadeira.

— Eu não te contei tudo. A Katrina me mandou embora porque eu gritei com ela. — Ele cata um pouco de lama no sapato, preparando-se.

— E por que você gritou? — ela pergunta, esperando pelo golpe.

— Porque ela estava chorando e falando em acabar com a gravidez.

Depois de Ames acompanhá-la até em casa, Reese se deita na cama, ficando cada vez mais indignada. Pânico sorofóbico? Katrina por acaso andou ouvindo sermões do Jerry Falwell dos anos 1980? Já é ruim que Katrina de alguma forma tenha se achado no direito de ter sentimentos sobre a vida sexual de Reese, de julgar Reese por dormir com o marido de alguma outra vagabunda... mas pânico sorofóbico? Numa situação em que apenas uma pessoa tem HIV e é indetectável? Sério, que porra é essa?

O dono do apartamento ainda não desligou o aquecimento central para o verão. O travesseiro na cama de Reese gruda no seu rosto, os lençóis se enroscam quentes. Ela os tira da cama, abre a única janela que tem, liga um ventiladorzinho e despenca de novo, de cara para baixo, braços abertos como uma foca encalhada. Impossível que ela vá conseguir dormir. Ela abre o laptop. Ela própria nunca fez terapia, mas muitas de suas amigas sim, e elas gostam de repetir, para quem quer que as ouça, as coisas que suas terapeutas dizem sobre elas. Por osmose, Reese sente também já ter feito alguma espécie de terapia, e pescado maneiras de lidar com a raiva e a chateação. Uma das suas estratégias é escrever os sentimentos negativos em uma carta direcionada ao objeto ou fonte desses sentimentos ruins. O propósito de se escrever a carta nunca é enviá-la, mas examinar esses sentimentos ruins.

Então Reese rascunha um e-mail para Ames e Katrina.

O zeitgeist *queer* em que Reese viveu por todos esses anos incutiu nela uma série de instintos além de seu controle consciente. Assim como seus dedos sabem aplicar delineador por simples memória muscular, sua experiência LGBTQ lhe instilou um instinto de grandeza política como a forma mais garantida de se ganhar uma discussão, mesmo entre dois indivíduos. Seu colega de apartamento quer que você lave a louça? Tudo bem, mas esse colega não entende que sua mãe uma vez trabalhou como empregada doméstica (por três meses, nas férias da faculdade) e que, na verdade, essa demanda por lavar louças é um ataque traumático contra seu status de classe e ascensão social intergeracional?

Reese é uma veterana da pavorosa sanguinolência social que resulta quando indivíduos lutam batalhas pessoais com armamentos desnecessariamente políticos em um campo de batalha LGBTQ minado com explosivos hipersensíveis. Como veterana, ela costuma se abster dessas táticas, aderindo às Convenções de Genebra. A não ser que, claro, em um momento de dor ou fúria ou vingança, sua fome de sangue solape seu juízo e ela saia em procura da máxima violência. Nesses casos, ela poderia rascunhar uma carta como a que ela agora escreve. Uma carta que se adequa à fórmula mortífera que lhe foi ensinada por suas próprias raras derrotas em batalha verbal, por esses raros e dolorosos casos em que ela não consegue se impedir de sorver a deliciosa proporção empregada por seu adversário: 70% de verdades inegáveis e 30% de veneno emocional.

Essa coisa toda de compartilhar uma criança não é nada além de um elaborado exercício de gentrificação da condição LGBTQ. Todo esse seu papinho de irmandade LGBTQ, Ames, não é nada mais do que um restaurante que serve apropriação cultural na forma de refeições caras demais e temperadas de menos, com lâmpadas vintage e design gráfico de cores brilhantes para acalmar os gentrificadores que, invariavelmente, têm medo de estrangeiros enquanto ao mesmo tempo os parabeniza por serem aventureiros na culinária. Nenhum de vocês consegue aguentar muito tempero. Dá pra notar, porque a Katrina está surtando sobre HIV e infidelidade, ambos iguarias pra qualquer pessoa que tenha gosto por sabores trans autênticos e não gentrificados.

Inclusive, o HIV é um dos sabores trans originais! Podem conferir seus livros de receitas. Nos anos 1980, as grandes instituições que estudavam a AIDS notaram uma população com índices incrivelmente altos de infecção – uma população que não era capturada nas categorias normais de "gay" ou "Homens que Transam com Homens". Um certo tipo de pessoa atravessava pelas rachaduras, pessoas que tinham todo tipo de nome: travestis, transformistas, drag queens, crossdressers, transgêneros, transexuais e por aí vai. Mas instituições precisam de nomes categóricos para funcionar – o pessoal do Centro de Controle e Prevenção de Doenças não pode sair escrevendo um edital de pesquisa novo ou mudando seus estudos a cada vez que uma pão-com-ovo começa a se chamar de poc. Então eles deram um nome para essa população: o termo guarda-chuva "transgênero" – e, já que as mulheres transgênero queriam acesso a recursos institucionais, foi assim que acabamos chamando a nós mesmas. Mas não se enganem, o HIV e a invenção das mulheres trans são inextricáveis. Transgênero é o nome selecionado para reconhecer um vetor de doença.

Mas talvez não pudesse ter sido de nenhum outro jeito? O HIV e a gentrificação não andam sempre juntos? De que outra maneira é possível se esquecer de uma praga? O HIV não simboliza justamente uma parte de se ser LGBTQ que nem mesmo os LGBTQ mais bem assimilados conseguiram descobrir como analisar? Não, essas feridas nunca sararam, o mundo apenas construiu coisas em cima delas e seguiu caminho – o mundo só as gentrificou. Não espanta que Katrina tenha sufocado quando farejou um leve sabor de HIV.

A essa altura em seu discurso, a fúria de Reese começa a jorrar. Quanto mais ela pensa, mais balança sua grandeza política e mais a mágoa de traição a açoita. Talvez a maternidade com Katrina nunca tivesse podido funcionar para começo de conversa. Se Katrina podia desistir por um motivo desses, talvez fosse inevitável que ela desistisse em algum ponto de um jeito ou de outro – ela só estivera esperando que o feitiço se quebrasse. E Reese não quer brigar. Ela quer que Katrina entenda que ela, Reese, não fez nada de errado – ou, vá lá, nada que seja realmente da conta de Katrina, com certeza nada que seja razão para cancelar planos de vida. Elas têm uma filha juntas! Ou quase isso! Como é que Katrina poderia colocar a bebê delas em risco? Reese larga o laptop num canto da cama, seu e-mail ainda aberto, metade escrito. Não era para isso que servia esse exercício de qualquer forma? Para queimar a raiva antes que se fizesse algo idiota? Para mostrar a si mesma o que importa de verdade? Um desânimo indistinguível do sono toma conta dela.

Cinco horas depois, ela acorda com o som de bambu das notificações do seu telefone conforme uma série de mensagens de texto de Ames vai entrando. Claramente, ele acordou com seu próprio senso de grandeza, mandando que ela resolva o que fez, dizendo que ela precisa se desculpar se quer agradar Katrina e continuar sendo uma mãe em potencial nessa situação. A grandeza dele realimenta a dela. Um instinto estranho, que ela nunca havia experimentado em um tom tão sustentado, rosna grave em seu peito, um instinto que outras mulheres poderiam chamar de instinto de mamãe urso, mas que é novo demais para que ela o tenha nomeado – uma sensação vaga, nas profundezas, de que Ames *está ameaçando sua bebê.*

Quando ela se remexe nos lençóis, seu ombro toca o laptop. Ela se vira, levanta a tela, vê sua meia carta e, sem sequer se dar o trabalho de terminar as frases em aberto ou de assiná-la, clica em enviar.

Ela ainda está deitada na cama quando o telefone anuncia outra mensagem de Ames.

Você é uma hipócrita.

Katrina nunca chega a responder.

Capítulo onze

Doze semanas depois da concepção

Capítulo Onze

Doze semanas depois da concepção

Jon e Ames se veem mais ou menos duas vezes por ano, sempre que algo dá errado na vida de um deles. Eles estiveram no time de beisebol juntos na faculdade e compartilharam um quarto no último ano. Na época, Jon não gostava de discutir suas emoções com ninguém que pudesse sopesá-las contra os acontecimentos na vida dele. Em vez disso, quando seus sentimentos ficavam demais, ele ligava para outro rapaz, que estudava numa faculdade a trinta minutos dali, e eles se encontravam num café para abrir o coração um ao outro durante o desjejum. Depois de se formar, Jon se mudou para Nova Jersey, onde conseguiu um emprego em uma empresa familiar de arquitetura, ponto em que Ames passou a ser alguém que vivia a uma distância ideal do dia a dia de Jon para conversar sobre emoções.

Esses congressos sentimentais bilaterais bianuais têm sido tradição há quase quinze anos – exceto por um período complicado logo quando Amy começou a transicionar. O relacionamento deles como amigos não aguentou a ameaça da heterossexualidade. Em deferência à condição de mulher que Amy reivindicava, Jon abria portas para ela, beijava sua bochecha ao cumprimentá-la e elogiava sua aparência, o que, embora muitíssimo gentil, chateava ambos e os fazia sentirem saudades da facilidade e da liberdade que sempre tinham tido. A ligação dos dois havia sido masculina. Nenhum responsável pelo outro. Ames imaginara que, se ambos tivessem sido pegos em uma crise – uma enchente, digamos –, cada um nadaria sozinho, másculo, sem sequer olhar para trás, seguro da competência do outro.

Com a transição de Amy, essa confiança mútua esmaeceu. Jon começou a esperar com ela do lado de fora de restaurantes, cavalheiresco, para se assegurar de que ela entraria no táxi em segurança, pedindo que ela enviasse uma mensagem quando chegasse em casa. Por um lado, Amy apreciava que Jon entendia que o mundo é cruel com transexuais de uma forma que não é com homens, mas, por outro, ela queria que ele ainda a visse como uma igual que não precisava ser protegida.

Um ano adentro da transição de Amy, Jon se casou. Sua esposa, Greta, tentou fazer amizade com Amy. Ela convidava Amy para festas em Nova Jersey e Amy bebia vinho branco na cozinha com ela e as outras esposas, conflitada: grata por ser incluída no lado certo da segregação de gênero da vida social, mas agudamente sabendo que quem de fato era seu amigo estava do outro lado da parede e não sabia do seu dilema. Mais cedo ou mais tarde, Amy começou a se sentar na sala com Jon, em vez de na cozinha com Greta, e então Greta parou de convidá-la para as festas.

Com a destransição, os encontros voltaram ao formato anterior. Jon aceitou Ames como homem muito mais prontamente do que havia aceitado Amy como mulher. Ele hesitou tão pouco que, nas primeiras vezes que se encontraram como homens, Ames suspeitou que, por todo esse tempo, Jon houvesse duvidado da condição de mulher de Amy. Mas logo ficou claro que essas dúvidas eram infundadas. Jon era apenas uma criatura de absolutos. E é por isso que, dessa vez, foi Ames quem convocou um congresso de compartilhamento de emoções. Ames perdeu de vista seus desejos e vontades em uma fumaça de indecisão. Talvez a perspectiva absolutista de Jon possa ter uma resposta.

Depois de Katrina receber a carta de Reese, Katrina ofereceu a ele uma escolha absolutista da própria. Ao chegar no apartamento dela naquela noite, ele a encontrou sentada na frente de uma tábua de cortar, sobre a qual ela havia cortado um bloco de queijo gouda. Ele se sentou na sua frente e ela lançou seus pensamentos: para ela, agora parecia óbvio que o plano de criar uma criança com Reese fora ingênuo. Katrina havia sido levada pela empolgação de ter uma bebê, da novidade de ser *queer*, e, mesmo que Reese estivesse certa – e era provável que estivesse: Katrina se dispunha a reconhecer que tivera uma reação exagerada à notícia do HIV, talvez até por motivos homofóbicos –, isso não mudava o fato de que obviamente Reese não era uma pessoa confiável, que o caso de Reese com o marido de Diana e a subsequente carta cruel de Reese eliminavam a possibilidade de que ela participasse da família deles.

Ames notou a forma como Katrina disse "família deles". Como ela o apresentou como *fait accompli*, algo já existente, para os propósitos de seu argumento.

A carta de Reese não fora razoável, Katrina seguiu, e essa história de compará-la com uma gentrificadora que não aguenta tempero? Qual das duas havia crescido devorando a comida chinesa da mãe e qual havia crescido comendo pão frito em Wisconsin? Por favor! Reese não era a única que sabia militarizar questões identitárias.

Katrina fitava o queijo enquanto argumentava, como se o que dizia pudesse estar em contradição com a presença daquela comida.

De qualquer forma, Katrina concluiu, se Reese havia se desqualificado, e ela tinha, Ames agora encarava uma decisão. Depois do divórcio, depois de Ames ter sido exposto, Katrina decidiu que ela precisava de estabilidade na sua vida. Sobretudo se ela teria uma bebê que dependia dela. Ela não podia tolerar outro solavanco à sua noção de si, ou aos seus planos de vida. Portanto, ela pensou em agendar um aborto na semana seguinte. Ames tinha de decidir o que queria. Caso ele não se comprometesse a ser pai e a criar uma filha com ela, ela pretendia acabar com a gravidez. Ela não ia mais arrancar a si mesma pela raiz. Além disso, ela disse com calma, se ela fizesse um aborto, ela não via como sua relação com Ames poderia continuar.

Jon e Ames se encontram em um café no Lower East Side. Como sempre, Jon veio de Jersey na SUV e chega vinte e cinco minutos atrasado, porque ficou dando voltas procurando um local para deixar o carro até desistir e pagar um estacionamento.

Jon começa. Ele quer se demitir, mas tem um filho de seis anos e Greta voltou a estudar, está fazendo um MBA. Pelos próximos dois anos, eles vão ter uma única fonte de renda.

— A Greta parte do princípio de que eu vou ficar na firma pra sempre, pra que ela possa estudar, o quê, pela terceira vez agora? — Ames aprendeu a ser delicado quando Jon reclama de Greta, porque Jon fica sensível e protetor de sua esposa se Ames chega a concordar com o que ele diz.

Quando é a vez de Ames, Jon escuta. Jon raspou a cabeça há pouco tempo, e essa nudez revela uma expressiva topografia de dobras conforme ele franze o cenho. Quando Ames enfim termina, Jon diz:

— Tá, eu não sei se eu te entendo do ponto de vista emocional. Eu estou tentando te acompanhar ao menos no intelectual. Acho que você só meio que precisa ser honesto com as mulheres da sua vida sobre o que você quer. Mas é isso que eu também não entendo: você quer ter um filho ou não? O Alexander vai fazer sete. E, em algum momento, eu tenho que me dar conta de que o meu filho é um indivíduo próprio; não é ele que me faz ser quem eu sou. Eu sei que é óbvio, mas, se a minha noção de mim mesmo depender do Alexander, eu vou acabar sendo um daqueles pais que briga com o juiz e um monte de outros pais nos jogos de hóquei da escolinha. Pra mim, parece que você está fazendo a versão gay disso.

— Eu não estou nem no ponto de tirar qualquer noção de mim das conquistas do meu filho — Ames o corrige. — Eu estou num ponto em que a minha noção de mim já mudaria só pela existência de um filho.

Jon passa a mão na cabeça.

— Tá. Colocando as mulheres de lado, você quer criar um filho ou não?

— Eu não sei. É esse o problema. Eu só me sinto vazio. Faz um tempo que eu tenho me sentido assim.

Jon dá de ombros.

— Você alguma vez já tentou tomar decisões somáticas?

Ames ri, o que Jon interpreta ser incompreensão.

— É um negócio que a Greta faz — ele explica. — Você pega duas opções e as diz em voz alta e vê como cada uma reage no seu corpo. Às vezes, o seu corpo sabe o que você quer mesmo que a sua mente não saiba.

— Então, eu sei o que é um exercício somático — Ames diz. — Eu só não esperava que você soubesse.

— Por que não? — Jon pergunta, afrontado. — Eu sou muito sensível. — Então ele sugere, como exercício somático, irem ao centro de beisebol soltar um pouco a raiva, como faziam na faculdade. Talvez essa chacoalhada destrave alguma coisa dentro de Ames.

Jon se nega a pagar os preços absurdos para estacionar perto do centro de treino nos píeres em Chelsea, então ele pega o telefone e encontra, lá para dentro do Queens, um depósito em que se pode rebater bolas de beisebol. Há parafernálias envelhecidas da MLB, a liga principal, penduradas ao lado de anúncios e panfletos do time juvenil local por todas as paredes da entrada. Mais para dentro, máquinas da velha guarda disparam bolas com um agradável *tchuc*. No interior do edifício, pesadas redes de carga dividem as pistas nos locais em que pais treinam seus filhos e rapazes de vinte ou trinta anos com jeito de ex-atletas consistentemente acertam lances baixos e retos de volta às máquinas.

Enquanto Jon paga, Ames pega um taco, compartilha um aceno de cabeça conciso com o velho atrás do balcão, então aperta forte o velcro da luva de rebatedor na mão esquerda e o balança para praticar. O antigo ritual volta a ele de maneira automática. Seus ombros vibram com energia solta enquanto ele balança o taco e espera que vague um lugar. Ele sente um conforto perverso na forma como seu corpo reage, uma experiência corporal abaixo do pensamento. Talvez Jon, de seu próprio jeito, realmente saiba alguma coisa sobre terapia somática.

Na época em que Amy e Reese moravam juntas, em certas noites de primavera e verão, Amy descia até o campo de beisebol no Parade Ground no Prospect Park, onde os meninos de Ensino Médio, a maioria dominicanos, jogavam. Ela vinha por causa do som de *pac* que acontecia quando uma bola forte e reta atingia o bolso de couro de uma luva. Ela ansiava por aquele som. Ansiava pelo seu próprio passado escolar, que lhe saltava fora da corrente do tempo graças à necromancia dos *pacs* e *tufs* do beisebol. Ficava sentada num banco, longe o bastante para que os garotos – ou seus pais – não lhe olhassem feio e escutava enquanto os sons do jogo despertavam os fantasmas da memória muscular. Ela conseguia sentir o passo à frente do batedor, preparando o pêndulo de peso corporal para balançar o taco ao ritmo do arremessador. A cada *pac* que ela ouvia, os músculos em seus braços se avivavam, lembrando-se do tranco que sua luva dava para trás com o impacto, de como eles se engajavam para então arremessá-la à primeira. Todo aquele poder homogêneo que seu corpo um dia tivera, pronto para obedecer a cada um de seus pensamentos. Ela havia sentido falta disso. Ela sentia falta de quão obviamente impressionante aquilo era. Do jeito como os olhos das mulheres demonstravam maravilhamento e de como os outros garotos a escolhiam como amigo. A facilidade com que tudo lhe fora dado.

Muito antes de toda essa maldita história de gênero, seu corpo era como um cão fiel. Talvez não fosse totalmente ela, mas seu cão fazia tudo o que ela queria: ela se movia tão rápido, James escalava árvores, disparava pelas florestas e campos, faceiro e abanando o rabo. Ela tinha sorte de ter tido um cachorro daqueles. Ela não merecia um cachorro tão bom. Ela achara que o teria para sempre – quando ambos envelhecessem, ele se deitaria aos pés dela feito uma mochila de lona, leal e prestativo e encantador até o fim.

Agora, conforme Jon coloca a bola no cano, o taco de Ames lampeja em arco, e depois de alguns minutos aquilo se torna indistinguível dos treinos da sua época de faculdade: eles dois em silêncio, o *tchunc* quando Jon alimenta a bola à máquina, o *tsing* quando atinge o taco de alumínio, de modo que a conversa deles se torna uma série de chamados e respostas sem palavras – *tchunc-tsing*, *tchunc-tsing, tchunc-tsing* e de novo e de novo – até que Jon quebra a meditação com um "minha vez".

Jon escolhe um taco de noventa centímetros, gigantesco para os padrões dos jogadores da liga principal de hoje em dia, que usam tacos menores e mais leves para minuciosamente aperfeiçoar a velocidade e o arco de suas tacadas. Mas Jon rebate como sempre fez, à moda dos jogadores antigos, usando sua corpulência para acertar cada bola que vem a ele.

Quando Amy transicionou, ela perdeu seu cachorro. Só sobrou ela. Ela e seu corpo eram a mesma coisa. Todas as sensações simplesmente lhe pertenciam, imediatas. Esperava-se que isso fosse bom. Às vezes era. Ela não tinha que estimar o que estava acontecendo de acordo com o comportamento do seu cachorro. Mas sem um cachorro para machucar-se por ela, em nome dela, sua vida como mulher chegou acompanhada de dor: dor que ela precisava aguentar, encarar, dor que era a mesma coisa que estar viva, e que, portanto, não tinha fim.

Enquanto Jon rebate, Ames tenta escutar seu próprio corpo. Ele não pensava no seu cachorro há muito tempo. Ele ainda tem um cachorro? Ao destransicionar, ele imaginou que recuperaria o cachorro, mas não foi assim. Ele apenas perdeu tanto a vividez da dor quanto a do prazer. O mundo recuou a uma distância tolerável, suas cores se tornaram menos vivas, e o cachorro seguiu morto. Ele imagina que, de uma forma um tanto covarde, vinha evitando pensar nisso, esperando que essas mudanças fossem o suficiente. Mas, claro, ele viveu os últimos três anos de uma maneira que lhe exigiu tão pouco – um trabalho pouco ambicioso de escritório; um relacionamento que, por mais que ele realmente acredite que ama Katrina, veio sem que ele estivesse de fato buscando; amigos que o conhecem bem, mas não bem demais. É só agora, com esse bebê, essa obra de seu corpo animal e traiçoeiro, que ele enfim precisa da disposição de seus sentimentos mais verdadeiros. Quando Jon se cansa, Ames decide ir para uma segunda rodada. O taco balança e balança e cada vez é uma oração, implorando que os mortos falem.

Quando vai à casa de Katrina naquela noite, ele se lança de joelhos e se pressiona contra ela, beijando sua barriga, o interior de suas coxas, cultivando seu querer, tateando suas próprias beiradas, buscando uma maneira de deixar que sua própria vontade se manifeste, mesmo enquanto passa as mãos pelo corpo de Katrina e murmura de novo e de novo o quanto ele a deseja, o quanto está faminto por ela. Seus momentos de maior vivacidade ao longo dos últimos anos foram momentos de desejo por ela, momentos doces, que estreitavam a distância entre ele e o seu corpo. De início Katrina protesta, mas logo ele sente o corpo dela relaxando, cedendo, e ela ri de leve.

— Calma, calma, tudo bem. Eu estava com saudade de ver isso em você.

O sexo vem fácil, o corpo dele fazendo o que ele pede, e ela se senta em cima dele, enquanto suas mãos seguram as partes da sua cintura que ficam tão carnudas e suaves e convidativas quando ela se senta assim. Mas, mesmo com Katrina, a mente dele não se conecta, não por completo. Não do jeito pesado e saturado de seus anos como mulher, e ele não consegue deixar de se perguntar se não está mentindo para Katrina. Talvez ela mereça algo melhor. Não só um fac-símile proficiente de um homem em sintonia consigo mesmo, e sim um de verdade: um homem que a quer, com um corpo sincronizado à própria mente. Mesmo se ele aceitasse a oferta de criar um filho com ela, talvez o filho também merecesse algo melhor. Um pai cuja presença fosse inquestionável, pois seria verdadeira. Talvez Katrina possa não ver isso, mas uma criança certamente veria. Crianças fazem estudos de seus pais, os decifram, propõem teorias sobre seus comportamentos, os viram de um lado ou para outro, examinando cada falha, e continuam a fazê-lo muito depois de os pais já terem partido. Em histórias, em consultórios de terapeutas, em feriados – o estudo dos pais nunca termina. O filho ou filha de Ames o conhecerá. É inevitável. E nisso, enfim, uma resposta: ele não quer que essa criança o conheça como ele é.

Depois do sexo, ele diz a Katrina que tem uma resposta. Que ele tomou uma decisão, mas que, em troca, ela precisa decidir a seu respeito. Ele vai criar um filho com ela. Eles podem ser uma família – mas ele não pode prometer que um dia não decidirá viver de novo como mulher. Ele não pode lhe prometer esse tipo de estabilidade. Ele não pode prometer que tem certeza de quem é, portanto não pode prometer que Katrina ou o bebê deles terão uma constante imutável na forma de parceiro ou pai. E, por mais que ele queira prometer consistência em sua capacidade de ser um provedor e amante, ele sabe por experiência que também não pode fazer essa promessa. Não é escolha dele. Conforme ele muda, também as oportunidades oferecidas pelo mundo ao redor dele vêm e vão com as marés. Na cama, Katrina se senta. Sua pele ainda tem um leve orvalho, como sempre depois do sexo. Ela inspira e diz, enfim:

— Não dá pra dizer que eu fico surpresa. — Ames se mexe, lhe estende a mão, mas ela diz: — Me dá um segundo. — E se vira. Então, com a mão cobrindo o rosto, ela se levanta, nua, entra no banheiro, e fecha a porta.

O telefone de Ames toca, um número que ele não reconhece. Ele o silencia, mas a pessoa liga de novo. E então de novo, e dessa vez ele atende.

Quando Katrina sai do banheiro, ela tem um robe ao redor do corpo, mas Ames está se vestindo. Ela arregala os olhos; não acredita no que está vendo. Ele está mesmo se vestindo para ir embora?

— Era a amiga da Reese, a Thalia — ele diz. — Ela me disse que a Reese está no hospital. Tentativa de suicídio.

Já ouviu falar no Wim Hof? Um holandês bizarro, conhecido como "o homem do gelo", que desenvolveu um método para aguentar a dor extrema. Entre outros feitos sobre-humanos, ele escalou o monte Everest só de bermudas, passou quase duas horas submergido num bloco de gelo sem que a temperatura interna do seu corpo baixasse e correu uma maratona atravessando um deserto sem beber água. Ele tem uns sessenta e tantos anos e parece um eremita ancião do Norte da Europa ou um figurante de *Game of Thrones*. As pessoas geralmente o filmam sem camisa em paisagens congeladas, com pedacinhos de gelo emaranhados na barba, intimando a plateia em seu sotaque holandês staccato:

— O frio treina o seu poder. Sua mente tem que lidar com os elementos. Você tem que ser eletromagneticamente saudável. — Seus seguidores, até onde Reese consegue ver, são caras sem namorada que leem Kerouac entre treinos de MMA e não possuem lençóis.

Reese descobriu Wim Hof alguns anos antes, por meio de um contatinho do Grindr. Ela foi ao apartamento do boy e ele parecia bem normal – trabalhava numa loja da Saks e abriu a porta vestindo uma camisa social com os punhos abotoados. Ele ofereceu vodca a Reese, e eles começaram a se pegar. Depois de dez minutos se esfregando no sofá ainda de roupa, foram para o quarto, onde ele despiu Reese e a deixou de sutiã e calcinha. Então, de súbito, ele entrou no banheiro, tomou um banho gelado de cinco minutos, se secou de qualquer jeito e entrou na cama com ela. Sua pele estava tão gelada que era como se ela estivesse nos braços de um cadáver. Mas ele trepava como um deus.

Mais tarde, ele admitiu que sempre tivera dificuldade de manter uma ereção. Então ele começou a fazer esse tal método Wim Hof – uma mistura de exercícios de respiração e desafios de resistência ao frio, começando com banhos gelados e seguindo para imersões em lagos de gelo –, que se propunha a ajudar os praticantes a suportar a dor e até a controlar sistemas autônomos do corpo, como a circulação do sangue ou a adrenalina. Depois de alguns meses no regime de treinamento Wim Hof, o garoto do Grindr afirmava ter reassumido controle das suas ereções. Bastava se congelar para além da ansiedade de desempenho antes de qualquer contato íntimo. Com Reese sob as cobertas ao lado do seu corpo enfim aquecido, ele pegou um laptop para lhe mostrar um documentário de meia hora sobre Wim Hof. Era um típico documentário da *Vice*: um cara branco crédulo fazendo coisas que não deveria, filmado em um estilo gonzo castrado. Mas Wim Hof deixou Reese intrigada – não por seus feitos de resistência física, mas por sua aparente melancolia.

Em 1995, ele disse, sua amada esposa cometera suicídio. Ela pulara de uma janela do oitavo andar. Wim Hof ofereceu pouca informação sobre a esposa além disso. Para preencher os detalhes, os documentaristas chamaram o filho adulto de Hof, que compartilhou que sua mãe havia sido uma psicótica clinicamente diagnosticada, com onze personalidades distintas. Wim, no entanto, não divulgou nada de negativo sobre a esposa, além do fato de que a dor da perda quase acabara com ele. Enlutado, o pai viúvo de quatro filhos começou a pular em lagos de gelo – mantendo-se submerso até que as agulhas duras como diamante começassem a perder o fio, até que a dor da falta começasse também a congelar, até que seu corpo sucumbisse a um estado mais baixo de consciência, um lugar de pureza insensível à memória e ao pensamento. Wim Hof passou a ansiar por esse lugar frio, começou a amar o frio, esse lugar adjacente à dor mas não doloroso, um lugar que o puxava "de volta para sua natureza interior, do jeito que deveria ser".

A duração de suas incursões sob o gelo e sob o luto começou a aumentar. Se ele entrasse no gelo com frequência suficiente e ficasse lá embaixo por tempo suficiente, sua dor nunca descongelava por completo. Cientistas que estudaram Hof observaram nele uma quantidade incomum de tecido adiposo marrom, que produz calor, e notaram as similaridades entre seu regime de tolerância ao frio e a meditação tibetana Tummo, apesar de Hof nunca ter estudado religiões orientais.

Reese se deixou cativar por esse tal Wim Hof, mesmo que o achasse ridículo. Ela gostava da sua versão de masculinidade estoica – o homem trágico que ama tanto uma mulher que a perda dela faz mergulhos em lagos congelados parecerem uma boa ideia em comparação. Se ao menos todas as mulheres difíceis fossem amadas com tamanha profundidade.

Quando Reese chegou em casa de seu encontro do Grindr naquela noite, ela entrou debaixo do chuveiro, fechou a cortina e ligou a água fria. Horrível! Deus do céu. Nunca faça isso. Esse tipo de asneira, Reese decidiu, é para homens reprimidos que de outra forma não teriam nenhuma válvula de escape para emoções tais como o luto. Mulheres não precisavam se incomodar.

Exceto que, anos mais tarde, na praia do Riis Park, em maio, quando a água da península Rockaway ainda está tão fria que mergulhar os tornozelos deixa seus pés tão dormentes que os dedos se tornam desconhecidos uns aos outros, o oceano chamará por Reese.

Nos meses mais quentes, fins de semana na praia do Riis se tornam uma inevitabilidade *queer*. Reese, no entanto, sempre preferiu o luxo e o romance das praias vazias, que podem ser encontradas sem muita dificuldade em Long Island durante a semana. Se ela concorda em ir ao Riis, é mais por necessidade social que por empolgação de verdade. A praia LGBTQ, na opinião de Reese, combina as piores partes de uma cantina de Ensino Médio na hora do almoço com as piores partes de uma boate – só que, ainda por cima, todo mundo está quase pelado.

Para mulheres trans: aquendar ou não aquendar, eis a questão. Reese nunca aquenda. Seus cálculos são precisos, perfeitos como uma prova geométrica: ir sem aquendar, exibindo a marquinha do seu pinto para que todos vejam, é ousado o suficiente para que ela possa, em contrapartida, usar um maiô justinho sem parecer pudica demais.

Thalia, ao seu lado, está vestindo apenas um par de shorts masculinos – mas aquendada – e bronzeando seus peitinhos perfeitos. Thalia sempre teve, na opinião de Reese, a melhor clavícula do Brooklyn; recentemente ela parou de comer produtos de origem animal, e, entre a nova dieta e o Sol, suas saboneteiras ganharam um brilho suave de madeira polida.

Reese apareceu na casa de Thalia na noite anterior, tentando se manter em controle, manter a postura da mensagem que havia mandado para Ames e Katrina, mas dez minutos depois ela desmoronou soluçando pelo caubói e pânicos sorofóbicos e por como ela nunca teria outra chance de ser mãe.

Apesar de suas clavículas maravilhosas, os ombros de Thalia não são os mais confortáveis para chorar. Tendo sido criada por uma mãe que descrevia a si mesma como um estereótipo de grega histriônica, Thalia ficava ansiosa e furtiva com qualquer demonstração de histrionia por parte de Reese, insegura sobre quão adequadas seriam as emoções com que respondia.

Mas dessa vez Thalia não fraquejou ao reconfortá-la.

— Gata — ela disse a Reese —, dorme aqui, tá?

Ela levou Reese para sua cama, lhe deu um Zolpidem e a colocou para dormir. Reese acordou de manhã com um café instantâneo fumegante ao seu lado e Thalia já vestida.

Enquanto Reese bebericava, Thalia anunciou que havia passado a noite pensando no problema e que, na verdade, não se tratava de um problema, mas sim de uma solução. Os únicos problemas, desde o início, eram Ames e Katrina. Reese era LGBTQ, e se fosse para ela formar uma família LGBTQ, ela deveria fazê-lo com LGBTQs *de verdade*.

— O Ames te fez uma lavagem cerebral — Thalia insistiu. — Ele te fez pensar que essa é a sua única oportunidade de ter um filho. Mas por que seria? Tem gente LGBTQ tendo filhos o tempo todo.

— Não mulheres trans.

Thalia listou cinco mulheres trans que tinham tido filhos, mas Reese protestou que todas tinham tido filhos *antes* da transição. Cada uma delas tinha originalmente sido *pai*.

— E a Babs? — Thalia rebateu. Babs era uma mulher trans que tinha se casado com um homem trans e se mudado com ele para o Sudoeste da Flórida, onde ele engravidou. — Você pode dar uma de Babs! — Thalia sugeriu, alegre.

Reese balançou a cabeça, infeliz. Todo mundo sabia que as regras não se aplicavam a Babs. Babs era como se o "Homem Mais Interessante do Mundo", das propagandas da Dos Equis, fosse uma *femme* trans. Todo tipo de coisa excepcional acontecia com ela. Ela era uma dessas beldades não binárias, cuja beleza, na qual era impossível colocar um rótulo de gênero, era tão desorientante que fazia com que as pessoas dessem um passo involuntário e alarmado para trás, como se tivessem acabado de abrir a porta de casa e visto que todos os seus pertences estavam em chamas. Não se podia incluir Babs em qualquer tipo de comparação significativa. Ela e sua filha deviam estar atravessando um manguezal montadas num par de peixes-boi ou algo assim, no mesmo instante em que Reese e Thalia falavam delas.

— Olha — Thalia enfim disse, depois de Reese ter recusado qualquer esperança que uma comparação com Babs poderia oferecer, o que forçou Thalia a seguir a uma linha de argumentação mais agressiva —, eu não posso te fazer parar de ter pena de si mesma. — Ela levantou a voz para impedir que Reese fizesse qualquer tentativa de discordar. — Mas eu posso arrastar você comigo pra praia do Riis. Hoje é pra ser o primeiro dia quente do ano, então todo mundo vai estar lá, e talvez você se lembre de que tem amigas que não são nem destransicionados, nem yuppies.

Thalia tem razão. Elas chegam a uma praia livre tanto de Ames, o Destransicionante, quanto de Katrina, a Yuppie. Mas Reese não consegue transformar essa falta em algo bom. Algo se amargou nela durante a noite. Ricky, o motoqueiro trans que Reese namorou há muitos anos, se senta junto na toalha dela e conta de sua primavera, mencionando uma série de protestos que ele ajudou a organizar em resposta às leis transfóbicas de acesso aos banheiros e ao banimento de crianças trans em escolas e nos esportes. Reese não foi a protesto algum. O monólogo de Ricky, apesar de parecer se tratar dos feitos dele, é uma forma sutil de sondagem que ele passou a dominar nos últimos poucos anos, quando chegou aos trinta e mudou da posição de festeiro para a de ativista trans. Reese entende com clareza o que ele quer dizer: o que aconteceu com você, Reese? Por que não te vemos mais? Você não é uma de nós? Inclusive, você não tem uma responsabilidade conosco? Ela se sente incapaz de dar uma resposta explícita a esse subtexto e disfarça, sem vontade de falar com Ricky sobre algo tão quadrado quanto a criança e a família que a preocupam, então cai em silêncio.

Ele espera um pouco, então inventa uma desculpa e sai para falar com um grupo de caras admirando as bermudas uns dos outros ao lado de uma caixa de som esmurrando trap latino-americano. Reese o olha partir. Ela queria ter dito: "Estou brava. Eu não ligo pros seus protestos. Eles não são o bastante". Então ela se envergonha de si mesma. Por que ela mereceria estar tão brava? O que é que ela realmente perdeu? Em silêncio, para si mesma, ela responde a sua própria pergunta: *eu perdi uma filha*.

A declaração a sacode. Ela ouve em sua própria voz o estalo de uma tranca se fechando. Ela diz de novo, com palavras um pouco diferentes, *eu perdi a minha filha*. É luto o que ela sente? Ela sequer tem direito de sentir luto? Reese se levanta de súbito. Thalia a ignora, absorta em uma conversa sobre banheiras com uma ruiva tatuada de peitos de fora. As duas amam banheiras, mas nenhuma delas tem: são amaldiçoadas com chuveiros.

Reese sobe a encosta da praia, longe da água, rumo aos destroços de um píer de concreto. A seção LGBTQ da praia ocupa uma das catorze baías que compõem o Jacob Riis Park, e é, para Reese, sua parte mais esquálida e desamparada. Décadas atrás, essa extensão feia, malquista, longe de tudo, deveria ser o único lugar em que LGBTQs podiam se banhar e passar tempo sem serem incomodados. Mas, conforme ser LGBTQ foi se tornando algo legal, a última baía passou a ser a mais lotada e popular da praia, com gente hétero montando guarda-sóis ao lado dos LGBTQs, não querendo perder seja lá o que faça essa extensão de areia ser, pelo visto, tão desejável, ainda que continuem incertos sobre o que é.

Atrás da praia LGBTQ decompõem-se os restos de concreto descolorido pelo oceano do que um dia fora o Neponsit Beach Hospital, um antigo sanatório para tuberculosos, agora fechado ao público por cercas de tela. Do píer, Reese segue a cerca a Oeste, segurando-se nela de vez em quando para estabilizar seu passo de chinelos enquanto avança pelas beiradas da base de concreto, como quem se equilibra numa trave olímpica. A cerca ao redor do hospital abandonado lhe parece desnecessária. Nenhum vidro das janelas permanece inteiro, e o prédio já foi tão vandalizado e grafitado que estragá-lo mais seria só um desperdício de esforço, uma versão delinquente de mijar no oceano. Mais ao final da cerca, Reese se agarra na tela e espia dentro.

— Eu perdi a minha bebê — ela conta ao edifício. Parece loucura dizê-lo em voz alta, mas ainda assim ela tem a sensação de que o prédio a ouve. Quantas pessoas sofreram lá dentro? Um século de pacientes de sanatório e então, depois de se tornar um asilo municipal, os idosos. Deve estar cheio de fantasmas.

— Eu tive um aborto — ela conta aos fantasmas.

É mentira? Será que ela pode mentir para fantasmas? Eles não saberiam a verdade? De qualquer forma, será que é mesmo mentira? Ela havia se planejado para ter uma bebê, e agora ela perdeu uma bebê que ainda não havia sequer nascido. O que é isso se não um aborto? Talvez fosse a versão trans de um aborto, mas ela duvidava que fantasmas precisassem ser ensinados sobre gênero. Eles haviam ido além de tudo isso.

— Aborto — ela repete.

Katrina tivera um aborto natural. E, com esse pensamento, Reese sente outra pontada de algo parecido com luto. Em que ponto, ela se pergunta, uma mãe vai de querer *uma* criança para querer *esta* criança, a criança *dela*? Quando acontece a transformação? Reese se lembra de que Katrina havia sentido alívio com o aborto. Quem sabe naquela primeira vez Katrina tivesse abortado *um* bebê, não a bebê *dela*. De que outra forma ela teria se disposto a fazer tudo de novo? A própria Reese sempre quis ser *uma* mãe de *uma* criança, mas é apenas naquele momento que ela se dá conta de que, quase sem notar, ela queria ser *esta* mãe, *desta* criança. Haviam se formado apegos afetivos que não tinham quase nada a ver com identidade. Talvez a coisa mais importante, inclusive, fosse *aquela* criança. Talvez fosse tarde demais para Reese ser *esta* mãe, mas Katrina ainda podia ter *aquela* criança. De alguma forma, esse era o pior pensamento de todos. Se ela de fato queria ser uma boa mãe, ela tinha que admitir que estivera errada. A criança era tudo. Reese desapareceria. Ames e Katrina poderiam ficar com a bebê dela, se esse fosse o custo. Ela experimentou um momento de autossatisfação salomônica. Não que ela conhecesse a Bíblia muito bem, mas a mãe verdadeira não era aquela que preferiria desistir do seu bebê a deixar que ele fosse cortado ao meio? O vento soprou areia pelo hospital vazio e Reese se virou para olhar o oceano, congelando além dos LGBTQs que faziam farra, e de súbito se lembrou do método Wim Hof.

Entre os LGBTQs do Brooklyn, passará a ser uma história sobre a qual todos basicamente concordam: o primeiro belo dia de praia da estação foi arruinado quando uma certa trans pálida, envelhecida, outrora popular e ainda altiva, traumatizou uma comunidade inteira ao se lançar nas águas congelantes do oceano Atlântico para se afogar à la Virginia Woolf a plena vista de todo mundo que só tinha vindo se divertir.

De início, ela é a única com água além dos tornozelos. Então ela caminha até chegar na cintura. Quando a água cobre seu umbigo, algumas pessoas na praia já notaram a mulher de maiô vermelho caminhando lentamente mar adentro. Elas a observam consternadas. Ela vai sozinha, sem nada da empolgação ou dos gritinhos que deveriam acompanhar um mergulho polar. Quando a água chega no seu pescoço, ela já capturou a atenção de alguns grupos de pessoas. Sessenta metros à frente, ela emerge um pouco, sobre um banco de areia. Pequenas ondas se quebram sobre seus braços. Então ela desce pelo lado mais distante do baixio e mergulha.

Quatro homens fazem a tentativa de resgate. Três voltam antes do banco de areia. Na água, no frio, seus corpos não respondem. Pernas acima e abaixo, nervos param de se comunicar e músculos viram chumbo. O fundo arenoso pode ser visto, mas não sentido. Apenas Frederick – um michê novinho e musculoso de sunga azul neon que passou a última hora tomando sacolés alcoólicos de cores vibrantes – segue em frente. Armado com sua massa corporal e um nível de álcool no sangue que conseguiria manter água circulando em canos congelados, ele chapinha na direção de Reese. No banco de areia, suas costas amplas se erguem da água e seus olhos varrem o horizonte à procura da mulher. Ela está flutuando de costas, cabelo espalhado, lábios azuis, inalando e exalando com força.

Ele mergulha, sobe, planta os pés, agarra o braço dela e a levanta em seus ombros como um bombeiro. Ela abre os olhos, assustada.

— Ei! — ela o empurra.

— Te peguei! — ele berra.

— Não, não — ela expira. Ela está com tanto frio que é difícil fazer os pulmões empurrarem ar suficiente para falar. — Método Wim Hof.

— Quê? — ele grita, se debatendo com ela rumo à areia. Na praia, as pessoas aplaudem. Que resgate.

— Método Wim Hof! Eu estou bem. Método Wim Hof.

Eles se levantam no baixio, e ele a coloca de pé. O calor do Sol é apenas uma memória distante. O ar também se tornou ártico.

— Consegue andar? — ele pergunta em dúvida.

— Consigo, consigo — ela diz. Suas orelhas doem do frio, uma dor terrível como quando se come sorvete rápido demais, mas ao redor do crânio inteiro. Ela ouve pessoas gritando e de súbito percebe quanta gente está assistindo. Ela não acredita. Ficou na água só, o quê, uns cinco minutos? Mas ela não pode se concentrar nisso agora. O instinto se reafirmou, e ela precisa se esquentar. Nada mais importa. Wim Hof estava certo. Ele descobriu, em nossos laguinhos de jardim e em praias quaisquer, a morada de um deus terrível, um lugar além da autopiedade, além do luto.

Reese agora está na areia, uma toalha ao seu redor, se protegendo da preocupação de Thalia, que virou raiva. A pele de Reese está azul e seus dentes batem. Ela tem apenas alguns momentos para tentar se explicar, inutilmente, entre as pragas rogadas por Thalia, antes da chegada dos paramédicos. Os salva-vidas não haviam começado a aparecer para a estação, mas alguém que testemunhou o mergulho de Reese chamou uma ambulância e reportou um incidente de autolesão. *O que está havendo?*, as pessoas que recém-chegam na praia perguntam umas às outras, quando as luzes da ambulância brilham no fim do calçadão. O rumor circula: mais uma mulher trans tentou cometer suicídio. Eles assentem com a cabeça, cientes: esse tipo de performance não é exatamente o que fazem as mulheres trans? Se jogar na frente de trens em plataformas lotadas? Se filmar engolindo montes de comprimidos numa *live* no Facebook? Transmitir e demonstrar sua dor, não importando os gatilhos que causem? Não é inclusive algo que as mulheres trans esperam umas das outras?

Os paramédicos – dois jovens, um branco, um negro, ambos atléticos – a enrolam numa dessas mantas térmicas refletoras brilhantes e encostaram a ambulância num trecho de asfalto perto da estrada, fora da praia. Reese já negou que seu mergulho tenha sido uma tentativa de suicídio. Mas ela também já recobrou consciência o bastante para saber que não se deve gritar "método Wim Hof!" na cara de paramédicos respondendo a uma suposta crise de saúde mental. Era um nado de urso polar, ela diz a eles. Um deles entrevista Thalia e depois volta.

— Ela diz que você perdeu um bebê — ele informa Reese —, que você anda triste com isso. Isso tem a ver com o que acabou de acontecer?

Quão idiotas são esses caras? Por que eles lembrariam uma mãe enlutada sobre a criança que ela perdeu? Além disso, as roupas dela ainda estão na praia; ela está sentada ali, de maiô, desaquendada.

— Eu sou trans, dá — ela estala. — Eu não posso ter filho.

Os homens trocam olhares, e Reese entende que calculou errado. Ser trans não é a rota mais direta para se ganhar credibilidade como não suicida. O rapaz que entrevistou Thalia também perguntou a algumas outras pessoas o que houve, e todas descreveram a mesma cena: uma mulher caminhando sóbria e propositada adentro de um mar letalmente gélido, negando-se a voltar não importava o que gritassem. Reese solta uma risadinha de escárnio. Quem eles acham que ela era para usar maiô para esse tipo de coisa? Pelo visto achavam que ela não tinha senso cenográfico ou de gravidade? Dá para imaginar Virginia Woolf sendo vulgar a ponto de vestir roupas de banho para levar seu intolerável desespero rio adentro? Se ela quiser ser levada a sério ao caminhar tragicamente para o fundo do oceano, ela vai precisar de uma saia longa e de um sobretudo cheio de pedras, não de um maiô de poliéster.

Os paramédicos lhe dizem que querem levá-la ao hospital, e ela se nega. Ela tem o pior plano de saúde que pode haver segundo a lei; não pode pagar uma viagem de ambulância. Ainda assim, eles dizem, ela deveria ir ao hospital. Eles admitem que não podem obrigá-la, mas, numa crise de saúde mental em que se registrou uma tentativa de suicídio, ela precisa falar com as autoridades apropriadas. Ela tem a opção de fazer uma avaliação no hospital ou esperar ali pela chegada dessas autoridades.

— Tipo que outras autoridades? A polícia?

O cara branco dá de ombros como se dizendo que a escolha foi dela.

Ela se imagina falando com a polícia na beira da estrada enquanto uma parcela considerável da população LGBTQ do Brooklyn passa em fila no caminho de volta da praia.

Ela balança a mão, irritada.

— Hospital — ela comanda.

Reese entra na sala de espera com uma expressão tensa e rígida. Ela está usando a saída de praia e os chinelos com que fora, uma roupa insólita que, para Ames, parece uma piada cruel. O tipo de coisa que confirma as suspeitas que se poderia ter sobre qualquer pessoa saindo da ala psiquiátrica.

Thalia se levanta, corre para Reese e a abraça. Ames fica um pouco atrás com Katrina, esperando que Reese os note. Ele está apreensivo, e Katrina, ao seu lado, aperta nervosamente a mão dele.

Reese se afasta de Thalia quando os avista, seu aspecto se escurecendo. Seu rosto está levemente avermelhado do sol, e sua pele está esticada e justa sobre as maçãs do rosto. Seus olhos se movem selvagens de Ames a Katrina e de volta a Thalia.

— Fui eu que chamei eles — Thalia diz com simplicidade. — Eu não sabia se você podia pagar ou do que você iria precisar.

Ames conhece Reese bem o suficiente para saber que ela está oscilando entre raiva e gratidão, que ela odeia ser vista em um estado de tamanha exposição, mas que qualquer um que venha até um hospital em Midwood com certeza, em algum lugar dentro de si, se preocupa com ela. Se houvesse sido apenas Ames, talvez ela pudesse ter se permitido ir à raiva, mas com Katrina ali, os dentes de Reese brilham quando ela lhe lança um sorriso nervoso.

— Não foi isso — ela diz, e Ames se dá conta de que ela está falando com Katrina. — Eu não estava tentando me matar.

— Tá bem — Katrina responde. — A Thalia nos disse. Mas ela também disse que você andava triste. De qualquer jeito, você não tem que explicar nada. A gente veio de carro. Eu posso te dar uma carona.

— Obrigada — Reese diz. — Eu quero explicar. Isso é humilhante, mas eu estou feliz em ver vocês.

Há papéis para Reese assinar, informações do plano de saúde para ela verificar antes de ser liberada. Ames pergunta se ela precisa de ajuda ou de dinheiro, mas ela balança a cabeça em negativa. Ele fica ao lado dela no balcão da entrada mesmo assim. Quando ela termina, ele pergunta se poderia por favor lhe dar um abraço. Ele oferece o pedido como presente – para poupá-la de ter que pedir um abraço ela mesma – e porque, pra ser sincero, ele também está precisando.

Katrina deixa Thalia em casa primeiro. Thalia se despede de Reese com um beijo na bochecha enquanto sai do carro e agradece Katrina pela carona. Então, para a surpresa de Reese, Thalia se vira para Ames:

— Cuida bem dela — ela instrui e, antes que Ames possa responder, se vira e dá seus longos passos para longe do carro.

— Ela é uma boa amiga — Katrina diz, saindo com o carro. Reese está sentada no banco de trás, e Katrina tem que se inclinar para frente para ver o rosto dela no retrovisor. Reese assente sem falar.

— Quer comer alguma coisa? — Ames pergunta. — Ou só ir pra casa?

— Quero ir pra casa — Reese diz. Mas então, um minuto depois, com Katrina girando o volante para dentro do trânsito da Bedford, Reese diz: — Mas eu preciso me explicar. Não vou conseguir dormir se não me explicar. E eu nunca esperava que teria vocês dois aqui, que teria essa chance.

— Por favor — Ames diz. Ele está feliz que ela tenha falado. Sua curiosidade aumentara ao ponto da morbidez, mas ele tinha medo do temperamento de Reese e estava tomando cuidado de permanecer solícito para Katrina, que o havia surpreendido, depois que Thalia ligou, dizendo que o levaria de carro para o hospital.

— Desculpem pela carta — Reese diz, mais para Katrina do que para Ames. — Eu estava muito brava. E eu sinto muito que o Garrett seja o marido da sua amiga. Eu já deveria ter me ligado.

— Você estava certa em parte — Katrina diz. — Eu queria as partes boas de ser LGBTQ sem as partes difíceis. Na primeira parte difícil, eu entrei em pânico. Foi homofóbico. Eu estou envergonhada. — Ela não faz menção ao resto da carta. Depois de um longo período de silêncio, ela acrescenta: — Eu não contei pra Diana.

Reese assente com a cabeça. Então, depois de outra extensão de tempo sem falar, ela acrescenta:

— Eu não vou mais vê-lo. Não se preocupa. As mensagens que ele me mandou não são o tipo de coisa que se diz pra alguém que você espera voltar a ver. Ele está com medo de mim agora que eu conheço as amigas dele e poderia arruinar o casamento dele, e isso não é sexy pra ele. Ele não pode me mais tratar do jeito que quiser.

— Ela provavelmente vai deixar Garrett, mais cedo ou mais tarde — Katrina diz. — É a hora ideal. Por um tempo, todo mundo estava se casando. Depois, todo mundo estava tendo filhos. Agora, é divórcio. Diana sempre gosta de fazer o que está em voga.

Reese ri, mas sem força. Ela pede que Ames ligue o ar quente. Em suas roupas de praia, ela ficou com frio. Mas não de uma forma significativa, tipo Wim Hof. Ames obedece e manda uma corrente de ar para o banco de trás.

No semáforo seguinte, Reese diz:

— Eu não entrei na água pra chamar atenção.

— Eu nunca achei que fosse — Ames lhe garante.

— Eu sei, mas era óbvio que o médico no hospital achava. Ele não chegou a dizer, mas eu conseguia ver nas perguntas dele. Tipo: "Quão fria a água estava, de verdade?". E quando eu chutei que a temperatura estava perto dos dez graus, ele disse que isso nunca seria o bastante pra me matar, só pra me dar uma hipotermia. Ele sugeriu que eu estava era fazendo cena na frente das pessoas da praia pra chamar atenção. Nem como se fosse um pedido de ajuda. Só um pedido de atenção. É literalmente a conclusão menos generosa, mais vergonhosa a que ele poderia chegar. Eu fico culpada que vocês tenham vindo, porque agora parece que eu fiz isso pra chamar atenção, pra fazer vocês virem. E, como eu fiquei tão feliz por vocês terem vindo, deve mesmo parecer que esse era o meu plano desde o início.

— Então por que você entrou na água? — Ames pergunta, buscando um tom suave para deixar a pergunta mais terna do que sua construção dura.

Reese suspira e olha para a rua passando. Sombras lançadas por postes e semáforos refletem em seu rosto conforme o carro se move.

— Eu estava muito triste. Era um exercício para entorpecer o luto de que eu tinha ouvido falar. Um exercício real. Um método de um cara chamado Wim Hof. Não me peçam pra explicar qual é a dele. Eu já tive que explicar pro médico.

— Luto? — Ames pergunta.

— É, luto. A perda de uma bebê. — No banco da frente, Katrina olha de relance para Ames, um momento de tristeza ou de alarme, mas Reese não parece notar. Katrina só segura o volante enquanto Reese segue falando. — Eu não decorei os estágios do luto, mas um deles não é a aceitação? Eu estou tentando aceitar que não vou ser mãe dessa criança a quem eu me apeguei. Que não vou ser parte da família de vocês. Mas estou tentando ver coisas boas. Foi bom ver vocês de mãos dadas na sala de espera. Essa criança vai ter pais que realmente se importam, que vão estar presentes. E eu estou tentando aceitar que isso é o bastante. Até pra mim.

Ames sabe de quanto Reese está abrindo mão para falar nesses termos. Mas ainda assim Katrina não diz nada, e Ames hesita, dividido. Ele quer consolar Reese – mas a decisão sobre o futuro da família deles pertence a Katrina. O mínimo que ele lhe deve é deixá-la falar como quiser, se quiser. Quando Katrina finalmente fala, é apenas para perguntar se o melhor caminho para a casa de Reese a essa hora da noite é pela Brooklyn–Queens.

Segunda-feira, depois do trabalho, Katrina e Ames caminham ao metrô de braços dados, entrelaçando os cotovelos mas mantendo as mãos dentro dos bolsos dos casacos. Nuvens pesadas começaram a soprar sobre o Brooklyn, e acima deles o topo dos edifícios entra e sai da luz do Sol cor de pêssego. No nível da rua, o crepúsculo veio para ficar.

— Eu recebei uma chamada logo depois do almoço — Katrina diz.
— Era uma enfermeira obstetra do consultório da minha médica. Ela disse que, a esta altura, eles esperavam que eu já tivesse ligado para iniciar o tratamento. Pra dizer que tipo de experiência eu queria ter para minha gravidez.

Ames não entende a pergunta muito bem.
— E ela disse quais eram suas opções?
— Tipo assim, eu planejo ter uma doula? Uma enfermeira obstetra? Eu já tenho um hospital em mente ou eu gostaria de fazer o parto em casa? Eles não começam esse tipo de cuidado muito cedo na gravidez, ela disse, a não ser que a mulher esteja tendo um primeiro trimestre ruim, mas eu estou chegando no segundo trimestre, eu sou mais velha e estou num grupo de risco; e eles não tinham tido notícias minhas, então ela me ligou.
— O que você disse?
— Bom, ela estava bem animada. Foi como se ela estivesse me dando as boas-vindas à parte oficial da minha gravidez. Ela sugeriu que eu ainda tinha de agendar um ultrassom pra ouvir o coração do bebê.

Ele para na calçada. Ela para com ele, mas não se vira. Ela está com a postura bastante ereta.
— Katrina — ele pergunta —, está tudo bem?

— Eu não aguentei — ela disse. — A ideia de ouvir um coração. A mulher, ela percebeu pela minha voz, e, tipo, o comportamento inteiro dela mudou. Ela girou a chave dessa coisa toda boas-vindas pra, tipo, um modo profissional. Um modo conselheira.

— Entendi — diz Ames. Ele já ouviu a gravação dos batimentos cardíacos de um bebê antes. O sibilo de uma criatura minúscula, rápido como um coelho. Ele se dá conta de que um som assim está acontecendo neste instante, dentro de Katrina, ainda que eles não tenham o poder de detectá-lo. Ainda estão de cotovelos juntos, e ele tem a sensação de estar fisicamente próximo demais dela. Mas ele se força a ficar ali e, depois de um momento, ele mais uma vez sente vontade de estar mais próximo. Então ele tira a mão do casaco e a coloca no bolso de Katrina, ao lado da mão dela.

— Eu tive tanto medo de ligar — Katrina diz. — Todos os dias eu me mando ligar pra médica pra perguntar o que está havendo dentro do meu corpo. Eu mal consigo me forçar a procurar informação na internet. Quão tarde é tarde demais, o que envolve um aborto. Quando é que eu tenho que decidir o quê. Eu ando paralisada com isso. E aí essa mulher me ligou. Foi só porque é o trabalho dela e ela provavelmente tinha um calendário pra isso, mas eu senti como se tivesse sido o destino. Ela me guiou, me explicou tudo o que acontece num aborto, me disse que, quanto antes eu fizesse, mais fácil seria. Ela me ajudou a agendar, então eu só tive que ligar pra um número e confirmar.

Eles estão parados na calçada, um de frente para o outro, e, ao seu redor, os pedestres se separam como a água de um rio. Ames coloca a mão no braço dela, e eles vão para baixo do toldo de um restaurante de culinária *cajun*.

— E você ligou pra esse número?

— Eu não consigo fazer isso assim, Ames — ela diz. — Eu preciso da estabilidade de um parceiro que prometa que ele vai ser mais ou menos a mesma pessoa. Eu preciso da estabilidade de alguém que possa me ajudar a cuidar da minha filha. Eu quero saber como vai ser o meu futuro. E eu também quero poder saber como vai ser o da minha família. E você me disse que não consegue fazer isso. Então que escolha eu realmente tenho?

Ames se segura enquanto o futuro desmorona na sua frente, o terremoto particular deles dois.

— Você não tem escolha — ele suspira. — E, ainda assim, a escolha é sua. O mesmo vale pras minhas.

* * *

Katrina agendou o procedimento para as quatro da tarde. Agora são onze da manhã e Reese, Katrina e Ames estão sentados na sala de estar do apartamento de Katrina.

Ontem, Ames implorou que Katrina o deixasse acompanhá-la, e enfim ela concordou. Para sua surpresa, Katrina respondeu que, se Reese quisesse, ela poderia ir também.

— É gentil da sua parte — Ames dissera com cuidado. — Tem certeza?

— Não — Katrina o corrigiu. — É o oposto de gentil. A desgraça adora companhia. Eu não quero estar sozinha quando for perder uma bebê hoje.

— Você está sendo irônica?

Houve um lampejo de irritação em seu rosto quando ela respondeu.

— Você acha que eu tenho energia pra ser irônica, Ames? Convida a Reese e pronto. Ela pode vir se ela quiser, e, se ela não quiser, ela não vem.

Reese recusou o convite de início. Em sua mente, ela havia aberto mão da bebê para Katrina, e era agora com desalento – talvez até horror – que precisava aceitar que a mãe da bebê tinha o direito de abortar. Que outra mulher poderia terminar a existência da bebê que ela passara a imaginar, suavemente, hesitante, no centro de sua vida futura. Ela havia encontrado suas emoções e, nos dois dias desde que Ames lhe contara do aborto, havia se virado na direção do movimento pró-vida. Nunca antes ela havia se deparado consigo mesma considerando a humanidade de uma criança por nascer.

Portanto, ela recusou o convite. Por confusão e por desconfiança de si mesma e do egoísmo da sua própria motivação. E, acima de tudo, pelo luto.

Mas, depois de pensar sobre o convite por algumas horas, Reese ligou de volta para Ames.

— Por que ela me convidaria? — ela ponderou em voz alta para ele. — É possível que ela queira que a gente a convença a desistir? Eu tentei me imaginar no lugar dela, e essa foi a única motivação que eu consegui imaginar. Talvez ela tenha me convidado porque uma parte dela quer mudar de ideia, mas se sente orgulhosa demais ou assustada demais e não consegue admitir isso pra si mesma. Então ela convidou alguém que faça isso por ela. — Mesmo enquanto falava, Reese conseguia ouvir de novo o conservadorismo cruel da sua posição. Ela havia mandado outras mulheres à merda pelas opiniões que elas tinham sobre seu corpo, seus hormônios. Elas lhe eram quase insignificantes, sua prontidão tão impensada quanto um tapa num mosquito. Mas e se nunca tivesse sido uma questão de política? Talvez ela sempre só quisesse o que ela queria: hormônios na época e um bebê agora. Uma mente flexível sempre descobre uma posição política para justificar seu próprio egoísmo.

— Não sei — Ames disse. — Mas a Katrina não é você. Eu me dou melhor com ela quando eu acredito no que ela diz. Mas você sempre faz o que você quer. Até a Katrina deve entender isso a esta altura. Você vai dizer o que quiser pra ela, independentemente do que eu acho, e alguma parte dela devia saber disso quando ela te convidou.

Katrina já desligou o aquecimento central para aquela época do ano, mas o clima está frio e sem cor, então o ar no apartamento carrega uma umidade gelada. Ela gentilmente oferece um cobertor para Reese e se enrosca em outro. Reese aceita e cobre seus ombros nus com a lã áspera.

— Por favor, Katrina — Reese diz, enfim, e de certa forma sem conexão com a conversa fiada que vinham fazendo antes. — Por favor, você não pode esperar?

Katrina balança a cabeça.

— Eu já perdi a minha chance de fazer com a pílula. Agora eles vão ter de usar um aspirador e, se eu esperar mais, vão ter que fazer dilatação. Quanto mais eu esperar... — Ela pausa e puxa o cobertor sobre seu rosto, de modo que Reese pensa que ela pode estar chorando, mas um momento depois ela o abaixa, olhos ainda secos e o rosto sem expressão. — Eu só não posso me arriscar. Eu só não aguento a incerteza. Não consigo.

Reese se nega a se deixar responder. Ela não confia em si para falar sobre correr riscos. Quem ali tem algo a arriscar e quem não. Para sua surpresa, Ames, que está sentado ao lado de Katrina, segurando sua mão, fala.

— Você se lembra, Reese — ele pergunta —, do que você chamava de o Problema *Sex and the City?*

— Lembro, claro. Eu me lembro das minhas próprias bobagens, muitíssimo obrigada.

Katrina, graças a deus, sorri com isso. Ames se vira para ela.

— Você se lembra, Katrina, do quanto você gostou dessa referência quando eu te contei? Eu fingi que eu mesmo tinha bolado, mas na verdade eu roubei da Reese.

— Lembro, sim. — Katrina acena com a cabeça. — Mas agora faz muito mais sentido, porque eu ficava te perguntando sobre vários episódios de *Sex and the City*, e você nunca conseguia se lembrar. Eu ficava pensando: "Como é que alguém bola uma filosofia de vida sobre um seriado que parece que não viu?". Faz sentido que você tenha roubado da Reese. É bem o estilo dela.

— É — Reese concorda, triste. — Eu sou muito mais engraçada e culturalmente relevante.

Ames aceita isso como sempre aceitou que o provocassem, apesar de que a provocação é sombria como uma piada feita num funeral.

— Tá, então deixa eu perguntar de novo: Reese, você lembra de como a ideia toda do Problema *Sex and the City* pra você era que nenhuma geração de mulheres trans tinha solucionado o Problema *Sex and the City*, e que toda geração de mulheres cis precisava reinventá-lo?

— Sim.

— Bom, e se for essa a nossa solução? Talvez isso tudo seja tão esquisito e difícil e sem nenhum precedente óbvio porque a gente está tentando imaginar a nossa própria solução, reinventar algo pra gente mesmo, seja qual for o tipo de... — Ele pausa e olha para baixo, para seus próprios pés, para as botas e os jeans que está usando — ... seja qual for o tipo de mulher que a gente é.

— Quem sabe — Katrina diz.

Reese ouve uma indefinição no tom de Katrina e ergue a cabeça, olhos brilhando fundo nas olheiras.

— É — Reese concorda —, quem sabe.

Katrina se levanta para fazer um chá. A água ferve, ela serve três xícaras e as leva na sala. Aquelas três pessoas bebem em silêncio enquanto o relógio tiquetaqueia. Elas estão juntas e a quilômetros de distância uma da outra, seus pensamentos se voltando a si mesmas e depois à criança, cada uma contemplando, de seu próprio jeito, como seu entendimento tênue do que significa ser mulher passou a depender da existência dessa pequena criatura, que ainda não é e ainda pode não ser.

Agradecimentos

Este livro é uma história sobre a cultura trans feminina no novo milênio. Assim, sou endividada às mulheres trans de todos os lugares que mudaram suas vidas inteiras para criar nossas culturas. Quero agradecer a cada uma das garotas trans que conheci ao longo dos anos em que escrevi esse livro, mas, em especial, às que moraram em Nova York, em Seattle, na Bay Area, na zona rural de Tennessee e em Chicago.

Obrigada às pessoas trans específicas que fizeram esse livro possível: Theda Hammel, Harron Walker, January Hunt, T. Clutch Fleischmann, Cecilia Gentili (em um livro sobre mães trans, ela é a mãe trans de tantas garotas em Nova York), Morgan M. Page, A.J. Lewis, Sophie Searcy, Crissy Bell (que tem o crédito da piada de "quatro funerais e um funeral"), Casey Plett, Sybil Lamb, Davey Davis, Aubrey Schuster, Jordy Rosenberg, Cyd Nova, Ambrose Stacey-Fleischmann, Ceyenne Doroshow, Gaines Blasdel, Dean Spade, Calvin, Hilt, Beau, Lex e Sophie. May Emma, Bryn e as outras mulheres trans perdidas durante a escrita deste livro: *rest in power* – descansem em poder.

Houve tantas outras mulheres (especialmente mães!) que me ensinaram tanto. Pike Long, Charlie Starr, Rebecca Novack, Julia Reagan, Florence Menard, Julia Moses, Courtney Lyons, Rachel Lewallen, Siobahn Flood, Allie Grump, Alice Eisenberg, Kendra Grant, Elan, Yvonne Woon, Sarah Schulman e Katie Liederman, todas fizeram diferença no formato deste livro. Pensar na relação entre sexo e trabalho sexual também foi uma parte da minha escrita e, portanto, eu gostaria de agradecer às trabalhadoras do sexo e ativistas do trabalho sexual em toda Nova York, mas especificamente a Chloe Mercury, The Villainelle, e Mistress Blunt.

Acho que os meninos merecem um pouco de carinho também: Dan Pacheco, Mike Casarella, Akiva Friedlin, Jon Philipsborn e Jacob Brown.

Em um livro sobre transgeneridade e gravidez, qual é a probabilidade de se ter como editores uma pessoa trans e uma pessoa grávida – Victory Matsui e Caitlin McKenna, respectivamente – e de ainda serem brilhantes? Essa dupla tornou o livro melhor, de verdade. E, além disso, eu tive a sorte de Emma Caruso ter vindo no último momento para dar os toques finais ao trabalho. Meu agente, Kent Wolf, tem o melhor cabelo em todo o mercado editorial, que acho que deve ser como ele tem tido tanto sucesso me representando – bom, o cabelo excelente e o fato de que ele é gentil, astuto e, silenciosamente, fodão. Obrigada a Chris Jackson e a toda a equipe da One World por se arriscarem com a minha escrita. Jackson Howard, obrigada por ver algo na minha escrita e iniciar todo esse processo.

Acredite se quiser, eu tenho uma mãe de verdade para agradecer: Suzanne Torrey, obrigada por uma vida de sabedoria. Obrigada também ao meu pai, Scott Peters. David N., este livro não existiria sem você. Sou grata a Olive Melissa Minor pela alegria de passar a primeira metade da sua vida comigo, por tanto nosso casamento quanto nosso divórcio, e pelas lições de ambos que estão refletidas neste livro. Por último, Chrystin Ondersma, meu futuro, cujos pensamentos, palavras e amor não podem ser separados do texto.

Copyright © 2020 by Torrey Peters
Copyright © 2021 Tordesilhas
Título original: *Detransition, baby*

This translation was published by arrangement with One World, an imprint of Random House, a division of Penguin Random House LLC.

Todos os direitos reservados. Nenhuma parte desta edição pode ser utilizada ou reproduzida – em qualquer meio ou forma, seja mecânico ou eletrônico –, nem apropriada ou estocada em sistema de banco de dados, sem a expressa autorização da editora.

O texto deste livro foi fixado conforme o acordo ortográfico vigente no Brasil desde 1º de janeiro de 2009.

PREPARAÇÃO Cai Miranda
LEITURA SENSÍVEL Caio C. Maia
REVISÃO Franciane Batagin | Estúdio FBatagin e Laura Folgueira
CAPA Rachel Ake a partir de arte de Moopsi/Shutterstock
PROJETO GRÁFICO Cesar Godoy

1ª edição, 2021

Dados Internacionais de Catalogação na Publicação (CIP)
(Câmara Brasileira do Livro, SP, Brasil)

Peters, Torrey
Destransição, baby / Torrey Peters ; [tradução Luisa Geisler]. -- São Paulo : Tordesilhas, 2021.

Título original: Detransition, baby
ISBN 978-65-5568-041-6

1. Famílias - Ficção 2. Ficção norte-americana 3. Mulheres transgênero - Ficção 4. Pessoas transgênero - Ficção I. Geisler, Luisa. II. Título.

21-78003   CDD-813

Índice para catálogo sistemático:
1. Ficção : Literatura norte-americana 813
Cibele Maria Dias - Bibliotecária - CRB-8/9427

2021
Tordesilhas é um selo da Alaúde Editorial Ltda.
Avenida Paulista, 1337, conjunto 11
01311-200 – São Paulo – SP
www.tordesilhaslivros.com.br
blog.tordesilhaslivros.com.br

 /TordesilhasLivros
 /TordesilhasLivros
 /Tordesilhas
 /eTordesilhas

Este livro foi composto com as famílias tipográficas
Garamond para os textos e Elephant para os títulos.
Impresso para a Tordesilhas Livros em 2021.